Sir Arthur Conan Doyle (1859-1930) nació en Edimburgo, donde más adelante cursaría la carrera de medicina. Una vez finalizados los estudios se decidió a abrir su propia consulta, pero la afluencia de pacientes era más bien escasa de modo que empezó a emplear el tiempo libre del que disponía en escribir historias cortas. Así nació el célebre personaje que le daría la fama, Sherlock Holmes, cuyo fulgurante éxito lo llevó a abandonar la práctica de la medicina para dedicarse exclusivamente a la literatura. Conan Doyle posee una extensa bibliografía que, al margen de los títulos de Holmes —*Estudio en escarlata*, *El signo de los cuatro*, *Las aventuras de Sherlock Holmes*, *Las memorias de Sherlock Holmes*, *El regreso de Sherlock Holmes*, *El perro de los Baskerville*, *El valle del miedo*, *Su último saludo* y *El archivo de Sherlock Holmes*—, incluye novelas históricas y de ciencia ficción, cuentos de misterio, ensayos políticos, crónicas de guerra y algunos textos sobre espiritismo.

Esther Tusquets (1936-2012) fue una destacada escritora y editora española. Dirigió la editorial Lumen durante cuatro décadas, donde publicó extensamente a los grandes clásicos contemporáneos (James Joyce, Virginia Woolf, Samuel Beckett, Marcel Proust o Hermann Broch, entre muchos otros) además de contribuir a popularizar la obra de algunos autores tan valiosos y queridos como Umberto Eco o Quino. Años después fundaría una nueva editorial, RqueR, donde se propuso la tarea de traducir y publicar el canon holmesiano.

SIR ARTHUR CONAN DOYLE

Las aventuras de Sherlock Holmes

Traducción de
ESTHER TUSQUETS

Ilustraciones de
SIDNEY EDWARD PAGET

EDICIÓN CONMEMORATIVA
125 ANIVERSARIO
DE LA PUBLICACIÓN

PENGUIN CLÁSICOS

Papel certificado por el Forest Stewardship Council®

Título original: *The Adventures of Sherlock Holmes*

Primera edición: noviembre de 2017
Sexta reimpresión: noviembre de 2020

PENGUIN, el logo de Penguin y la imagen comercial asociada son marcas registradas
de Penguin Books Limited y se utilizan bajo licencia.

© 2017, Penguin Random House Grupo Editorial, S. A. U.
Travessera de Gràcia, 47-49. 08021 Barcelona
© Sidney Edward Paget, por las ilustraciones
© 2004, Esther Tusquets Guillén, por la traducción

Printed in Spain – Impreso en España

ISBN: 978-84-9105-357-6
Depósito legal: B-20.847-2017

Compuesto en M. I. Maquetación, S. L.

Impreso en Liberdúplex
Sant Llorenç d'Hortons (Barcelona)

PG 5357A

Penguin
Random House
Grupo Editorial

ÍNDICE

Las aventuras
de Sherlock Holmes

ESCÁNDALO EN BOHEMIA

Para Sherlock Holmes ella es siempre «la mujer». Rara vez le he oído mencionarla con otro nombre. A sus ojos eclipsa a la totalidad de su sexo y la supera. Y no es que sintiera hacia Irene Adler un sentimiento semejante al amor. Todos los sentimientos, y este en particular, parecían abominables a su mente fría, precisa, admirablemente equilibrada. Le considero la máquina razonadora y observadora más perfecta que ha conocido el mundo, pero como amante no hubiera sabido desenvolverse. Nunca hablaba de las pasiones más tiernas, salvo con sarcasmo y desprecio. Eran elementos valiosísimos para el observador, excelentes para descorrer el velo que cubre las motivaciones y acciones humanas. Pero para el avezado pensador admitir semejantes intrusiones en su delicado y bien ajustado temperamento suponía introducir un factor de distracción capaz de generar dudas en todas las conclusiones de su mente. Un grano de arena en un instrumento de precisión, o una grieta en una de sus potentes lupas, no serían más perturbadores que una emoción intensa en un carácter como el suyo. Y, sin embargo, solo existía una mujer para él, y esa mujer era la difunta Irene Adler, de dudosa y cuestionable memoria.

Últimamente yo había visto poco a Holmes. Mi matrimonio nos había distanciado. Mi completa felicidad, y los intereses centrados en el hogar que envuelven al hombre que se ve por primera vez dueño y señor de su propia casa, absorbían toda mi atención, mientras Holmes, cuya misantropía le alejaba de cualquier forma de sociabilidad, seguía en nuestras dependencias de Baker Street, enterrado entre sus viejos libros, y oscilando, semana tras semana, entre la cocaína y la ambición, entre la somnolencia de la droga y la fiera energía de su ardiente naturaleza. Le seguía atrayendo profundamente, como siempre, el estudio del crimen, y dedicaba sus inmensas facultades y sus extraordinarios poderes de observación a seguir unas pistas y desvelar unos misterios que la policía había abandonado como imposibles. De vez en cuando me llegaba una vaga noticia de sus actividades: que lo habían llamado desde Odessa en el caso del asesinato de Trepoff; que había esclarecido la peculiar tragedia de los hermanos Atkinson en Tricomalee, y por último que había resuelto con delicadeza y eficacia la misión relacionada con la familia real de Holanda. Salvo estos indicios de su actividad, que yo me limitaba a compartir con todos los lectores de la prensa, sabía muy poco de mi antiguo amigo y compañero.

Una noche —era el 20 de marzo de 1888—, regresaba yo de visitar a un paciente, pues había vuelto a ejercer la medicina civil, cuando mi trayecto me llevó a Baker Street. Al pasar ante la puerta que tan bien recordaba, y que siempre estará asociada en mi mente a mi noviazgo y a los siniestros incidentes de *Estudio en escarlata*, me embargó un vivo deseo de volver a ver a Holmes y de saber en qué estaba empleando sus extraordinarias dotes. Sus habitaciones estaban intensamente iluminadas y, al mirar hacia arriba, vi cruzar dos veces la oscura silueta de su figura alta y enjuta tras la persiana. Andaba a paso vivo por la habitación, impaciente, con la cabeza hundida en el pecho y las manos entrelazadas a la espalda. A mí, que conozco todas sus costumbres y sus estados de ánimo, esa actitud y ese modo de moverse me lo decían todo. Holmes estaba trabajando de nuevo. Había salido de los ensueños de la droga y husmeaba impaciente el rastro de un nuevo misterio. Tiré de la campanilla, y me condujeron a la estancia que otrora había sido en parte mía.

La actitud de Holmes no fue efusiva, rara vez lo era, pero creo que se alegró de verme. Sin apenas pronunciar palabra, mas con mirada afable, me señaló un sillón, me pasó su caja de cigarros y me indicó una licorera y un sifón. Después se plantó ante la chimenea y me examinó de arriba abajo con su peculiar estilo introspectivo.

—Le sienta bien el matrimonio —observó—. Me parece, Watson, que ha engordado siete libras y media desde la última vez que le vi.

—¡Siete! —respondí.

—Vaya, yo habría dicho que un poco más. Solo un poquito más, Watson. Y observo que ejerce de nuevo. No me dijo que tenía intenciones de volver a su trabajo.

—Entonces ¿cómo lo sabe?

—Lo veo, lo deduzco. ¿Cómo sé que hace poco se mojó usted mucho, y que tiene una criada torpe y descuidada?

—Mi querido Holmes —dije—, esto es demasiado. De haber vivido hace unos siglos, no cabe duda de que le habrían quemado en la hoguera. Es cierto que el jueves di un paseo por el campo y que regresé a casa en estado lamentable, pero me he cambiado de ropa y no puedo entender cómo lo ha deducido. En cuanto a

«Se plantó ante la chimenea.»

Mary Jane, es incorregible, y mi esposa ya la ha despedido, pero tampoco me explico cómo lo ha averiguado usted.

Holmes rió entre dientes, frotándose las largas y nerviosas manos.

—Es lo más sencillo del mundo —dijo—. Mis ojos me indican que en la parte interior de su zapato izquierdo, justo donde da la luz del fuego de la chimenea, el cuero está marcado con seis rayas casi paralelas. Es obvio que las hizo alguien que rascó con muy poco cuidado el borde de la suela para desprender el barro incrustado. De ahí mi doble deducción de que ha estado a la intemperie con mal tiempo y de que tiene un espécimen particularmente maligno de rajabotas como criada londinense. En cuanto a su actividad profesional, si un caballero entra en mis aposentos oliendo a yodoformo, con una negra mancha de nitrato de plata en el dedo índice de la mano derecha y un bulto en el lado del sombrero de copa donde esconde el estetoscopio, debería ser realmente lerdo para no identificarlo como un miembro activo de la profesión médica.

No pude evitar una sonrisa ante la facilidad con que había expuesto su proceso deductivo.

—Cuando le escucho exponer sus razonamientos —observé—, me parece todo tan ridículamente sencillo como si pudiera hacerlo con facilidad yo mismo, pero, a cada nuevo paso de su discurrir, quedo desconcertado hasta que me explica el proceso. Y, no obstante, creo tener tan buenos ojos como usted.

—Desde luego —me respondió mientras encendía un cigarrillo y se dejaba caer hacia atrás en su sillón—. Usted ve, pero no observa. La diferencia es clara. Por ejemplo, ha visto un montón de veces los peldaños que llevan desde el vestíbulo hasta esta habitación.

—Un montón de veces.

—¿Cuántas?

—Bueno, cientos.

—En tal caso, ¿cuántos hay?

—¿Cuántos? No lo sé.

—¡Claro! No se ha fijado, no ha observado.

Y, sin embargo, lo ha visto. A eso me refería. Ahora bien, yo sé que hay diecisiete peldaños, porque los he visto y los he observado. A propósito, ya que está interesado en estos problemillas y ha tenido la amabilidad de poner por escrito un par de mis insignificantes expe-

«Examiné con cuidado la escritura y el papel.»

riencias, tal vez le interese esto. —Me alargó una hoja de papel grueso y rosado, que yacía abierta sobre la mesa, y añadió—: Ha llegado en el último correo. Léala en voz alta.

La nota no llevaba fecha, ni tampoco firma ni dirección. Y decía:

> Esta noche, a las ocho menos cuarto, le visitará un caballero que desea consultarle un asunto de vital importancia. Los recientes servicios que ha prestado usted a una de las casas reales europeas demuestran que es persona a quien se le pueden confiar asuntos cuyo alcance no puede exagerarse. Estas referencias nos han de distintos puntos llegado. Esté, pues, en sus aposentos a dicha hora, y no le ofenda que su visitante lleve antifaz.

—Es realmente misterioso —comenté—. ¿Qué cree que significa?

—Aún no dispongo de datos. Es un error capital teorizar antes de tener datos. Sin darse cuenta, uno empieza a manipular los hechos para que se ajusten a las teorías, en lugar de ajustar las teorías a los hechos. Pero, en cuanto a la nota en sí, ¿qué deduce usted de ella?

Examiné con cuidado la escritura y el papel.

—El hombre que la ha escrito es seguramente una persona acomodada —observé, procurando imitar los procedimientos de mi compañero—. Un papel como este no se compra por menos de media corona el paquete. Es peculiarmente fuerte y consistente.

—Peculiar, esa es la palabra adecuada —dijo Holmes—. No es en absoluto un papel inglés. Colóquelo a contraluz.

Así lo hice, y vi una «e» mayúscula con una «g» minúscula, y una «p» y una «g» mayúsculas con una «t» minúscula, grabadas en la textura del papel.

—¿Qué cree que significa? —preguntó Holmes.

—El nombre del fabricante, sin duda. O, mejor dicho, su monograma.

—En absoluto. La «g» con la «t» significa «Gesellschaft», que en alemán quiere decir «compañía». Es una abreviatura habitual, como nuestra «cía». La «p» significa, por supuesto, «papel». Veamos ahora «eg». Echemos un vistazo a nuestro *Diccionario geográfico*. —Sacó del estante un pesado volumen marrón—. Eglow, Eglonitz..., aquí lo tenemos, Egria. Está en una región de habla alemana, en Bohemia, no lejos de Carlsbad. «Famoso por haber sido escenario de la muerte de Wallenstein, y por poseer numerosas fábricas de cristal y de papel.» Ajá, muchacho, ¿qué conclusión saca de esto?

Sus ojos centelleaban y expelió de su cigarrillo una triunfal nube azul.

—El papel fue fabricado en Bohemia —dije.

—Exactamente. Y el hombre que ha escrito la nota es alemán. Fíjese en la peculiar construcción de la frase: «Estas referencias nos han de distintos puntos llegado». Un francés o un ruso no pueden haber escrito esto. Solo los alemanes son tan desconsiderados con sus verbos. Por lo tanto, únicamente nos resta descubrir qué desea este alemán que escribe en papel de Bohemia y prefiere usar un antifaz a mostrar su rostro.

Y aquí lo tenemos, si no me equivoco, para resolver todas nuestras dudas.

Mientras Holmes decía estas palabras, se oyó un nítido golpeteo de cascos de caballo, y el chirriar de las ruedas contra el bordillo de la acera, seguido de un enérgico campanillazo. Holmes soltó un silbido.

—Parece un tiro de dos caballos, por el sonido —dijo—. Sí —prosiguió, echando un vistazo por la ventana—, un bonito carruaje pequeño y un par de bellezas. Ciento cincuenta guineas cada una. De no haber otra cosa, Watson, al menos hay dinero en este caso.

«Entró un hombre.»

—Será mejor que yo me vaya, Holmes.

—Nada de eso, doctor. Quédese donde está. Me siento perdido sin mi cronista. Y esto promete ponerse interesante. Sería una pena desaprovecharlo.

—Pero su cliente...

—No se preocupe por él. Yo puedo necesitar su ayuda, y él también. Aquí llega. Siéntese en este sillón, doctor, y préstenos toda su atención.

Unos pasos lentos y pesados, que habían sonado en la escalera y en el pasillo, se detuvieron de inmediato detrás de la puerta. Siguió un golpe fuerte y autoritario.

—¡Adelante! —dijo Holmes.

Entró un hombre que difícilmente mediría menos de seis pies y seis pulgadas, con el torso y las extremidades de un

Hércules. Su vestimenta era lujosa, de un lujo que, en Inglaterra, se hubiera considerado rayano en el mal gusto. Gruesas bandas de astracán ornaban las mangas y los bordes delanteros de su abrigo cruzado, mientras la capa azul oscuro que llevaba sobre los hombros estaba forrada de tela color fuego y se sujetaba al cuello con un broche formado por un solo y resplandeciente berilo. Unas botas de cuero que llegaban hasta media pantorrilla, con el borde orlado de una lujosa piel marrón, completaban la impresión de bárbara opulencia que emanaba de todo el conjunto. El visitante llevaba en la mano un sombrero de ala ancha, y le cubría la parte superior del rostro, hasta debajo de los pómulos, un curioso antifaz negro, que al parecer acababa de ponerse, pues aún mantenía la mano alzada junto a él cuando entró. A juzgar por la parte inferior del rostro, parecía un hombre de carácter fuerte, con un grueso labio inferior colgante y una mandíbula recta y alargada que sugería una firmeza que rayaba en la obstinación.

—¿Ha recibido mi nota? —preguntó con voz áspera y profunda y marcado acento alemán—. Le dije que vendría.

Nos miraba alternativamente al uno y al otro, como si no supiera a cuál de ambos dirigirse.

—Por favor, tome asiento —dijo Holmes—. Le presento a mi amigo y colaborador, el doctor Watson, que en ocasiones tiene la gentileza de ayudarme en mis casos. ¿A quién tengo el honor de dirigirme?

—Puede dirigirse a mí como al conde Von Kramm, un aristócrata bohemio. Entiendo que este caballero, su amigo, es un hombre de honor y discreción, al que puedo confiar un asunto de la más extrema importancia. De no ser así, prefiero comunicarme con usted a solas.

Me levanté para marcharme, pero Holmes me cogió por la muñeca y me obligó a volver a sentarme en mi sillón.

—O los dos, o ninguno —dijo—. Puede decir delante de este caballero cualquier cosa que desee decirme.

El conde encogió sus anchos hombros.

—En tal caso —dijo—, debo empezar exigiéndoles se comprometan ambos a absoluto secreto para dos años, pasados los cuales el asunto será no importante. En el presente no es exagerado decir que lo es tanto que puede tener influencia en la historia de Europa.

—Lo prometo —dijo Holmes.

—Yo también.

—Ustedes disculparán este antifaz —prosiguió nuestro extraño visitante—. La augusta persona que emplea mis servicios quiere que su agente no sea conocido por usted, y debo confesar enseguida que el título nobiliario con que me he presentado no es exactamente el mío.

—Estaba seguro de ello —replicó Holmes con sequedad.

—Las circunstancias son de gran delicadeza, y toda precaución ha de ser tomada para sofocar lo que podría crecer hasta convertirse en un escándalo inmenso y comprometer a una de las familias reinantes de Europa. Hablando claramente, la cuestión implica a la Gran Casa de Ormstein, reyes hereditarios de Bohemia.

—También estaba seguro de ello —murmuró Holmes, arrellanándose en su butaca y cerrando los ojos.

Nuestro visitante miró con evidente sorpresa la lánguida figura recostada del hombre que sin duda le habían descrito como el razonador más incisivo y el agente más enérgico de Europa. Holmes volvió a abrir lentamente los ojos y observó con impaciencia a su gigantesco cliente.

—Si Su Majestad se dignase condescender a exponer su caso —observó—, yo estaría en mejores condiciones para aconsejarle.

El hombre saltó de su silla y empezó a recorrer la habitación de un lado a otro, presa de una agitación incontrolable. Después, con un gesto desesperado, se arrancó el antifaz y lo tiró al suelo.

—Tiene usted razón —exclamó—. Soy el rey. ¿Por qué habría de intentar ocultarlo?

—¿Por qué, en efecto? —murmuró Holmes—. Antes de que Su Majestad hablara, yo ya estaba seguro de que me dirigía a Guillermo Gottsreich Segismundo von Ormstein, gran duque de Cassel-Felstein y rey hereditario de Bohemia.

—Pero usted debe comprender —dijo nuestro extraño visitante, sentándose de nuevo y pasándose una mano por la frente blanca y ancha— que no estoy habituado a tratar estos asuntos por mí mismo. Sin embargo, la cuestión era tan delicada que no podía confiarla a un agente sin ponerme en su poder. He venido de incógnito desde Praga con el propósito de consultarle.

«Se arrancó el antifaz y lo tiró al suelo.»

—Entonces consúlteme, por favor —dijo Holmes, volviendo a cerrar los ojos.

—Los hechos, resumidos, son estos. Hace unos cinco años, durante una prolongada visita a Varsovia, establecí relación con la famosa aventurera Irene Adler. No dudo que el nombre es familiar para usted.

—Hágame el favor de buscarla en mi índice, doctor —murmuró Holmes sin abrir los ojos.

Durante años mi amigo había seguido el sistema de recortar artículos concernientes a personas y cosas, de modo que era difícil mencionar un tema o un individuo sobre el que no pudiera proporcionar información inmediata. En este caso encontré la biografía de la mujer entre la de un rabino hebreo y la de un comandante que había escrito una monografía sobre los peces de las grandes profundidades marinas.

—¡Déjeme ver! —dijo Holmes—. ¡Hum! Nacida en New Jersey el año 1858. Contralto... ¡hum! La Scala, ¡hum! *Prima donna* de la Ópera Imperial de Varsovia... ¡ya! Retirada de la escena... ¡ajá! Vive en Londres... ¡exacto! Creo entender que usted, Majestad, tuvo una aventura con esa joven, le escribió cartas comprometedoras y ahora está ansioso por recuperarlas.

—Exactamente. Pero ¿cómo lograrlo?

—¿Hubo un matrimonio secreto?

—No.

—¿Ningún papel o certificado legal?

—Ninguno.

—En tal caso, no comprendo a Vuestra Majestad. Si esta joven sacara las cartas para hacerle chantaje o con otros propósitos, ¿cómo iba a probar su autenticidad?

—Está mi letra.

—¡Bah! Falsificada.

—Mi papel de cartas personal.

—Robado.

—Mi propio sello.

—Imitado.

—Mi fotografía.

—Comprada.

—En la fotografía aparecemos los dos.

—¡Santo cielo! ¡Esto está muy mal! ¡Realmente Su Majestad ha cometido una indiscreción!

—Estaba loco... trastornado.

—Se comprometió gravemente.

—Entonces solo era príncipe heredero. Era joven. Incluso ahora tengo únicamente treinta años.

—Hay que recuperar la fotografía.

—Lo hemos intentado y hemos fracasado.

—Su Majestad tiene que pagar. Hay que comprarla.

—Ella no quiere vender.

—Entonces, robarla.

—Cinco intentos han sido hechos. Dos veces unos ladrones pagados por mí han registrado su casa. Una vez sustrajimos su equipaje cuando viajaba. Dos veces ha sido asaltada. No ha dado resultado.

—¿Ni rastro de la foto?

—Absolutamente ninguno.

Holmes sonrió.

—Desde luego es un problemilla precioso —dijo.

—Pero muy serio para mí —le reprochó el rey.

—Mucho, claro está. ¿Y qué se propone hacer ella con la fotografía?

—Arruinar mi vida.

—Pero ¿cómo?

—Estoy a punto de casarme.

—Eso he oído.

—Con Clotilde Lothman von Saxe-Meningen, segunda hija del rey de Escandinavia. Quizá usted conozca los estrictos principios de su familia. Ella misma es una verdadera alma de delicadeza. La sombra de una duda sobre mi conducta traería el asunto a su final.

—¿E Irene Adler?

—Amenaza mandarles a ellos la fotografía. Y lo hará. Yo sé que lo hará. Usted no la conoce, pero tiene un alma de acero. Tiene el rostro de la más hermosa de las mujeres, y la mente del más resuelto de los hombres. Antes de que yo pueda casarme con otra mujer, no hay nada que ella no esté dispuesta a hacer... ¡nada!

—¿Está seguro de que no la ha enviado aún?

—Estoy seguro.

—¿Por qué?

—Porque ella dijo que la enviaría el día que el compromiso fuera públicamente proclamado. Será el próximo lunes.

—Oh, entonces todavía nos quedan tres días —dijo Holmes con un bostezo—. Es una suerte, porque antes tengo que ocuparme de uno o dos asuntos importantes. ¿Por supuesto Su Majestad se quedará por el momento en Londres?

—Desde luego. Me encontrará en el hotel Langham, bajo el nombre de conde Von Kramm.

—Le enviaré unas líneas para tenerle al corriente de nuestros progresos.

—Hágalo, por favor. Seré todo ansiedad.

—¿Y en cuanto al dinero?

—Tiene usted carta blanca.

—¿Totalmente?

—Le digo que daría una de las provincias de mi reino por esta fotografía.

—¿Y para los gastos inmediatos?

El rey sacó de debajo de su capa una pesada bolsa de piel de gamuza y la depositó encima de la mesa.

—Hay trescientas libras en oro y setecientas en billetes —dijo.

Holmes garabateó un recibo en una hoja de su bloc y se lo entregó.

—¿Y la dirección de mademoiselle? —inquirió.

—Briony Lodge, Serpentine Avenue, Saint John's Wood.

Holmes lo anotó.

—Una pregunta más —dijo—. ¿Era la fotografía de tamaño grande?

—Sí, lo era.

—Entonces, buenas noches, Majestad, y confío en tener pronto buenas noticias que darle. Y buenas noches, Watson —añadió, cuando las ruedas del carruaje real rodaron calle abajo—. Si tiene la amabilidad de pasar por aquí mañana por la tarde a las tres, me encantará discutir ese problemilla con usted.

2

A las tres en punto de la tarde yo estaba en Baker Street, pero Holmes no había regresado todavía. La casera me informó de que había salido de casa poco después de las ocho de la mañana. Me senté junto al fuego, dispuesto a esperarle por mucho que tardara. Estaba ya profundamente interesado en la investigación, pues, aunque el caso no presentaba ninguna de las características macabras y extrañas que envolvían los dos crímenes que ya he relatado, su naturaleza y la elevada posición del cliente le conferían un carácter peculiar. Además, al margen de la naturaleza de la investigación que mi amigo se traía entre manos, había algo en su modo de controlar las situaciones, y en sus perspicaces e incisivos razonamientos, que convertía para mí en un placer estudiar su sistema de trabajo y seguir los métodos rápidos y sutiles con que desentrañaba los misterios más inextricables. Estaba tan acostumbrado a sus invariables éxitos que la mera posibilidad de un fracaso ni se me pasaba por la mente.

«Un mozo con pinta de borracho.»

Eran casi las cuatro cuando se abrió la puerta y entró en la habitación un mozo con pinta de borracho, desastrado y patilludo, el rostro congestionado y las ropas impresentables. A pesar de lo acostumbrado que yo estaba a las maravillosas dotes de mi amigo para disfrazarse, tuve que mirarle tres veces antes de tener la certeza de que efectivamente era él. Con un gesto de saludo, desapareció en el dormitorio, de donde emergió a los cinco minutos con un traje de tweed y un aspecto tan respetable como siempre. Metiéndose las manos en los bolsillos, estiró las piernas ante la chimenea y rió con ganas unos segundos.

—¡Realmente, realmente! —exclamó.

Y entonces se atragantó y volvió a reír hasta quedar derrengado y sin aliento en la silla.

—¿Qué pasa?

—La cosa no puede ser más chusca. Estoy seguro de que usted no adivinaría jamás cómo he empleado la mañana ni lo que he estado haciendo.

—No puedo imaginarlo. Supongo que ha estado indagando las costumbres o tal vez vigilando la casa de la señorita Irene Adler.

—En efecto, pero el resultado ha sido insólito. Aun así, voy a contárselo todo. Salí de aquí poco después de las ocho, disfrazado de mozo de establo desempleado. Existe una maravillosa camaradería y solidaridad entre los hombres que trabajan con caballos. Si eres uno de ellos, sabrás todo lo que quepa saber. Encontré enseguida Briony Lodge. Es una joya. Tiene un jardín en la parte trasera, pero por delante llega hasta la calle. Dos pisos. Cerradura Chubb en la puerta. Amplio salón a la derecha, bien amueblado, con amplios ventanales hasta el suelo, y estos absurdos pestillos ingleses que hasta un niño podría abrir. Detrás no había nada especial, salvo que se puede acceder a la ventana del pasillo desde el tejado de la cochera. Di la vuelta a la villa y la examiné atentamente desde todos los ángulos posibles, pero no encontré nada que tuviera interés.

»Entonces anduve calle abajo, y resultó, como esperaba, que había unas caballerizas en un callejón que discurre junto a uno de los muros del jardín. Eché una mano a los mozos que estaban cepillando a los caballos, y recibí a cambio dos peniques, un vaso de cerveza, tabaco para cargar dos veces la pipa y cuanta información sobre la señorita Adler podía desear, por no hablar de la información sobre otra media docena de personas del vecindario por las que no sentía el menor interés, pero cuyas biografías me vi obligado a escuchar.

—¿Y qué hay de Irene Adler?

—Oh, ha hecho perder la cabeza a todos los habitantes del lugar. Es la cosa más bonita que camina bajo el sol. Eso dicen al unísono los hombres del Serpentine. Lleva una vida tranquila, da conciertos, sale todos los días a las cinco y regresa a las siete en punto para la cena. Raramente se ausenta a otras horas, excepto cuando canta. Solo tiene un visitante masculino, pero muy asiduo. Es moreno, guapo y elegante. Ningún día la visita menos de una vez, y en ocasiones dos. Se trata de un tal señor Godfrey Norton, de Inner Temple. Observe las ventajas de tener a un cochero como confidente. Lo han llevado a casa una docena de veces desde el Serpentine y lo saben todo acerca de él. Después de escuchar cuanto tenían que decir, empecé a caminar de nuevo por los alrededores de Briony Lodge, y a diseñar mi plan de batalla.

»Evidentemente el tal Godfrey Norton constituía un elemento importante del caso. Era abogado, lo cual no presagiaba nada bueno. ¿Cuál era la relación entre ellos dos y a qué obedecían sus frecuentes visitas? ¿Era Irene su cliente, su amiga o su amante? De ser lo primero, posiblemente habría puesto la fotografía bajo su custodia. De ser lo último, no era tan probable. Y de la respuesta a esta cuestión dependía que yo siguiera con mi trabajo en Briony Lodge o dirigiera mi atención hacia los aposentos del caballero en el Temple. Se trataba de un punto delicado y ampliaba el campo de mi investigación. Temo que le aburro con estos detalles, pero debo exponerle mis pequeñas dificultades si quiero que se haga cargo de cuál es la situación.

—Le sigo atentamente —respondí.

—Todavía estaba dándole vueltas a la cuestión, cuando llegó un cabriolé a Briony Lodge y se apeó un caballero. Muy bien parecido, moreno, de nariz aguileña, con bigote. Era, evidentemente, el hombre del que me habían hablado. Parecía tener mucha prisa. Le gritó al cochero que esperase y cruzó como una exhalación junto a la sirvienta que le abrió la puerta, con la desenvoltura de quien se siente en casa.

»Permaneció dentro una media hora, y pude vislumbrarle a través de las ventanas de la sala, andando de un lado a otro, hablando acaloradamente y gesticulando excitado. A ella no alcancé a verla. Finalmente salió, y parecía todavía más agitado que a su llegada. Al subir al carruaje, sacó un reloj de oro y lo miró con ansiedad. "¡Conduzca como si le persiguieran mil demonios!", ordenó al cochero. "Primero a Gross and Hankey, en Regent Street, y luego a la iglesia de Saint Monica, en Edgeware Road. ¡Medio soberano si llegamos en veinte minutos!"

»Allá se fueron, y yo me preguntaba si convendría o no seguirles, cuando apareció por el callejón un pequeño y bonito landó; el cochero llevaba la librea solo abrochada hasta la mitad, y la corbata debajo de la oreja, mientras las correas de los arneses se salían de las hebillas. Aún no se había detenido, cuando Irene Adler salió por la puerta del vestíbulo y se metió en el coche. Solo pude vislumbrarla unos segundos, pero era una mujer encantadora, con un rostro por el que un hombre se dejaría matar. "A la iglesia de Saint Monica", gritó, "y medio soberano si llegamos en veinte minutos".

»Aquello era demasiado interesante para perdérselo, Watson. Estaba dudando si debía echar a correr o colgarme del landó, cuando apareció un coche de punto. El cochero miró con recelo a un cliente tan andrajoso, pero yo subí de un salto antes de que pudiera objetar nada. "A la iglesia de Saint Monica", dije, "y medio soberano si llegamos en veinte minutos". Eran a la sazón las doce menos veinticinco minutos, y era obvio lo que se estaba tramando.

»Mi cochero condujo rápido como una centella. No creo haber ido tan deprisa en mi vida, pero los otros llegaron antes. El cabriolé y el landó, con los caballos humeantes, estaban ya ante la puerta de la iglesia. Pagué al hombre y me apresuré a entrar. En el interior no había un alma, salvo las dos personas a las que yo había seguido y un clérigo con sobrepelliz, que parecía estar discutiendo con ellas. Los tres formaban un grupito delante del altar. Yo avancé por la nave lateral, como cualquier transeúnte ocioso que se mete en una iglesia. De repente, ante mi asombro, los tres se volvieron hacia mí, y Godfrey Norton se me acercó corriendo a toda prisa.

»—¡Gracias a Dios! —gritó—. ¡Usted servirá! ¡Venga! ¡Venga conmigo!

»—¿Qué ocurre? —pregunté.

»—Venga, hombre, venga. Solo tres minutos, o no será legal.

»Me vi casi arrastrado hasta el altar y, antes de darme cuenta de lo que ocurría, me encontré farfullando las respuestas que me susurraban al oído, atestiguando cosas de las que no tenía ni idea, y, en definitiva, colaborando en el matrimonio de Irene Adler, soltera, con Godfrey Norton, soltero. Todo concluyó en unos instantes, y allí tenía al caballero dándome las gracias a un lado y a la dama dándome las gracias al otro, mientras el clérigo me sonreía delante. Era la situación más absurda en que me he encontrado jamás, y recordarla es lo que me ha hecho reír a mi llegada. Parece que había alguna irregularidad en la licencia de matrimonio, que el clérigo se negaba en redondo a casarlos sin la presencia de un testigo y que mi afortunada aparición había salvado al novio de tener que salir a la calle en busca de un hombre que hiciera de tal. La novia me dio un soberano, y pienso llevarlo en la cadena del reloj como recuerdo del evento.

«Me encontré farfullando las respuestas.»

—Esto supone un giro muy inesperado de los acontecimiento —dije—. ¿Y qué ocurrió después?

—Bien, vi mis planes seriamente amenazados. Parecía que la pareja podía partir de inmediato, y esto requería medidas enérgicas y urgentes. Sin embargo, se separaron ante la puerta de la iglesia: él regresó al Temple y ella a su casa. «Iré al parque a las cinco, como de costumbre», le dijo ella al despedirse. No oí nada más. Se alejaron en distintas direcciones, y yo me encaminé hacia mis propios objetivos.

—¿Que son...?

—Un poco de carne fría y un vaso de cerveza —me respondió, haciendo sonar la campanilla—. He estado demasiado atareado para pensar en comer, y es probable que esta noche lo esté todavía más. Por cierto, doctor, necesitaría su cooperación.

—Me encantará brindársela.

—¿No le importa infringir la ley?

—En absoluto.

—¿Ni correr el riesgo de ser arrestado?

—No, si es por una buena causa.

—¡Oh, la causa no puede ser mejor!

—En tal caso, yo soy su hombre.

—Estaba seguro de poder contar con usted.

—Pero ¿qué se propone?

—Cuando la señora Turner haya traído la bandeja, se lo explicaré todo.

Una vez la patrona se hubo marchado y él empezó a comer con apetito los sencillos alimentos dispuestos en la bandeja, prosiguió:

—Y ahora, mejor será que se lo cuente mientras como, porque no dispongo de mucho tiempo. Son casi las cinco. Dentro de dos horas debemos estar en el escenario de la acción. La señorita Irene, o mejor madame Irene, regresa a las siete de su paseo en coche. Tenemos que estar en Briony Lodge cuando llegue.

—Y entonces ¿qué?

—Déjelo de mi cuenta. Ya lo he dispuesto todo. Solo hay un punto en el que debo insistir. Ocurra lo que ocurra, usted no intervenga. ¿Entendido?

—¿Debo mantenerme al margen?

—Sí, no debe hacer absolutamente nada. Es probable que se produzca un pequeño incidente desagradable. No se sume a él. Llevará a que me hagan entrar en la casa. Cuatro o cinco minutos después se abrirá el ventanal de la sala. Usted debe apostarse cerca de él.

—Sí.

—Debe estar pendiente de mí, que me mantendré todo el rato al alcance de su vista.

—Sí.

—Y, cuando yo levante la mano, así, arrojará al interior de la habitación lo que ahora voy a darle, y, al mismo tiempo, lanzará gritos de ¡fuego! ¿Me sigue?

—Perfectamente.

—No es en absoluto peligroso —dijo, mientras se sacaba del bolsillo un cilindro del tamaño de un cigarro—. Un vulgar cohete de humo de los que usan los fontaneros, provisto de un pistón en cada extremo para que se prenda solo. Su tarea se limita a esto. Cuando lance el grito de fuego, muchas personas lo repetirán. Entonces diríjase al extremo de la calle, y yo me reuniré con usted al cabo de diez minutos. Espero haberme explicado con claridad, ¿no?

—Debo mantenerme al margen de lo que ocurra, situarme cerca de la ventana, estar pendiente de usted y, obedeciendo a su señal, arrojar dentro este objeto, después lanzar el grito de fuego, y esperarle en la esquina.

—Exactamente.

—Si se trata de esto, puede confiar por entero en mí.

—Estupendo. Pero creo que va siendo hora de que me prepare para el nuevo papel que he de representar.

Desapareció en su dormitorio y regresó a los pocos minutos caracterizado de clérigo amable, informal y sencillo. Su sombrero negro de alas anchas, sus pantalones del mismo color, su corbata blanca, su sonrisa bondadosa y su aspecto general de viva y benévola curiosidad eran tales que solo un actor como John Hare hubiese podido igualarlos. No se trataba únicamente de que Holmes cambiara de indumentaria. Su expresión, sus gestos, su misma alma parecían modificarse con cada nuevo papel que asumía. La escena perdió un magnífico actor, y la ciencia un perspicaz investigador, cuando se hizo especialista en crímenes.

«Clérigo amable, informal y sencillo.»

Eran las seis menos cuarto cuando salimos de Baker Street, y todavía faltaban diez minutos para las siete cuando llegamos a Serpentine Avenue. Había oscurecido ya, y estaban encendiendo precisamente las farolas cuando empezamos a pasear arriba y abajo ante Briony Lodge, esperando la llegada de su inquilina. La casa era tal como yo la había imaginado a partir de la sucinta descripción de Sherlock Holmes, pero el lugar parecía menos tranquilo de lo que había esperado. Muy al contrario; para tratarse de la callejuela de un barrio apacible, estaba notablemente animada. Había un grupo de hombres pobremente vestidos fumando y riendo en una esquina, un afilador ambulante con su rueda, dos guardias flirteando con una niñera, y varios jóvenes bien trajeados, que paseaban arriba y abajo con un cigarro en la boca.

—Mire —observó Holmes, mientras deambulábamos por delante de la casa—, esta boda más bien simplifica las cosas. Ahora la fotografía se convierte en un arma de doble filo. Es probable que Irene Adler tenga tan pocas ganas de que la vea Godfrey Norton como nuestro cliente de que caiga bajo los ojos de su princesa. Ahora la cuestión es: ¿dónde encontraremos la fotografía?

—Sí, ¿dónde?

—Es muy improbable que ella la lleve encima. Es demasiado grande para poder ocultarla fácilmente entre sus ropas de mujer. Sabe que el rey es muy capaz de hacer que la asalten y la registren. Ya ha sufrido dos intentos anteriores de esta índole. Podemos dar por sentado, entonces, que no la lleva.

—¿Dónde, pues?

—Su banquero o su abogado. Existe esta doble posibilidad. Pero me inclino a pensar que ninguno de los dos. A las mujeres les gustan por naturaleza los secretos y les encanta tener los suyos propios. ¿Por qué habría de confiar la fotografía a nadie? Puede fiarse de sí misma si es ella quien la guarda, pero no puede prever qué influencia indirecta o política puede ejercerse sobre un hombre de negocios. Recuerde, además, que proyecta utilizarla dentro de pocos días. Debe tenerla al alcance de la mano. Debe tenerla en su propia casa.

—Pero la han registrado dos veces.

—¡Bah! No sabían dónde buscar.

—¿Dónde buscará usted?

—Yo no buscaré.

—¿Qué hará, pues?

—Haré que ella me indique dónde está.

—Se negará.

—No podrá hacerlo. Pero oigo ruido de ruedas. Es un coche. Ahora siga mis instrucciones al pie de la letra.

Mientras Holmes decía estas palabras, asomó por la curva de la avenida el resplandor de los faroles laterales de un carruaje. Era un pequeño y bonito landó, que traqueteó hacia la puerta de

Briony Lodge. Cuando se detuvo, uno de los tipos desocupados de la esquina se precipitó a abrir la portezuela con la esperanza de ganarse una moneda, pero fue apartado de un empujón por otro de los tipos, que avanzaba con la misma intención. Se entabló entonces una feroz disputa, a la que se sumaron los dos guardias, que tomaron partido por uno de los haraganes, y el afilador, que defendía con igual vehemencia al otro. Alguien descargó un puñetazo, y en un instante Irene Adler, que se había apeado del carruaje, se encontró rodeada por un grupo de hombres acalorados y vociferantes, que se agredían salvajemente unos a otros con puños y bastones. Holmes se introdujo entre ellos para proteger a la dama, pero, justo al llegar a su lado, dio un grito y cayó al suelo, con la sangre fluyéndole abundantemente por el rostro. Al verlo caer, los guardias salieron corriendo en una dirección y los vagabundos en otra, mientras varias personas mejor vestidas, que habían observado la refriega sin tomar parte en ella, se agolpaban para ayudar a la dama y atender al herido. Irene Adler, como seguiré llamándola, había subido corriendo los peldaños de la escalera, pero se detuvo en el último, su soberbia figura recortada contra las luces del vestíbulo, y volvió la vista atrás, hacia la calle.

—¿Está ese pobre hombre mal herido? —preguntó.

—¡Está muerto! —gritaron varias voces.

—No, no, ¡todavía vive! —exclamó alguien—. ¡Pero morirá antes de que podamos llevarlo al hospital!

«Dio un grito y cayó al suelo.»

33

—Es un tipejo valiente —dijo una mujer—. De no ser por él le hubieran afanado el bolso y el reloj a esa señora. Son una banda, de las más peores además. ¡Ah, ahora respira!

—No se puede quedar tirado en la calle. ¿Lo metemos en casa, señora?

—Claro. Llévenlo al salón. Hay un sofá muy cómodo. ¡Por aquí, hagan el favor!

Lenta y solemnemente, Holmes fue introducido en Briony Lodge y depositado en el salón, mientras yo observaba los acontecimientos desde mi puesto junto a la ventana. Habían encendido las lámparas, pero no habían corrido las cortinas, de modo que podía verle tendido en el sofá. No sé si en aquellos momentos él experimentaba remordimientos por el papel que estaba representando, pero sí sé que yo nunca me había sentido tan avergonzado de mí mismo como cuando vi a la deliciosa criatura contra la que estaba conspirando, así como la gracia y gentileza con la que atendía al herido. Y, sin embargo, hubiera constituido la más negra de las traiciones abandonar ahora el papel que se me había asignado. Hice de tripas corazón, y me saqué el cohete de humo del bolsillo. A fin de cuentas, pensé, no vamos a hacerle a ella ningún daño. Solo queremos impedir que se lo haga a otro.

Holmes se había incorporado en el sofá y se movía como si le faltara el aire. Una doncella corrió a abrir la ventana. En este preciso instante, le vi levantar una mano, y, obedeciendo a esta señal, lancé mi cohete dentro de la habitación, al grito de «¡fuego!». Apenas había salido la palabra de mis labios, cuando la multitud de espectadores, bien vestidos y mal vestidos —caballeros, vagabundos y criadas—, se me unió en un alarido general de «¡fuego!». Densas nubes de humo se arremolinaban en la habitación y salían por la abierta ventana. Pude entrever varias figuras que huían en desbandada, y un momento después oí la voz de Holmes desde el interior, asegurando que se trataba de una falsa alarma. Deslizándome entre aquella multitud vociferante, llegué hasta la esquina de la calle, y a los diez minutos me alegró sentir el brazo de mi amigo en el mío y alejarme de la escena del tumulto. Holmes caminó deprisa y en silencio un trecho, hasta que nos adentramos en una de las tranquilas calles que llevan a Edgeware Road.

—Lo ha hecho usted muy bien, doctor —observó—. No podía haber salido mejor. Todo va bien.

—¿Tiene la fotografía?

—Sé dónde está.

—Y ¿cómo lo ha averiguado?

—Ella me lo ha indicado, tal como le dije.

—Sigo sin entenderlo.

—No pretendo hacer de esto un misterio —dijo, echándose a reír—. La cosa no puede ser más simple. Usted, claro está, advertiría que toda la gente que había en la calle eran mis cómplices. A todos los había contratado yo para esta noche.

—Eso sospeché.

—Después, cuando empezó la trifulca, yo tenía un poco de pintura roja fresca en la palma de la mano. Corrí hacia delante, caí, me llevé la mano a la cara y me convertí en un penoso espectáculo. Es un viejo truco.

—Eso también lo imaginé.

—Entonces me metieron en la casa. Ella no podía negarse. ¿Qué otra cosa iba a hacer? Y me trasladaron al salón, que era exactamente la habitación que centraba mis sospechas. Era en el salón o era en su dormitorio. Y yo estaba decidido a averiguar en cuál de los dos. Me tendieron en un sofá, hice gestos de que me faltaba el aire, se vieron obligados a abrir la ventana, y usted tuvo su oportunidad.

—Y ¿para qué le sirvió a usted?

—Era de máxima importancia. Cuando una mujer cree que hay un incendio en casa, su instinto la impulsa a correr hacia lo que más quiere. Es un impulso irrefrenable, y en más de una ocasión he sacado provecho de él. Me fue útil en el caso del escándalo de la sustitución de Darlington, y también en el asunto de Arnsworth Castle. Una mujer casada se precipita hacia su bebé; una soltera hacia su joyero. Para mí era evidente que nuestra dama no tiene en la casa nada tan precioso para ella como el objeto de nuestras pesquisas. Correría a ponerlo a salvo. La alarma de fuego salió de maravilla. El humo y los gritos bastaban para quebrar unos nervios de acero. Ella reaccionó exactamente como yo esperaba. La fotografía está en un hueco, detrás de un panel deslizante, justo encima del cordón de la campanilla derecha. Irene Adler estuvo allí en un instante, y atisbé con el rabillo del ojo que estaba a punto de sacarla. Cuando grité que se trataba de una falsa alarma, la volvió a dejar, miró el cohete, salió corriendo de la habitación y no he vuelto a verla. Yo me levanté, presenté mis excusas y salí de la casa. Dudé si apoderarme de la fotografía en aquel mismo instante, pero había entrado el cochero, y, como me vigilaba estrechamente, me pareció más prudente esperar. Un exceso de precipitación podía estropearlo todo.

—¿Y ahora? —pregunté.

—Nuestra búsqueda prácticamente ha terminado. Mañana iré allí con el rey, y con usted, si desea acompañarnos. Nos harán pasar al salón para esperar a la señora, pero es probable que cuando llegue no nos encuentre a nosotros ni encuentre la fotografía. Seguro que a Su Majestad le encantará recuperarla con sus propias manos.

—¿Y a qué hora será la visita?

—A las ocho de la mañana. No estará levantada, y tendremos el campo libre. Además, debemos apresurarnos, porque este matrimonio puede implicar un completo cambio en su vida y en sus costumbres. Tengo que telegrafiar al rey inmediatamente.

Habíamos llegado a Baker Street y nos detuvimos ante la puerta. Holmes estaba buscando la llave en sus bolsillos, cuando alguien le dijo al pasar:

—Buenas noches, señor Sherlock Holmes.

Había varias personas en la acera en aquel momento, pero el saludo parecía proceder de un muchachito delgado con impermeable que había cruzado apresurado junto a nosotros.

—Yo he oído antes esta voz —dijo Holmes, mirando fijamente la calle mal iluminada—. Me pregunto quién diablos puede ser.

3

Aquella noche dormí en Baker Street, y por la mañana estábamos ocupados con nuestras tostadas y nuestro café cuando el rey de Bohemia entró precipitadamente en la habitación.

—¿De veras lo ha conseguido? —gritó, aferrando a Sherlock Homes por los hombros y mirando ansiosamente su rostro.

—Todavía no.

—Pero ¿tiene esperanzas?

—Tengo esperanzas.

—Vamos, pues. No puedo contener mi impaciencia.

—Necesitamos un coche.

—Mi berlina espera abajo.

—Bien, esto simplifica las cosas.

Bajamos, y partimos una vez más hacia Briony Lodge.

—Irene Adler se ha casado —observó Holmes—. ¿Casado? ¿Cuándo?

—Ayer.

—Pero ¿con quién?

—Con un abogado inglés que se llama Norton.

«Buenas noches, señor Sherlock Holmes.»

—Pero es imposible que ella le ame.

—Pues yo espero que así sea.

—¿Por qué lo espera?

—Porque esto le evitaría a Su Majestad todo temor de futuras molestias. Si la dama ama a su marido, no ama a Su Majestad. Si no ama a Su Majestad, no hay razón para que interfiera en los planes de Su Majestad.

—Es cierto. Y sin embargo... Bien. ¡Ojalá hubiera sido de mi condición! ¡Menuda reina hubiera sido!

Y el rey se sumió en un melancólico silencio, que no finalizó hasta que llegamos a Serpentine Avenue.

La puerta de Briony Lodge estaba abierta y había una anciana de pie en lo alto de la escalera. Nos dirigió una mirada sarcástica cuando nos apeamos de la berlina.

—¿El señor Sherlock Holmes, supongo? —dijo.

—Yo soy el señor Holmes —dijo mi compañero, dirigiéndole una mirada inquisitiva y un tanto sorprendida.

—¡Claro! Mi señora me dijo que era muy probable que usted viniera. Se ha marchado esta mañana con su esposo en el tren que sale a las cinco y cuarto de Charing Cross hacia el continente.

—¿Qué? —Sherlock Holmes dio un paso atrás tambaleándose, pálido por la consternación y la sorpresa—. ¿Quiere usted decir que ha abandonado Inglaterra?

—Para no regresar jamás.

—¿Y los papeles? —preguntó el rey con voz ronca—. Todo está perdido.

—Veremos —dijo Holmes.

Pasó junto a la sirvienta y se apresuró hacia el salón, seguido por el rey y por mí. Los muebles estaban esparcidos en todas direcciones, con los estantes desmontados y los cajones abiertos, como si la dama los hubiera vaciado apresuradamente antes de escapar. Holmes se precipitó hacia el cordón de la campanilla, arrancó un pequeño panel deslizante y, metiendo la mano en la cavidad, extrajo una fotografía y una carta. La fotografía era de la propia Irene Adler en traje de noche; la carta iba dirigida a «Sherlock Holmes, Esq. Guardar hasta que la recojan». Mi amigo la abrió, y los tres la leímos a la vez. Estaba fechada la medianoche anterior y decía lo que sigue:

Mi querido señor Sherlock Holmes:
Realmente lo ha hecho usted muy bien. Me engañó por completo. No tuve la menor sospecha hasta la alarma de fuego. Pero entonces, al ver que me había delatado a mí misma, empecé a pensar. Meses atrás me habían prevenido contra usted. Me habían dicho que, si el rey recurría a un detective, sería a Sherlock Holmes. Y me dieron su dirección. No obstante, a pesar de todo esto, consiguió hacerme revelar lo que deseaba saber. Incluso después de concebir sospechas, se me hacía difícil desconfiar de aquel anciano clérigo, tan amable y cariñoso. Pero, usted lo sabe, yo también tengo experiencia como actriz. La indumentaria masculina no es nueva para mí. A menudo me aprovecho de la libertad que confiere. Le dije a John, el cochero, que le vigilase, corrí escalera arriba, me puse mis «ropas de paseo», como yo las llamo, y bajé justo en el momento en que usted se marchaba.

Bien, le seguí hasta la puerta de su casa, y así supe que yo era realmente objeto de interés por parte del famoso señor Sherlock Holmes. Entonces, en un rapto de imprudencia, le di las buenas noches, y me dirigí al Temple para ver a mi marido.

Ambos pensamos que, dado que era perseguida por tan formidable antagonista, el mejor recurso era la huida. Así pues, mañana cuando venga usted, encontrará el nido vacío. En cuanto a la fotografía, su cliente puede dormir tranquilo. Amo y soy amada por un hombre mejor que él. El rey puede hacer cuanto le venga en gana sin que le ponga ningún obstáculo la persona a quien ha tratado tan cruelmente. Solo la conservo para protegerme a mí misma, y para disponer de un arma que me defienda de cualquier paso que él pueda dar en el futuro.

Dejo una fotografía que tal vez a él le guste conservar. Y quedo, querido señor Sherlock Holmes, suya afectísima,

IRENE NORTON, *née* ADLER

—¡Qué mujer! ¡Qué mujer! —exclamó el rey de Bohemia, cuando terminamos de leer los tres la epístola—. ¿No le dije lo rápida y resuelta que es? ¿No hubiera sido una magnífica reina? ¿No es una pena que no sea de mi clase?

—Por lo que he visto de la dama, parece pertenecer, en efecto, a una clase muy distinta a la de Su Majestad —dijo Holmes fríamente—. Lamento no haber proporcionado a Su Majestad unos resultados más satisfactorios.

—¡Todo lo contrario, mi querido señor! —exclamó el rey—. Nada podría ser más satisfactorio. Sé que la palabra de Irene Adler es sagrada. La fotografía está ahora tan a salvo como si la hubiéramos echado al fuego.

—Me encanta oírle decir esto, Majestad.

—Tengo una deuda inmensa con usted. Dígame, por favor, de qué manera puedo recompensarle. Este anillo...

Se sacó del dedo un anillo de esmeraldas en forma de serpiente y se lo ofreció en la palma de la mano.

—Su Majestad tiene algo que yo valoraría todavía mucho más —dijo Holmes.

—Solo tiene que mencionarlo.

—¡Esta fotografía!

El rey le miró con estupor.

—¡La fotografía de Irene! —exclamó—. Desde luego es suya, si es eso lo que desea.

—Gracias, Majestad. Entonces, ya no queda nada pendiente en este asunto. Tengo el honor de desear a Su Majestad muy buenos días.

Holmes hizo una inclinación y, sin hacer caso de la mano que el rey le tendía, dio media vuelta y se encaminó, acompañado por mí, hacia su apartamento.

Y así fue cómo un gran escándalo amenazó al reino de Bohemia, y cómo los mejores planes del señor Sherlock Holmes se vieron frustrados por el ingenio de una mujer. Tenía costumbre de bromear sobre la inteligencia de las mujeres, pero a partir de entonces no le he oído hacerlo. Y, cuando habla de Irene Adler, o se refiere a su fotografía, utiliza siempre el honorable título de «la mujer».

«—¡Esta fotografía!»

LA LIGA DE LOS PELIRROJOS

Un día de otoño del año pasado, fui a visitar a mi amigo, el señor Sherlock Holmes, y le encontré enfrascado en una conversación con un caballero maduro, corpulento, de rostro rubicundo y cabello rojo como el fuego. Me disponía a retirarme, pidiendo disculpas por mi intromisión, cuando Holmes me arrastró con brusquedad dentro de la habitación y cerró la puerta a mis espaldas.

—No podía haber llegado en mejor momento, querido Watson —me dijo cordialmente.

—Temí que estuviera usted ocupado.

—Lo estoy. Y mucho.

—Entonces puedo esperar en la habitación de al lado.

—De ninguna manera. Este caballero, señor Wilson —dijo, dirigiéndose al desconocido—, ha sido mi compañero y ayudante en muchos de mis casos más destacados, por lo cual no me cabe duda de que también en el suyo me será de gran utilidad.

El corpulento caballero se levantó a medias de la silla y esbozó un gesto de saludo, con una breve mirada inquisitiva en sus ojillos rodeados de grasa.

—Siéntese en el sofá —me dijo Holmes, recostándose en el sillón y juntando las puntas de los dedos, como tenía por costumbre cuando estaba de talante reflexivo—. Sé, mi querido Watson, que comparte mi afición por todo lo que es insólito y se aparta de los convencionalismos y la monótona rutina de la vida cotidiana. Ha dado usted muestras de esta afición en el entusiasmo que le ha llevado a narrar por escrito y, si me permite decirlo, a embellecer tantas de mis aventurillas.

—Es cierto que sus casos me han interesado siempre mucho —reconocí.

—Recordará usted que el otro día, justo antes de sumergirnos en el sencillo problema que nos trajo la señorita Mary Sutherland, señalé que, para encontrar extraños efectos y extraordinarias combinaciones, debemos recurrir a la vida misma, siempre más audaz que cualquier esfuerzo de la imaginación.

—Afirmación que me tomé la libertad de discutir.

—Así fue, doctor, pero será mejor que acepte mi punto de vista, porque de lo contrario amontonaré sobre usted datos y más datos hasta que sus argumentos se hundan y tenga que darme la razón. Bien, el señor Jabez Wilson aquí presente ha tenido la amabilidad de visitarme y empezar un relato que promete ser uno de los más extraños que he escuchado en bastante tiempo. Usted me ha oído comentar que las cosas más raras e insólitas están relacionadas a menudo, no con los grandes, sino con los pequeños delitos, e incluso, en ocasiones, donde hay motivos para dudar que se haya cometido realmente ninguno. Por lo que he oído hasta ahora, me es imposible decir si en el presente caso existe o no un elemento delictivo, pero el curso de los acontecimientos figura entre los más singulares de que he teni-

«El señor Jabez Wilson.»

43

do noticia. Tal vez, señor Wilson, tenga usted la gentileza de comenzar de nuevo su relato. Se lo pido, no solo porque mi amigo el doctor Watson no ha oído el comienzo, sino también porque la peculiar índole de la historia hace que yo desee escuchar de sus labios hasta el menor detalle. Como regla general, cuando tengo la más leve indicación sobre el curso de los acontecimientos, soy capaz de guiarme por los miles de casos similares que acuden a mi memoria. Pero en el caso presente me veo obligado a admitir que los hechos son, a mi entender, únicos.

El corpulento cliente hinchó el pecho en un pequeño gesto de orgullo y sacó un periódico sucio y arrugado del bolsillo interior de su gabán. Mientras él recorría con la vista la columna de anuncios, con la cabeza echada hacia delante y el diario apoyado en las rodillas, le observé atentamente e intenté, como hacía mi compañero, leer los indicios que podían presentar su indumentaria o su aspecto.

Sin embargo, no saqué gran cosa de mi inspección. Nuestro visitante tenía todas las trazas del típico comerciante británico, obeso, pomposo y lento. Llevaba unos pantalones holgados a cuadros grises, una levita negra no demasiado limpia, desabrochada por delante, y un chaleco amarillento con una pesada cadena de latón, de la que colgaba como adorno una pieza cuadrada de metal. A su lado, sobre una silla, yacían un raído sombrero de copa y un viejo abrigo marrón con el cuello de terciopelo bastante arrugado. En conjunto, por mucho que mirase, no veía nada especial en aquel hombre, salvo su llameante cabellera roja y la expresión de extremo pesar y disgusto que reflejaban sus facciones. Mis esfuerzos no pasaron inadvertidos a la perspicaz mirada de Sherlock Holmes, que movió la cabeza sonriendo.

—Al margen de los hechos evidentes de que durante un tiempo ejerció un oficio manual —dijo—, de que toma rapé, es masón, ha estado en China y últimamente ha escrito muchísimo, no soy capaz de deducir nada más.

El señor Jabez Wilson dio un salto en la silla, con el dedo índice sobre el periódico, pero con los ojos clavados en mi compañero.

—En nombre de Dios, ¿cómo ha averiguado todo esto, señor Holmes? —preguntó—. ¿Cómo sabe usted, por ejemplo, que ejercí un oficio manual? Es tan cierto como el Evangelio, puesto que empecé como carpintero en un astillero.

—Sus manos, querido amigo. Su mano derecha es bastante más grande que la izquierda. Usted trabajó con ella, y los músculos se han desarrollado más.

—De acuerdo, pero ¿y el rapé?, ¿y la masonería?

—No pienso ofender su inteligencia explicándole cómo he descubierto esto, especialmente cuando, contraviniendo las estrictas normas de su orden, lleva usted un alfiler de corbata con una escuadra y un compás.

—Sí, claro, lo había olvidado. Pero ¿lo de escribir?

—¿Qué otra cosa podría indicar el puño tan lustroso de su manga derecha, mientras que la manga izquierda está rozada en la zona del codo, allí donde se apoya en la mesa?

—¿Y lo de China?

—El pez que luce usted justo encima de la muñeca derecha solo puede haber sido grabado en China. He realizado un pequeño estudio sobre tatuajes e incluso he contribuido a ampliar la bibliografía relativa al tema. Ese recurso de teñir de un rosa delicado las escamas de los peces es peculiar de los chinos. Y, si además veo pender una moneda china de la cadena de su reloj, la cuestión resulta todavía más sencilla.

El señor Jabez Wilson se echó a reír estrepitosamente.

—¡Vaya por Dios! —exclamó—. Al principio creí que había demostrado usted mucho ingenio, pero ya veo que la cosa no tiene, a fin de cuentas, tanto mérito.

—Empiezo a creer, Watson —dijo Holmes—, que cometo un error al dar explicaciones. Ya sabe, *omne ignotum pro magnifico*, y mi pobre y pequeña reputación se hundirá si soy tan ingenuo. ¿No encuentra el anuncio, señor Wilson?

—Sí, ya lo tengo —respondió, con un dedo gordo y rojizo plantado en mitad de la columna—. Aquí está. Esto fue el comienzo de todo. Léalo usted mismo, señor.

Cogí el periódico y leí lo siguiente:

A LA LIGA DE LOS PELIRROJOS:

Con cargo al legado del difunto Ezekiah Hopkins, de Lebanon, Pensilvania, Estados Unidos, hay ahora otra vacante que da derecho a un miembro de la Liga a un salario de cuatro libras semanales por servicios puramente nominales. Todo pelirrojo sano de cuerpo y alma, y mayor de veintiún años, puede optar al cargo. Presentarse personalmente el lunes, a las once, al señor Duncan Ross, en las oficinas de la Liga, 7 Pope's Court, Fleet Street.

—¿Qué demonios significa esto? —exclamé, tras leer dos veces el extraordinario anuncio.

Holmes se removió en su silla y rió entre dientes, como solía hacer cuando algo le divertía.

—Se sale un poco de lo común, ¿verdad? —dijo—. Y ahora, señor Wilson, comience desde el principio y cuéntenoslo todo acerca de sí mismo, de su familia y de las consecuencias que este anuncio ha tenido en su vida. Ante todo, doctor, tome nota del periódico y de la fecha.

—Es el *Morning Chronicle* del 27 de abril de 1890.

Hace exactamente dos meses.

—Muy bien. Adelante, señor Wilson.

«—¿Qué demonios significa esto?»

—Bueno, es exactamente lo que le he contado, señor Holmes —dijo Jabez Wilson, pasándose un pañuelo por la frente—. Tengo una pequeña casa de préstamos en Coburg Square, cerca de la City. No es un negocio importante, y los últimos años solo me ha dado lo justo para subsistir. Antes podía permitirme dos empleados, pero ahora solo uno, y me vería en apuros para pagarle si no fuera porque está dispuesto a trabajar por media paga para aprender el oficio.

—¿Cómo se llama este joven tan bien dispuesto? —preguntó Sherlock Holmes.

—Se llama Vincent Spaulding, y ya no es tan joven. Es difícil decir su edad. No podría desear un empleado más listo, señor Holmes, y sé de sobra que podría mejorar de empleo y ganar el doble de lo que yo puedo pagarle. Pero, al fin y al cabo, si él está satisfecho, ¿por qué habría de meterle yo ideas en la cabeza?

—Sí, ¿por qué iba a hacerlo? Parece usted muy afortunado al tener un empleado por debajo de los precios del mercado. En nuestros tiempos no es una experiencia frecuente entre los patronos. Me temo que su empleado sea tan extraordinario como su anuncio.

—Oh, también tiene sus defectos, claro está —admitió el señor Wilson—. Nunca hubo un tipo más chiflado por la fotografía. Siempre sacando fotos, cuando debería estar cultivando su mente; y después sumergiéndose en el sótano como un conejo en su madriguera, para revelarlas. Este es su principal defecto, pero en conjunto es un buen trabajador. No tiene vicios.

—¿Vive con usted, supongo?

—Sí, señor. Él y una chica de catorce años, que cocina un poco y mantiene limpio el local. No hay más gente en casa porque soy viudo y no tuve hijos. Los tres llevamos una vida tranquila, señor; y, aunque la cosa no dé para más, tenemos un techo sobre nuestras cabezas y pagamos nuestras deudas. Fue el anuncio lo que nos trastornó. Spaulding bajó al despacho hace exactamente ocho semanas, con este mismo periódico en la mano, y me dijo:

»—¡Ojalá Dios me hubiera hecho pelirrojo, señor Wilson!

»—¿Por qué? —le pregunté.

»—Pues porque hay otra vacante en la Liga de los Pelirrojos. Supone una pequeña fortuna para el hombre que la consiga, y tengo entendido que hay más plazas vacantes que candidatos, de modo que los albaceas andan desesperados sin saber qué hacer con el dinero. Solo con que mi cabello quisiera cambiar de color, ahí tendría una oportunidad que me vendría de perlas.

»—Pero ¿de qué se trata? —pregunté.

»Verá, señor Holmes, yo soy un hombre muy hogareño y, como mis negocios vienen a mí en lugar de salir yo a buscarlos, a menudo pasan semanas sin que ponga los pies en la calle. Por esta razón estoy poco al corriente de lo que ocurre en el exterior y siempre me gusta enterarme de alguna novedad.

»—¿Nunca ha oído hablar de la Liga de los Pelirrojos? —me preguntó con los ojos muy abiertos.

»—Nunca.

»—Vaya, me sorprende mucho, porque usted podría optar a una de las vacantes.

»—¿Y qué sacaría con eso?

»—Oh, solo doscientas al año, pero el trabajo es mínimo y no interfiere casi con las otras ocupaciones que uno tenga.

»Ya pueden ustedes imaginar que esto me hizo aguzar el oído, pues el negocio no había ido muy bien los últimos años y un par de cientos de libras adicionales me habrían caído de perlas.

»—Cuéntame todo lo que sepas —le dije.

»—Bueno —dijo él, enseñándome el anuncio—, puede ver por sí mismo que en la Liga hay una vacante, y aquí vienen las señas donde conseguir más información. Por lo que yo sé, la Liga la fundó un millonario de Estados Unidos, Ezekiah Hopkins, un tipo algo excéntrico. Era pelirrojo y sentía gran simpatía por todos los pelirrojos. Cuando murió, se supo que había dejado su enorme fortuna en manos de unos albaceas, con instrucciones de destinar los intereses a proporcionar cómodos empleos a hombres que tuvieran el cabello de este color. Por lo que he oído, la paga es espléndida y el trabajo poco.

«En la Liga hay una vacante.»

»—Pero —le dije— debe haber millones de pelirrojos que aspiren a la plaza.

»—Menos de los que usted cree —respondió—. Mire, la oferta se dirige solo a londinenses y a hombres adultos. El americano empezó en Londres, cuando era joven, y quiso ser generoso con la vieja ciudad. Además, he oído que es inútil presentarse si el cabello es rojo pálido, o rojo oscuro, o de cualquier otro color que no sea un rojo realmente intenso, vivo, llameante. Si usted se presentara, señor Wilson, conseguiría la plaza de inmediato. Pero tal vez no le interese tomarse estas molestias por unos cientos de libras.

»Bien, es un hecho, caballeros, como pueden verlo por sí mismos, que mi cabello es de un rojo intenso, y me pareció que, si había que competir en este aspecto, yo tenía tantas posibilidades como el que más. Vincent Spaulding parecía tan enterado de la cuestión que pensé que podría serme útil, de modo que le ordené echar el cierre a la tienda y venirse conmigo. Le encantó tener un día de fiesta, de modo que dejamos el negocio y nos dirigimos a la dirección que indicaba el anuncio.

»No creo volver a ver en toda mi vida un espectáculo como aquel, señor Holmes. Del norte, del sur, del este y del oeste, todos los hombres que tenían un asomo de color rojo en el cabello habían acudido a la City en respuesta al anuncio. Fleet Street estaba inundada de pelirrojos, y Pope's Court parecía la carretilla de un vendedor de naranjas. Jamás creí que hubiera en el país tantos pelirrojos. Los había de todas las tonalidades (paja, limón, naranja, ladrillo, setter irlandés, hígado, arcilla), pero, como había dicho Spaulding, no había muchos que tuvieran un auténtico rojo intenso y llameante. Cuando vi aquella multitud de solicitantes, me desanimé y estuve a punto de desistir, pero Spaulding no quiso ni oír hablar de ello. No sé cómo se las compuso, pero tiró de mí, empujó y embistió hasta hacerme atravesar la muchedumbre y subir la escalera que llevaba a la oficina. Había una doble corriente humana: unos subían esperanzados, y otros bajaban decepcionados. Nosotros nos abrimos paso como pudimos y pronto estuvimos dentro.

—Su experiencia ha sido sumamente curiosa y divertida —observó Holmes, mientras su cliente hacía una pausa y se refrescaba la memoria con un buen pellizco de rapé—. Le ruego continúe su interesante relato.

—En la oficina solo había dos sillas de madera y una mesa de despacho, tras la cual se sentaba un hombrecillo con una cabellera aún más roja que la mía. Decía unas palabras a cada candidato y luego se las ingeniaba para encontrar algún defecto que lo descalificara. Por lo visto, conseguir la plaza no era cosa fácil. Sin embargo, cuando llegó nuestro turno, el hombrecillo se mostró más predispuesto hacia mí que hacia ninguno de los otros, y cerró la puerta en cuanto entramos, a fin de intercambiar unas palabras en privado.

»—Este es el señor Jabez Wilson —dijo mi empleado—, y desea ocupar una vacante en la Liga.

»—Y parece admirablemente adecuado para el puesto —respondió el otro—. Cumple todos los requisitos. No recuerdo haber visto nada tan espléndido.

»Dio un paso atrás, ladeó la cabeza y contempló mi cabello hasta que me sentí un poco avergonzado. Después se abalanzó de repente sobre mí, me estrechó la mano y me felicitó calurosamente por mi éxito.

«Me felicitó calurosamente por mi éxito.»

»—Sería injusto dudar de usted, pero seguro que me disculpará si tomo una precaución obvia —dijo, mientras me agarraba el pelo con ambas manos y tiraba de él hasta hacerme gritar de dolor—. Hay lágrimas en sus ojos —añadió al soltarme—, lo cual indica que todo está en orden. Pero hemos de tener mucho cuidado, porque han intentado ya engañarnos dos veces con pelucas y una con tinte. Podría contarle historias que le harían sentirse asqueado de la condición humana.

»Se acercó a la ventana, y gritó por ella, con toda la fuerza de sus pulmones, que la vacante estaba cubierta. Desde abajo nos llegó un gemido de desilusión, y la multitud se dispersó, hasta que no quedó una sola cabeza pelirroja a la vista, excepto la mía y la del hombrecillo, que resultó ser el gerente.

»—Me llamo Duncan Ross —nos dijo—, y soy uno de los pensionistas que se benefician del legado de nuestro noble benefactor. ¿Está usted casado, señor Wilson? ¿Tiene familia?

»Le respondí que no.

»Al instante apareció en su rostro una expresión compungida.

»—¡Válgame Dios! —exclamó muy serio—. Esto sí que es grave. Lamento oírselo decir. El legado tiene lógicamente la finalidad de propagar a los pelirrojos y no solo de mantenerlos. Es una verdadera lástima que esté usted soltero.

»Se me encogió el ánimo al oír esto, señor Holmes, pues pensé que a fin de cuentas no iba a conseguir la plaza, pero, tras reflexionar unos instantes, el señor Ross dijo que no importaba.

»—En el caso de otro —manifestó—, ese inconveniente podía ser fatal, pero creo que debemos ser un poco flexibles cuando se trata de un hombre con un cabello como el suyo. ¿Cuándo podrá hacerse cargo de sus nuevas obligaciones?

»—Bueno, hay una pequeña dificultad, porque yo ya regento un negocio.

»—¡Oh, no se preocupe por eso, señor Wilson! —dijo Vincent Spaulding—. Yo puedo ocuparme de él en su lugar.

»—¿Cuál sería el horario? —pregunté.

»—De diez a dos.

»Ahora bien, el negocio del prestamista se realiza a última hora de la tarde, especialmente los jueves y los viernes, justo antes de la paga, por lo que me venía de perlas ganar algo por las mañanas. Además, yo sabía que mi empleado era competente y cuidaría bien del negocio.

»—Me va bien —dije—. ¿Y la paga?

»—Cuatro libras a la semana.

»—¿Y el trabajo?

»—Puramente nominal.

»—¿Qué entiende usted por puramente nominal?

»—Bueno, tiene que estar en la oficina, o al menos en el edificio. Si sale, pierde irremisiblemente el puesto. El testamento es muy claro en este punto. Si se ausenta de la oficina durante el horario de trabajo, incumple usted el contrato.

»—Solo son cuatro horas al día, y no pienso salir para nada.

»—No valdría ninguna excusa —insistió el señor Duncan Ross—. Ni enfermedades, ni negocios, ni nada de nada. Tiene que estar usted aquí o pierde el empleo.

»—¿Y en qué consiste el trabajo?

»—Consiste en copiar la *Enciclopedia británica*. Tiene el primer volumen en esta estantería. Debe traer la tinta, las plumas y el papel, y nosotros le proporcionamos esta mesa y esta silla. ¿Puede empezar mañana?

»—Desde luego —respondí.

»—Entonces, buenos días, señor Jabez Wilson, y permítame felicitarle otra vez por el importante cargo que ha tenido la suerte de conseguir.

»Me despidió con un gesto, y yo volví a casa con mi empleado, sin saber apenas qué hacer ni qué decir, tan contento estaba por mi buena fortuna.

»Pasé todo el día pensando en el asunto, y por la noche estaba de nuevo deprimido, pues me había convencido de que se trataba de un gran fraude o engaño, aunque no acertaba a imaginar cuál podía ser el objetivo. Parecía absolutamente increíble que alguien hiciera semejante testamento, o que pagaran aquella cantidad de dinero por algo tan simple como copiar la *Enciclopedia británica*. Vincent Spaulding hizo cuanto pudo para animarme, pero a la hora de acostarme yo había decidido dejar correr el asunto. No obstante, por la mañana determiné ir a echar un vistazo de todos modos. Así pues, compré una botella de tinta de un penique y, provisto de una pluma y de siete folios de papel, me encaminé hacia Pope's Court.

»Para mi sorpresa y alegría, todo estaba conforme a lo acordado. Me habían preparado la mesa, y el señor Duncan Ross estaba allí para comprobar que me ponía al trabajo. Me indicó que empezara por la letra "a" y me dejó solo, pero venía de vez en cuando para comprobar que no me faltaba nada. A las dos me despidió, me felicitó por lo mucho que llevaba escrito y cerró tras de mí la puerta de la oficina.

»Todo siguió así día tras día, señor Holmes, y el sábado vino el gerente y me largó cuatro soberanos de oro por el trabajo de la semana. Lo mismo ocurrió la semana siguiente, y lo mismo la otra. Todas las mañanas yo estaba allí a las diez, y todos los mediodías me marchaba a las dos. Gradualmente el señor Duncan Ross empezó a venir solo una vez cada mañana, y, transcurrido un tiempo, dejó de venir por completo. Sin embargo, nunca me atreví, claro está, a abandonar la habitación ni un instante, pues

«La puerta estaba cerrada con llave.»

no sabía cuándo podía aparecer él, y el empleo era tan bueno, y me venía tan bien, que no quería arriesgarme a perderlo.

»Así transcurrieron ocho semanas, y había copiado todo lo referente a Abadía y América y Armadura y Arquitectura y Ática, y esperaba llegar pronto a la B si me aplicaba. Había gastado algún dinero en papel y había llenado casi un estante con mis escritos. Y entonces, de repente, todo terminó.

—¿Todo terminó?

—Sí, señor. Y esta misma mañana. Fui a trabajar a las diez, como de costumbre, pero la puerta estaba cerrada con llave, y, clavado en medio del panel con una chincheta, había este cartelito. Aquí lo tiene, puede leerlo por sí mismo.

Nos mostró una cartulina blanca, del tamaño aproximado de una cuartilla. Decía lo siguiente:

LA LIGA DE LOS PELIRROJOS
SE HA DISUELTO.
9 DE OCTUBRE, 1890.

Sherlock Holmes y yo examinamos ese conciso anuncio y el rostro desolado que había detrás, hasta que el aspecto cómico del asunto se impuso a cualquier otra consideración y prorrumpimos ambos en una estruendosa carcajada.

—No veo qué tiene esto de divertido —exclamó nuestro

cliente, sonrojándose hasta las raíces de su llameante cabe-llo—. Si no pueden hacer algo mejor que reírse de mí, puedo ir a otra parte.

—No, no —exclamó Sherlock Holmes, haciéndole sentar de nuevo en la silla de la que se había levantado a medias—. No me perdería su caso por nada del mundo, de veras. Es re-frescantemente insólito. Pero hay en él, si me permite decirlo, algunos aspectos graciosos. Cuéntenos, por favor, qué hizo usted después de encontrar la nota en la puerta.

—Quedé anonadado, señor. No sabía qué hacer. Entonces pregunté en las oficinas de alrededor, pero nadie parecía saber nada. Por último, me dirigí al administrador, un contable que vive en la planta baja, y le pregunté si podía decirme qué ha-bía pasado con la Liga de los Pelirrojos. Me dijo que nunca había oído mencionar tal Liga. Entonces le pregunté por el señor Duncan Ross. Respondió que era la primera vez que oía este nombre.

»—El caballero del número 4 —insistí.

»—¡Ah! ¿El pelirrojo?

»—Sí.

»—Bueno —me dijo—, se llama William Morris. Es abo-gado y estaba utilizando mi habitación de forma provisional, hasta tener a punto su nuevo despacho. Se fue ayer.

»—¿Dónde puedo dar con él?

»—Pues en su nuevo despacho. Me dio esta dirección... Aquí está. Sí, el 17 de King Edward Street, cerca de Saint Paul's.

»Me dirigí hacia allí enseguida, señor Holmes, pero al lle-gar me encontré con una fábrica de rodilleras, y allí nadie ha-bía oído hablar de un señor William Morris ni de un señor Duncan Ross.

—¿Y qué hizo usted entonces? —preguntó Holmes.

—Volví a mi casa de Saxe-Coburg Square y le pedí consejo a mi empleado. Pero no pudo ayudarme. Se limitó a decir que, si esperaba, recibiría noticias por correo. Pero esto a mí no me bastaba, señor Holmes. No quería perder un empleo tan bueno sin luchar. Y, como había oído decir que usted tenía la gentileza de aconsejar a la pobre gente que lo necesitaba, he venido a verle.

—Y ha obrado usted muy sabiamente —dijo Holmes—. Su caso es absolutamente insólito y me encantará investigarlo. Por lo que usted me ha contado, pueden estar en juego cosas más graves de lo que parece a primera vista.

—¡Y tan graves! —exclamó el señor Jabez Wilson—. ¡Como que he perdido cuatro libras a la semana!

—En lo que a usted personalmente le concierne —observó Holmes—, no veo que tenga motivos de queja contra esta extraordinaria Liga. Muy al contrario. Tal como yo lo entiendo, es usted treinta libras más rico ahora que antes, para no mencionar los detallados conocimientos que ha adquirido sobre temas que comienzan con la letra "a". Usted no ha perdido nada con esa gente.

—No, señor. Pero me gustaría averiguar algo acerca de ellos, y sobre quiénes son y sobre qué se proponían con esta broma, si se trata de una broma, a mi costa. A ellos la jugarreta les ha salido cara, les ha costado treinta y dos libras.

—Procuraremos aclararle estos puntos. Pero antes, unas preguntas, señor Wilson. En primer lugar, el empleado que le enseñó el anuncio ¿cuánto tiempo llevaba con usted?

—Entonces, cerca de un mes.

—¿Cómo llegó a su negocio?

—En respuesta a un anuncio.

—¿Fue el único aspirante?

—No, hubo una docena.

—¿Por qué lo eligió a él?

—Porque tenía experiencia y salía barato.

—De hecho, a medio sueldo.

—Sí.

—¿Qué aspecto tiene el tal Vincent Spaulding?

—Bajo, fornido, de gestos vivos, barbilampiño aunque no tendrá menos de treinta años, con una mancha blanca de ácido en la frente.

Holmes se incorporó en su asiento, muy excitado.

—Es lo que yo pensaba —dijo—. ¿Se ha fijado en si tiene las orejas perforadas para llevar pendientes?

—Sí, señor. Me contó que se las había perforado una gitana cuando era un chaval.

—¡Hum! —murmuró Holmes, sumergiéndose de nuevo en sus cavilaciones—. ¿Y sigue todavía con usted?

—Oh, sí, señor. Acabo de dejarle en casa.

—¿Y ha atendido bien el negocio durante su ausencia?

—No tengo la menor queja, señor. Nunca hay mucho trabajo por las mañanas.

—Eso es todo, señor Wilson. Me complacerá darle mis opiniones en el plazo de uno o dos días. Hoy es sábado, y espero que el lunes hayamos llegado a una conclusión.

»Bien, Watson —dijo Holmes, cuando nuestro visitante se hubo marchado—, ¿qué saca en limpio de todo esto?

—Nada —contesté con franqueza—. Es un asunto de lo más misterioso.

—Por regla general —dijo Holmes—, cuanto más rara es una cosa, menos misteriosa resulta. Son los delitos corrientes, que carecen de rasgos característicos, los realmente complicados, del mismo modo que un rostro vulgar resulta más difícil de identificar. Pero tengo que ocuparme enseguida de este asunto.

—¿Y qué va a hacer? —inquirí.

—Fumar —me respondió—. Es un problema de tres pipas, y le ruego que no me hable durante cincuenta minutos.

Se acurrucó en su sillón, con

«Se acurrucó en su sillón.»

las flacas rodillas pegadas a la nariz aguileña, y así se quedó, con los ojos cerrados y la pipa de arcilla negra sobresaliendo como el pico de un pájaro exótico. Había llegado a la conclusión de que se había dormido y empezaba yo mismo a dar cabezadas, cuando, de pronto, se levantó de un salto de su asiento, con el gesto del hombre que ha tomado una decisión, y dejó la pipa en la repisa de la chimenea.

—Esta tarde toca Sarasate en Saint James's Hall —comentó—. ¿Qué le parece, Watson? ¿Podrán sus pacientes prescindir de usted unas pocas horas?

—Hoy no tengo nada que hacer. Mi trabajo nunca es demasiado absorbente.

—Pues póngase el sombrero y venga conmigo. Antes pasaré por la City, y podemos comer algo por el camino. He visto que hay mucha música alemana en el programa, y me gusta más que la italiana o la francesa. Es introspectiva y me va mejor para concentrarme. ¡En marcha!

Fuimos en metro hasta Aldersgate, y un breve paseo nos llevó hasta Saxe-Coburg Square, escenario de la curiosa historia que habíamos escuchado aquella mañana. Era una placita pequeña de gente venida a menos, con cuatro hileras de deslucidas casas de ladrillo, de dos pisos, que rodeaban un jardincillo vallado, donde un césped de hierbajos sin cuidar y unas marchitas matas de laurel luchaban denodadamente contra una atmósfera hostil y cargada de humo. Sobre una tienda de la esquina, tres bolas doradas y un letrero marrón, con Jabez en letras blancas, anunciaba el lugar donde nuestro cliente pelirrojo llevaba a cabo sus negocios. Sherlock Holmes se detuvo ante la casa y la examinó atentamente, con la cabeza ladeada y los ojos brillándole entre los párpados entornados. Después anduvo despacio calle arriba, y luego calle abajo hasta la esquina, sin dejar de observar las casas. Por último, regresó a la tienda del prestamista y, tras dar dos o tres fuertes golpes en el suelo con el bastón, llamó a la puerta. Abrió en el acto un joven, que tenía aspecto espabilado y parecía recién afeitado, y le invitó a entrar.

—Gracias —dijo Holmes—, solo quería preguntar cómo se va desde aquí hasta el Strand.

—Tercera a la derecha, cuarta a la izquierda respondió en el acto el empleado, cerrando la puerta.

—Un tipo listo —comentó Holmes mientras nos alejábamos—. A mi juicio, es el cuarto entre los hombres más listos de Londres, y en cuanto a audacia sin duda puede aspirar al tercer puesto. Yo ya sabía algo acerca de él.

«Abrió en el acto un joven.»

—Es evidente —dije— que el empleado del señor Wilson desempeña un papel importante en el misterio de la Liga de los Pelirrojos. Estoy seguro de que usted solo le ha preguntado la dirección para poder verle.

—No a él.

—Entonces ¿qué?

—Las rodilleras de sus pantalones.

—¿Y qué ha visto?

—Lo que esperaba ver.

—¿Por qué dio antes unos golpes en la acera?

—Mi querido doctor, es el momento de observar, no de hablar. Somos espías en territorio enemigo. Ya sabemos algo de Saxe-Coburg Square. Exploremos la zona que hay detrás.

La calle en la que nos encontramos al volver la esquina de la recóndita Saxe-Coburg Square ofrecía un contraste tan grande con esta última como el anverso de un cuadro con su reverso. Era una de las arterias principales por las que discurre el tráfico de la City hacia el norte y hacia el oeste. La calzada estaba invadida por la inmensa corriente de tráfico comercial que fluía en ambas direcciones, en una doble marea, y el hormigueo de apresurados peatones ennegrecía las aceras. Al contemplar la hilera de tiendas elegantes y de lujosos edificios de oficinas, nadie habría imaginado que lindaba por detrás con la oscura y solitaria plazoleta que acabábamos de abandonar.

—Veamos —dijo Holmes, parándose en la esquina y mirando la hilera de edificios—. Me gustaría recordar solo el orden de las casas que hay aquí. Una de mis aficiones es conocer Londres al dedillo. Aquí está el estanco de Morlimer, el quiosco de periódicos, la sucursal Coburg del City and Suburban Bank, el restaurante vegetariano y el almacén de carruajes McFarlane. Esto nos lleva directamente a la otra manzana. Y ahora, doctor, hemos terminado nuestro trabajo y ha llegado el momento de un poco de diversión. Un bocadillo, un café, y directos al mundo del violín, donde todo es dulzura, delicadeza y armonía, y donde no hay clientes pelirrojos que nos fastidien con sus acertijos.

«En la butaca de platea, pasó toda la velada.»

Mi amigo era un entusiasta de la música; no solo un intérprete muy dotado, sino también un compositor fuera de lo común. En la butaca de platea, pasó toda la velada inmerso en la más completa felicidad, tamborileando con sus largos y delgados dedos al compás de la música, mientras su suave sonrisa y sus ojos lánguidos y soñadores eran lo opuesto a los que se podrían concebir en Holmes el sabueso, Holmes el implacable, Holmes el astuto e infalible enemigo del crimen. En su singular carácter se imponía alternativamente una naturaleza dual, y he pensado muchas veces que su extremada precisión y su gran ingenio representaban una reacción contra el talante poético y contemplativo que en ocasiones predominaba en él. Estas alternancias de carácter le llevaban de una languidez exagerada a una energía devoradora, y, como yo bien sabía, Holmes no era nunca tan formidable como tras pasar días enteros haraganeando en su sillón, entre sus improvisaciones al violín y sus libros antiguos. Entonces se apoderaba repentinamente de él el instinto de la caza, y sus portentosas dotes deductivas se elevaban al nivel de la intuición, hasta tal punto que quienes no estaban familiarizados con sus métodos lo miraban asombrados, como a un hombre que poseyera conocimientos negados a los demás mortales. Cuando aquella tarde le vi tan absorto en la música de Saint James's Hall, presentí que se avecinaban malos momentos para aquellos a los que se había propuesto dar caza.

—Usted querrá irse a su casa, ¿verdad, doctor? —me dijo cuando salimos.

—Sí, será lo mejor.

—Y yo tengo que hacer algo que me llevará unas horas. Este asunto de Coburg Square es grave.

—¿Por qué es grave?

—Se está tramando un delito importante. Tengo buenas razones para creer que llegaremos a tiempo para evitarlo, pero que hoy sea sábado complica la situación. Esta noche necesitaría su ayuda.

—¿A qué hora?

—A las diez bastaría.

—Estaré en Baker Street a las diez.

—Muy bien. Y algo más, doctor. La situación puede entrañar un pequeño riesgo, y le agradeceré que se meta su revólver del ejército en el bolsillo.

Se despidió con un gesto, giró sobre sus talones y desapareció en un instante entre la multitud.

No me considero más torpe que mis semejantes, y sin embargo siempre me oprimía, en mis tratos con Holmes, cierta sensación de estupidez. En este caso, yo había oído lo mismo que él había oído, y había visto lo mismo que él había visto, y ahora se deducía de sus palabras que él no solo veía con claridad lo ocurrido, sino incluso lo que iba a ocurrir, mientras que para mí todo el asunto seguía confuso y disparatado. En el camino hacia mi casa de Kensington, estuve pensando en todo esto, desde la extraordinaria historia del pelirrojo copiador de la enciclopedia, hasta la visita a Saxe-Coburg Square y la advertencia de un posible peligro con que Holmes se había despedido de mí. ¿En qué consistía aquella expedición nocturna, y por qué tenía yo que ir armado? ¿Adónde iríamos y a hacer qué? Holmes me había dado a entender que el empleado barbilampiño era un tipo de cuidado, un hombre que desempeñaba un papel importante. Traté de desentrañar el misterio, pero me di, desesperado, por vencido, y decidí no pensar más en ello hasta que la noche aportara una explicación.

Eran las nueve y cuarto cuando salí de casa y me puse en camino, a través del parque y por Oxford Street, hasta Baker Street. Había dos coches de punto ante la puerta y, al entrar en el vestíbulo, oí rumor de voces en el piso de arriba. En su habitación, encontré a Holmes en animada charla con dos individuos, en uno de los cuales reconocí a Peter Jones, agente de policía. El otro era un hombre delgado, alto, de cara triste, con un sombrero lustroso y una levita abrumadoramente respetable.

—¡Ajá, nuestro equipo está completo! —dijo Holmes, mientras se abrochaba el chaquetón de marinero y cogía del perchero su pesado látigo de caza—. Watson, creo que usted ya conoce al señor Jones, de Scotland Yard. Permítame que le presente al señor Merryweather, que será nuestro compañero en la aventura de esta noche.

—Como ve, doctor —dijo Jones con su habitual afectación—, volvemos a cazar otra vez por parejas. Su amigo aquí presente es un hombre extraordinario para levantar la pieza. Solo necesita que un perro viejo le ayude a perseguirla.

—Espero que al final no resulte que tal pieza no existe —observó el señor Merryweather en tono pesimista.

—Puede usted depositar mucha confianza en el señor Holmes, caballero —dijo el policía con petulancia—. Tiene sus propios métodos, que son, en mi opinión, demasiado teóricos y fantasiosos, pero no puede negársele madera de detective. No exagero al decir que en una o dos ocasiones, como en el caso del asesinato de Sholto y el tesoro de Agra, ha estado más acertado que la propia policía.

—Bien. Si usted lo dice, señor Jones, yo lo doy por bueno —concedió el desconocido con deferencia—. Sin embargo, confieso que echo de menos mi partida de bridge. En veintiséis años, es la primera noche de sábado en que me la pierdo.

—Creo que comprobará —dijo Sherlock Holmes— que esta noche se juega usted mucho más de lo que se ha jugado a lo largo de toda su vida, y que la partida es más apasionante. Para usted, señor Merryweather, la apuesta es de unas treinta mil libras; y para usted, Jones, consiste en el hombre al que estaba ansioso por echar el guante.

—Se refiere a John Clay, asesino, ladrón, falsificador y estafador. Es un hombre joven, señor Merryweather, pero ocupa un primerísimo lugar en su profesión, y me gustaría más ponerle las esposas a él que a cualquier otro criminal de Londres. Un hombre notable el tal Clay. Su abuelo era un duque de sangre real, y él ha estudiado en Eton y en Oxford. Su cerebro es tan ágil como sus dedos, y, aunque encontramos a cada momento huellas de su paso, nunca sabemos dónde encontrarle. Una semana revienta una caja fuerte en Escocia y a la siguiente recauda dinero para construir un orfanato en Cornualles. Llevo años tras su pista y aún no he logrado ponerle la vista encima.

—Espero tener el placer de presentárselo esta noche —dijo Sherlock Holmes—. También yo he tenido un par de problemillas con el señor John Clay, y estoy de acuerdo con usted en que ocupa un primerísimo lugar dentro de su profesión. Pero son ya más de las diez y debemos ponernos en marcha. Si ustedes dos suben al primer coche, Watson y yo les seguiremos en el segundo.

Sherlock Holmes no se mostró muy comunicativo durante el largo trayecto. Arrellanado en su asiento, estuvo tarareando las melodías que había oído aquella tarde. Recorrimos al trote un interminable laberinto de calles iluminadas por farolas de gas y desembocamos en Farrington Street.

—Ya estamos cerca del final —observó mi amigo—. Ese Merryweather es director de banco y el asunto le concierne personalmente. Y me ha parecido conveniente que también nos acompañara Jones. Aunque es un completo inepto en su profesión, no es un mal tipo. Tiene una innegable virtud. Es valiente como un bulldog y tan tenaz como una langosta cuando cierra sus pinzas sobre alguien. Ya hemos llegado, y ellos nos están esperando.

Nos encontrábamos en la misma calle concurrida donde habíamos estado por la mañana. Despedimos nuestros coches, y, guiados por el señor Merryweather, recorrimos un estrecho pasadizo y traspusimos una puerta lateral, que él nos abrió. Tras ella había un angosto corredor, que terminaba en una maciza puerta de hierro. También esta fue abierta, y nos encontramos ante un tramo de empinados peldaños de piedra que descendían hasta otra puerta formidable. El señor Merryweather se detuvo para encender una linterna. Nos condujo después a lo largo de un oscuro pasadizo que olía a tierra, y por último, tras abrir una tercera puerta, nos introdujo en un enorme sótano, atestado de grandes cajas.

—Esto no es muy vulnerable desde arriba —observó Holmes, levantando la linterna y mirando a su alrededor.

—Ni desde abajo —dijo el señor Merryweather, mientras golpeaba con el bastón las losas que pavimentaban el suelo—. Pero ¡válgame Dios! ¡Esto suena a hueco! —exclamó, mirándonos sorprendido.

—¡Le agradeceré que no arme tanto alboroto! —le reconvino Holmes con severidad—. Acaba de poner en peligro el éxito de nuestra expedición. ¿Puedo rogarle que tenga la gentileza de sentarse en una de esas cajas y estarse quieto?

«El señor Merryweather se detuvo para encender una linterna.»

El solemne señor Merryweather se sentó en un cajón de embalaje, con una expresión profundamente ofendida en el rostro, mientras Holmes se arrodillaba en el suelo y, provisto de la linterna y de una lupa, empezaba a examinar con atención las rendijas que se abrían entre las losas. Le bastaron unos pocos segundos, porque enseguida se levantó satisfecho y volvió a meterse la lupa en el bolsillo.

—Tenemos al menos una hora por delante —observó—, porque no pueden hacer nada hasta que el bueno de nuestro prestamista se haya ido a la cama. Entonces no perderán un minuto, pues cuanto antes concluyan su trabajo, de más tiempo dispondrán para la huida. Como sin duda habrá usted adivinado, doctor, nos hallamos en el sótano de la sucursal que tiene en la City uno de los principales bancos de Londres. El señor Merryweather es el presidente del consejo, y él le explicará que existen buenas razones para que los delincuentes más audaces de Londres estén en estos momentos vivamente interesados en este sótano.

—Es nuestro oro francés —susurró el presidente del consejo—. Hemos tenido varios avisos de que podían intentar apoderarse de él.

—¿Su oro francés?

—Sí. Hace unos meses tuvimos oportunidad de reforzar nuestras reservas y, con tal propósito, recibimos en préstamo treinta mil napoleones del Banco de Francia. Se ha sabido que no hemos tenido ocasión de desempaquetar el dinero y que está todavía en nuestro sótano. El cajón donde estoy sentado contiene dos mil napoleones, protegidos por láminas de plomo. En estos momentos nuestras reservas en oro son mucho mayores que las que suelen guardarse en una sola sucursal, y los directores han manifestado sus temores al respecto.

—Perfectamente justificables —observó Holmes—. Y ahora ha llegado el momento de establecer nuestros pequeños planes. Calculo que las cosas se pondrán en marcha dentro de una hora. Entretanto, señor Merryweather, será mejor cerrar la pantalla de esa linterna.

—¿Y quedarnos a oscuras?

—Me temo que sí. Había traído una baraja y pensaba que, dado que somos cuatro, podría usted disfrutar a fin de cuentas de su partida. Pero veo que los preparativos del enemigo están tan avanzados que no podemos arriesgarnos a tener luz. Y, en primer lugar, debemos escoger nuestras posiciones. Son hombres muy audaces y, aunque les pillemos en desventaja, pueden hacernos daño si no vamos con cuidado. Yo me situaré detrás de esta caja, y ustedes escóndanse detrás de aquellas. Después, cuando yo los enfoque con la linterna, rodéenlos enseguida. Y si disparan, Watson, no tenga reparos en abatirlos a balazos.

Coloqué mi revólver, amartillado, sobre el cajón de madera tras el cual me había agazapado. Holmes cerró la pantalla de su linterna y nos sumió en la negra oscuridad, la oscuridad más absoluta que yo había experimentado jamás. Solo el olor del metal recalentado nos aseguraba que la luz seguía allí, pronta a brillar cuando llegara el momento. Para mí, con los nervios crispados por la espera, había algo deprimente y opresivo en las súbitas tinieblas y en el aire frío y húmedo del sótano.

—Solo tienen un camino para escapar —susurró Holmes—. Retroceder, a través de la casa, hasta Saxe-Coburg Square. Supongo que ha hecho usted lo que le pedí, ¿verdad, Jones?

—Tengo apostados a un inspector y dos agentes ante la puerta principal.

—En tal caso, hemos tapado todos los agujeros. Y ahora solo resta guardar silencio y esperar.

¡Qué despacio transcurrió el tiempo! Más adelante, al comparar notas, resultó que solo había sido una hora y cuarto, pero a mí me parecía que había pasado la noche entera y que estaba ya a punto de amanecer. Tenía las extremidades doloridas y agarrotadas, pues no me atrevía a cambiar de posición, pero mis nervios habían alcanzado el límite extremo de tensión, y mi oído se había agudizado hasta tal punto que, no solo oía la suave respiración de mis compañeros, sino que era capaz de distinguir el tono más pesado y ruidoso de las inspiraciones del corpulento Jones de la nota frágil y fatigosa del presidente del consejo. Desde mi posición, podía mirar por encima del cajón el suelo del sótano. De pronto mis ojos captaron un destello de luz.

Al principio no fue más que una chispita en el pavimento de piedra. Después se fue alargando hasta convertirse en una línea amarilla, y después, sin que mediara aviso y sin el menor sonido, pareció abrirse una hendidura y asomó una mano, una mano blanca, casi femenina, que palpó a su alrededor en la pequeña zona de luz. Durante un minuto o más la mano, con

«—Es inútil, John Clay.»

sus dedos inquietos, siguió sobresaliendo del suelo. Después se retiró tan de repente como había aparecido, y todo volvió a quedar en la oscuridad, salvo aquel débil resplandor que indicaba un resquicio entre las losas.

Sin embargo, la desaparición fue solo momentánea. Con un chasquido, una de las losas de piedra blanca se levantó por un lado y dejó una abertura cuadrada de la que brotaba la luz de una linterna. Por ella asomó un rostro juvenil y barbilampiño, que miró atentamente a su alrededor, y luego, con una mano a cada lado del boquete, se izó primero hasta los hombros y después hasta la cintura, para apoyar al fin una rodilla en el borde. Un instante más tarde estaba de pie junto al agujero y ayudaba a subir a un compañero, bajo y delgado como él, con el rostro pálido y una mata de cabello de color rojo intenso.

—Todo está tranquilo —susurró el primero—. ¿Llevas el escoplo y los sacos? ¡Maldita sea! ¡Salta, Archie, salta, yo ya me las compondré!

Sherlock Holmes se había abalanzado sobre el intruso y lo había agarrado por el cuello de la chaqueta. El otro individuo se dejó caer por el agujero y pude oír el ruido de la tela rasgada al aferrarle Jones por la ropa. La luz centelleó en el cañón de un revólver, pero el látigo de Holmes cayó sobre la muñeca del individuo que lo empuñaba, y el arma rebotó con un chasquido metálico sobre el suelo de piedra.

—Es inútil, John Clay —dijo Holmes, con suavidad—. No tiene la menor posibilidad.

—Ya lo veo —respondió el otro con total frialdad—. Espero que mi compañero esté a salvo, aunque se hayan quedado con los faldones de su levita.

—Hay tres hombres esperándole en la puerta de la calle —dijo Holmes.

—¡Vaya! ¡No ha descuidado usted un solo detalle! Debo felicitarle.

—Y yo a usted. La idea de los pelirrojos fue de lo más original y eficaz.

—No tardará usted mucho en volver a ver a su amigo —les interrumpió Jones—. Es más rápido que yo descolgándose por agujeros. Extienda las manos para que le ponga las esposas.

—Le ruego que no me toque con sus sucias manos —dijo nuestro prisionero, mientras las esposas se cerraban en torno a sus muñecas—. Tal vez ignore que por mis venas corre sangre real. Y cuando se dirija a mí tenga la gentileza de llamarme «señor» y pedirme las cosas «por favor».

—De acuerdo —dijo Jones, mirándolo con una sonrisa socarrona—. ¿Tendría el señor la gentileza de subir, por favor, arriba, para que cojamos un coche que lleve a Su Alteza a la comisaría?

—Así está mejor —dijo John Clay, sin perder la calma. Nos saludó a los tres con una reverencia y salió tranquilamente, custodiado por el policía.

—La verdad, señor Holmes —dijo el señor Merryweather, mientras salíamos tras ellos del sótano—, no sé cómo podrá el banco agradecerle ni recompensarle por lo que ha hecho. No cabe duda de que ha adivinado y frustrado uno de los intentos de robo a un banco más audaces de los que haya noticia.

—Yo tenía un par de cuentas pendientes con el señor John Clay —dijo Holmes—. He incurrido en unos pequeños gastos para resolver el caso y espero que el banco me los rembolse, pero, aparte de esto, me considero bien pagado con haber disfrutado de una experiencia tan extraordinaria y con haber oído la increíble historia de la Liga de los Pelirrojos.

—Ya ve, Watson —me explicó Holmes a altas horas de la madrugada, sentados ante dos whiskies con soda en Baker Street—, desde un principio era evidente que el único objetivo posible de esta fantástica patraña del anuncio de la Liga y de copiar la *Enciclopedia británica* era quitar de en medio durante unas horas al día a nuestro no demasiado espabilado prestamista. Fue una curiosa manera de conseguirlo, pero sería difícil imaginar otra mejor. Sin duda la idea se la sugirió al ingenioso Clay el color del cabello de su cómplice. Cuatro libras a la semana era un cebo seguro para atraer al prestamista, ¿y qué significaban para ellos, metidos en una jugada de miles? Publican el anuncio, uno de los granujas alquila temporalmente la oficina, el otro incita al hombre a solicitar la plaza, y entre los dos se aseguran de que estará ausente todas las mañanas. En cuanto oí que el dependiente aceptaba trabajar por la mitad de sueldo, comprendí que debía de tener una razón muy poderosa para ocupar el empleo.

—Pero ¿cómo pudo adivinar cuál era el motivo?

—Si hubiera habido mujeres en la casa, habría sospechado que se trataba de una intriga más vulgar. Pero esto queda descartado. El negocio del prestamista era modesto, y no había nada en su casa que justificara unos preparativos tan elaborados y unos gastos como los que hicieron. Debía tratarse, pues, de algo externo a la casa. ¿Qué podía ser? Pensé en la afición del empleado a la fotografía y en su costumbre de desaparecer en el sótano. ¡El sótano! Ahí estaba el extremo del enmarañado ovillo. Entonces hice algunas averiguaciones acerca del misterioso empleado y descubrí que me enfrentaba a uno de los delincuentes más fríos y audaces de Londres. Algo estaba haciendo en el sótano..., algo que requería varias horas al día durante meses. Una vez más, ¿qué podía ser? Solo se me ocurrió que estaba excavando un túnel hacia otro edificio.

»Hasta aquí había llegado cuando visitamos el escenario de los hechos. Le sorprendió, Watson, verme golpear el pavimento con el bastón. Quería comprobar si el sótano se prolongaba hacia delante o hacia atrás de la casa. No era hacia delante. Llamé entonces a la puerta y, como esperaba, abrió el empleado. Habíamos tenido alguna escaramuza, pero no nos habíamos visto nunca. Apenas le miré la cara. Eran sus rodillas lo que quería ver. Supongo que advertiría usted lo sucios, gastados y arrugados que estaban los pantalones en este punto. Revelaban horas y horas excavando. Solo restaba por averiguar con qué objetivo excavaba. Di la vuelta a la esquina, vi que el City and Suburban Bank quedaba a la espalda de la tienda del prestamista y supe que había resuelto el enigma. Cuando usted volvió a casa, después del concierto, yo hice una visita a Scotland Yard y al presidente del consejo del banco, con los resultados que ha podido ver.

—¿Y cómo averiguó que darían el golpe esta noche?

—Bueno, que cerraran la oficina de la Liga indicaba que ya no les molestaba la presencia del señor Jabez Wilson. En otras palabras, que ya habían terminado el túnel. Y era esencial utilizarlo enseguida, antes de que lo descubrieran o de que el oro fuera trasladado a otro lugar. El sábado era el mejor día, pues les dejaba otros dos para escapar. Por todas estas razones, yo esperaba que comparecieran esta misma noche.

—¡Un razonamiento perfecto! —exclamé, sin ocultar mi admiración—. Una cadena tan larga y no falla ni uno solo de los eslabones.

—Me salvó del aburrimiento —respondió Holmes con un bostezo—. Pero, *alàs*, ya lo siento abatirse de nuevo sobre mí. Mi vida se consume en un prolongado esfuerzo para escapar a las vulgaridades de la existencia. Y esos problemillas me ayudan a conseguirlo.

—Y es usted un benefactor de la humanidad —dije.

Holmes se encogió de hombros.

—Bien, tal vez, a fin de cuentas, sea de cierta utilidad —observó—. «L'homme c'est rien, l'oeuvre c'est tout», como le escribió Gustave Flaubert a George Sand.

UN CASO DE IDENTIDAD

—Querido amigo —me dijo Sherlock Holmes, sentados ambos a uno y otro lado de la chimenea de su apartamento de Baker Street—, la vida es infinitamente más extraña que cuanto pueda inventar la mente humana. No nos atreveríamos a concebir ciertas cosas que en la realidad son habituales en nuestra existencia. Si pudiéramos salir volando por la ventana cogidos de la mano, sobrevolar esta gran ciudad, levantar con cuidado los tejados y fisgar las raras cosas que suceden, las extrañas coincidencias, los proyectos, los malentendidos, las extraordinarias cadenas de acontecimientos que actúan a lo largo de generaciones y desembocan en los resultados más *outré*, ello haría que todas las historias de ficción, con sus convencionalismos y sus previsibles conclusiones, nos parecieran rancias e inútiles.

—Pues yo no estoy convencido de que sea así —repliqué—. Los casos que aparecen en los periódicos son, por lo general, bastante anodinos y vulgares. En los informes de nuestra policía encontramos el realismo llevado a sus últimos límites, y hay que confesar, sin embargo, que el resultado no es fascinante ni artístico.

—Para lograr un efecto realista hay que valerse de cierta discreción e ingenio —observó Holmes—. Esto es lo que falla en los informes policiales, donde tal vez se pone más énfasis en los largos sermones del magistrado que en los detalles

73

que, para un buen observador, encierran lo esencial y vital del caso. Tenga la seguridad de que no hay nada tan poco natural como lo vulgar y común.

Sonreí y negué con la cabeza.

—Entiendo perfectamente que piense así —dije—. Desde luego, en su condición de asesor extraoficial y apoyo de todo aquel que se encuentra absolutamente desconcertado, a lo largo y ancho de tres continentes, entra usted en contacto con los casos más extraños e insólitos. Pero veamos —y recogí del suelo el periódico de la mañana—. Vamos a hacer una prueba práctica. Este es el primer titular que me salta a la vista: «Crueldad de un marido con su mujer». Hay media columna de texto, pero, sin leerlo, sé que todo me va a resultar familiar. Tenemos, claro está, la otra mujer, la bebida, los insultos, los golpes, las lesiones, la hermana o la casera compasiva. Ni el menos imaginativo de los escritores podría inventar algo más obvio.

—Pues ha elegido usted un ejemplo sumamente desacertado para apoyar su teoría —dijo Holmes, mientras cogía el periódico y le echaba una ojeada—. Se trata del caso de separación de los Dundas, y me he dedicado a esclarecer algunos detalles relacionados con él. El marido era abstemio, no había otra mujer, y el motivo de queja de la esposa era que él había adquirido la costumbre de concluir todas las comidas quitándose la dentadura postiza y arrojándola contra ella, lo cual reconocerá usted que no es la clase de actuación que se le puede ocurrir a un novelista corriente. Tome una pizca de rapé, doctor, y admita que le he marcado un tanto.

Me alargó su cajita de rapé de oro viejo, con una gran amatista en el centro de la tapa. Su magnificencia contrastaba de tal modo con la vida sencilla y las costumbres hogareñas de mi amigo que no pude evitar un comentario.

—¡Ah! —me dijo—. Olvidaba que llevamos semanas sin vernos. Es un pequeño recuerdo del rey de Bohemia, como pago de mi ayuda en el caso de Irene Adler.

—¿Y el anillo? —pregunté, contemplando un espléndido brillante que resplandecía en su dedo.

—Pertenecía a la familia real de Holanda, pero el asunto en que le presté mis servicios es tan delicado que no puedo confiárselo ni siquiera a usted, que ha tenido la gentileza de reseñar un par de mis problemillas.

—¿Y tiene ahora algún caso entre manos? —pregunté con curiosidad.

—Diez o doce, pero ninguno que presente aspectos interesantes. Son importantes, sabe, pero no tienen interés. En realidad, he descubierto que suele ser en cuestiones poco importantes donde hay mayor campo para la observación y para el rápido análisis de causa y efecto que constituyen el atractivo de una investigación. Los delitos más importantes tienden a ser los más simples, pues cuanto más notorio es el crimen más evidente es, por regla general, su motivo. En los presentes casos, salvo en un asunto bastante intrincado que me han encargado desde Marsella, no hay el menor rastro de interés. No obstante, es posible que disponga de algo mejor antes de que transcurran unos minutos, pues, o mucho me equivoco, o aquí tenemos a uno de mis clientes.

Se había levantado de su silla y estaba de pie ante el hueco que quedaba entre las dos cortinas, observando la grisácea y monótona calle londinense. Atisbé por encima de su hombro y vi en la acera de enfrente a una mujer corpulenta, con una gruesa estola de piel alrededor del cuello y una gran pluma roja prendida a un sombrero de ala ancha, que llevaba coquetonamente inclinado sobre la oreja, a la manera de la duquesa de Devonshire. Bajo esa gran panoplia, la mujer miraba, nerviosa y dubitativa, hacia nuestra ventana, mientras su cuerpo oscilaba hacia delante y hacia atrás y sus dedos jugueteaban con los botones de sus guantes. De repente, en un súbito impulso, como el nadador que se lanza al agua, cruzó presurosa la calle y oímos un enérgico campanillazo.

—He visto en otras ocasiones estos síntomas —dijo Holmes,

arrojando su cigarrillo al fuego—. Las oscilaciones en la acera delatan siempre un *affaire de coeur*. Le gustaría recibir un consejo, pero teme que el asunto sea demasiado delicado para confiárselo a nadie. Y, no obstante, también aquí hay que establecer distinciones. Cuando una mujer ha sido agraviada por un hombre, ya no oscila, y el síntoma habitual es un cordón de campanilla roto. En esta ocasión, podemos dar por seguro que se trata de un asunto amoroso, mas la muchacha no está tan indignada como perpleja y dolida. Pero aquí llega en persona para resolver nuestras dudas.

«Sherlock Holmes la recibió.»

Mientras hablaba, sonó un golpe en la puerta y entró el botones para anunciar a la señorita Mary Sutherland, cuya figura se cernía sobre la pequeña figura negra del muchacho como un gran velero mercante tras un bote piloto. Sherlock Holmes la recibió con la espontánea cortesía que le caracterizaba y, tras cerrar la puerta e invitarla a acomodarse en un sillón, la examinó del modo minucioso y a la vez abstraído que le era peculiar.

—¿No le parece —dijo— que, dada su miopía, es un poco molesto escribir tanto a máquina?

—Al principio, sí —respondió ella—, pero ahora ya sé dónde están las letras sin necesidad de mirar el teclado.

Entonces, advirtiendo de pronto el alcance de las palabras de Holmes, se sobresaltó visiblemente y le miró con el temor y el asombro reflejados en su rostro ancho y afable.

—¡A usted le han hablado de mí, señor Holmes! —exclamó—. Si no, ¿cómo podría saber todo esto?

—No tiene importancia —dijo Holmes, riendo—. Mi oficio consiste en saber cosas. Tal vez me haya ejercitado en ver aquello que a otras personas les pasa inadvertido. De no ser así, ¿por qué habría acudido usted a consultarme?

—He acudido a usted, caballero, porque me habló de usted la señora Etherege, a cuyo marido encontró con tanta facilidad, cuando la policía y todo el mundo le daba ya por muerto. ¡Ojalá, señor Holmes, pueda hacer lo mismo por mí! No soy rica, pero dispongo de una renta de cien libras anuales, más lo poco que me saco con la máquina de escribir, y lo daría todo por saber qué ha sido del señor Hosmer Angel.

—¿Por qué ha venido a consultarme con tantas prisas? —preguntó Sherlock Holmes, juntando las puntas de los dedos y fijando los ojos en el techo.

De nuevo apareció una expresión de sobresalto en el rostro algo vacuo de la señorita Mary Sutherland.

—Sí, salí escopeteada de casa —dijo—, porque me indignó ver la tranquilidad con que lo tomaba todo el señor Windibank, o sea mi padre. Él no quería acudir a la policía, no quería acudir a usted, y finalmente, en vista de que no quería hacer nada y seguía diciendo que no había ocurrido nada malo, me he enfurecido y, tal como estaba, he venido directamente a verle.

—¿Su padre? —inquirió Holmes—. ¿Querrá decir su padrastro, ya que el apellido es diferente?

—Sí, mi padrastro. Le llamo padre. Aunque suena un poco raro, porque solo tiene cinco años y dos meses más que yo.

—Y su madre, ¿vive?

—Oh, sí, mamá vive y está bien. No me gustó demasiado, señor Holmes, que volviera a casarse tan pronto, después de morir mi padre, y con un hombre casi quince años más joven que ella. Mi padre era fontanero en Tottenham Court Road, y dejó un negocio rentable, que mi madre siguió llevando junto con el señor Hardy, el encargado, pero cuando apareció el señor Windibank le hizo vender el negocio, porque el suyo, tratante de vinos, era muy superior. Sacaron cuatro mil setecientas libras por la empresa y la clientela, que era mucho menos de lo que habría sacado mi padre de estar vivo.

Yo hubiera esperado que Sherlock Holmes se impacientara ante aquel relato disperso e incoherente, pero, muy al contrario, lo escuchaba con gran atención.

—Su pequeña renta —preguntó—, ¿procede de este negocio?

—Oh, no, señor. No tiene nada que ver y es un legado de mi tío Ned de Auckland. Está en valores neocelandeses, dan el cuatro y medio por ciento. Eran dos mil quinientas libras, pero solo puedo cobrar los intereses.

—Muy interesante —dijo Holmes—. Dado que dispone usted de una cantidad tan elevada como cien libras al año, junto con lo que gana escribiendo a máquina, sin duda viajará un poquito y se permitirá muchos caprichos. Creo que una señorita soltera puede arreglárselas muy bien con unos ingresos de sesenta libras.

—Yo podría arreglármelas con muchísimo menos, señor Holmes, pero usted comprenderá que mientras viva en casa no me gusta ser una carga para ellos, así que ellos manejan el dinero mientras yo esté allí. Desde luego, es solo por el momento. El señor Windibank cobra mis intereses cada cuatro meses y se los paga a mi madre, y yo me las compongo bien con lo que gano escribiendo a máquina. Son dos peniques por hoja, y a menudo puedo hacer quince o veinte hojas en un día.

—Me ha dejado muy claro cuál es su situación —dijo Holmes—. Le presento a mi amigo, el doctor Watson, ante el cual puede hablar con tanta libertad como ante mí. Ahora explíquenos, por favor, todo lo relativo a su relación con el señor Hosmer Angel.

El rubor cubrió el rostro de la señorita Sutherland, y tironeó nerviosa del borde de su chaqueta.

—Le conocí en el baile de los empleados del gas —dijo—.

Le enviaban invitaciones a papá cuando todavía vivía, y después se seguían acordando de nosotros y se las mandaban a mi madre. El señor Windibank no quería que fuéramos. Nunca quería que fuéramos a ninguna parte. Se ponía como loco si yo quería ir a una merienda de la escuela dominical. Pero esta vez yo estaba decidida a ir, e iba a ir porque ¿qué derecho tenía él a impedírmelo? Dijo que la gente no era adecuada para nosotras, cuando iban a estar allí todos los amigos de mi padre. Y dijo que yo no tenía nada adecuado para ponerme, cuando tenía mi vestido de felpa púrpura, que casi no había sacado del armario. Al final, cuando no se podía hacer nada más, se marchó a Francia para asuntos del negocio, pero mi madre y yo fuimos con el señor Hardy, que había sido nuestro encargado, y fue allí donde conocí al señor Hosmer Angel.

«En el baile de los empleados del gas.»

—Supongo —dijo Holmes— que cuando el señor Windibank regresó de Francia le enojó mucho que hubieran asistido al baile.

—Bueno, pues lo tomó de lo más bien. Recuerdo que se echó a reír, y se encogió de hombros, y dijo que no servía de nada negarle algo a una mujer, porque ella siempre se sale con la suya.

—Ya veo. Y he entendido que en el baile de los empleados de gas usted conoció a un caballero llamado Hosmer Angel.

—Sí, señor. Le conocí aquella noche, y vino al día siguiente para preguntar si habíamos llegado bien a casa, y después le vimos... Es decir, le vi yo dos veces para pasear, pero después mi padre regresó de otro viaje, y el señor Hosmer Angel ya no volvió a casa nunca más.

—¿No?

—Bueno, usted ya sabe, a mi padre no le gustan nada estas cosas. No quiere que haya ninguna visita si puede evitarlo, y dice a menudo que una mujer tiene que sentirse feliz en su propio círculo familiar. Pero, como le suelo decir yo a mi madre, una mujer quiere formar su propio círculo, y yo todavía no he conseguido el mío.

—Pero ¿qué ocurrió con el señor Hosmer Angel? ¿No hizo ningún intento de verla?

—Bueno, mi padre tenía que ir a Francia una semana después, y Hosmer me escribió que sería mejor y más seguro que no nos viéramos hasta que se hubiera marchado. Entretanto podíamos escribirnos, y él me solía escribir todos los días. Yo recogía las cartas por la mañana, de modo que mi padre no tenía por qué enterarse.

—¿Estaba usted entonces ya comprometida con el caballero?

—Oh, sí, señor Holmes. Nos comprometimos después del primer paseo que dimos. Hosmer... el señor Angel... era cajero en una oficina de Leadenhall Street, y...

—¿Qué oficina?

—Eso es lo peor, señor Holmes, que no lo sé.

—¿Y dónde vive, pues?

—Dormía en el mismo local.

—¿Y no conoce la dirección?

—No, solo sé que está en Leadenhall Street.

—Entonces ¿dónde le dirigía las cartas?

—A la estafeta de Leadenhall Street, donde él las iba a recoger. Decía que, si yo las mandaba a la oficina, los otros empleados le gastarían bromas por recibir cartas de una señorita, así que le propuse escribirlas a máquina, como hacía él con las suyas, pero no quiso, porque dijo que si las escribía a mano se notaba que venían de mí, pero que si las escribía a máquina siempre le parecía que la máquina se interponía entre nosotros dos. Eso le demostrará, señor Holmes, lo mucho que me quería y cómo se fijaba en los pequeños detalles.

—Esto sugiere muchas cosas —dijo Holmes—. Siempre ha sido un axioma para mí que los pequeños detalles son con diferencia lo más importante. ¿Recuerda algún otro pequeño detalle referente al señor Hosmer Angel?

—Era un hombre muy tímido, señor Holmes. Prefería pasear conmigo de noche que a la luz del día, porque odiaba llamar la atención. Era muy retraído y caballeroso. Hasta su voz era suave. De joven, me explicó, había tenido una infección de las amígdalas, y le había dejado la garganta débil, con un modo de hablar vacilante y como en susurros. Iba siempre bien vestido, muy aseado y muy correcto, pero sufría de la vista, justo lo mismo que yo, y llevaba gafas oscuras para protegerse del exceso de luz.

—Bien, ¿y qué ocurrió cuando el señor Windibank, su padrastro, regresó de Francia?

—El señor Hosmer Angel volvió a ir a casa y propuso que nos casáramos antes de que volviera mi padre. Estaba terriblemente serio y me hizo jurar, con las manos encima de la Biblia, que, pasara lo que pasara, yo le sería siempre fiel. Mi madre dijo que él tenía todo el derecho a hacerme jurar, y que esto era una muestra de su pasión. Desde el primer momento mi madre estuvo a su favor y hasta le estimaba más que yo. Entonces, cuando hablaron de que nos casáramos aquella misma semana, yo empecé a preguntar por mi padre, pero los dos dijeron que no me preocupara, que ya se lo explicaríamos después, y mi madre dijo que ya se ocuparía ella de arreglar las cosas con él. A mí aquello no me gustaba, señor Holmes. Resultaba raro que tuviera que pedirle su autorización, cuando solo tenía unos pocos años más que yo, pero yo no quería hacer nada a escondidas, de modo que escribí a mi padre a

Burdeos, donde la compañía tiene sus oficinas en Francia, pero la carta me fue devuelta la misma mañana de la boda.

—Así pues, ¿no la recibió?

—No, señor, porque se había marchado hacia Inglaterra justo antes de que llegara.

—Qué mala suerte. De modo que su boda estaba prevista para el viernes. ¿Iba a ser en la iglesia?

—Sí, señor, pero muy discreta. Tenía que ser en Saint Saviour, cerca de King's Cross, y después desayunaríamos en el hotel Saint Pancras. Hosmer fue a buscarnos en un cabriolé, pero como nosotras éramos dos, nos metió a las dos y él cogió otro, que parecía ser el único otro coche de punto que había en la calle. Nosotras llegamos primero a la iglesia, y, al llegar su carruaje, esperamos a que él se apeara, pero no lo hizo. Cuando el cochero bajó del pescante y miró dentro, ¡allí no había nadie! El cochero dijo que no tenía ni idea de lo que habría sido de él, porque lo había visto entrar con sus propios ojos. Esto fue el viernes pasado, señor Holmes, y desde entonces no he visto ni he oído nada que pueda arrojar alguna luz sobre lo que ha sido de Hosmer Angel.

—Tengo la impresión, señorita Sutherland —dijo Holmes—, de que la han tratado de un modo vergonzoso.

—¡Oh, no, señor! Él era demasiado bueno y demasiado considerado para abandonarme de ese modo. Durante toda la mañana no paró de decirme que, pasara lo que pasara, yo tenía que serle fiel, y que, si algo imprevisto nos separaba, yo tenía que recordar siempre que estaba compro-

«¡Allí no había nadie!»

metida con él, y que antes o después me exigiría que cumpliera este compromiso. Parece una conversación extraña para la mañana de una boda, pero lo que pasó después le da un significado.

—Desde luego que se lo da. ¿Su opinión personal es, pues, que le ha ocurrido una catástrofe imprevista?

—Sí, señor. Creo que él intuía algún peligro, o no habría hablado como lo hizo. Y creo que aquello que intuía le pasó.

—Pero ¿no tiene ni idea de lo que pudo ser?

—Ni idea.

—Una pregunta más. ¿Cómo se lo tomó su madre?

—Se enfadó mucho, y dijo que yo no tenía que volver a hablar nunca de lo que había pasado.

—¿Y su padre? ¿Se lo contaron?

—Sí. Y pareció creer, como yo, que había ocurrido algo, y que volvería a tener noticias de Hosmer. Como él dijo, ¿qué interés podía tener nadie en llevarme hasta la puerta de la iglesia y después abandonarme? Si me hubiera pedido dinero prestado, o si se hubiera casado conmigo y hubiéramos puesto mi dinero a su nombre, podría haber un motivo. Pero Hosmer era muy independiente respecto al dinero y nunca hubiera ni siquiera mirado un chelín mío. Pero entonces ¿qué puede haber pasado? ¿Y por qué no me ha escrito? ¡Oh, casi me vuelve loca pensar en ello y no pego ojo en toda la noche!

Sacó un pañuelito de su manguito y estalló en sollozos.

—Examinaré su caso —dijo Holmes, tranquilizador—, y no dudo que llegaremos a unas conclusiones definitivas. Ahora, deje que yo me ocupe enteramente de la cuestión, y no le siga dando vueltas. Y, sobre todo, procure que el señor Hosmer Angel se borre de su memoria, del mismo modo que se ha borrado de su vida.

—Entonces, ¿usted cree que no lo volveré a ver?

—Me temo que no.

—Pero ¿qué ha sido de él?

—Deje este asunto en mis manos. Me gustaría disponer de una detallada descripción de su persona y que me proporcionara todas las cartas enviadas por él que tenga en su poder.

—Puse un anuncio en el *Chronicle* del pasado sábado —dijo ella—. Aquí tiene el recorte y aquí tiene cuatro cartas suyas.

—Gracias. ¿Y la dirección de usted?

—El número 31 de Lyon Place, Camberwell.

—Ya me dijo que nunca supo las señas del señor Angel. ¿Dónde trabaja su padre?

—Mi padre viaja para Westhouse and Marbank, los grandes importadores de vinos de Burdeos de Fenchurch Street.

—Gracias. Ha expuesto usted su caso con gran claridad. Deje aquí los papeles y recuerde el consejo que le he dado. Considere todo el incidente como un capítulo cerrado y no permita que afecte el curso de su vida.

—Es usted muy amable, señor Holmes, pero no puedo hacerlo. Le seré fiel a Hosmer. Me encontrará esperándole cuando vuelva.

Pese a su absurdo sombrero y su rostro vacío, cierta nobleza en la inocente fe de nuestra visitante suscitaba nuestro respeto. Depositó los papeles encima de la mesa y se marchó, tras prometer que acudiría en cuanto la llamáramos.

Sherlock Holmes permaneció sentado en silencio unos minutos, con las yemas de los dedos todavía unidas, las piernas extendidas ante él y la mirada fija en el techo. Después cogió del estante la grasienta pipa

«Depositó los papeles encima de la mesa.»

de arcilla, que era para él una suerte de consejera, y, tras encenderla, se recostó de nuevo en su butaca, exhalando densas y azuladas espirales de humo, y con una expresión de infinita languidez en el rostro.

—Interesante objeto de estudio, esta muchacha —observó—. Más interesante que su problemilla, que, dicho sea de paso, es bastante vulgar. Si consulta usted mi índice, encontrará casos paralelos. Hubo uno en Andover el año 77, y otro algo similar en La Haya el ario pasado. No obstante, por vieja que sea la idea, ha habido un par de detalles que son nuevos para mí. Pero la propia muchacha presenta rasgos más instructivos.

—Al parecer ha visto en ella un montón de cosas para mí invisibles.

—Invisibles no, Watson, sino inadvertidas. No sabía usted dónde había que mirar y se le ha pasado por alto todo lo importante. No he conseguido convencerle de la importancia de las mangas, de lo que sugieren las uñas de los pulgares, de las grandes conclusiones que pueden derivarse del cordón de un zapato. Veamos, ¿qué ha observado usted en el aspecto de esta mujer? Descríbala.

—Bien, llevaba un sombrero de paja de ala ancha, color pizarra, con una pluma rojo teja. La chaqueta era negra, con abalorios negros y una orla de pequeños adornos de azabache. El vestido era marrón, bastante más oscuro que el café, con un detalle morado en el cuello y en los puños. Los guantes eran de un tono grisáceo y estaban desgastados en el índice de la mano derecha. No me he fijado en los zapatos. Llevaba unos pendientes de oro, pequeños y redondos, y en conjunto presentaba el aspecto de una persona bastante acomodada, con una vida vulgar, cómoda y sin preocupaciones.

Sherlock Holmes aplaudió suavemente y soltó una risita.

—¡Caramba, Watson, ha progresado maravillosamente! Lo ha hecho muy bien, de veras. Cierto que se le ha escapado todo lo importante, pero ha dado usted con el método y tiene buen ojo para los colores. No se fíe nunca de las impresiones generales, amigo mío, y concéntrese en los detalles. Lo primero que miro en una mujer son siempre las mangas. En un hombre quizá sea mejor empezar por las rodilleras. Como usted ha observado, esta mujer llevaba puños de terciopelo, y el terciopelo es un material perfecto para los rastros. Estaba perfectamente definida, justo por encima de la muñeca, la doble línea donde la mecanógrafa se apoya en la mesa. Una máquina de coser, de tipo manual, deja una marca similar, pero solo en el brazo izquierdo y en la zona más apartada del pulgar, en lugar de cruzar la parte más ancha, como en este caso. Después le he mirado la cara, y, al observar las marcas de unos quevedos a ambos lados de la nariz, he aventurado ese comentario sobre la miopía y el escribir a máquina que tanto ha parecido sorprenderla.

—Y a mí también.

—Pero, sin embargo, era evidente. He quedado mucho más sorprendido e interesado cuando, al mirar hacia abajo, he visto que las botas que llevaba, aunque no eran distintas, estaban desparejadas: una tenía un pequeño adorno en la punta, y la otra la punta lisa. De los cinco botones, una llevaba abrochados solo los dos de abajo, y la otra el primero, el tercero y el quinto. Ahora bien, si uno observa que una muchacha joven, por lo demás pulcramente vestida, ha salido de casa con botas desparejadas y a medio abrochar, no tiene gran mérito deducir que ha salido a toda prisa.

—¿Y qué más? —pregunté, vivamente interesado, como siempre, por los incisivos razonamientos de mi amigo.

—Advertí, de pasada, que había escrito una nota antes de salir. Usted ha observado que el guante derecho estaba desgastado en el dedo índice, pero, al parecer, no ha visto que tanto el guante como el índice estaban manchados de tinta violeta. Había escrito con prisa y había hundido demasiado la pluma en el tintero. Tenía que haber sido esta misma mañana, o la mancha del dedo no sería tan evidente. Todo esto resulta entretenido, aunque un tanto elemental, Watson, pero debo volver al trabajo. ¿Le importaría leerme el anuncio con la descripción del señor Hosmer Angel?

Acerqué a la luz el pequeño recorte de periódico.

> Desaparecido, la mañana del día 14, un caballero llamado Hosmer Angel. Unos cinco pies y siete pulgadas de estatura; corpulento, tez cetrina, cabello negro con una pequeña calva en el centro, patillas y bigotes negros y espesos, gafas oscuras, ligera dificultad en el habla. La última vez que se le vio, vestía levita negra con solapas de seda, chaleco negro, reloj con cadena de oro tipo Albert y pantalones de tweed gris de Harris, con polainas marrones sobre botas rematadas con elástico. Se sabe que trabajaba en una oficina de Leadenhall Street. Todo el que pueda aportar información...

—Con esto basta —dijo Holmes—. En cuanto a las cartas —prosiguió, echándoles un vistazo—, son de lo más corriente. No hay en ellas ninguna pista que nos lleve al señor Angel, salvo que cita en una ocasión a Balzac. Hay, no obstante, un punto notable, que sin duda le habrá llamado la atención.

—Que están escritas a máquina —señalé.

—No solo es eso, sino que hasta la firma está escrita a máquina. Fíjese en el pequeño y pulcro «Hosmer Angel» que figura al pie. Consta la fecha, como ve, pero no la dirección completa, solo «Leadenhall Street», que resulta bastante vago. El detalle de la firma es muy sugerente casi podríamos decir que concluyente.

—¿En qué sentido?

—Mi querido amigo, ¿es posible que usted no vea la importancia que esto tiene en el caso?

—No puedo decir que la vea, a menos que él pretendiera negar que la firma era suya en caso de que se le demandara por ruptura de compromiso.

—No, no se trata de esto. Sin embargo, voy a escribir dos cartas que zanjarán la cuestión. La primera a una firma de la

City, la otra al padrastro de la muchacha, el señor Windibank, pidiéndole que se reúna con nosotros aquí mañana a las seis de la tarde. Ha llegado el momento de ponerse en contacto con los miembros masculinos de la familia. Y ahora, doctor, no podemos hacer nada hasta que lleguen las respuestas a ambas cartas, de modo que entretanto podemos olvidar el problemilla.

Tenía yo tantos motivos para confiar en la incisiva capacidad razonadora de mi amigo y en su extraordinaria energía cuando entraba en acción, que di por sentado debía existir un sólido fundamento para la tranquila y segura actitud con que se enfrentaba al singular misterio que se le había encargado resolver. Solo le he visto fracasar una vez, en el caso del rey de Bohemia y la fotografía de Irene Adler, pero, cuando recordaba el misterioso asunto de *El signo de los cuatro* y las extraordinarias circunstancias que concurrían en *Estudio en escarlata,* me convencía de que no existía un caso demasiado complicado para que él pudiera resolverlo.

«Encontré a Sherlock Holmes solo, medio dormido.»

Le dejé, pues, fumando su negra pipa de arcilla, con la certeza de que, cuando volviera allí a la tarde siguiente, Holmes tendría en sus manos todas las pistas que llevarían a identificar al desaparecido novio de la señorita Sutherland.

En aquellos momentos, un caso profesional de extrema gravedad acaparaba mi atención y pasé todo el día siguiente a la cabecera del enfermo. Eran casi las seis cuando quedé libre y pude saltar a un coche que me llevara a Baker Street, con cierto miedo de que fuera demasiado tarde para asistir al desenlace de aquel pequeño misterio. Sin embargo, encontré a Sherlock Holmes solo, medio dormido, su figura larga y delgada acurrucada en el recoveco del sillón. Una formidable parada de botellas y de tubos de ensayo, y el olor acre e inconfundible del ácido clorhídrico, me indicaban que había ocupado el día en los experimentos químicos que tanto le gustaban.

—¿Qué? ¿Ya lo ha resuelto? —le pregunté al entrar.

—Sí. Era el bisulfato de bario.

—¡No, no, el misterio! —exclamé.

—¡Ah, eso! Creí que se refería a la sal con la que he estado trabajando. No hay misterio alguno en este caso, como ya le dije ayer. Solo algunos detalles tienen interés. El único inconveniente es que temo no haya ninguna ley que pueda castigar a ese granuja.

—¿De quién se trata, pues? ¿Y cuál era su propósito al abandonar a la señorita Sutherland?

La pregunta apenas había salido de mi boca y Holmes todavía no había abierto los labios para responder, cuando oímos fuertes pisadas en el pasillo y un golpe en la puerta.

—Es el padrastro de la chica, el señor James Windibank —dijo Holmes—. Me ha escrito para decirme que vendría a las seis. ¡Adelante!

El hombre que entró era corpulento y de mediana estatura, de unos treinta años, bien rasurado y de piel cetrina, de modales suaves e insinuantes, y con unos ojos grises extraordinariamente agudos y penetrantes. Nos dirigió una mirada inquisitiva a cada uno, depositó su reluciente chistera sobre el aparador y, con una ligera inclinación, se acomodó en la silla más próxima.

—Buenas tardes, señor James Windibank —dijo Holmes—. ¿Supongo que esta carta mecanografiada en la que se cita conmigo a las seis es de usted?

—Sí, señor. Temo que he llegado un poco tarde, pero, sabe, yo no soy mi propio jefe. Lamento que la señorita Sutherland le haya molestado con este asunto, porque creo que es mejor lavar los trapos sucios en casa. Vino a verle en contra de mis deseos, pero, como usted habrá notado, es una muchacha muy excitable, muy impulsiva, y no es fácil controlarla cuando se le ha metido algo en la cabeza. Naturalmente no me importó demasiado, porque usted no tiene relación con la policía oficial, pero no resulta agradable que una desgracia familiar como esta se ventile fuera de casa. Además, es un gasto inútil, pues, ¿cómo iba usted a lograr encontrar al señor Hosmer Angel?

—Al contrario —dijo Holmes con calma—. Tengo toda suerte de razones para creer que he logrado descubrir al señor Hosmer Angel.

El señor Windibank tuvo un violento sobresalto y se le cayeron los guantes.

—Me encanta oír esto —dijo.

—Es realmente curioso —observó Holmes— que una máquina de escribir tenga casi tanta personalidad como la escritura a mano. A menos que sean totalmente nuevas, no existen dos que escriban de modo idéntico. Unas letras se desgastan más que otras, y algunas se desgastan solo por un lado. Observará que en su nota, señor Windibank, la «e» queda un poco borrosa y el palo de la «r» tiene un ligero defecto. Existen otras catorce características, pero estas son las más evidentes.

—En la oficina escribimos toda nuestra correspondencia con esta máquina, y seguro que está un poco gastada —respondió nuestro visitante, mirando fijamente a Holmes con sus ojos pequeños y brillantes.

—Y ahora voy a enseñarle algo que constituye un estudio realmente interesante, señor Windibank —siguió Holmes—. Uno de estos días pienso escribir una pequeña monografía sobre la máquina de escribir y su relación con el crimen. Es un tema al que he dedicado cierta atención. Aquí tengo cuatro cartas que se supone proceden del desaparecido. Todas están escri-

tas a máquina. En todos
los casos, no solo la «e»
está borrosa y el rabo de
la «r» tiene un defecto,
sino que, si usa mi lupa,
observará también las
otras catorce caracterís-
ticas que he señalado
antes.

El señor Windibank
se levantó de un salto y
cogió su sombrero.

—No pienso perder
el tiempo con fantasías
tan absurdas —dijo—.
Si puede atrapar al hom-
bre, atrápelo, y comuní-

«Mirando a su alrededor cual una rata caída
en la trampa.»

quemelo cuando lo haya conseguido.

—Desde luego —dijo Holmes, poniéndose en pie y cerrando la puerta con llave—. ¡Le he atrapado!

—¿Qué? ¿Dónde? —exclamó el señor Windibank, palide-
ciendo como un muerto y mirando a su alrededor cual una
rata caída en la trampa.

—No puede hacer usted nada..., realmente nada —dijo
Holmes con suavidad—. No es posible escapar de esta, señor
Windibank. Todo es demasiado transparente, y no ha sido
precisamente un cumplido decir que me sería imposible resolver un asunto tan sencillo. Siéntese y hablemos.

Nuestro visitante se desplomó en una silla, con el rostro
lívido y la frente perlada de sudor.

—No..., no constituye legalmente un delito —balbuceó.

—Mucho me temo que no. Pero, entre nosotros, Windibank, ha sido la bribonada más cruel y egoísta y despiadada
que he visto en mi vida. Ahora, deje que yo exponga el curso
de los acontecimientos, y contradígame si me equivoco.

El hombre permanecía hundido en su asiento, la cabeza inclinada sobre el pecho, como quien se siente totalmente anonadado. Holmes extendió los pies sobre la repisa de la chimenea, se echó hacia atrás con las manos metidas en los bolsillos y empezó a hablar, más para sí mismo, parecía, que para nosotros.

—El hombre se casó con una mujer mucho mayor que él por su dinero —dijo—, e iba a disfrutar del dinero de la hija mientras esta viviera con ellos. Se trataba de una suma considerable, para gente de su posición, y perderla hubiera supuesto una diferencia importante. Merecía un esfuerzo tratar de conservarla. La hija tenía un carácter bueno y dócil, pero afectuoso y a su modo apasionado, de modo que, con sus dotes personales y su pequeña renta, era evidente que no permanecería mucho tiempo soltera. Ahora bien, su matrimonio representaba, claro está, la pérdida de cien libras anuales. ¿Qué hace entonces el padrastro para impedirlo? Recurre al medio más obvio: retenerla en casa y prohibirle que frecuente gente de su edad. Pero pronto se da cuenta de que esta solución no sería duradera. La muchacha se muestra inquieta, insiste en sus derechos y por último anuncia su firme intención de asistir a determinado baile. ¿Qué hará entonces su astuto padrastro? Se le ocurre una idea que honra más a su cerebro que a su corazón. Con la connivencia y ayuda de su esposa, se disfraza, oculta sus penetrantes ojos tras unas gafas oscuras, enmascara su rostro con un bigote y unas pobladas patillas, transforma el claro timbre de su voz en un susurro vacilante, y, doblemente seguro a causa de la miopía de la joven, se presenta como el señor Hosmer Angel, y ahuyenta a otros enamorados haciendo de enamorado él mismo.

—Al principio solo era una broma —gimió nuestro visitante—. Nunca creímos que se lo tomara tan en serio.

—Puede que no. Pero no cabe duda de que la muchacha sí se lo tomó muy en serio, y, convencida de que su padrastro se encontraba en Francia, la sospecha de que se tratara de una jugarreta ni se le pasó por la cabeza. Se sintió halagada por las atenciones del caballero, halago que se vio incrementado por la admiración que la madre manifestaba hacia él. Después el señor Angel empezó a visitarla, pues era obvio que, si se quería obtener resultados, había que llevar la farsa hasta los últimos límites. Hubo varios encuentros, y un compromiso matrimonial, que evitaría definitivamente que la muchacha dirigiera su afecto hacia ningún otro hombre. Pero el engaño no podía mantenerse por tiempo indefinido. Los supuestos viajes a Francia resultaban bastante engorrosos. Lo mejor era llevar la historia a un final tan dramático que dejara una impresión imborrable en la mente de la chica e impidiera que durante mucho tiempo se fijara en ningún otro pretendiente. De ahí aquel juramento de fidelidad sobre la Biblia y de ahí las alusiones, la misma mañana de la boda, a la posibilidad de que ocurriera algo. James Windibank deseaba que la señorita Sutherland quedara tan ligada a Hosmer Angel y tan dudosa acerca de lo que le había sucedido, que, al menos durante diez años, no prestara atención a ningún otro hombre. La llevó hasta las mismas puertas de la iglesia y luego, como no podía ir más lejos, desapareció oportunamente mediante el viejo truco de subir a un coche por una puerta y bajar por la otra. Creo que así se desarrollaron los acontecimientos, señor Windibank.

Mientras Holmes hablaba, nuestro visitante había recuperado en parte su aplomo, y ahora se levantó con una fría y sarcástica sonrisa en el rostro pálido.

—Tal vez fuera así, o tal vez no, señor Holmes —dijo—. Pero, si es usted tan listo, debería serlo lo suficiente para saber que ahora es usted y no yo quien está infringiendo la ley. Yo no he hecho en ningún momento nada condenable, pero, mientras mantenga usted cerrada esta puerta, se expone a una denuncia por agresión y retención ilegal.

—Como usted bien dice, no puede alcanzarle el peso de la ley —dijo Holmes, girando la llave y abriendo la puerta de par en par—, aunque nadie ha merecido tanto un castigo. Si la muchacha tuviera un hermano o amigo, le desharía la espalda a latigazos. ¡Por Júpiter! —prosiguió, enfurecido ante la sarcástica sonrisa de nuestro visitante—. Esto no forma parte de mis obligaciones para con mi cliente, pero aquí tengo una fusta de caza y creo voy a permitirme el gustazo de...

«Dio dos zancadas hacia el látigo.»

Dio dos zancadas hacia el látigo, pero, antes de que pudiera cogerlo, sonó un estrepitoso rumor de pasos bajando la escalera, se cerró de golpe la pesada puerta de la casa, y vimos desde la ventana al señor Windibank correr calle abajo a toda la velocidad que le permitían sus piernas.

—¡Habrase visto granuja más desalmado! —dijo Holmes riendo, mientras se dejaba caer de nuevo en su sillón—. Ese tipo irá de delito en delito, hasta que cometa algo grave y acabe en presidio. En ciertos aspectos, el caso no carecía enteramente de interés.

—Todavía no veo con claridad todos los pasos de su razonamiento —observé.

—Bien, era obvio desde un principio que ese tal señor Hosmer Angel había de tener una importante razón para su insólito comportamiento, y era también evidente que el único hombre que, por lo que nosotros sabíamos, salía beneficiado por el incidente era el padrastro. El hecho de que nunca se viera juntos a los dos hombres, sino que uno apareciera siempre cuando el otro estaba ausente, daba mucho que pensar.

Igualmente sospechosas eran las gafas oscuras y la voz susurrante, que sugerían un disfraz, lo mismo que las espesas patillas. Todas mis sospechas se vieron confirmadas por la peculiar ocurrencia de mecanografiar su firma, que indicaba, claro está, que su letra era tan familiar a la muchacha que forzosamente tendría que reconocerla aunque solo viera una pequeña muestra. Observe que todos esos datos aislados, junto con muchos de menor importancia, apuntan en una misma dirección.

—¿Y cómo los verificó?

—Una vez identificado mi hombre, era fácil conseguir colaboración. Sabía para qué empresa trabajaba. Cogí la descripción del periódico, eliminé todos los elementos que pudieran atribuirse a un disfraz —las patillas, las gafas, la voz— y la envié a la empresa, con el ruego de que me comunicaran si alguno de sus viajantes respondía a la descripción. Yo ya había reparado en las peculiaridades de la máquina de escribir, y escribí al individuo en cuestión a la dirección de su oficina, pidiéndole que viniera aquí. Tal como esperaba, su respuesta llegó escrita a máquina y mostraba los mismos triviales pero característicos defectos. En el mismo correo recibí una carta de Westhouse and Marbank, de Fenchurch Street, comunicándome que la descripción coincidía en todos los puntos con su empleado James Windibank. *Voilà tout!*

—¿Y la señorita Sutherland?

—Si se lo cuento, no me creerá. Tal vez usted recuerde el antiguo proverbio persa: «Corre peligro quien le quita su cachorro a un tigre, y también corre peligro quien le arrebata una ilusión a una mujer». Hay tanta sabiduría y tanto conocimiento del mundo en Hafiz como en Horacio.

EL MISTERIO DE BOSCOMBE VALLEY

Estábamos desayunando una mañana mi esposa y yo, cuando la sirvienta trajo un telegrama. Era de Sherlock Holmes y decía lo siguiente:

> ¿Dispone de un par de días libres? Acaban de telegrafiarme desde el oeste de Inglaterra en relación con la tragedia de Boscombe Valley. Me gustaría que usted me acompañase. Atmósfera y paisaje perfectos. Salgo de Paddington a las 11.15.

—¿Qué le dirás, cariño? —preguntó mi mujer, mirándome—. ¿Irás?

—En realidad no sé qué decir. En estos momentos tengo una lista de pacientes bastante larga.

—Oh, Anstruther se ocupará de tu trabajo. Últimamente te veo un poco pálido. Creo que el cambio te sentaría bien. Y los casos del señor Sherlock Holmes siempre suscitan tu interés.

—Sería un ingrato si no me interesaran, dado lo que conseguí gracias a uno de ellos —respondí—. Pero, si voy a ir, tengo que hacer enseguida el equipaje, porque solo dispongo de media hora.

Mi experiencia en la campaña de Afganistán había tenido al menos la ventaja de convertirme en un viajero rápido y dispuesto a emprender de inmediato la marcha. Mis necesidades eran pocas y sencillas, de modo que, en menos del tiempo mencionado, ya estaba en un coche de punto con mi maleta, camino de la estación de Paddington. Sherlock Holmes paseaba de un extremo a otro del andén su alta y severa figura, más alta y severa que de costumbre a causa del largo capote gris de viaje y de la encasquetada gorra de paño.

—Ha sido realmente muy amable por su parte venir conmigo, Watson —dijo—. Para mí representa una considerable diferencia tener a mi lado a alguien en quien puedo confiar plenamente. La ayuda que uno encuentra en el lugar de los hechos o es casi inútil o está sujeta a demasiadas influencias. Si usted reserva los dos asientos del rincón, yo sacaré los billetes.

Tuvimos todo el compartimento para nosotros y para la inmensa cantidad de periódicos que Holmes había traído consigo. Los estuvo hojeando y leyendo, con interrupciones para tomar notas y reflexionar, hasta que dejamos atrás Reading. Entonces formó con ellos de repente una bola gigantesca y la arrojó a la rejilla del equipaje.

—¿Ha oído algo referente al caso? —me preguntó.

—Ni una palabra. Llevo días sin leer la prensa.

—La prensa de Londres no ha publicado informes muy completos. Acabo de revisar todos los periódicos recientes para enterarme de los detalles. Por lo que he averiguado, se trata de uno de esos casos sencillos que son tan extremadamente difíciles.

«Tuvimos todo el compartimento para nosotros.»

—Esto suena un poco paradójico.

—Pero es una gran verdad. La singularidad es casi invariablemente una pista. Cuanto más anodino y vulgar es un crimen, más difícil resulta resolverlo. Sin embargo, en este caso han establecido graves cargos contra el hijo del hombre asesinado.

—¿Se trata, pues, de un asesinato?

—Bueno, eso suponen. Yo no daré nada por seguro hasta haber tenido ocasión de investigar personalmente lo ocurrido. Voy a explicarle en pocas palabras cuál es la situación tal como yo la entiendo.

»Boscombe Valley es un distrito rural no muy alejado de Ross, en Herefordshire. El principal terrateniente del lugar es un tal señor John Turner, que amasó su fortuna en Australia y regresó hace unos años a su tierra natal. Una de las granjas que posee, la de Hatherley, la tenía arrendada el señor Charles McCarthy, que también era un ex colono australiano. Los dos se habían conocido en las colonias, y no tenía nada de raro que, al establecerse, lo hicieran lo más cerca posible el uno del otro. Al parecer, Turner era el más rico de ambos; McCarthy pasó a ser su arrendatario, pero manteniéndose en términos de absoluta igualdad, y con frecuencia se les veía juntos. McCarthy tenía un hijo, un muchacho de dieciocho años, y Turner tenía una única hija de la misma edad, pero a ninguno de los dos les vivía la esposa. Parece ser que evitaban el trato con las familias inglesas de la vecindad y que llevaban una vida retirada, aunque los dos McCarthy eran aficionados al deporte y se les veía a menudo en las carreras de caballos de la comarca. McCarthy tenía dos criados: un hombre y una muchacha. Turner disponía de una servidumbre considerable, al menos media docena de criados. Eso es todo lo que he conseguido averiguar de las familias. Pasemos a los hechos.

»El 3 de junio, o sea el lunes pasado, McCarthy salió de su casa de Hatherley hacia las tres de la tarde y caminó hasta el estanque de Boscombe, un laguito formado por el ensancha miento del torrente que corre por el valle. Por la mañana había estado con su criado en Ross y le había dicho que debía darse prisa porque a las tres tenía una cita importante. Cita de la que no regresaría vivo.

»Desde la granja Hatherley hasta el estanque de Boscombe hay un cuarto de milla, y dos personas lo vieron pasar por aquellos parajes. Una de ellas es una vieja cuyo nombre no se menciona; y la otra William Crowder, un guardabosque al servicio del señor Turner. Ambos aseguran que el señor McCarthy iba solo. El guardabosque añade que, a los pocos minutos de haber visto pasar al señor McCarthy, vio a su hijo, el señor James McCarthy, seguir el mismo camino con una escopeta bajo el brazo. Cree recordar que el padre estaba todavía al alcance de la vista cuando apareció el hijo tras él. No volvió a pensar en ello hasta que por la noche se enteró de la tragedia que había tenido lugar.

»Hubo alguien que vio a ambos McCarthy después de que William Crowder, el guardabosque, los perdiera de vista. El estanque de Boscombe está rodeado de espesos bosques, salvo una franja de hierbas y cañaverales a su orilla. Una chica de catorce años, Patience Moran, hija del guarda de la finca de Boscombe Valley, se encontraba cogiendo flores en uno de los bosques. Declaró que, mientras estaba allí, vio, en el lindero del bosque y cerca del estanque, al señor McCarthy y a su hijo, que parecían mantener una acalorada discusión. Oyó que el viejo señor McCarthy le dirigía a su hijo palabras muy duras, y vio que este último levantaba una mano como si se dispusiera a golpearle. La violencia de la escena la asustó tanto que se alejó de allí a toda prisa, y cuando llegó a su casa le contó a su madre que había dejado a los dos McCarthy peleándose cerca del estanque de Boscombe y temía que llegaran a las manos Acababa de pronunciar estas palabras cuando apareció corriendo el joven McCarthy, para decir que había encontrado a su padre muerto en el bosque y para pedir la ayuda del guarda. Estaba muy excitado, no llevaba la escope-

«Encontraron el cadáver.»

ta ni el sombrero, y advirtieron que su mano y su manga derechas estaban manchadas de sangre fresca. Fueron tras él y encontraron el cadáver tendido sobre la hierba junto al estanque. Le habían aplastado la cabeza a golpes con un arma pesada y contundente. Las heridas podían haber sido perfectamente infligidas con la culata de la escopeta del hijo, que encontraron en la hierba a pocos pasos del muerto. Dadas las circunstancias, el joven fue detenido de inmediato, el martes se pronunció en la encuesta judicial el veredicto de homicidio intencionado, y el miércoles compareció ante los magistrados de Ross, que han remitido el caso al tribunal superior del condado. Estos son los hechos principales del caso, según la encuesta judicial.

—No puedo imaginar inculpación más obvia —observé—. Si existe un caso en que todas las pruebas circunstanciales apunten hacia un mismo individuo, es este.

—Las pruebas circunstanciales son engañosas —replicó Holmes, pensativo—. Parecen apuntar claramente en una dirección, pero, si alteras un poco tu punto de vista, puedes encontrarte con que apuntan, con igual claridad, hacia algo enteramente distinto. Debo confesar, no obstante, que el caso es de extrema gravedad para el joven, y es muy posible que sí sea culpable. Sin embargo, hay varias personas en la zona, y entre ellas la señorita Turner, hija del terrateniente vecino, que creen en su inocencia y que han requerido los servicios de Lestrade, a quien usted recordará por su actuación en *Estudio en escarlata*, para que investigue en su favor. Lestrade se encuentra algo perdido y me ha remitido el caso a mí, y esta es la razón por la que dos caballeros de mediana edad se precipitan hacia el oeste a cincuenta millas por hora, en lugar de digerir apaciblemente su desayuno en casa.

—Mucho me temo —dije— que, ante unos hechos tan evidentes, poca fama pueda ganar usted con este caso.

—No hay nada tan engañoso como un hecho evidente —respondió Holmes riendo—. Además, podemos tener la suerte de dar con otro hecho evidente que no haya sido tan evidente para el señor Lestrade. Me conoce usted lo bastante bien para saber que no es una fanfarronada por mi parte afirmar que confirmaré o echaré por tierra su teoría valiéndome de medios que él es incapaz de emplear y ni siquiera de comprender. Para usar el ejemplo más a mano, puedo advertir que usted tiene la ventana de su dormitorio a la derecha, y dudo mucho que el señor Lestrade se hubiera fijado siquiera en un detalle tan evidente como este.

—Pero ¿cómo demonios...?

—Mi querido amigo, le conozco bien. Sé la pulcritud castrense que lo caracteriza. Usted se afeita todas las mañanas, y en esta época del año lo hace a la luz del día. Pero, como su rasurado es cada vez menos perfecto a medida que avanza hacia la izquierda y deja mucho que desear cuando alcanza el ángulo de la mandíbula, es evidente que este lado queda peor iluminado que el otro. No me es posible imaginar a un hombre con unas costumbres como las suyas, mirándose a sí mismo bajo una luz uniforme y conformándose con este resultado. Solo cito esto a modo de ejemplo trivial de observación y deducción. En esto consiste mi *métier*, y es posible que sea de alguna utilidad en la investigación que nos espera. Hay un par de detalles que salieron a relucir en la encuesta judicial y que merece la pena analizar.

—¿Cuáles son?

—Al parecer, la detención del joven no tuvo lugar de inmediato, sino después de su regreso a la granja Hatherley. Al anunciarle el inspector que quedaba detenido, comentó que no le sorprendía la noticia y que no merecía otra cosa. Esta observación surtió el lógico efecto de disipar cualquier rastro de duda que pudiera quedar en el jurado de instrucción.

—Fue una confesión —exclamé.

—No, porque fue seguida de una protesta de inocencia.

—Al final de una serie de hechos tan inculpatorios, tal protesta está sujeta a todo tipo de sospechas.

—Al contrario —replicó Holmes—, es el único punto de luz que asoma entre las tinieblas. Por muy ingenuo que sea, no podía ser tan imbécil como para no ver que las circunstancias le eran terriblemente adversas. Si se hubiera mostrado sorprendido ante su detención o hubiera fingido indignarse, a mí me hubiera parecido sumamente sospechoso, porque tales sorpresa e indignación no hubieran resultado naturales en aquellas circunstancias, aunque pudieran parecerle la mejor táctica a un tramposo. Su franca aceptación de la situación lo señala como un hombre inocente, y demuestra considerable firmeza y dominio de sí mismo. En cuanto a su observación de que se lo merecía, tampoco resulta tan extraña si consideramos que se encuentra junto al cadáver de su padre, y que aquel mismo día le ha faltado al respeto que le debe, hasta el extremo de pelear acaloradamente con él y estar a punto de levantarle la mano, según la muchachita cuyo testimonio es tan importante. El reproche que se hace a sí mismo y su arrepentimiento me parecen a mí indicativos de una mente sana y no de una mente culpable.

Meneé la cabeza.

—Muchos hombres han sido ahorcados con pruebas menos concluyentes.

—Cierto. Y muchos hombres han sido ahorcados por error.

—¿Cuál es la versión que da el joven de los hechos?

—Me temo que no es muy alentadora para sus defensores, aunque contiene un par de puntos interesantes. Aquí la tiene, y puede leerla por sí mismo.

Extrajo del montón un ejemplar del periódico local de Herefordshire, volvió la página y me señaló el párrafo donde el desdichado joven daba su versión de lo ocurrido. Me arrellané en el rincón del compartimento y leí con cuidado.

Compareció después ante el juez de instrucción el señor James McCarthy, hijo único del difunto, y declaró lo siguiente:

TESTIGO: Estuve fuera de casa tres días, en Bristol, y acababa de regresar la mañana del lunes pasado, día 3. Cuando yo llegué, mi padre no estaba en casa, y la criada me informó de que se había ido a Ross, con el mozo de establo. Poco después de mi regreso, oí las ruedas del carruaje en el patio y, al mirar por mi ventana, vi que se apeaba y se alejaba a toda prisa, aunque no supe qué dirección tomaba. Entonces cogí mi escopeta y eché a andar hasta el estanque de Boscombe, con intención de visitar las conejeras que hay al otro lado. Por el camino vi a William Crowder, el guardabosque, tal como ha dicho en su declaración, pero se equivoca al decir que yo seguía a mi padre. Yo no tenía ni idea de que iba delante de mí. Cuando, a unas cien yardas del estanque, oí el grito de ¡cuii!, que usamos mi padre y yo como señal, eché a correr hacia delante y lo encontré de pie junto al agua. Pareció muy sorprendido al verme y me preguntó con bastante aspereza qué estaba haciendo yo allí. Siguió una conversación que desembocó en palabras muy duras y poco faltó para que llegáramos a las manos, porque mi padre era un hombre de temperamento muy violento. Viendo que su furia escapaba a todo control, le dejé y emprendí el camino de regreso a Hatherley. Pero apenas me había alejado ciento cincuenta yardas, cuando oí a mis espaldas un grito espantoso, que me hizo volver a toda prisa sobre mis pasos. Encontré a mi padre agonizando en el suelo, con unas heridas terribles en la cabeza. Dejé

«Le estreché entre mis brazos.»

caer mi escopeta y le estreché entre mis brazos, pero expiró casi al instante. Permanecí de rodillas a su lado unos minutos y luego me encaminé a casa del señor Moran, el guarda, que es la más próxima, para pedir ayuda. Cuando volví junto a mi padre, no vi a nadie cerca, y no tengo ni idea de quién pudo causarle las heridas. No era un hombre popular, ya que se mostraba frío y reservado con los demás, pero, que yo sepa, no tenía enemigos declarados. No sé nada más de este asunto.

JUEZ: ¿Le dijo su padre algo antes de morir?

TESTIGO: Murmuró unas palabras, pero solo capté una alusión a una rata.

JUEZ: ¿Y cómo la interpretó usted?

TESTIGO: No le vi significado alguno. Pensé que deliraba.

JUEZ: ¿Cuál fue el asunto sobre el que usted y su padre mantuvieron aquella discusión final?

TESTIGO: Preferiría no contestar.

JUEZ: Temo que debo exigírselo.

TESTIGO: Me es realmente imposible contestar. Puedo asegurarle que no tiene nada que ver con la terrible tragedia que tuvo lugar a continuación.

JUEZ: Esto debe decidirlo el tribunal. No es preciso que le advierta que su negativa a responder empeorará considerablemente su situación en los pasos posteriores del proceso.

TESTIGO: Aun así, debo seguir negándome.

JUEZ: Tengo entendido que el grito de ¡cuii! Era una señal convenida entre usted y su padre, ¿verdad?

TESTIGO: Sí lo era.

JUEZ: En tal caso, ¿cómo se explica que lo profiriera antes de verle a usted e incluso antes de saber que había regresado de Bristol?

TESTIGO (*visiblemente desconcertado*): No lo sé.

JUEZ: ¿No vio usted nada que resultara sospechoso cuando regresó al oír gritar a su padre y lo encontró herido de muerte?

TESTIGO: Nada definido.

JUEZ: ¿Qué quiere decir con esto?

TESTIGO: Cuando volví corriendo al estanque, estaba tan trastornado y excitado que no podía pensar en otra cosa que en mi padre. Tengo, no obstante, la vaga impresión de que, mientras corría, vi algo tirado en el suelo, a mi izquierda. Me pareció de color gris, una especie de capote o tal vez una manta. Al levantarme de al lado de mi padre, miré a mi alrededor buscándolo, pero había desaparecido.

JUEZ: ¿Quiere decir que desapareció antes de que usted fuera en busca de ayuda?

TESTIGO: Sí, había desaparecido.

JUEZ: ¿Y no puede decir qué era?

TESTIGO: No, pero tuve la sensación de que había algo allí.

JUEZ: ¿A qué distancia del cuerpo?

TESTIGO: A unas doce yardas.

JUEZ: ¿Y a qué distancia del lindero del bosque?

TESTIGO: Aproximadamente a la misma.

JUEZ: Entonces, si alguien se lo llevó, ¿fue mientras usted estaba a unas doce yardas de distancia?

TESTIGO: Sí, pero de espaldas.

Con esto concluyó el interrogatorio.

—Observo —dije, echando un vistazo al resto de la columna— que en sus conclusiones el juez de instrucción se mostró bastante severo con el joven McCarthy. Hace hincapié, y con toda razón, en lo absurdo de que su padre le lanzara el grito que utilizan como serial entre ambos antes de verle, en su negativa a dar detalles acerca de la conversación que sostuvieron y en su peculiar versión de las últimas palabras del moribundo. Tal como él subraya, todo esto apunta contra el hijo.

Holmes rió quedamente para sus adentros y se desperezó sobre el mullido asiento.

—Tanto usted como el juez —dijo— se han esforzado en destacar precisamente los puntos más favorables al joven. ¿No se da cuenta de que le atribuyen alternativamente demasiada imaginación y demasiado poca? Demasiado poca, si no es capaz de inventar un motivo para la discusión con que ganarse la simpatía del jurado; demasiada, si es capaz de extraer de su fuero interno algo tan *outré* como la referencia a una rata en labios de un moribundo o el incidente de la prenda de ropa desaparecida. No, señor, yo enfocaré el caso desde el punto de vista de que el joven dice la verdad, y veremos qué hipótesis se derivan de ahí. Y ahora aquí tengo mi Petrarca de bolsillo y no voy a decir una sola palabra más sobre el caso hasta que estemos en el lugar de los hechos. Almorzaremos en Swindon, y creo que llegaremos dentro de veinte minutos.

Eran casi las cuatro cuando por fin, tras cruzar el hermoso Stroud Valley y atravesar el ancho y resplandeciente Severn, nos encontramos en el bonito pueblecillo campesino de Ross. Un hombre delgado, con aspecto de hurón y mirada escurridiza y astuta, nos esperaba en el andén. A pesar del guardapolvo marrón claro y de las polainas de cuero que llevaba como concesión al entorno campestre, no tuve dificultad alguna en reconocer a Lestrade, de Scotland Yard. Fuimos con él en coche hasta Hereford Arms, donde nos habían reservado habitación.

—He encargado un coche —dijo Lestrade, cuando nos sentamos ante una taza de té—. Conozco la energía que le caracteriza y sé que no se sentirá a gusto hasta que haya visitado el lugar del crimen.

—Ha sido muy amable y atento por su parte —respondió Holmes—. Pero todo depende de la presión atmosférica.

Lestrade pareció desconcertado.

—Temo que no le entiendo —dijo.

—¿Qué marca el barómetro? Veo que veintinueve. Ni viento ni una nube en el cielo. Tengo aquí una cajetilla de cigarros que piden ser fumados y el sofá es muy superior a las habituales abominaciones de los hoteles rurales. No creo probable que utilice el coche esta noche.

Lestrade rió con indulgencia.

—Sin duda, ya ha sacado usted sus conclusiones a partir de los periódicos —dijo—. El caso está tan claro como la luz del día, y, cuanto más se profundiza en él, más claro se muestra. Sin embargo, uno no puede negarle nada a una dama, y menos a una dama tan decidida como esta. Ha oído hablar de usted y ha insistido en conocer su opinión, por más que le he repetido mil veces que usted no puede hacer nada que yo no haya hecho ya. Pero ¡vaya! ¡Aquí tenemos su coche ante la puerta!

Acababa apenas de pronunciar estas palabras, cuando irrumpió en la habitación una de las muchachas más encantadoras que he visto en mi vida. Le brillaban los ojos color violeta, tenía los labios entreabiertos y el rubor le cubría las mejillas, abandonado todo rastro de natural reserva ante el ímpetu de su excitación y su ansiedad.

—¡Oh, señor Holmes! —exclamó, pasando la mirada de uno a otro, para finalmente, con rápida intuición femenina, fijarla en mi compañero—. ¡Estoy tan contenta de que esté aquí! He venido para decírselo. Sé que James no lo hizo. Lo sé, y quiero que usted empiece su trabajo sabiéndolo también. No deje que le asalten dudas sobre este punto. Nos tratamos desde que éramos muy niños, y conozco sus defectos mejor que nadie, pero tiene un corazón tan tierno que no sería capaz de matar ni a una mosca. Esta acusación es absurda para cualquiera que le conozca de verdad.

—Espero que podamos demostrar su inocencia, señorita Turner —dijo Sherlock Holmes—. Puede confiar en que haré cuanto esté en mis manos.

—Pero usted ha leído las declaraciones. ¿Ha sacado alguna

«Lestrade se encogió de hombros.»

conclusión? ¿No vislumbra alguna escapatoria, alguna salida? ¿No cree usted que es inocente?

—Me parece muy probable.

—¡Por fin! —exclamó la muchacha, echando la cabeza hacia atrás y mirando a Lestrade con gesto desafiante—. ¡Ya lo ha oído! Él me da esperanzas.

Lestrade se encogió de hombros.

—Temo que mi colega se haya precipitado en sus conclusiones —dijo.

—Pero ¡tiene razón! ¡Oh, yo sé que tiene razón! James no lo hizo. Y en cuanto a la pelea con su padre, estoy segura de que la razón por la cual no quiso hablarle de ella al juez es que se refería a mí.

—¿En qué sentido? —preguntó Holmes.

—No es el momento de ocultar nada. James y su padre habían mantenido varias discusiones por mi causa. El señor McCarthy ansiaba que nos uniéramos en matrimonio. James y yo nos hemos querido siempre como hermanos, pero, claro, él es joven y ha visto todavía muy poco de la vida, y... Bueno, como es natural, no deseaba dar un paso como este. De ahí que tuvieran discusiones, y esta, estoy convencida, fue una de ellas.

—¿Y su padre? —preguntó Holmes—. ¿Estaba a favor de este enlace?

—No, él también se oponía. El único que estaba a favor era McCarthy.

Un súbito rubor cubrió su fresco rostro juvenil cuando Holmes le dirigió una de sus miradas agudas y penetrantes.

—Gracias por la información —dijo—. ¿Podré ver a su padre si paso a visitarle mañana?

—Me temo que el médico no se lo permita.

—¿El médico?

—Sí, ¿no se lo han dicho? Mi pobre padre no anda muy bien de salud desde hace años, pero esto lo ha hundido por completo. Debe guardar cama, y el doctor Willows dice que está muy delicado y que tiene el sistema nervioso deshecho. El señor McCarthy era el único hombre vivo que conoció a papá en los viejos tiempos de Victoria.

—¡Ah, en Victoria! Esto es importante.

—Sí, en las minas.

—Exacto, en las minas de oro, donde, según tengo entendido, hizo su fortuna el señor Turner.

—Así es.

—Gracias, señorita Turner. Me ha sido usted de gran ayuda.

—Si mañana hay alguna novedad, no deje de comunicármelo. Sin duda irá usted a la cárcel a ver a James. Oh, señor Holmes, si lo hace, dígale que yo sé que es inocente.

—Lo haré, señorita Turner.

—Ahora tengo que irme a casa, porque papá está muy enfermo y me echa de menos cuando me separo de él. Adiós, y que el Señor le ayude en su empresa.

Salió de la habitación tan impulsivamente como había irrumpido en ella, y oímos traquetear las ruedas del carruaje al alejarse calle abajo.

—Me avergüenzo de usted, Holmes —dijo Lestrade con dignidad tras unos minutos de silencio—. ¿Por qué despierta unas esperanzas que luego tendrá que defraudar? No soy hombre tierno de corazón, pero considero esto una crueldad.

—Creo ver el modo de probar la inocencia de James Mc-Carthy —dijo Holmes—. ¿Tiene usted una autorización para visitarle en la cárcel?

—Sí, pero solo para usted y para mí.

—En tal caso, reconsideraré mi decisión de no salir. ¿Hay todavía tiempo para tomar un tren a Hereford y verle esta noche?

—De sobra.

—Pues en marcha. Watson, temo que el tiempo se le haga a usted interminable, pero solo estaré fuera un par de horas.

Los acompañé a pie hasta la estación, y después deambulé por las calles del pueblecito, para regresar finalmente al hotel, donde me tumbé en el sofá y traté de interesarme en una novela policíaca. Pero la trama del relato era tan endeble, comparada con el profundo misterio en que estábamos inmersos, y mi atención se desviaba con tanta frecuencia de la ficción a la realidad, que acabé por arrojar el libro al otro extremo de la habitación y entregarme por entero a considerar los acontecimientos de la jornada. Suponiendo que la versión del desdichado joven fuera totalmente cierta, ¿qué calamidad diabólica, qué desastre imprevisto pudo ocurrir entre el momento en que se separó de su padre y el momento en que, atraído por sus gritos, regresó corriendo junto al estanque? Tuvo que ser algo terrible y mortal, pero ¿qué? ¿La índole de las heridas no re-

«Traté de interesarme en una novela policíaca.»

velaría algo a mi instinto médico? Toqué la campanilla y pedí el semanario del condado, que contenía una reseña completa del atestado preliminar. En la declaración del forense se afirmaba que el tercio posterior del parietal izquierdo y la mitad izquierda del occipital habían sido destrozados por un fuerte golpe asestado con un arma sin filo. Señalé en mi propia cabeza el lugar. Evidentemente un golpe como aquel tenía que haber sido propinado desde atrás. Esto hablaba hasta cierto punto en favor del acusado, ya que se le había visto discutir con su padre cara a cara. Sin embargo, no significaba gran cosa, pues el viejo se pudo haber vuelto de espaldas antes de recibir el golpe. Con todo, tal vez mereciera la pena llamar la atención de Holmes sobre este punto. Después estaba la peculiar alusión del moribundo a una rata. ¿Qué podía significar? No podía tratarse de un delirio. Un hombre que ha recibido un golpe inesperado y mortal no suele delirar. No, era mucho más probable que intentara explicar qué le había arrastrado a su trágico final. Pero ¿qué podía indicar? Me devané los sesos en busca de una posible explicación. Y estaba también la cuestión de la prenda de vestir gris que había visto el joven McCarthy. De ser cierto, el asesino tuvo que dejar caer en su huida parte de su ropa, presumiblemente el abrigo, y había tenido la sangre fría de volver atrás y recogerlo, en el instante en que el hijo estaba arrodillado y dándole la espalda a menos de doce yardas. ¡Qué entramado de misterios e improbabilidades formaba todo el conjunto! No era de extrañar la opinión de Lestrade, pero yo tenía tanta fe en la perspicacia de Sherlock Holmes que no podía perder la esperanza, viendo que cada nuevo dato parecía reforzar su convencimiento de que el joven McCarthy era inocente.

Era ya tarde cuando regresó Sherlock Holmes. Volvía solo, pues Lestrade se alojaba en una pensión de la ciudad.

—El barómetro sigue muy alto —observó al sentarse—. Es importante que no llueva antes de que hayamos podido examinar el lugar. Por otra parte, uno tiene que estar en plena forma y bien despierto para un trabajito como este, y no quiero llevarlo a cabo tras la fatiga de un largo viaje. He visto al joven McCarthy.

—¿Y qué ha averiguado a través de él?

—Nada.

—¿No ha arrojado ninguna luz sobre los hechos?

—En absoluto. En algunos momentos me sentí inclinado a pensar que sabía quién lo había hecho y estaba encubriendo a alguien, fuera hombre o mujer, pero ahora estoy convencido de que está tan confuso como todos los demás. No es un muchacho muy despierto, pero es bien parecido y creo que tiene un corazón noble.

—No puedo admirar su buen gusto —observé—, si es cierto que se negaba a casarse con una joven tan encantadora como la señorita Turner.

—Ah, detrás de esto se esconde una historia bastante triste. El pobre tipo la quiere con locura, con desesperación, pero hace un par de años, cuando era solo un jovenzuelo y no la conocía a ella realmente, porque la muchacha había pasado cinco años en un internado fuera de aquí, ¿qué hace el idiota sino liarse con una camarera de Bristol y casarse con ella en la oficina de un juzgado? Nadie sabe palabra de este asunto, pero ya puede usted imaginar hasta qué punto ha de resultarle desesperante que le recriminen por no hacer algo que daría media vida por hacer, pero que sabe absolutamente imposible. Fue uno de estos arrebatos de desesperación lo que le movió a alzar la mano contra su padre cuando este, en su última entrevista, le insistió en que propusiera matrimonio a la señorita Turner. Por otra parte, no disponía de medios propios, y su padre, que era en todos los aspectos un hombre muy duro, le habría repudiado de saber la verdad. Con esa camarera que era su esposa había pasado los tres últimos días en Bristol, y su padre ignoraba dónde estaba. Recuerde este punto. Es importante. Sin embargo, no hay mal que por bien no venga, pues la camarera, al enterarse por los periódicos de que él se ha metido en un buen lío y corre el riesgo de ser ahorcado, lo ha repudiado y le ha escrito para decirle que ya tiene un marido en los Astilleros Bermudas, de modo que en realidad no hay ningún vínculo entre ellos dos. Creo que esta noticia ha consolado al joven McCarthy de todo lo que ha sufrido.

—Pero si él es inocente, ¿quién lo hizo?

—¡Ah! ¿Quién? Llamaré de modo muy especial su atención sobre dos puntos. El primero es que el hombre asesinado tenía una cita con alguien en el estanque, y ese alguien no podía ser su hijo, porque su hijo estaba fuera y él no sabía cuándo iba a volver. El segundo es que se oyó gritar «cuii» al hombre asesinado antes de haberse enterado de que su hijo había regresado. Estos son los puntos cruciales de los que depende el caso. Y ahora hablemos, por favor, de George Meredith, y dejemos los detalles secundarios para mañana.

Tal como Holmes había previsto, no llovió, y la mañana amaneció radiante y sin nubes. A las nueve nos vino a recoger Lestrade en el coche, y nos dirigimos a la granja Hatherley y al estanque de Boscombe.

—Hay malas noticias esta mañana —nos informó Lestrade—. Se dice que el señor Turner está tan grave que desesperan de que salga con vida.

—¿Un hombre de edad avanzada, supongo? —inquirió Holmes.

—Unos sesenta, pero su constitución quedó minada por la vida que llevó en el extranjero, y hace bastante tiempo que tiene mala salud. Este asunto le ha afectado mucho. Era un viejo amigo de McCarthy, y añadiré que también su gran benefactor, pues he sabido que le cedió gratis en arriendo la granja Hatherley.

—¿Sí? Esto es interesante —dijo Holmes.

—¡Claro! Y le ha ayudado de otras cien maneras. La verdad es que todo el mundo comenta aquí lo bueno que había sido con él.

—¡Vaya! ¿Y no le parece un poco extraño que el tal McCarthy, que parece haber tenido pocas propiedades y haber contraído tantas obligaciones con Turner, siguiera hablando tan tranquilo de casar a su hijo con la hija de Turner que es, presumiblemente, heredera del patrimonio, y lo hiciera con tanto aplomo como si bastara proponerlo para conseguirlo? Y es todavía más raro porque sabemos que el propio Turner era contrario a la idea. Eso nos dijo la hija. ¿No deduce usted nada de todo esto?

—Hemos llegado a las deducciones y a las inferencias —dijo Lestrade, guiñándome un ojo—. Holmes, ya me resulta bastante difícil bregar con los hechos para perseguir además teorías y fantasías.

—Tiene usted razón —dijo Holmes con gravedad—. Le resulta a usted muy difícil bregar con los hechos.

—Pues por lo menos he captado uno que a usted parece costarle mucho admitir —replicó Lestrade con cierto enojo.

—¿Y cuál es?

—Que McCarthy padre encontró la muerte a manos de McCarthy hijo y que todas las teorías en contra son simples fuegos de artificio.

—Bien, los fuegos de artificio proporcionan más luz que la niebla —dijo Holmes con una sonrisa—. Pero, o mucho me equivoco, o tenemos a la izquierda la granja Hatherley.

—Sí, esta es.

Era un edificio amplio, de aspecto confortable, con dos plantas, tejado de pizarra y grandes manchas amarillas de liquen en los muros grises. Sin embargo, los postigos de las ventanas cerrados y las chimeneas sin humo le conferían un aspecto desolado, como si gravitara todavía sobre él el peso de la tragedia. Llamamos a la puerta, y la sirvienta, a petición de Holmes, nos enseñó las botas que su señor llevaba en el momento de su muerte y también un par de botas del hijo, aunque no las que llevaba puestas entonces. Tras medirlas cuidadosamente por siete u ocho puntos diferentes, Holmes quiso que le llevaran al patio, desde el cual tomamos el tortuoso sendero que conducía al estanque de Boscombe.

Cuando seguía de cerca un rastro como aquel, Sherlock Holmes se transformaba. A las personas que solo conocían al tranquilo pensador y experto en lógica de Baker Street les habría costado reconocerlo. Su rostro se encendía y ensombrecía.

«La sirvienta nos enseñó las botas.»

Sus cejas formaban dos líneas negras y duras, mientras sus ojos resplandecían bajo ellas con un brillo acerado. Llevaba la cabeza inclinada, los hombros hundidos, los labios apretados, y las venas de su cuello largo y nervudo sobresalían como cables. Los orificios de la nariz parecían dilatarse en un ansia de caza puramente animal, y su mente estaba concentrada de un modo tan absoluto en lo que tenía ante él que cualquier pregunta o comentario caía en el vacío, o provocaba, como mucho, un rápido e impaciente gruñido como respuesta. Avanzó, veloz y silencioso, por el camino que discurre entre los prados y a través del bosque, hasta el estanque de Boscombe. Era un terreno húmedo y pantanoso, como todo el distrito, y había huellas de muchas pisadas, tanto en el sendero como en la corta hierba que lo flanqueaba. A veces Holmes echaba a correr, a veces se paraba en seco, y en una ocasión dio un breve rodeo por el prado. Lestrade y yo caminábamos detrás de él; el detective, indiferente y despectivo, mientras que yo observaba a mi amigo con el interés nacido de la convicción de que cada una de sus acciones obedecía a una finalidad concreta.

El estanque de Boscombe, una pequeña extensión de agua de unas quince yardas de diámetro, rodeada de cañaverales, está situado en la línea que lleva de la granja Hatherley al parque privado del opulento señor Turner. Por encima de los bosques podíamos distinguir a un lado los rojos pináculos que marcaban el emplazamiento de la residencia del rico hacendado. En el lado del estanque que correspondía a Hatherley el bosque era muy denso, y había una estrecha franja de hierba húmeda, de unos veinte pasos de anchura, entre el lindero del bosque y los juncos que bordeaban el lago. Lestrade nos señaló el lugar exacto donde habían encontrado el cuerpo, y de hecho el suelo estaba tan húmedo que pude ver claramente las huellas dejadas por el cuerpo al caer. Por la avidez de su expresión y la intensidad de su mirada, comprendí que Holmes podía leer además otras cosas en la hierba pisoteada. Corrió de un lado a otro, como un perro de caza que sigue un rastro, y después se dirigió a nuestro acompañante.

—¿Para qué se metió usted en el estanque? —inquirió.

—Pasé por el fondo el rastrillo. Pensé que podría encontrar un arma o algún otro indicio. Pero ¿cómo diantres...?

—¡Bah! No perdamos el tiempo. Su pie izquierdo, con su característica tendencia a girarse hacia adentro, aparece por todas partes, tan marcado que hasta un topo podría seguir las huellas que desaparecen entre los juncos. ¡Qué sencillo hubiera sido este caso si yo hubiera estado aquí antes de que irrumpieran los otros como una manada de búfalos y lo pisotearan todo! Por aquí llegó el grupo que iba con el guarda y borraron las huellas que había en un perímetro de seis o de ocho pies alrededor del cuerpo. Pero hay tres huellas separadas de los mismos pies. —Sacó una lupa y se tumbó sobre su impermeable para ver mejor, sin parar de hablar, más consigo mismo que con nosotros—. Son los pies del joven McCarthy. Dos veces andando y una corriendo tan aprisa que las puntas de las suelas están profundamente marcadas y los tacones apenas se distinguen. Esto confirma su declaración. Echó a correr cuando vio a su padre en el suelo. Aquí tenemos las pisadas del padre, andando de un lado a otro. ¿Y esto qué es? Ah, la culata de la escopeta del hijo, mientras escuchaba de pie a su padre. ¿Y esto? ¡Ajá! ¡Puntillas, pisadas de puntillas! ¡Con unas botas poco corrientes, de puntera cuadrada! Vienen, se van, vuelven... por supuesto a recoger el abrigo. Ahora bien, ¿de dónde procedían?

Corrió de un lado a otro, perdiendo a veces la pista y volviéndola a encontrar, hasta que rebasamos el lindero del bosque y nos hallamos a la sombra de una gran haya, el árbol más grueso de los alrededores. Holmes siguió sus pesquisas detrás del tronco y se volvió a tumbar de bruces en el suelo con un gruñido de satisfacción. Estuvo allí largo rato, removiendo las hojas y las ramitas secas, recogiendo en un sobre algo que me pareció tierra y examinando con su lupa no solo el terreno sino incluso la corteza del árbol hasta la altura que pudo alcanzar. Había una piedra dentada entre el musgo, y también la examinó con cuidado y la guardó. Después siguió un sendero que atravesaba el bosque hasta llegar a la carretera, donde se perdían todas las huellas.

—Ha sido un caso de considerable interés —comentó, volviendo a su comportamiento habitual—. Supongo que esta casa gris de la derecha es la del guarda. Creo que entraré y ha-

«Estuvo allí largo rato.»

117

blaré unas palabras con Moran, y tal vez escriba una nota. Hecho lo cual, podremos regresar para el almuerzo. Diríjanse al coche y me reuniré con ustedes enseguida.

Tardamos unos diez minutos en llegar al coche y emprender el regreso a Ross. Holmes seguía cargando con la piedra que había recogido en el bosque.

—Esto le interesará, Lestrade —observó, mostrándosela—. Con esto se cometió el asesinato.

—No veo ninguna señal.

—No la hay.

—Pues entonces, ¿cómo lo sabe?

—Debajo de la piedra la hierba estaba crecida. De modo que solo llevaba allí unos días. No había señales que indicaran de dónde la habían cogido. Su forma corresponde a las heridas. No hay rastro de ninguna otra arma.

—¿Y el asesino?

—Es un hombre alto, zurdo, cojea de la pierna derecha, lleva botas de caza con suela gruesa y un capote gris, fuma cigarros indios con boquilla y guarda en el bolsillo una navaja poco afilada. Hay otros varios indicios, pero estos bastarán para que llevemos adelante la investigación.

Lestrade se echó a reír.

—Temo que sigo escéptico —dijo—. Las teorías están muy bien, pero nosotros tendremos que vérnoslas con un jurado de cabezotas británicos.

—*Nous verrons* —respondió Holmes sin perder la calma—. Usted siga con su método y yo lo haré con el mío. Esta tarde estaré muy ocupado y es probable que regrese a Londres en el tren de la noche.

—¿Dejando el caso sin concluir?

—No, concluido.

—¿Y el misterio?

—Está resuelto.

—Pues ¿quién es el asesino?

—El caballero que le he descrito.

—Pero ¿quién es?

—No creo que sea difícil averiguarlo. No se trata de una vecindad muy populosa.

Lestrade se encogió de hombros.

—Yo soy un hombre práctico —dijo—, y la verdad es que no pienso recorrer la región en busca de un caballero zurdo y cojo. Me convertiría en el hazmerreír de Scotland Yard.

—De acuerdo —dijo Holmes sin perder la calma—. Le he brindado una oportunidad. Pero ya hemos llegado a su alojamiento. Adiós. Le escribiré unas líneas antes de irme.

Tras dejar a Lestrade en su pensión, el coche nos llevó a nuestro hotel, donde encontramos el almuerzo servido. Holmes estaba callado y reflexivo, con una expresión de pesar en el rostro, como quien se enfrenta a una situación que le llena de perplejidad.

—Veamos, Watson —me dijo, cuando retiraron la mesa—. Siéntese en este sillón y permita que hable un rato con usted. No sé qué debo hacer y apreciaré sus consejos. Encienda un cigarro y deje que me explaye.

—Hágalo, por favor.

—Pues bien, al considerar este caso encontramos dos puntos en la declaración del joven McCarthy que nos llamaron la atención al instante, aunque a mí me predispusieron a su favor y a usted en su contra. Uno era el hecho de que el padre, de acuerdo con su versión, gritara «cuii» antes de verle. Otro, la extraña referencia del moribundo a una rata. Murmuró varias palabras, pero fue lo único que captó el oído del hijo. A partir de estos dos puntos iniciaremos nuestra investigación, y partiremos del supuesto de que el muchacho dijo la pura verdad.

—¿Y qué significa ese «cuii»?

—Bien, obviamente no pudo ser emitido para llamar al hijo. El hijo, por lo que sabemos, estaba en Bristol. Fue mera casualidad que se encontrara allí. El «cuii» pretendía llamar la atención de la persona con quien se había citado, fuera esta quien fuera. Pero «cuii» es un grito típico australiano, que los australianos utilizan entre sí. Hay serias razones para pensar que la persona con la que McCarthy esperaba encontrarse en el estanque fuera alguien que había vivido en Australia.

—¿Y qué ocurre con la rata?

Sherlock Holmes se sacó un papel doblado del bolsillo y lo alisó sobre la mesa.

—Es un mapa de la colonia de Victoria —dijo—. Anoche telegrafié a Bristol para pedirlo. —Cubrió con la mano parte del mapa—. ¿Qué lee aquí?

—«Arat» —leí.

Levantó la mano.

—¿Y ahora?

—«Ballarat».

—Exacto. Esta fue la palabra que dijo el moribundo, y de la que su hijo solo captó las dos últimas sílabas: «a rat», una rata. Intentaba decir el nombre de su asesino. Fulano de tal, de Ballarat.

—¡Asombroso! —exclamé.

—Obvio. Y ahora, como ve, he reducido considerablemente el campo de la investigación. La posesión de una prenda gris, si damos por cierto que la declaración del hijo es veraz, constituye un tercer punto de referencia. Hemos pasado de la pura incertidumbre a la idea concreta de un australiano de Ballarat con un capote gris.

—Exacto.

—Y que además se movía por la región como por su casa, porque al estanque solo se llega a través de la granja o de la finca, por donde raramente merodean desconocidos.

—Cierto.

—Pasemos ahora a nuestra expedición de hoy. El examen del suelo me proporcionó los insignificantes detalles que brindé al imbécil de Lestrade sobre la personalidad del asesino.

—Pero ¿cómo los consiguió?

—Usted conoce mi método. Se basa en la observación de nimiedades.

—Ya sé que puede calcular la estatura aproximada de un individuo a partir de la longitud de sus pasos.

También las botas se podían deducir de las huellas.

—Sí, eran unas botas muy peculiares.

—Pero ¿la cojera?

—La huella del pie derecho estaba siempre menos marcada que la del izquierdo. Cargaba menos peso sobre él. ¿Por qué? Porque cojeaba... Era cojo.

—¿Y por qué es zurdo?

—A usted mismo le llamó la atención la índole de la herida tal como la describió el forense. El golpe fue asestado justo desde atrás y, sin embargo, dio en el lado izquierdo. ¿Cómo se explica esto si el agresor no era zurdo? Había permanecido detrás de aquel árbol mientras duró la conversación entre el padre y el hijo. Incluso se fumó un cigarro. Encontré la ceniza, que mis amplios conocimientos sobre las cenizas de tabaco me permitieron identificar como un cigarro indio. Como usted ya sabe, he dedicado cierta atención al tema, y he escrito una pequeña monografía acerca de ciento cuarenta variedades de cenizas de tabaco de pipa, cigarros y cigarrillos. Una vez descubierta la ceniza, miré a mi alrededor y encontré la colilla entre el musgo, donde él la había arrojado. Era un cigarro indio, de los que se elaboran en Rotterdam.

—¿Y la boquilla?

«Había permanecido detrás de aquel árbol.»

—Se veía que el extremo no había estado en su boca. Por lo tanto, tuvo que utilizar boquilla. La punta estaba cortada, pero no de un mordisco. Aun así, el corte no era limpio, y esto me hizo suponer que había utilizado una navaja poco afilada.

—Holmes, ha tendido usted una red alrededor de este hombre de la que no podrá escapar, y ha salvado la vida de un inocente de un modo tan cierto como si hubiera cortado la cuerda con que iban a ahorcarle. Ya veo hacia dónde apunta todo esto. El culpable es...

—¡El señor John Turner! —exclamó el camarero del hotel, abriendo la puerta de nuestra sala y haciendo pasar al visitante.

El hombre que entró tenía un aspecto extraño e impresionante. El paso lento, la cojera y los hombros caídos indicaban decrepitud, y, no obstante, sus facciones duras y acusadas, y sus vigorosos miembros revelaban una enorme fuerza física y de carácter. Su barba enmarañada, su cabello gris y sus cejas prominentes se aunaban para conferirle un aire de dignidad y de poder, pero su rostro tenía un blanco ceniciento, mientras las aletas de la nariz y los labios se teñían de un matiz azulado. Vi en el acto y sin lugar a dudas que padecía una dolencia crónica y mortal.

—Por favor, tome asiento en el sofá —dijo Holmes amablemente—. ¿Ha recibido mi nota?

«—¡El señor John Turner!»

—Sí, me la trajo el guarda de la finca. Usted decía que deseaba verme aquí para evitar el escándalo.

—Pensé que la gente murmuraría si iba yo a visitarle a su casa.

—¿Y para qué deseaba usted verme?

El anciano miró a mi compañero con tanta desesperación en los fatigados ojos como si su pregunta ya hubiera recibido respuesta.

—Sí —respondió Holmes, contestando más a la mirada que a las palabras—. Así es. Sé todo lo de McCarthy.

El anciano hundió el rostro entre las manos.

—¡Que Dios se apiade de mí! —gritó—. Pero no hubiera permitido que sufriera ningún daño el muchacho. Le doy mi palabra de que yo habría confesado si las cosas se le hubieran puesto feas ante el tribunal.

—Me alegra oírle decir esto —admitió Holmes con gravedad.

—Ya habría confesado a no ser por mi querida hija. Se le rompería el corazón... Se le romperá el corazón cuando sepa que me han arrestado.

—Tal vez no se llegue a esto —dijo Holmes.

—¿Qué dice?

—Yo no soy un agente de policía. Entiendo que fue su hija quien requirió mi presencia aquí y actúo en defensa de sus intereses. No obstante, el joven McCarthy debe quedar libre de sospecha.

—Soy un moribundo —dijo el viejo Turner—. Hace años que padezco diabetes. Mi médico duda que llegue a vivir un mes. Pero preferiría morir bajo mi propio techo que en la cárcel.

Holmes se levantó y se sentó a la mesa con una pluma en la mano y un fajo de papeles delante.

—Cuénteme simplemente la verdad —dijo—. Yo anotaré los hechos. Usted lo firmará y Watson puede firmar como testigo. Así, en último extremo, yo podría echar mano de su confesión para salvar al joven McCarthy. Pero le prometo que no la utilizaré a menos que sea absolutamente imprescindible.

—De acuerdo —dijo el anciano—. Es dudoso que yo viva hasta el juicio, por lo que a mí poco me afecta la cuestión, pero me gustaría evitarle a Alice este golpe. Y ahora voy a contárselo todo. La historia se ha prolongado durante largo tiempo, pero me llevará poco rato contarla.

»Ustedes no conocían al muerto, el tal McCarthy. Era el mismísimo diablo. Se lo aseguro. Dios os libre de las garras de un hombre como este. Me ha tenido en sus manos los últimos veinte años, y ha arruinado mi vida. Primero les explicaré cómo caí en su poder.

»Ocurrió en las minas, a principios de los años sesenta. Yo era entonces un muchacho impulsivo y temerario, dispuesto a cualquier cosa. Me rodeé de malas compañías, me di a la bebida, no tuve suerte con mi yacimiento, me lancé al monte, y, en una palabra, me convertí en lo que aquí llamamos un salteador de caminos. Éramos seis, y llevábamos una vida libre y salvaje. De vez en cuando asaltábamos un campamento o interceptábamos las carretas que se dirigían a las excavaciones. Yo me hacía llamar Black Jack de Ballarat, y en la colonia todavía nos recuerdan como la Banda de Ballarat.

»Un día bajó un cargamento de oro de Ballarat a Melbourne, y nosotros nos emboscamos y lo asaltamos. Lo escoltaban seis hombres y seis éramos nosotros, de modo que la lucha estaba equilibrada, pero nos cargamos cuatro jinetes a la primera descarga. Aun así, tres de los nuestros murieron antes de que nos apoderáramos del botín. Apoyé mi revólver contra la cabeza del conductor del carromato, que era el mismísimo McCarthy. Ojalá le hubiera pegado un tiro allí mismo. Pero le perdoné la vida, a pesar de que vi sus perversos ojillos clavados en mi cara como si quisiera grabar en su memoria todas mis facciones. Nos largamos con el oro, convertidos en hombres ricos, y nos vinimos a Inglaterra sin despertar sospechas. Aquí me separé de mis viejos compañeros y decidí emprender una vida tranquila y respetable. Compré esta finca, que en aquel momento estaba en venta, y me propuse hacer algunas buenas obras con mi dinero, para compensar el modo en que lo había conseguido. Me casé y, aunque mi mujer murió joven, me dejó a mi querida pequeña Alice. Incluso cuando era un bebé, su manita parecía conducirme por el buen camino, como nada lo había hecho jamás. En una palabra, giré página y traté de compensar mi pasado. Todo iba bien, hasta que caí en las garras de McCarthy.

»Yo había ido a Londres por un asunto de negocios, y me lo encontré en Regent Street, vestido de un modo miserable.

»—Aquí nos tienes, Jack —me dijo, dándome un golpe en el hombro—. Seremos como una familia para ti. Somos dos, yo y mi hijo, y puedes hacerte cargo de nosotros. Si no te parece bien..., en un país tan estupendo y tan amante de la ley como Inglaterra siempre se encuentra un policía al alcance de la mano.

»De modo que vinieron conmigo al oeste, sin que hubiera forma de deshacerse de ellos, y aquí han vivido desde entonces, ocupando gratis mis mejores tierras. Ya no había para mí reposo, ni paz, ni posibilidad de olvido, porque, fuese donde fuese, me encontraba con su cara astuta y sarcástica. La cosa empeoró al crecer Alice, pues él no tardó en descubrir que me asustaba más que ella conociera mi pasado que la posibilidad de que lo hiciera la policía. Me pedía cuanto se le antojaba, y yo se lo daba sin discutir. Todo, tierras, dinero, casas, hasta que finalmente me pidió algo que no podía darle. Me pidió a Alice.

»Su hijo, claro, había crecido al mismo tiempo que mi hija, y, como se sabía que yo andaba muy mal de salud, le pareció una gran idea que su retoño se quedara con todas mis propiedades. Pero en este punto me cuadré. No podía consentir que su maldita ralea se mezclara con la mía, y no se trataba de que tuviera nada contra el muchacho, pero llevaba la sangre de su padre y eso bastaba. Me mantuve firme. McCarthy me amenazó. Yo le desafié a que hiciera lo que le viniera en gana. Nos citamos a orillas del estanque, a medio camino entre nuestras casas, para discutir la cuestión.

»Al llegar le encontré hablando con su hijo. Encendí un cigarro y esperé, oculto tras un árbol, a que se quedara solo. Pero, a medida que oí lo que decía, sentí crecer el odio dentro de mí. Apremiaba a su hijo para que se casara con Alice, con tan poco respeto por lo que ella pudiera opinar como si se tratara de una mujerzuela. Me enloquecía pensar que yo y lo que más amaba estábamos a merced de semejante individuo. ¿No había modo de escapar a esas cadenas? Aunque yo era un hombre moribundo y desesperado, conservaba la mente lúcida y los miembros todavía fuertes. Sabía que mi suerte estaba sellada. Pero ¿mi hija y mi memoria? Ambas estarían a salvo si yo lograba acallar aquella lengua maldita. Lo hice, señor Holmes. Lo haría de nuevo. Por mucho que pecara, he padecido luego toda una vida de martirio para purgar mis culpas. Pero que mi niña cayera en las mismas redes que me habían oprimido a mí era más de lo que podía soportar. Le golpeé sin más remordimientos que si se tratara de una alimaña repugnante y venenosa. Sus gritos hicieron regresar a su hijo, pero, cuando este llegó, yo ya había alcanzado el amparo del bosque. Aunque me vi obligado a volver atrás para recoger el capote que se me había caído en mi huida. Esta es, caballeros, la verdadera historia de lo sucedido.

—Bien, no me corresponde a mí juzgarle —dijo Holmes, mientras el anciano firmaba la declaración que se había puesto por escrito—. Y ruego al cielo que no nos veamos expuestos jamás a semejante tentación.

—Eso espero, caballero. ¿Y qué se propone usted hacer?

—Dado su estado de salud, nada. Sabe perfectamente que pronto tendrá que responder de sus actos ante un tribunal más alto. Conservaré su confesión y, si McCarthy es condenado, me veré obligado a usarla. De no ser así, no la verán jamás ojos humanos, y su secreto, esté usted vivo o muerto, no correrá peligro con nosotros.

—¡Hasta siempre, pues! —dijo el anciano con acento solemne—. Sus últimos momentos, cuando lleguen, se les harán más llevaderos al pensar en la paz que han brindado a los míos.

Tambaleándose y estremecida por violentos temblores, la gigantesca figura abandonó la habitación.

—¡Vaya por Dios! —exclamó Holmes tras un largo silencio—. ¿Por qué gasta el destino semejantes jugarretas a pobres gusanos indefensos? Siempre experimento cierta incomodidad ante casos como este.

«¡Hasta siempre, pues! —dijo el anciano.»

James McCarthy fue absuelto en el juicio, gracias a las múltiples objeciones que Holmes preparó y transmitió al abogado defensor. El viejo Turner vivió siete meses más después de nuestro encuentro, pero ahora ya ha muerto, y todo parece augurar que hijo e hija vivirán juntos y felices, ignorantes del negro nubarrón que envuelve su pasado.

LAS CINCO PEPITAS DE NARANJA

Cuando reviso mis notas y apuntes referentes a los casos de Sherlock Holmes entre los años 1882 y 1890, encuentro tantos que presentan aspectos curiosos e interesantes que no resulta fácil decidir cuáles elegir y cuáles descartar. Pero algunos ya se han divulgado a través de la prensa; y otros no ofrecían campo suficiente para que mi amigo desplegara aquellas peculiares facultades que poseía en grado sumo y que estos escritos tienen por objeto ilustrar. Hay también otros que escaparon a su capacidad analítica y que, como narraciones, serían comienzos sin final, mientras que otros se resolvieron solo a medias, y su explicación se basa más en conjeturas y suposiciones que en la evidencia lógica absoluta que Holmes tanto valoraba. Hay, no obstante, entre estos últimos, un caso tan especial en sus detalles y de resultados tan sorprendentes que me siento tentado a relatarlo, aunque algunos de sus puntos no han sido lo bastante aclarados y probablemente no lo serán jamás.

El año 1887 nos proporcionó una serie de casos de mayor o menor interés, de los que conservo mis notas. Entre los archivados en estos doce meses he encontrado por escrito la aventura de la Sala Paradol; la de la Sociedad de Mendigos Aficionados, que disponía de un club de lujo en el sótano de un almacén de muebles; los hechos relacionados con la desaparición del velero británico *Sophy Anderson*; las curiosas peripecias que vivió la familia Grice Paterson en la isla de Uffa, y finalmente el envenenamiento de Camberwell. Como se recordará, en este último, Sherlock Holmes logró demostrar, dando toda la cuerda restante al reloj del muerto, que se le había dado cuerda dos horas antes y que, por lo tanto, el difunto se había ido a la cama dentro de este espacio de tiempo, deducción que fue de suma importancia para esclarecer el misterio. Es posible que me ocupe de alguno de estos casos más adelante, pero ninguno presenta características tan sorprendentes como la extraña serie de circunstancias que me propongo narrar a continuación.

Ocurrió en los últimos días de septiembre, y las tormentas equinocciales se habían iniciado con excepcional violencia. A lo largo de todo el día, el viento había ululado y la lluvia había azotado las ventanas, de modo que incluso aquí, en el corazón de la gran urbe construida por el hombre que es Londres, nos veíamos obligados a elevar por un momento nuestros pensamientos por encima de la rutina de la vida, y a reconocer la presencia de las grandes fuerzas elementales que, como fieras sin domar, rugen a la humanidad tras los barrotes de la civilización. Al caer la tarde, la tormenta se hizo más intensa y ruidosa, y el viento gritaba y gemía como un niño en la chimenea. Sherlock Holmes, sentado a un lado del fuego, repasaba taciturno sus archivos del crimen, mientras yo estaba enfrascado, al otro, en la lectura de uno de los hermosos relatos marinos de Clark Russell, hasta que el fragor de la tormenta exterior pareció fundirse con el texto, y el chapoteo de la lluvia prolongarse en el batir de las olas. Mi esposa había ido a visitar a su madre y durante unos días yo había regresado a mis antiguos aposentos de Baker Street.

—¡Vaya! —exclamé, levantando la mirada hacia mi compañero—. Me parece que ha sonado la campanilla de la calle. ¿Quién puede venir a estas horas? ¿Espera tal vez a un amigo?

—Excepto usted, no tengo amigos —respondió—. Y usted sabe que no animo a nadie a visitarme.

—¿Un cliente, pues?

—Si lo es, tiene que tratarse de algo grave. De no ser así, nada sacaría a un hombre de su casa a estas horas y con este tiempo. Pero supongo que será un amigo de la casera.

Sin embargo, era una conjetura equivocada, porque sonaron pasos en el pasillo y a continuación unos golpes en la puerta. Holmes extendió su largo brazo para alejar de su lado la lámpara y dirigirla hacia la silla vacía donde tendría que sentarse el recién llegado.

—¡Adelante! —dijo.

«Miró ansioso a su alrededor.»

El hombre que entró era joven, aparentaba unos veintidós años, iba bien arreglado y esmeradamente vestido, y había cierto refinamiento y delicadeza en su porte. El chorreante paraguas que sostenía en una mano y su largo y reluciente impermeable hablaban del pésimo tiempo que reinaba fuera. Miró ansioso a su alrededor bajo la luz de la lámpara, y pude vislumbrar que tenía el rostro pálido y los ojos sombríos, como alguien aquejado de una profunda angustia.

—Le debo una disculpa —dijo, alzando hasta sus ojos unos quevedos de oro—. Espero no ser inoportuno. Temo haber introducido algunos rastros de la tormenta y de la lluvia en esta confortable habitación.

—Deme su impermeable y su paraguas —dijo Holmes—. Pueden quedarse aquí en el perchero hasta que se sequen. Veo que viene usted del sudoeste.

—Sí, de Horsham.

—Esa mezcla de yeso y arcilla que veo en las punteras de sus zapatos es muy característica.

—Vengo en busca de consejo.

—Eso es fácil de conseguir.

—Y de ayuda.

—Eso no siempre es tan fácil.

—He oído hablar de usted, señor Holmes. Supe por el mayor Prendergast cómo le había salvado usted del escándalo del Club Tankerville.

—¡Ah, sí! Le acusaban injustamente de hacer trampas en el juego.

—Me dijo que era usted capaz de resolver cualquier problema.

—Exageró.

—Que nunca le han vencido.

—Me han vencido cuatro veces: tres veces, hombres, y otra, una mujer.

—¿Y qué es esto comparado con sus innumerables éxitos?

—Cierto que en general me ha sonreído la fortuna.

—Pues lo mismo puede ocurrir conmigo.

—Le ruego aproxime su silla al fuego y me dé algunos detalles de su caso.

—No es en absoluto vulgar.

—Ninguno de los que han llegado hasta mí lo es. Soy la corte suprema de apelación.

—Y, sin embargo, me pregunto, caballero, si en el curso de su experiencia habrá oído una cadena de acontecimientos más misteriosos e inexplicables que los que han tenido lugar en mi familia

—Suscita usted mi interés —dijo Holmes—. Por favor, cuénteme los hechos básicos desde el comienzo y después yo le interrogaré sobre aquellos detalles que me parezcan a mí más importantes.

El joven acercó su silla y extendió los mojados pies hacia la chimenea.

—Me llamo John Openshaw —dijo—, pero, a mi entender, mis propios asuntos tienen poco que ver con este terrible dilema. Se trata de una cuestión hereditaria, de modo que, para que se haga usted una idea de los hechos, tengo que remontarme a los inicios.

»Debe saber que mi abuelo tuvo dos hijos, mi tío Elias y mi padre Joseph. Mi padre poseía una pequeña fábrica en Coventry, que amplió cuando se inventó la bicicleta. Había patentado la llanta irrompible Openshaw, y tuvo tanto éxito en el negocio que pudo venderlo y retirarse a disfrutar de una excelente posición.

»Mi tío Elias emigró a América siendo joven y explotó una plantación en Florida, donde parece que las cosas le fueron muy bien. Durante la guerra combatió en el ejército de Jackson, y más tarde en el de Hood, donde alcanzó el grado de coronel. Cuando Lee depuso las armas, mi tío regresó a su plantación, y permaneció allí tres o cuatro años. Hacia 1869 o 1870 volvió a Europa y adquirió una pequeña finca en Sussex, cerca de Horsham. Había amasado una fortuna muy considerable en Estados Unidos, y su razón para abandonar el país fue la aversión que le inspiraban los negros y su desacuerdo con la política republicana que les concedió el derecho al voto. Era un hombre singular, violento e irritable, muy mal hablado cuando se enfurecía y de carácter retraído. Durante todos los años que vivió en Horsham, dudo que pusiera alguna vez los pies en la ciudad. Tenía un jardín y dos o tres campos alrededor de la casa, y hacía allí un poco de ejercicio, aunque pasaba semanas enteras sin salir de su habitación. Bebía grandes cantidades de brandy y era un fumador empedernido, pero no quería amigos, ni mantenía tratos con nadie, ni siquiera con su propio hermano.

»Yo no le estorbaba, e incluso me tomó cierto afecto, porque cuando me vio por primera vez yo era un chaval de unos doce años. Debió de ser en 1878, y él llevaba ya ocho o nueve años en Inglaterra. Le pidió a mi padre que me dejase vivir en su casa, y a su manera se portó muy bien conmigo. Cuando estaba sobrio, le gustaba que jugáramos al backgammon y a las damas, y me nombró su representante tanto ante los criados como ante los proveedores, de modo que a mis dieciséis años yo era de hecho el amo de la casa. Tenía todas las llaves, y podía ir a donde quisiera y hacer lo que quisiera, con tal de no invadir su privacidad. Había, no obstante, una curiosa excepción, porque mi tío tenía en la parte alta de la casa una especie de trastero o desván que estaba siempre cerrado y donde no permitía la entrada a mí ni a nadie. Llevado de mi curiosidad infantil, yo había mirado a través de la cerradura, pero nunca pude ver otra cosa que los viejos baúles y los fardos que se suele guardar siempre en ese tipo de cuartuchos.

»Un día —era marzo de 1883— había una carta con sello extranjero encima de la mesa, delante del plato del coronel. No era habitual que recibiera correspondencia, porque pagaba todas las cuentas al contado y no tenía amigos de ninguna clase.

»—¡De la India! —exclamó, mientras la cogía—. ¡Matasellos de Pondicherry! ¿Qué demonios puede ser?

»La abrió precipitadamente, y cayeron del sobre cinco pepitas secas sobre el plato. Me eché a reír al verlas, pero la risa se me heló en los labios al reparar en el rostro de mi tío. Tenía la boca desencajada, los ojos desorbitadamente abiertos, la piel grisácea, y contemplaba fijamente el sobre que todavía sostenía en su mano vacilante.

»—¡K, k, k! —gritó, y a continuación—: ¡Dios mío, Dios mío, mis pecados me han dado alcance!

»—¿Qué significa esto, tío? —pregunté.

»—¡Muerte! —exclamó.

»Se levantó de la mesa, se retiró a su habitación y me dejó a mí tembloroso de espanto. Cogí el sobre y vi, garabateada en tinta roja en la solapa interior, justo encima de la parte engomada, la letra "k" repetida tres veces. El sobre solo contenía las cinco pepitas secas. ¿Cuál podía ser la razón del desmesurado terror de mi tío? Me levanté de la mesa del desayuno y, al subir por la escalera, me lo encontré a él que bajaba, con una llave vieja y oxidada, que debía corresponder al cuartucho secreto, en una mano, y una cajita de latón, de las que se usan para guardar dinero, en la otra.

»—¡Pueden hacer lo que quieran, pero todavía soy capaz de ganarles por la mano! —dijo con un juramento—. Ordénale a Mary que encienda hoy la chimenea de mi habitación, y haz llamar a Fordham, el notario de Horsham.

»Hice lo que mandaba y, cuando al anochecer llegó el notario, me pidieron que subiera a la habitación. El fuego ardía vivamente en la chimenea, y en la rejilla había una capa de cenizas negras y algodonosas, como de papel quemado, mientras la caja de latón yacía vacía a un lado. Al mirarla advertí, con un sobresalto, que llevaba grabada en la tapa la triple "k" que había visto aquella mañana en el sobre.

»—John —me dijo mi tío—, quiero que seas testigo de mi testamento. Lego mi propiedad, con todas sus ventajas, y con todos sus inconvenientes, a mi hermano, tu padre, de quien sin duda pasará un día a ti. Si puedes disfrutarla en paz, mejor, pero, si descubres que no puede ser así, sigue mi consejo, muchacho, y dásela a tu peor enemigo. Lamento dejaros esta arma de dos filos, pero ignoro qué rumbo tomarán los acontecimientos. Por favor, firma el documento donde te indique el señor Fordham.

»Firmé aquel papel, y el notario se lo llevó consigo. Como pueden imaginar, este curioso incidente me dejó una profunda impresión, y le di vueltas y más vueltas en mi cabeza sin conseguir aclarar nada, mas sin lograr librarme de la vaga sensación de temor que había dejado en mí. No obstante, esta sensación se fue atenuando a medida que pasaron las semanas sin que nada perturbara la habitual rutina de nuestra existencia. Pero pude advertir un cambio en mi tío. Bebía más que nunca y era más reacio a cualquier tipo de compañía. Pasaba la mayor parte del tiempo en su habitación, con la puerta cerrada con llave por dentro, pero a veces salía, presa de un frenesí etílico, abandonaba violentamente la casa y corría de un lado a otro del jardín, revólver en mano, gritando que él no le tenía miedo a nadie, y que nadie, hombre ni diablo, iba a encerrarlo en su redil como a una oveja. Sin embargo, cuando se le pasaba el arrebato, se precipitaba con ímpetu dentro de la casa, atrancaba la puerta, guareciéndose tras ella como alguien que ya no puede dominar el terror que se aloja en lo más hondo de su alma. En tales ocasiones, yo había visto, incluso en días fríos, cubrirse su rostro de sudor, tan mojado como si acabara de sacarlo de una jofaina.

»Pues bien, para llegar al final de la historia, señor Holmes, y no abusar más de su paciencia, una noche mi tío hizo una de aquellas escapadas de borracho, pero esta vez no volvió. Salimos en su búsqueda y lo encontramos tendido de bruces en un pequeño estanque cubierto de verde espuma que hay al final del jardín. No presentaba señales de violencia, y el agua solo tenía dos

«Lo encontramos tendido de bruces en un pequeño estanque cubierto de verde espuma.»

palmos de profundidad, de modo que el jurado, teniendo en cuenta sus notorias excentricidades, emitió un veredicto de suicidio. Pero a mí, que sabía cómo se rebelaba ante la idea de la muerte, se me hacía difícil convencerme de que había decidido buscarla por sí mismo. Sin embargo, ahí terminó la cuestión, y mi padre pasó a ser dueño de la finca y de unas catorce mil libras que mi tío tenía en el banco.

—Un momento —le interrumpió Holmes—. Su relato es

uno de los más interesantes que he oído. Dígame la fecha en que su tío recibió la carta y la fecha de su supuesto suicidio.

—La carta llegó el 10 de marzo de 1883. Su muerte tuvo lugar siete semanas más tarde, la noche del 2 de mayo.

—Gracias. Continúe, por favor.

—Cuando mi padre tomó posesión de la finca de Horsham, llevó a cabo, a petición mía, un minucioso registro del desván que siempre había permanecido cerrado. Encontramos la caja de latón vacía. En el interior de la tapa vimos pegada una etiqueta, con las iniciales «K. K. K.» repetidas una vez más, y debajo: «Cartas, informes, recibos y un registro». Presumimos que esto indicaba el tipo de documentos que el coronel Openshaw había destruido. Por lo demás, no había nada importante en el desván, salvo una barahúnda de papeles revueltos y una serie de cuadernos con anotaciones de la vida de mi tío en América. Algunos databan del tiempo de la guerra y demostraban que había cumplido bien con su deber y se había granjeado fama de hombre valeroso. Otros correspondían al periodo de reconstrucción de los Estados del Sur, y estaban más relacionados con la política, pues era evidente que mi tío había desempeñado un papel destacado en la oposición a los politicastros enviados desde el Norte.

»Pues bien, mi padre se trasladó a vivir a Horsham a principios del año 84, y todo funcionó perfectamente hasta enero del 85. Cuatro días después de Año Nuevo, oí lanzar a mi padre un fuerte grito de sorpresa cuando estábamos sentados a la mesa del desayuno. Sostenía un sobre recién abierto en una mano y cinco pepitas secas de naranja en la palma de la otra. Siempre había tomado a broma lo que llamaba mi disparatada historia del coronel, pero, ahora que le sucedía lo mismo, parecía asustado y perplejo.

»—¿Qué demonios significa esto, John? —tartamudeó.

»El corazón se me había helado en el pecho.

»—¡Es la "K. K. K."! —dije.

»Mi padre miró el interior del sobre.

»—¡Exacto! —gritó—. Aquí están las letras. Pero ¿qué han escrito más arriba?

»—"Deja los papeles en el reloj de sol" —leí por encima de su hombro.

»—¿Qué papeles? ¿Qué reloj de sol?

»—El reloj de sol del jardín. No hay otro. Pero los papeles tienen que ser los que el tío destruyó.

«—¿Qué demonios significa esto, John?»

»—¡Uf! —dijo mi padre, echando mano a todo su valor—. Estamos en un país civilizado, y no cabe ese tipo de estupideces. ¿De dónde procede la carta?

»—De Dundee —respondí, tras mirar el matasellos.

»—Debe tratarse de una broma de mal gusto —dijo mi padre—. ¿Qué tengo yo que ver con unos papeles y con relojes de sol? No pienso hacer caso de una sandez semejante.

»—Yo no dudaría en hablar con la policía —le aconsejé.

»—¿Y que se rían de mí por haberme asustado? Ni hablar.

»—Pues deja que lo haga yo.

»—No. Te lo prohíbo. No estoy dispuesto a armar un alboroto por esa tontería.

»Fue inútil discutir con él, porque era un hombre muy terco. Sin embargo, yo quedé con el corazón lleno de funestos presagios.

»Tres días después de la llegada de la carta, mi padre salió de casa para visitar a un viejo amigo, el mayor Freebody, que está al mando de uno de los fuertes de Portsdown Hill. Yo me alegré de que fuera, porque tenía la impresión de que lejos de casa corría menos peligro. Me equivocaba. Al segundo día de su ausencia, recibí un telegrama del mayor, donde me rogaba que acudiera cuanto antes. Mi padre había caído en uno de los profundos pozos de yeso que abundan en aquellos parajes, y se encontraba en coma, con el cráneo fracturado. Acudí a toda prisa, pero falleció sin recuperar el conocimiento. Al parecer, regresaba de Fareham al caer la tarde y, como no conocía aquellos parajes y el pozo no estaba vallado, el jurado no vaciló en dictaminar muerte por causas accidentales. Pese al cuidado con que examiné todos los detalles relacionados con su muerte, no fui capaz de encontrar nada que sugiriera la posibilidad de un asesinato. No había señales de violencia, ni huellas de pisadas, ni indicios de robo, ni se había visto a individuos desconocidos por los alrededores. Y, no obstante, huelga decir que no quedé ni remotamente tranquilo, y tenía la certeza de que mi padre había sido víctima de una siniestra conjura.

»Y de ese modo deplorable entré en posesión de mi herencia. Usted se preguntará por qué no me deshice de ella. La respuesta es que estaba convencido de que nuestras desdichas obedecían a algún incidente de la vida de mi tío y de que el peligro sería tan apremiante en una casa como en otra.

»Mi padre encontró la muerte en enero del 85, y desde entonces han transcurrido dos años y ocho meses. Durante este tiempo he vivido feliz en Horsham, y empezaba a albergar esperanzas de que la maldición se hubiera alejado de mi familia, de que había concluido con la última generación. Pero había empezado a desechar mis temores demasiado pronto, porque ayer por la mañana cayó sobre mí el golpe, exactamente de la misma forma en que había caído sobre mi padre.

El joven se sacó del bolsillo un sobre arrugado, del que dejó caer cinco pepitas secas de naranja.

—Aquí está el sobre —siguió—. El matasellos es de Londres, sector Este. Dentro van escritas las mismas palabras que en el último mensaje de mi padre: «K. K. K.», y a continuación: «Deja los papeles en el reloj de sol».

—¿Y qué ha hecho usted?

—Nada.

—¿Nada?

—A decir verdad... —Ocultó el rostro en las manos blancas y delgadas—... Me he sentido impotente. Me he sentido como uno de esos pobres conejillos a los que se aproxima serpenteando la culebra. Me parece estar en las garras de un mal irresistible e inexorable, del que ninguna precaución ni recurso puede protegerme.

—¡Alto ahí! —exclamó Sherlock Holmes—. Tiene usted que actuar, o estará perdido. Solo la energía puede salvarle. No es momento para la desesperanza.

—He acudido a la policía.

—¡Ah!

—Pero han escuchado mi historia con una sonrisa. Creo que el inspector ha llegado a la conclusión de que las tres cartas son una

«Dejó caer cinco pepitas secas de naranja.»

broma, y de que la muerte de mis familiares fue realmente accidental, como determinó el jurado, y no debe relacionarse con las amenazas.

Holmes agitó crispado las manos en el aire.

—¡Qué increíble imbecilidad! —exclamó.

—No obstante, me han asignado un agente, que se quedará en casa conmigo.

—¿Ha venido con usted esta noche?

—No. Sus órdenes eran permanecer en la casa.

Holmes volvió a gesticular en el aire.

—¿Por qué ha acudido a mí? —exclamó—. Y, sobre todo, ¿por qué no acudió enseguida?

—No había oído hablar de usted hasta hoy, cuando, al referirle al mayor Prendergast mis problemas, me ha aconsejado recurrir a usted.

—Lo cierto es que han transcurrido dos días desde que recibió la carta. Hubiéramos debido ponernos antes en acción. Supongo que no dispone de más datos que los expuestos, ningún detalle que pueda sugerir algo que nos sirva de ayuda...

—Hay una cosa —dijo John Openshaw, mientras rebuscaba en el bolsillo de su chaqueta, sacaba un pedazo de papel azul descolorido y lo dejaba encima de la mesa—. Tengo un vago recuerdo de que el día que mi tío quemó los papeles observé que los trocitos que quedaban sin arder entre las cenizas eran de este preciso color. Encontré esta hoja en el suelo de su habitación, y me inclino a pensar que se trata de uno de aquellos papeles, que se deslizó de entre los otros y escapó así a la destrucción. Salvo que en él se mencionan las semillas, no veo que contenga nada que pueda servirnos de ayuda. Creo que se trata de la página de un diario privado. La letra es sin duda la de mi tío.

Holmes movió la lámpara, y él y yo nos inclinamos sobre la hoja de papel, cuyo borde rasgado indicaba que, en efecto, había sido arrancada de un cuaderno. La encabezaban las palabras «marzo de 1869», y debajo se leían las siguientes enigmáticas anotaciones:

4. Ha venido Hudson. Lo de siempre.
7. Enviadas las semillas a McCauley, a Paramore y a John Swain de Saint Augustine.
9. McCauley se ha largado.
10. John Swain se ha largado.
12. Visita a Paramore. Todo bien.

—Gracias —dijo Holmes, doblando el papel y devolviéndolo a nuestro visitante—. Y ahora por nada del mundo debe perder usted un solo instante. No disponemos de tiempo ni siquiera para desperdiciarlo comentando lo que usted me acaba de contar. Debe volver a su casa inmediatamente y ponerse en acción.

—¿Qué tengo que hacer?

—Solo hay que hacer una cosa. Y tiene que ser hecha de inmediato. Debe poner el trozo de papel que acaba de enseñarnos en la caja de latón que nos ha descrito. Debe añadir también una nota donde diga que todos los papeles restantes fueron quemados por su tío y que este es el único que queda. Debe expresarlo de modo que resulte convincente. Hecho esto, ha de colocar la caja en el reloj de sol, como le indicaron. ¿Ha comprendido?

—Perfectamente.

—Por el momento, no piense en venganzas ni en nada parecido. Creo que esto lo conseguiremos luego con ayuda de la ley. Pero antes tenemos que tejer nuestra red, porque la de ellos ya está tejida. El primer objetivo es eliminar el inminente peligro que le amenaza. El segundo será dilucidar el misterio y castigar a los culpables.

—Muchísimas gracias —dijo el joven, mientras se levantaba para ponerse el abrigo—. Me ha dado usted nueva vida y nuevas esperanzas. Le aseguro que haré lo que me dice.

—No pierda un solo instante. Y, sobre todo, tenga muchísimo cuidado, porque no cabe la menor duda de que le amenaza un peligro real e inminente. ¿Cómo regresará a su casa?

—En tren. Desde Waterloo.

—Todavía no son las nueve. Las calles estarán muy concurridas y supongo que no correrá usted peligro. Pero recuerde que toda precaución es poca.

—Voy armado.

—Eso está bien. Mañana empezaré a trabajar en su caso.

—¿Nos veremos, pues, en Horsham?

—No, el secreto de su caso radica en Londres y es aquí donde lo buscaré.

—Entonces vendré a verle dentro de un día o dos, con noticias de lo que haya ocurrido con la caja de latón y los papeles. Seguiré sus consejos al pie de la letra.

Nos estrechó la mano y se marchó. Fuera seguía aullando el viento, y la lluvia golpeaba y empapaba las ventanas. Aquella

«Los ojos clavados en el rojo resplandor del fuego.»

extraña y disparatada historia parecía haber llegado hasta nosotros procedente de los elementos enloquecidos —como es lanzada una oleada de algas marinas sobre una galera— y ahora parecía haber sido reabsorbida por ellos de nuevo.

Sherlock Holmes permaneció sentado un buen rato en silencio, con la cabeza inclinada y los ojos clavados en el rojo resplandor del fuego. Después encendió su pipa, se reclinó hacia atrás en el asiento y contempló los azules anillos de humo que se perseguían unos a otros hasta el techo.

—Creo, Watson —dijo por fin—, que entre todos nuestros casos no ha habido ninguno más extraordinario.

—Salvo, tal vez, el de *El signo de los cuatro*.

—Bien, de acuerdo. Exceptuando tal vez este. Y, sin embargo, me parece que John Openshaw corre mayor peligro que los Sholto.

—Pero ¿acaso se ha formado usted ya una idea concreta acerca de en qué consisten tales peligros?

—No puede haber duda alguna acerca de su naturaleza.

—Pues ¿de qué peligros se trata? ¿Quién es el tal «K. K. K.», y por qué persigue a esta desdichada familia?

Sherlock Holmes cerró los ojos y apoyó los codos en los brazos de la butaca, mientras juntaba las puntas de los dedos.

—El razonador ideal —observó— debería, una vez se le ha

mostrado un solo hecho con todas sus facetas, no solo deducir de ahí la cadena entera de acontecimientos que han desembocado en él, sino también todos los resultados que pueden derivar del mismo. Del mismo modo en que el gran naturalista Cuvier era capaz de describir correctamente, a partir de un solo hueso, el animal entero, así el observador que ha comprendido a la perfección un solo eslabón de una serie de incidentes debería ser capaz de enumerar adecuadamente todos los demás, tanto los anteriores como los posteriores. Todavía no somos conscientes de los resultados que cabe obtener utilizando exclusivamente la razón. Se pueden resolver con el estudio problemas que han arrastrado al fracaso a cuantos se han enfrentado a ellos echando mano de los sentidos. Sin embargo, para elevar este arte a su más alto nivel es preciso que quien lo practica esté capacitado para utilizar cuantos datos hayan llegado a su conocimiento, y eso implica, como comprenderá, un dominio total del saber, lo cual, incluso en estos tiempos de educación libre y de enciclopedias, no se da con demasiada frecuencia. Pero no es imposible que un hombre posea todos los conocimientos que le serán útiles en su trabajo. Y eso es lo que yo he intentado conseguir. Si la memoria no me engaña, usted, en los primeros días de nuestra amistad, definió en cierta ocasión de modo muy preciso mis limitaciones.

—Sí —asentí, riendo—. Era un documento muy singular. Recuerdo que en filosofía, astronomía y política le puse cero. En botánica, irregular; en geología, profundos conocimientos en lo que respecta a las manchas de barro de cualquier zona más próxima de cincuenta millas a Londres; en química, conocimientos dispersos; en anatomía, poco sistemáticos; en literatura sensacionalista y anales del crimen, excepcionales. Violinista, boxeador, maestro en esgrima, abogado y autoenvenenador a base de tabaco y cocaína. Creo que estos eran los puntos más destacados de mi análisis

Holmes sonrió al escuchar la última observación.

—Bien —dijo—. Afirmo ahora, como afirmé entonces, que un hombre debe amueblar el pequeño ático de su cerebro con todos aquellos materiales que es probable vaya a utilizar, y el resto puede relegarlo a su biblioteca, que es una especie de trastero de cuyo contenido siempre podrá echar mano. Ahora bien, para un caso como el que nos han planteado esta noche es evidente que necesitamos poner en juego todos nuestros recursos. Por favor, páseme la letra K de la *Enciclopedia Americana* que está a su lado, en la estantería. Gracias. Consideremos ahora la situación y veamos qué cabe deducir de ella. En primer lugar, podemos partir de la fundada suposición de que el coronel Openshaw tenía poderosas razones para abandonar Estados Unidos. Los hombres de su edad no cambian de golpe sus costumbres ni sustituyen de buen grado el delicioso clima de Florida por una vida solitaria en un pueblo inglés de provincias. Ya en Inglaterra, su exagerada propensión al aislamiento sugiere que tenía miedo a alguien o a algo, y esto nos permite suponer, como hipótesis de trabajo, que fue el miedo a alguien o a algo lo que le hizo salir de América. En cuanto a qué era lo que le inspiraba tal miedo, solo podemos deducirlo de las extraordinarias cartas recibidas por él y por sus herederos. ¿Reparó usted en los matasellos de estas cartas?

—El primero era de Pondicherry, el segundo de Dundee, y el tercero de Londres.

—De Londres Este. ¿Qué deduce de esto?

—Son puertos de mar. El que escribió las cartas debía de estar a bordo de un barco.

—Excelente. Ya tenemos una pista. No cabe duda de que es probable, muy probable, que el autor de las cartas estuviera a bordo de un barco. Y ahora consideremos otro punto. En el caso de Pondicherry, transcurrieron siete semanas entre la amenaza y su cumplimiento. En el de Dundee, fueron solo tres o cuatro días. ¿Le sugiere esto algo?

—Mayor distancia a recorrer.

—Pero también la carta procedía de más lejos.

—Entonces, no veo la relación.

—Existe por lo menos una posibilidad de que la embarcación en que se desplaza nuestro hombre, o nuestros hombres, sea a vela. Parece que envíen siempre su peculiar aviso antes de emprender rumbo hacia su misión. Ya ve usted con cuanta rapidez el crimen siguió a la amenaza cuando esta procedió de Dundee. Si hubieran venido desde Pondicherry en un vapor, habrían llegado casi al mismo tiempo que su carta. Pero, no obstante, transcurrieron siete semanas. Creo que estas siete semanas corresponden a la diferencia entre el vapor correo que trajo la carta y el velero en que viajaron quienes la enviaron.

—Es posible.

—Más que eso. Es probable. Y ahora entenderá usted la vital urgencia de este nuevo caso y por qué le insistí tanto al joven Openshaw en que tomara todas las precauciones posibles. El golpe siempre ha tenido lugar al concluir el tiempo que precisaban quienes habían escrito la carta para recorrer la distancia. Pero esta carta procede de Londres, y no podemos contar con retraso alguno.

—¡Dios mío! —exclamé—. ¿A qué puede deberse tan implacable persecución?

—Es evidente que los papeles que guardaba Openshaw son de vital importancia para la persona o las personas del velero. Creo que está claro que tienen que ser más de una. Un solo hombre no hubiera infligido dos muertes de un modo capaz de engañar a un jurado. Tienen que haber sido varios, y tienen que ser hombres decididos y de muchos recursos. Están dispuestos a conseguir estos papeles, sea quien sea su poseedor. De modo que, como usted ve, «K. K. K.» dejan de ser las iniciales de un individuo y pasa a convertirse en las siglas de una organización. ¿No ha oído usted nunca... —musitó Sherlock Holmes, inclinándose hacia delante y bajando la voz—..., no ha oído usted nunca hablar del Ku Klux Klan?

—Nunca.

Holmes pasó unas páginas del libro que tenía apoyado en las rodillas.

—Aquí está —dijo—. «"Ku Klux Klan": palabra derivada de la remota semejanza con el ruido que se produce al amartillar un rifle. Esta terrible sociedad secreta fue fundada en los Estados del Sur tras la guerra civil por ex combatientes del ejército confederado. Rápidamente surgieron agrupaciones locales en diferentes partes del país, especialmente en Tennessee, Louisiana, las Carolinas, Georgia y Florida. Utilizaba su poder con propósitos políticos, sobre todo para aterrorizar a los votantes negros y para asesinar o expulsar del país a quienes se oponían a sus creencias. Sus ataques solían ir precedidos de una advertencia, que se enviaba a la víctima por un medio fantasioso pero por lo general reconocible: en algunos sitios, un ramito de hojas de roble; en otros, semillas de melón o pepitas de naranja. Al recibir esta advertencia, la víctima podía elegir entre abjurar públicamente de sus anteriores convicciones o escapar del país. Si les plantaba cara, su muerte era segura, una muerte casi siempre extraña e impredecible. La organización de la sociedad era tan perfecta, y sus métodos tan sistemáticos, que resultaría difícil encontrar un solo caso en que alguien consiguiera desafiarla impunemente, o en que alguno de sus delitos pudiese atribuirse a quienes lo perpetraron. A pesar de los esfuerzos del gobierno de Estados Unidos y de importantes estamentos de la comunidad sureña, la organización prosperó durante años. Finalmente, en 1869, el movimiento sufrió un repentino colapso, aunque desde entonces han tenido lugar algunas esporádicas reapariciones.»

Holmes dejó el libro y prosiguió:

—Observe que la súbita disolución de la sociedad coincide con la desaparición de Openshaw de América llevándose sus papeles. Puede existir una relación causa efecto. No es de extrañar que él y su familia sufran el acoso de agentes implacables. Como comprenderá, las anotaciones y diarios del tío del joven pueden implicar a personalidades muy destacadas del Sur, y pueden ser muchos los individuos que no conseguirán dormir tranquilos hasta que se hayan recuperado.

—Entonces, la página que hemos visto...

—Es lo que cabía esperar. Decía, si no recuerdo mal: «Enviadas las pepitas a A, B y C...». O sea que la sociedad les había enviado su advertencia. En sucesivas entradas se nos dice que A y B se han largado, o abandonado el país, y por último que C ha recibido una visita, mucho me temo que con siniestros resultados para él. Bien, doctor, pienso que podremos arrojar un poco de luz en estas tinieblas, y creo que la única posibilidad que tiene Openshaw entretanto es hacer lo que le he dicho. Esta noche no podemos decir ni hacer nada más. Así pues, páseme mi violín y tratemos de olvidar durante media hora ese tiempo atroz y las acciones todavía más atroces de nuestros semejantes.

Por la mañana había aclarado el tiempo, y el sol brillaba con un suave resplandor a través de la neblina que envolvía la gran ciudad. Sherlock Holmes ya estaba desayunando cuando yo bajé.

—Disculpe que no le haya esperado —me dijo—. Preveo que tengo ante mí un día muy ocupado con las averiguaciones del caso del joven Openshaw.

—¿Qué pasos piensa dar?

—Dependerá mucho del resultado de mis primeras pesquisas. Puede que a fin de cuentas tenga que ir a Horsham.

—¿No empezará por allí?

—No. Empezaré por la City. Toque la campanilla y la camarera le traerá el café.

Mientras aguardaba, cogí el periódico que había encima de la mesa y le eché una ojeada. Mis ojos quedaron prendidos en un titular que me heló el corazón.

—¡Holmes! —grité—. ¡Ha llegado usted tarde!

—¡Ah! —suspiró, depositando su taza sobre la mesa—. Me lo temía. ¿Cómo ha ocurrido?

«—¡Ha llegado usted tarde!»

Hablaba en tono tranquilo, pero pude advertir que estaba profundamente conmovido.

—Acabo de tropezarme con el nombre Openshaw y con el titular «Tragedia junto al puente de Waterloo». He aquí la crónica: «Entre las nueve y las diez de la pasada noche, el policía Cook, de la división H, que estaba de servicio cerca del puente de Waterloo, oyó un grito de socorro y un chapoteo en el agua. La noche, sin embargo, era extremadamente oscura y tormentosa, y, pese a la ayuda de varios transeúntes, fue prácticamente imposible rescatar a la víctima. Pero se dio la alarma, y la policía fluvial recuperó finalmente el cuerpo. Se trataba de un joven caballero, cuyo nombre, según se deduce de un sobre que se encontró en su bolsillo, es John Openshaw, y que reside cerca de Horsham. Se supone que la tragedia se produjo cuando el joven corría para alcanzar el último tren de la estación de Waterloo, y, debido a las prisas y a la gran oscuridad reinante, equivocó el camino y cayó por el borde de uno de los pequeños embarcaderos para vapores fluviales. El cuerpo no presenta señales de violencia, y no cabe duda de que la muerte se debió a un desdichado accidente, que debería servir para llamar la atención de las autoridades sobre el pésimo estado en que se encuentran dichos embarcaderos».

Permanecimos sentados en silencio unos minutos, y Holmes estaba más deprimido e impresionado de lo que yo le había visto nunca.

—Esto hiere mi amor propio, Watson —dijo por fin—. Es un sentimiento mezquino, no cabe duda, pero esto hiere mi amor propio. Ahora este caso se ha convertido para mí en un asunto personal, y, si Dios me da vida, atraparé a esa banda de asesinos. ¡Pensar que acudió a mí en demanda de ayuda y que yo lo envié a la muerte...!

Se levantó de un salto y recorrió a zancadas de un lado a otro la habitación, presa de una agitación incontrolable, con las enjutas mejillas cubiertas de rubor y abriendo y cerrando nerviosamente las manos largas y delgadas.

—Tienen que ser astutos como demonios —exclamó por fin—. ¿Cómo se las arreglaron para llevarlo hasta allí? El embarcadero no está en el camino directo a la estación. El puente estaba sin duda demasiado concurrido, incluso una noche como aquella, para sus propósitos. Bien, Watson, ya veremos quién gana la carrera de larga distancia. ¡Ahora voy a salir!

—¿Va a la policía?

—No. Yo seré mi propia policía. Cuando haya tejido la red, ellos podrán atrapar las moscas, pero no antes.

Pasé todo el día entregado a mi trabajo profesional, y no regresé a Baker Street hasta entrada la noche. Sherlock Holmes no había vuelto todavía. Eran casi las diez cuando llegó. Estaba pálido y parecía agotado. Se acercó al aparador, arrancó un pedazo de la hogaza de pan y lo devoró vorazmente, acompañándolo con un largo trago de agua.

—Viene usted hambriento —comenté.

—Desfallecido. Se me pasó por alto que no había comido nada desde el desayuno.

—¿Nada?

—Ni un bocado. No he tenido tiempo de pensar en comida.

—¿Y qué tal le ha ido?

—Bien.

—¿Tiene alguna pista?

—Las tengo en la palma de mi mano. No pasará mucho tiempo sin que el joven Openshaw sea vengado. Mire, Watson, vamos a señalarlos con su propia marca diabólica. ¡Es una excelente idea!

—¿Qué quiere decir con eso?

Cogió una naranja del aparador, la partió en pedazos e hizo caer las pepitas encima de la mesa. Apartó cinco de ellas y las metió en un sobre. En el interior de la solapa escribió: «De S. H. para J. O.». Después lo cerró y escribió la dirección: «Capitán James Calhoun, goleta *Lone Star*, Savannah, Georgia».

—Le estará esperando cuando llegue a puerto —comentó con una sonrisa socarrona—. Es posible que le provoque una noche de insomnio. Será un anuncio tan claro de lo que le aguarda como lo fue para Openshaw.

—¿Y quién es el tal capitán Calhoun?

—El jefe de la banda. También pillaré a los otros, pero primero a él.

—¿Cómo lo ha localizado?

Se sacó del bolsillo una gran hoja de papel, enteramente cubierta de fechas y nombres.

—Me ha llevado todo el día —explicó— revisar los registros de Lloyd's y los periódicos atrasados, siguiendo las escalas de los barcos que entraron en Pondicherry en enero y febrero del 83. Durante estos dos meses, recalaron allí treinta y seis embarcaciones de buen tonelaje. Una de ellas, el *Lone Star*, me llamó inmediatamente la atención, porque, si bien figuraba como procedente de Londres, el nombre, «estrella solitaria», es el que se asigna a uno de los Estados de la Unión.

—Texas, creo.

—No estaba ni estoy muy seguro de cuál, pero tenía la certeza de que el barco era de origen norteamericano.

—¿Y luego?

—Busqué en los archivos de Dundee, y, cuando averigüé que el *Lone Star* había estado allí en enero del 85, mi sospecha se convirtió en certeza. Entonces indagué qué barcos estaban atracados ahora en el puerto de Londres.

—¿Y...?

—El *Lone Star* había llegado la semana pasada. He ido al muelle Albert y he sabido que había zarpado esta mañana con la marea, de regreso a Savannah. He telegrafiado a Gravesend y me han dicho que había pasado por allí hacía un rato, y, como sopla el viento del este, no me cabe duda de que ahora debe haber rebasado los peligrosos Goodwins y no debe distar mucho de la isla de Wight.

—¿Y qué piensa hacer usted?

—Oh, ya los tengo en mis manos. He averiguado que él y los dos oficiales son los únicos americanos que hay a bordo. Los otros son finlandeses y alemanes. También sé que los tres estuvieron fuera del barco la noche pasada. Me lo contó el estibador que se ha ocupado del cargamento. Cuando el velero llegue a Savannah, el vapor correo habrá llevado esta carta, y el telégrafo habrá informado a la policía de que estos tres caballeretes son reclamados aquí bajo acusación de asesinato.

Sin embargo, siempre puede haber algo que trastoque los planes humanos mejor trazados, y los asesinos de John Openshaw no recibirían nunca las pepitas de naranja que habían de indicarles que otra persona, tan astuta y resuelta como ellos, les seguía los pasos. Aquel año las tormentas equinocciales fueron muy prolongadas y muy duras. Esperamos largo tiempo recibir noticias del *Lone Star* desde Savannah, pero no llegó ninguna. Por fin oímos decir que en algún punto remoto del Atlántico se había avistado el maltrecho codaste de una embarcación, zarandeado por las olas, que llevaba grabadas las letras «L. S.». Y esto es cuanto llegaríamos a saber acerca de la suerte que corrió el *Lone Star*.

EL HOMBRE DEL LABIO TORCIDO

Isa Whitney, hermano del difunto Elias Whitney, D. D., rector del Theological College of Saint George's, era muy adicto al opio. Según tengo entendido, había contraído este hábito en la universidad, a causa de una tonta imprudencia: tras leer la descripción que hace DeQuincey de sus sueños y sensaciones, empapó su tabaco en láudano en un intento de conseguir los mismos efectos. Descubrió, como tantos otros antes que él, que este hábito es más fácil de adquirir que de abandonar, y vivió durante largos años esclavo de la droga, inspirando una mezcla de horror y compasión a sus amigos y familiares. Todavía puedo verlo —con el rostro amarillento y abotargado, los párpados caídos, las pupilas reducidas a una cabeza de alfiler— acurrucado en un sillón, reducido a la ruina de lo que había sido un hombre respetable.

Una noche —era en junio del 89— sonó la campanilla de la puerta de la calle, a la hora en que uno suele dar el primer bostezo y consultar el reloj. Me incorporé en el sillón, y mi esposa dejó la labor sobre el regazo y esbozó una mueca de disgusto. ·

—¡Un paciente! —exclamó—. Vas a tener que salir.

Solté un gemido de protesta, porque acababa de regresar a casa tras una dura jornada de trabajo.

Oímos que abrían la puerta, unas frases apresuradas y, después, unos rápidos pasos sobre el linóleo. Se abrió de par en par la puerta de la sala, y una dama, vestida de oscuro y con un velo negro cubriéndole el rostro, irrumpió en la habitación.

—Perdonen ustedes que venga a estas horas —empezó a decir, y entonces, perdiendo de repente el dominio de sí misma, avanzó corriendo hasta mi esposa, le echó los brazos al cuello y rompió a llorar sobre su hombro—. ¡Pero estoy en un apuro tan grande! —sollozó—. ¡Necesito tanto que alguien me ayude!

—¡Pero si es Kate Whitney! —exclamó mi esposa, levantándole el velo—. ¡Qué susto me has dado, Kate! Cuando has entrado no tenía ni idea de quién eras.

—No sabía qué hacer, y he acudido directamente a ti.

Siempre ocurría lo mismo. Las personas con problemas acudían a mi esposa como las mariposas nocturnas a la luz.

—Ha sido muy amable por tu parte venir. Ahora tomarás un poco de vino con agua, te sentarás cómodamente en un sillón y nos contarás lo que te ocurre. ¿O prefieres que mande a James a la cama?

—¡No, no! También necesito el consejo y la ayuda del doctor. Se trata de Isa. Lleva dos días sin volver a casa. ¡Estoy tan preocupada por él!

No era la primera vez que nos hablaba del problema de su esposo, a mí como médico, y a mi mujer como vieja amiga y compañera de colegio. La consolamos y animamos lo mejor que pudimos. ¿Sabía dónde estaba su esposo? ¿Era posible que nosotros consiguiéramos hacerle regresar?

Parecía que sí lo era. Ella sabía con certeza que últimamente, cuando le sobrevenía una ansiedad irresistible por falta de la droga, acudía a un fumadero de opio que había en el extremo este de la City. Hasta entonces, sus orgías no habían durado más de un día, y había regresado a casa, tembloroso y quebrantado, por la noche. Pero esta vez la maldición se prolongaba cuarenta y ocho horas, y su esposo debía yacer allí, entre los peores desechos de los muelles, aspirando el veneno o durmiendo bajo sus efectos. Estaba segura de que le encontrarían en el Lingote de Oro, en Upper Swandam Lane. Pero ¿qué podía hacer ella? ¿Cómo podía una mujer joven y tímida adentrarse en semejante antro y arrancar a su marido del hatajo de rufianes que le rodeaba?

Esta era la situación, y, desde luego, solo había un modo de resolverla. ¿No podía acompañarla yo hasta aquel lugar? Y en realidad, ¿para qué iba a ir ella? Yo era el médico de cabecera de Isa Whitney y tenía cierto ascendiente sobre él. Me desenvolvería mejor si iba solo. Le di mi palabra de que lo devolvería a casa en un coche de punto antes de dos horas, si estaba realmente en la dirección que me había indicado. Y así, al cabo de diez minutos, yo había abandonado mi butaca y mi acogedora sala de estar, y me apresuraba en un coche hacia el este de la ciudad, dispuesto a cumplir lo que me parecía, en aquellos momentos, una extraña misión, aunque solo el futuro iba a revelarme hasta qué punto era extraña en realidad.

Pero no encontré grandes dificultades en la primera parte de mi aventura. Upper Swandam Lane es una callejuela miserable, situada detrás de los muelles que flanquean la orilla norte del río, al este de London Bridge. Entre una tienda de ropa usada y un negocio de ginebra, al término de una empinada escalera que conducía hasta una abertura negra como boca de lobo, encontré el antro que buscaba. Ordené al cochero que aguardara, y descendí por los peldaños de la escalera, desgastados en el centro por incesantes pisadas de borrachos. A la luz vacilante de una lamparilla de aceite situada sobre la puerta, vi el picaporte y me introduje en una habitación larga, baja de techo, con la atmósfera cargada del humo pardo del opio, y flanqueada a ambos lados por literas de madera, como el castillo de proa de un barco de emigrantes.

A través del humo se distinguía a duras penas unos cuerpos que yacían en posturas extrañas e inverosímiles: los hombros hundidos, las rodillas dobladas, las cabezas echadas hacia atrás y las barbillas apuntando hacia arriba, y en algunos puntos un ojo oscuro y sin brillo vuelto hacia el recién llegado. Entre las negras sombras brillaban pequeños círculos de luz rojiza, ora intensos, ora apagados, según se avivara o menguara la combustión del veneno en las cazoletas de las pipas de metal. La mayoría de aquellos hombres permanecían tumbados en silencio, pero algunos murmuraban para sus adentros, y otros hablaban entre sí con voz extraña, baja, monótona, en una conversación que brotaba a ráfagas y se desvanecía de pronto en el silencio, mientras cada uno rezongaba sus propios pensamientos sin prestar apenas atención a las palabras de su vecino. En el extremo más apartado había un braserito de carbón, y a su lado un taburete de madera de tres patas, donde se sentaba un viejo alto y delgado, con la barbilla apoyada en los puños, los codos en las rodillas y la mirada fija en el fuego.

Cuando entré, se me acercó a toda prisa un malayo de piel cetrina, ofreciéndome una pipa y una dosis de droga e indicándome una litera vacía.

—Gracias, no he venido a quedarme —le dije—. Hay aquí un amigo mío, el señor Isa Whitney, y quiero hablar con él.

Hubo un movimiento y una exclamación a mi derecha, y, a través del humo, distinguí a Whitney, pálido, ojeroso, desastrado, con la mirada fija en mí.

—¡Dios mío! ¡Si es Watson! —dijo. Se encontraba en un estado lamentable y temblaba de la cabeza a los pies—. Oiga, Watson, ¿qué hora es?

«La mirada fija en el fuego.»

—Casi las once.

—¿De qué día?

—Del viernes, 19 de junio.

—¡Santo cielo! Creí que era miércoles. Es miércoles. ¿Qué se propone usted asustándome?

Ocultó el rostro entre los brazos y estalló en sollozos.

—Le digo que es viernes. Su esposa lleva dos días esperándole. ¡Debería avergonzarse de sí mismo!

—Me avergüenzo de mí mismo, Watson. Pero usted se equivoca, porque solo llevo aquí unas horas, tres pipas, cuatro pipas... He olvidado cuántas. Pero volveré a casa con usted. No quiero asustar a Kate... pobre pequeña Kate. ¡Deme una mano! ¿Ha traído coche?

—Sí, tengo uno esperando.

—Pues me iré en él. Pero seguramente debo algo. Averigüe lo que debo, Watson. Estoy hecho unos zorros. No soy capaz de valerme por mí mismo.

Recorrí el estrecho pasadizo que quedaba entre la doble fila de durmientes, conteniendo el aliento para no aspirar el humo repugnante y estupefaciente de la droga, y busqué al encargado. Al pasar junto al hombre alto que estaba sentado junto al brasero, sentí que me tiraban bruscamente de la chaqueta, y una voz me susurró bajito:

—Siga andando y después vuélvase para mirarme.

Las palabras llegaron claramente a mis oídos. Miré hacia abajo. Solo podían proceder del viejo que tenía a mi lado, pero este seguía sentado allí tan absorto como antes, muy flaco, muy arrugado, encorvado por la edad, una pipa de opio entre las rodillas, como si se le hubiera desprendido con total laxitud de entre los dedos. Di dos pasos hacia delante y me volví para mirarle. Necesité todo mi dominio sobre mí mismo para no proferir un grito de asombro. El hombre se había girado de modo que solo yo pudiera verle. Su figura se había robustecido, sus arrugas se habían disipado, sus apagados ojos habían recuperado el fuego que los iluminaba, y allí, sentado junto al braserito y sonriendo ante mi sorpresa, estaba el mismísimo Sherlock Holmes. Me hizo un leve gesto indicándome que me acercara, y al instante, en cuanto volvió el rostro hacia la gente que ocupaba el local, se transformó de nuevo en un viejo decrépito y tembloroso.

—Holmes —susurré—, ¿qué demonios está haciendo en este antro?

—Hable lo más bajo posible —replicó—. Tengo un oído excelente. Si tiene usted la enorme amabilidad de desembarazarse de su vicioso amigo, me encantará que sostengamos una breve charla.

—Tengo un coche en la puerta.

—Pues, por favor, mande a su amigo a casa. Puede confiar tranquilamente en él, porque está demasiado hecho polvo para cometer ningún disparate. También le aconsejo que envíe, a través del cochero, una nota a su propia esposa, comunicándole que ha decidido unir su suerte a la mía. Si me espera fuera, me reuniré con usted antes de cinco minutos.

Era muy difícil negarle nada a Sherlock Holmes, porque sus peticiones eran siempre extraordinariamente precisas y las formulaba con calmosa autoridad. Pensé, además, que una vez metido Whitney en el coche, mi misión había concluido, y, por otra parte, nada me apetecía más que asociarme a mi amigo en una de aquellas insólitas aventuras que constituían la norma de su existencia. Me

«—Holmes —susurré—.»

bastaron unos minutos para escribir mi nota, pagar la cuenta de Whitney, meterlo en el coche y ver que se perdía en la oscuridad de la noche. Poco después, una decrépita figura salía del fumadero de opio, y yo caminaba calle abajo con Sherlock Holmes. A lo largo de un par de travesías, avanzó penosamente con la espalda encorvada y el paso inseguro. Después, tras echar una rápida ojeada a su alrededor, se enderezó y prorrumpió en una estruendosa carcajada.

—Supongo, Watson —dijo—, que piensa usted que he añadido el opio a la cocaína y a todas estas otras debilidades acerca de las cuales tiene la gentileza de suministrarme sus opiniones médicas.

—Desde luego, me ha sorprendido encontrarlo aquí.

—No más que a mí encontrarlo a usted.

—Yo he venido a buscar a un amigo.

—Y yo a buscar a un enemigo.

—¿Un enemigo?

—Sí, uno de mis enemigos naturales, o, si se me permite, una de mis presas naturales. En pocas palabras, Watson, estoy inmerso en una apasionante investigación, y, como ha ocurrido en otras ocasiones, esperaba encontrar alguna pista en las incoherentes divagaciones de esos desdichados. De haber sido reconocido en este antro, mi vida no habría valido un penique, pues ya lo he utilizado más de una vez para mis propósitos, y el infame truhan que lo dirige ha jurado vengarse de mí. Hay una trampilla en la parte posterior del edificio que podría contarnos extrañas historias de lo que ha pasado a través de ella en noches sin luna.

—¡Cómo! ¿No se referirá usted a cadáveres?

—Sí, Watson, a cadáveres. Seríamos ricos si nos dieran mil libras por cada pobre diablo que ha encontrado la muerte en este antro. Es la trampa mortal más siniestra de toda la orilla del río, y temo que Neville Saint Clair se ha metido en ella para no volver a salir. Pero nuestro carruaje debería estar aquí.

Se metió los dos dedos índices entre los dientes y emitió un penetrante silbido; señal que fue respondida por un silbido similar a lo lejos, seguido de inmediato por el traqueteo de unas ruedas y el golpeteo de cascos de caballo.

—Y ahora, Watson —inquirió Holmes, mientras un cabriolé surgía de las tinieblas, proyectando dos chorros dorados de luz por sus faroles laterales—, ¿se viene usted conmigo?

—Si puedo serle útil...

—Oh, un compañero de confianza siempre es útil, y un cronista todavía más. Mi habitación de Los Cedros tiene dos camas.

—¿Los Cedros?

—Sí. Es la casa del señor Saint Clair. Me alojo allí mientras llevo a cabo la investigación.

—¿Y dónde está?

—Cerca de Lee, en Kent. Nos esperan siete millas de viaje.

—Pero ignoro por completo de qué se trata.

—Claro. Pero enseguida lo sabrá todo. ¡Suba aquí! Muy bien, John, no vamos a necesitarle. Aquí tiene media corona. Recójame mañana a las once. ¡Páseme las riendas y hasta entonces!

Holmes rozó al caballo con el látigo, y nos precipitamos en un sinfín de calles sombrías y desiertas, que se fueron ensanchando gradualmente, hasta que cruzamos a gran velocidad un amplio puente con balaustrada, las turbias aguas del río deslizándose perezosas bajo nosotros. Al otro lado nos

«Holmes rozó al caballo.»

159

esperaba un extenso desierto de ladrillo y cemento, cuyo silencio solo era roto por los pasos enérgicos y acompasados de un policía o por las canciones y griterío de un grupito rezagado de juerguistas. Una densa cortina de nubes derivaba lenta a través del cielo, y una que otra estrella asomaba mortecina entre las rendijas. Holmes conducía en silencio, con la cabeza inclinada sobre el pecho y el aspecto de alguien sumido en sus pensamientos, mientras yo, sentado a su lado, me consumía por saber en qué consistía esta nueva investigación que parecía poner a prueba su ingenio, pero temía interrumpir el curso de sus reflexiones. Habíamos recorrido varias millas y entrábamos en el cinturón de residencias suburbanas, cuando Holmes se enderezó, se encogió de hombros y encendió su pipa, con el aire de un hombre que se ha convencido de estar haciendo lo más conveniente.

—Posee usted el inapreciable don del silencio, Watson —me dijo—. Y esto le convierte en un compañero fuera de serie. Le aseguro que es importante para mí tener alguien con quien hablar, porque mis pensamientos no son demasiado agradables. Me estaba preguntando qué le diré esta noche a esa pobre mujer, cuando salga a abrirme la puerta.

—Olvida que yo no sé nada del asunto.

—Tendré el tiempo justo para contarle los hechos antes de llegar a Lee. Parece un caso ridículamente sencillo, y, sin embargo, no consigo avanzar en la investigación. Hay un montón de cabos sueltos, no cabe duda, pero no logro dar con el extremo de la madeja. Ahora, Watson, le expondré el caso con claridad y concisión, y tal vez usted pueda vislumbrar una chispa de luz donde para mí solo hay oscuridad.

—Adelante, pues.

—Hace unos años, exactamente en mayo de 1884, llegó a Lee un caballero llamado Neville Saint Clair, que parecía tener mucho dinero. Adquirió una gran mansión, arregló estupendamente la finca y llevó un alto nivel de vida. Poco a poco hizo amistades en el vecindario, y en 1887 se casó con la hija de un cervecero de la región, con la que ha tenido dos hijos. No desempeñaba ningún trabajo, pero tenía intereses en varias empresas y acudía regularmente todas las mañanas a Londres, para regresar todas las tardes en el tren de las cinco catorce que sale de Cannon Street. El señor Saint Clair tiene ahora treinta y siete años, es hombre de costumbres moderadas, buen marido, padre cariñoso, y muy popular entre cuantos le conocen. Debo añadir que en estos momentos, hasta donde hemos podido investigar, sus deudas ascienden a un total de ochenta y ocho libras con diez chelines, mientras su cuenta en el Capital and Counties Bank arroja un saldo a su favor de doscientas veinte. No hay, por tanto, razón para suponer que sufra problemas económicos.

»El pasado lunes, el señor Neville Saint Clair vino a Londres antes de lo habitual, comentando antes de salir de su casa que tenía dos gestiones que llevar a cabo y que, a su regreso, traería para su hijo menor un juego de construcciones. Ahora bien, por pura casualidad, la señora Saint Clair recibió un telegrama aquel mismo lunes, poco después de que se marchara su marido, donde le comunicaban que un pequeño envío de valor considerable, que ella estaba esperando, había llegado ya, y que podía recogerlo en la oficina de la Compañía Naviera Aberdeen. Pues bien, si usted conoce su ciudad, sabrá que las oficinas de esta compañía están en Fresno Street, calle que se cruza con Upper Swandam Lane, donde me ha encontrado usted esta noche. La señora Saint Clair almorzó, se fue a Londres, hizo unas compras, pasó por las oficinas de la compañía, recogió su paquete, y exactamente a las cuatro treinta y cinco avanzaba por Swandam Lane camino de la estación. ¿Me sigue?

—Está muy claro.

—Tal vez recuerde que el lunes fue un día de muchísimo calor, y la señora Saint Clair caminaba despacio, mirando en todas direcciones con la esperanza de encontrar un coche de punto, porque no le gustaba el barrio en que estaba. Mientras avanzaba de esa guisa a lo largo de Swandam Lane, oyó de pronto una exclamación o un grito, y quedó petrificada al ver a su marido, que la miraba y, según le pareció, le hacía señas desde la ventana de un primer piso. La ventana estaba abierta, y pudo verle distintamente el rostro, que describe como terriblemente inquieto. El señor Saint Clair agitaba frenético las manos hacia ella, y luego desapareció de la ventana tan repentinamente que a su mujer le pareció que una fuerza irresistible había tirado de él hacia atrás. Un detalle curioso que no escapó a la aguda mirada femenina fue que, a pesar de vestir una chaqueta oscura, como la que se había puesto para ir a la ciudad, no llevaba cuello ni corbata.

»Convencida de que algo malo le ocurría, bajó corriendo los peldaños, ya que se trataba del fumadero de opio donde me ha encontrado usted esta noche, cruzó como una exhala-

ción la sala delantera e intentó subir al primer piso. Pero al pie de la escalera le cortó el paso el canalla del que ya le he hablado, que la empujó hacia atrás y, con la ayuda de un danés que trabaja para él, la echó a la calle. Presa de los temores y dudas más enloquecedores, la mujer corrió pasaje abajo y, por una rara y feliz casualidad, encontró en Fresno Street a varios policías con un inspector, que se dirigían a comisaría. El inspector y otros dos hombres la acompañaron de regreso al fumadero y, pese a la obstinada resistencia del propietario, se abrieron

«Pero al pie de la escalera le cortó el paso el canalla.»

paso hasta la habitación donde el señor Saint Clair había sido visto por última vez. No había ni rastro de él. De hecho, no encontraron a nadie en todo el piso, salvo a un hombre inválido de aspecto repugnante, que al parecer vivía allí. Ambos, el inválido y el canalla, juraron una y otra vez que a lo largo de toda la tarde no hubo nadie más en la habitación que daba a la calle. Tan firme fue su negativa que el inspector concibió dudas, y empezaba a creer que la señora Saint Clair se había confundido, cuando ella, con un grito, se abalanzó sobre una cajita de madera que había sobre la mesa y la destapó. De ella brotaron en cascada las piezas de un juego de construcciones. Era el regalo que su esposo había prometido llevar a casa.

»Este descubrimiento, y la evidente confusión que mostró el inválido, convencieron al inspector de que se trataba de un asunto grave. Registraron minuciosamente las habitaciones, y todos los resultados parecían apuntar hacia un crimen abominable. La habitación delantera estaba amueblada con sencillez como sala de estar y se comunicaba con un pequeño dormitorio que daba a uno de los muelles. Entre el muelle y la ventana de la habitación hay una estrecha franja de tierra, que queda seca con la marea baja, pero que la marea alta cubre con cuatro pies y medio de agua. La ventana del dormitorio es ancha y se abre por abajo. Al examinarla, encontraron rastros de sangre en el alféizar, y también se veían en el suelo de madera varias gotas dispersas. Tras una cortina de la habitación delantera, encontraron toda la ropa del señor Saint Clair, excepto su abrigo. Sus botas, sus calcetines, su sombrero y su reloj..., todo estaba allí. No había señales de violencia en ninguna de las prendas, y no había ningún otro rastro del señor Saint Clair. Al parecer, tenía que haber abandonado la casa por aquella ventana, pues no encontraron otra salida, y las ominosas manchas de sangre del alféizar permitían alimentar escasas esperanzas de que se hubiera salvado a nado, pues la marea estaba en su punto más alto en el momento de la tragedia.

»Y ahora hablemos de los canallas que parecen directamente implicados en el asunto. Sabemos que el encargado es un tipo de pésimos antecedentes, pero, como, según el relato de la señora Saint Clair, estaba al pie de la escalera a los pocos segundos de aparecer su marido en la ventana, solo podía haber desempeñado un papel secundario en el crimen. Se defendió alegando total ignorancia e insistió en que no conocía en absoluto las actividades de Hugh Boone, su inquilino, y que no se explicaba de ningún modo la presencia de las ropas del caballero desaparecido.

«Es un mendigo profesional.»

»Eso es todo respecto al tipo que regenta el local. Pasemos al siniestro inválido que vive en la primera planta del fumadero de opio y que fue, sin duda, el último ser humano cuyos ojos vieron a Neville Saint Clair. Se llama Hugh Boone, y todos los que frecuentan la City conocen su odioso rostro. Es un mendigo profesional, aunque, para soslayar las ordenanzas policiales, finge ser un humilde vendedor de cerillas. Tal vez haya observado usted que, bajando un poco por Threadneedle Street, hay a mano izquierda un pequeño recoveco en la pared. Allí se sienta todos los días este infeliz con las piernas cruzadas y un pequeño surtido de cerillas en el regazo. Ofrece un espectáculo tan lastimoso que consigue una lluvia de monedas en la mugrienta gorra de cuero que coloca en el suelo a su lado. En más de una ocasión he observado a este individuo, sin tener ni idea de que llegaría a conocerlo por motivos profesionales, y me ha sorprendido la gran cantidad de dinero que recoge en poco tiempo. Su aspecto es tan llamativo que nadie puede pasar a su lado sin reparar en él. Una mata de cabello color naranja, un rostro pálido y desfigurado por una horrible cicatriz que, al contraerse, le deforma el labio superior, una barbilla de bulldog, y unos ojos oscuros y penetrantes, que contrastan de modo singular con el color de su pelo, todo le distingue de la masa vulgar de pedigüeños. Y lo mismo ocurre con su ingenio, pues siempre tiene a punto una réplica adecuada para cualquier puya que le dirijan los transeúntes. Este es el hombre que vive encima del fumadero de opio, la última persona que vio al caballero que busca.

—¡Pero es un inválido! —dije—. ¿Qué podía haber hecho él solo contra un hombre en la plenitud de la vida?

—Es un inválido en el sentido de que cojea al andar. Pero en otros aspectos da la impresión de ser un hombre fuerte y bien cuidado. Su experiencia como médico, Watson, le habrá enseñado que la debilidad de un miembro se compensa a menudo con la fortaleza excepcional de los restantes.

—Por favor, continúe su relato.

—La señora Saint Clair se había desmayado al ver sangre en la ventana, y la policía la acompañó en coche a su casa, ya que su presencia no podía serles útil en la investigación. El inspector Barton, que está al frente del caso, examinó detenidamente el local, pero no encontró nada que arrojara alguna luz sobre el misterio. Fue un error no detener inmediatamente a Boone, ya que así dispuso de unos minutos para comunicarse con su compinche, el encargado del fumadero, pero pronto se subsanó esta equivocación, y Boone fue arrestado y registrado, sin que encontraran nada que pudiera incriminarle. Había, es cierto, unas manchas de sangre en la manga derecha de su camisa, pero mostró su dedo índice, donde había un corte cerca de la uña, explicó que la sangre procedía de allí y añadió que se había asomado a la ventana poco antes y que las manchas allí detectadas tenían sin duda el mismo origen. Negó obstinadamente haber visto jamás al señor Neville Saint Clair y juró que la presencia de las prendas de vestir en su habitación era algo tan misterioso para él como para la policía. En cuanto a la declaración de la señora Saint Clair, que afirmaba haber visto a su marido asomado a la ventana, alegó que estaría loca o lo habría soñado. Fue trasladado, entre ruidosas protestas, a la comisaría, mientras el inspector se quedaba en la casa, con la esperanza de que la marea baja pudiera aportar alguna nueva pista. Y así fue, aunque lo que encontraron al bajar la marea no fue lo que temían encontrar. Fue la chaqueta de Neville Saint Clair, y no el propio Neville Saint Clair, lo que encontraron en el fango. ¿Y qué cree usted que había en sus bolsillos?

—No tengo ni idea.

—No, no creo que pueda adivinarlo. Todos los bolsillos estaban repletos de monedas de penique y de medio penique: cuatrocientos veintiún peniques y doscientos setenta medios peniques. No es de extrañar que la marea no hubiera arrastrado la prenda. Pero un cuerpo humano es diferente. Hay una fuerte resaca entre el muelle y la casa. Parece más que probable que la chaqueta, con tanto peso, quedara allí, mientras el cuerpo desnudo era arrastrado hacia el río.

—Pero he entendido que el resto de ropa se encontró en la habitación. ¿Acaso el difunto llevaba solo la chaqueta?

—No, señor, pero los hechos pueden explicarse a la perfección. Supongamos que el tal Boone ha tirado, sin que nadie le haya visto, a Neville Saint Clair por la ventana. ¿Qué hará a continuación? Por supuesto, pensará al instante en librarse de las ropas acusadoras. Cogerá la chaqueta, y estará a punto de tirarla cuando se le ocurrirá que puede flotar en lugar de hundirse. Tiene poco tiempo, porque ha oído el alboroto que se ha formado al pie de la escalera cuando la esposa ha intentado subir, y quizá su compinche le haya advertido que se acerca la policía. No hay instante que perder. Se precipita hacia un escondrijo secreto, donde ha ido acumulando los frutos de su mendicidad, y mete en los bolsillos de la chaqueta, para estar seguro de que se hunda, todas las monedas que puede. Después la tira, y hubiera hecho lo mismo con las demás prendas de no haber oído pasos apresurados en la planta baja. Le resta el tiempo justo para cerrar la ventana antes de que aparezca la policía.

«Mete en los bolsillos de la chaqueta todas las monedas que puede.»

—Sí, parece verosímil.

—Pues bien, a falta de algo mejor, lo tomaremos como hipótesis de trabajo. Ya le he dicho que arrestaron a Boone y lo llevaron a comisaría, pero no se pudo encontrar ninguna acusación anterior contra él. Se sabía desde hacía años que era un mendigo profesional, pero llevaba, al parecer, una vida tranquila e inocente. Esta es la situación en el momento actual y, en cuanto a las cuestiones por resolver, como qué hacía Neville Saint Clair en el fumadero de opio, qué le ocurrió allí, dónde está ahora y qué tiene que ver Hugh Boone con su desaparición, todas están tan lejos de resolverse como al principio. Confieso que no recuerdo, a pesar de mi larga experiencia, un caso que a primera vista pareciera tan sencillo y que presentara, no obstante, tantas dificultades.

Mientras Sherlock Holmes explicaba en detalle esta singular serie de acontecimientos, nuestro carruaje avanzaba a gran velocidad por las afueras de Londres, hasta que dejamos atrás las últimas casas aisladas y avanzamos, traqueteando, con un seto rural a cada lado. Justo cuando terminaba su relato, atravesamos dos pueblos de casas dispersas, donde aún brillaban algunas luces en las ventanas.

—Estamos a las afueras de Lee —dijo mi compañero—. En este breve trayecto hemos pasado por tres condados ingleses, empezando en Middlesex, pasando por un extremo de Surrey y terminando en Kent. ¿Ve aquella luz entre los árboles? Es Los Cedros, y junto a aquella lámpara se sienta una mujer cuyo oído angustiado ha percibido ya, no tengo ninguna duda al respecto, los cascos de nuestro caballo.

—Pero ¿por qué no lleva usted el caso desde Baker Street? —pregunté.

—Porque hay muchas investigaciones que deben llevarse a cabo aquí. La señora Saint Clair ha tenido la amabilidad de poner dos habitaciones a mi disposición, y puede tener usted la seguridad de que estará encantada de acoger a mi amigo y colega. Detesto tener que verla, Watson, sin poder darle ninguna noticia de su esposo. Ya hemos llegado. ¡So, caballo, so!

Nos habíamos detenido ante una gran mansión. Un mozo de establo se apresuró a hacerse cargo del caballo. Yo descendí del coche y seguí a Holmes por un estrecho y serpenteante sendero de grava hasta la casa. Al aproximarnos, se abrió la puerta y apareció una mujercita rubia en el umbral. Llevaba un vestido de muselina de seda, con adornos de encaje rosa en el cuello y en los puños. Permaneció inmóvil, con su figura recortada contra el haz de luz, una mano apoyada en la puerta y la otra alzada en un gesto de ansiedad, el cuerpo ligeramente inclinado, la cabeza hacia delante, y en el rostro unos ojos impacientes y unos labios entreabiertos. Era toda ella un interrogante.

—¿Y bien? —gritó—. ¿Y bien?

Y entonces, al ver que éramos dos, lanzó un grito de esperanza, que se transformó en un gemido al ver que mi compañero movía negativamente la cabeza y se encogía de hombros.

—¿No hay buenas noticias?

—No hay ninguna noticia.

—¿Tampoco mala?

—No.

—Gracias a Dios. Pero entren, por favor. Estará usted cansado después de un día tan largo.

—Le presento a mi amigo el doctor Watson. Me ha sido enormemente útil en varios de mis casos, y una feliz coincidencia me ha permitido traerlo aquí y asociarlo a esta investigación.

—Encantada de conocerle —dijo ella, estrechando afectuosamente mi mano—. Sé que disculpará todas las deficiencias que encuentre en la casa, teniendo en cuenta el golpe que ha caído de repente sobre nosotros.

—Querida señora —le dije—, soy un viejo soldado y, aunque no lo fuese, le aseguro que huelgan las disculpas. Me sentiré muy dichoso si puedo prestarles alguna ayuda a usted o a mi amigo.

—Ahora, señor Sherlock Holmes —dijo la señora, cuando entramos en un comedor bien iluminado, en cuya mesa habían dispuesto una cena fría—, me gustaría hacerle unas preguntas con toda franqueza y le ruego me responda con igual franqueza.

—Desde luego, señora.

—No se preocupe por mis sentimientos. No soy ninguna histérica ni una mujer propensa a los desmayos. Quiero conocer, simplemente, su auténtica opinión.

—¿Sobre qué punto?

—En el fondo de su corazón, ¿cree usted que Neville está vivo?

Sherlock Holmes pareció sentirse incómodo ante la pregunta.

—¡Con total franqueza! —insistió ella, de pie sobre la alfombra y mirándole fijamente, mientras él se retrepaba en un sillón de mimbre.

—Pues, francamente, señora, no lo creo.

—¿Cree usted que ha muerto?

—Sí.

—¿Asesinado?

—No puedo asegurarlo. Quizá.

—¿Y qué día murió?

—El lunes.

—Entonces, señor Holmes, tal vez tenga usted la bondad de explicarme cómo he recibido hoy una carta de él.

«—¡Con total franqueza! —insistió ella.»

Sherlock Holmes se levantó de un salto, como si hubiera recibido una descarga eléctrica.

—¿Qué? —rugió.

—Sí, hoy mismo —dijo ella, sonriendo y sosteniendo en alto una hojita de papel.

—¿Puedo verla?

—Desde luego.

Holmes le arrebató el papel, lo alisó sobre la mesa, acercó una lámpara y lo examinó con atención. Yo me había levantado y miraba por encima de su hombro. El sobre era muy ordinario, y traía matasellos de Gravesend y la fecha de aquel mismo día o, mejor dicho, del día anterior, pues ya habíamos rebasado con mucho la medianoche.

—¡Qué mal escrito! —murmuró Holmes—. No creo que esta sea la letra de su marido.

—No, pero sí lo es la de la carta.

—Observo también que la persona que escribió el sobre tuvo que preguntar la dirección.

—¿Cómo puede saber esto?

—Como ve, el nombre está en tinta perfectamente negra,

que se ha secado sola. El resto tiene ese color grisáceo que revela el uso del secante. Si lo hubiera escrito todo seguido y lo hubiera secado a la vez, no habría ninguna letra tan negra. Esta persona ha escrito el nombre y después ha hecho una pausa antes de escribir la dirección, lo cual solo puede significar que no le resultaba familiar. Por supuesto, se trata de un detalle insignificante, pero no hay nada tan importante como los detalles insignificantes. Veamos ahora la carta. ¡Ajá! ¡Aquí había algo más!

—Sí, había un anillo. El anillo con su sello.

—¿Está segura de que es la letra de su marido?

—Una de sus letras.

—¿Una?

—La letra de cuando escribe con prisa. Es muy diferente de su letra habitual. Sin embargo, la conozco bien.

—«Cariño, no te asustes. Todo saldrá bien. Se ha cometido un terrible error y tal vez lleve algún tiempo rectificarlo. Ten paciencia. Neville» —leyó Holmes, y a continuación dijo—: Escrita a lápiz en la guarda de un libro, formato octavo, sin filigrana. Echada al correo hoy en Gravesend por un hombre con el pulgar sucio. ¡Ajá! Y la solapa la ha pegado, si no me equivoco, alguien que había estado mascando tabaco. ¿Y no tiene usted la menor duda, señora, de que es la letra de su esposo?

—Ninguna. Eso lo ha escrito Neville.

—Y lo han echado al correo hoy en Gravesend. Bien, señora Saint Clair, las nubes se disipan, aunque yo no me aventuraría a decir que ha pasado el peligro.

—Pero él tiene que estar vivo, señor Holmes.

—A menos que esto sea una hábil falsificación para ponernos en una pista falsa. Al fin y al cabo, el anillo no demuestra nada. Se lo pueden haber quitado.

—¡No, no! ¡Es, sin duda, su escritura!

—Está bien. Pero pudo haber sido escrita el lunes y no haber sido echada al correo hasta hoy.

—Esto es posible.

—En tal caso, pueden haber ocurrido muchas cosas entretanto.

—Oh, no me desanime, señor Holmes. Sé que él está bien. Existe entre nosotros una comunicación tan intensa que, de haberle ocurrido algo malo, yo lo sabría. El mismo día que le vi por última vez se hizo un corte estando en el dormitorio, y yo, que me encontraba en el comedor, subí corriendo al instante, con la absoluta certeza de que le había ocurrido algo. ¿Cree usted que puedo reaccionar así ante una insignificancia e ignorar ahora que él ha muerto?

—He visto demasiadas cosas para no saber que la impresión de una mujer puede ser más valiosa que la conclusión de un razonador analítico. Y en esta nota tiene usted, desde luego, una prueba palpable que corrobora su punto de vista. Pero, si su marido está vivo y puede escribir cartas, ¿por qué se mantiene alejado de usted?

—No puedo imaginarlo. Es impensable.

—¿No comentó nada el lunes antes de separarse de usted?

—No.

—¿Y no le sorprendió verlo en Swandam Lane?

—Muchísimo.

—¿Estaba abierta la ventana?

—Sí.

—Entonces él pudo haberla llamado.

—Sí pudo.

—Pero, según tengo entendido, solo profirió un grito inarticulado.

—Sí.

—¿Y usted pensó que era una llamada de socorro?

—Sí. Él agitaba las manos.

—Pero pudo tratarse de un grito de sorpresa. ¿No cree que la inesperada aparición de usted pudo llevarle a levantar las manos?

—Es posible.

—¿Y a usted le pareció que tiraban de él hacia atrás?

—Desapareció tan súbitamente...

—Pero pudo haber saltado él hacia atrás. Usted no vio a nadie más en la habitación.

—No, pero aquel hombre horrible confesó haber estado allí, y el encargado se encontraba al pie de la escalera.

—En efecto —dijo Holmes—. Su marido, por lo que usted pudo ver, ¿llevaba puesta la ropa de costumbre?

—Pero sin cuello ni corbata. Vi perfectamente que llevaba la garganta desnuda.

—¿Había hablado él alguna vez de Swandam Lane?

—Nunca.

—¿Había mostrado en alguna ocasión indicios de haber fumado opio?

—Nunca.

—Gracias, señora Saint Clair. Estos son los principales detalles que quería tener absolutamente claros. Ahora cenaremos un poco y nos retiraremos, porque es posible que mañana tengamos un día muy ajetreado.

Habían dispuesto para nosotros una habitación amplia y confortable con dos camas y no tardé en meterme entre las sábanas, pues las aventuras de la noche anterior me habían fatigado. Pero Sherlock Holmes era un hombre que cuando tenía en la cabeza un problema por resolver podía pasar días, e incluso toda una semana, sin descansar, dándole vueltas, reordenando los hechos, considerándolos desde todos los puntos de vista posibles, hasta que lograba resolver el misterio o se convencía de que los datos eran insuficientes. Pronto fue evidente que se disponía a pasar la noche en vela. Se quitó la chaqueta y el chaleco, se puso un amplio batín azul y recorrió la habitación, recogiendo almohadas y cojines del sofá y las butacas. Con ello se construyó una especie de diván oriental, en el que se instaló con las piernas cruzadas y con una onza de tabaco y una caja de cerillas delante de él. A la luz mortecina de la lámpara, yo lo veía sentado allí, una vieja pipa de brezo entre los labios, la mirada ausente, los ojos fijos en un ángulo del techo, mientras exhalaba un humo azulado que ascendía en volutas, y la luz se posaba en sus enérgicas y aguileñas facciones. Así estaba cuando yo quedé dormido, y así continuaba cuando me despertó con una súbita exclamación y vi que la luz del sol brillaba en el cuarto. La pipa seguía entre sus labios, el humo continuaba elevándose en volutas, y una densa neblina de tabaco inundaba el ambiente, pero no quedaba rastro del tabaco que yo había visto la noche anterior.

«La pipa seguía entre sus labios.»

—¿Está despierto, Watson? —me preguntó.

—Sí.

—¿Dispuesto para una expedición matutina?

—Desde luego.

—Pues vístase. Todavía no se ha levantado nadie, pero sé dónde duerme el mozo de establo y pronto tendremos dispuesto el coche.

Al hablar, se reía para sus adentros, le centelleaban los ojos y parecía un hombre distinto al sombrío pensador de la noche anterior.

Mientras me vestía le eché un vistazo al reloj. No era extraño que nadie se hubiera levantado aún. Eran las cuatro y veinticinco. Apenas había terminado, cuando Holmes regresó para anunciar que el mozo estaba enganchando el caballo.

—Quiero poner a prueba una pequeña hipótesis mía —dijo al ponerse las botas—. Creo, Watson, que tiene usted delante a uno de los tontos más rematados de Europa. Merezco que me lleven a patadas de aquí a Charing Cross. Pero me parece que ahora ya tengo la llave del misterio.

—¿Y dónde la ha encontrado? —pregunté sonriendo.

—En el cuarto de baño —respondió—. No, no bromeo

—prosiguió ante mi gesto de incredulidad—. Acabo de estar allí, la he cogido y la tengo dentro de este maletín. En marcha, amigo mío, y veremos si encaja o no en la cerradura.

Bajamos lo más aprisa posible y salimos al resplandeciente sol de la mañana. El coche y el caballo ya estaban allí, con el mozo de establo a medio vestir esperando al lado. Subimos los dos al carruaje y tomamos la carretera de Londres. Transitaban por ella algunos carros cargados de verduras camino de la capital, pero las hileras de casas que la flanqueaban estaban tan silenciosas e inertes como en un sueño.

—En algunos aspectos ha sido un caso curioso —dijo Holmes, poniendo el caballo al galope—. Confieso que he estado más ciego que un topo, pero mejor descubrir algo tarde que no descubrirlo nunca.

En Londres, los más madrugadores empezaban apenas a asomarse soñolientos a las ventanas cuando nosotros nos adentramos en las calles de Surrey. Bajamos por Waterloo Bridge Road, cruzamos el río, subimos a gran velocidad por Wellington Street, torcimos bruscamente a la derecha y nos encontramos en Bow Street. Sherlock Holmes era bien conocido por la policía, y los dos agentes que estaban en la puerta de la comisaría le saludaron. Uno sujetó las riendas del caballo y el otro nos hizo pasar.

—¿Quién está de servicio? —preguntó Holmes.

—El inspector Bradstreet, señor.

—Ah, Bradstreet, ¿cómo está usted? —Un hombre alto y corpulento, con gorra de plato y guerrera con alamares acababa de surgir por el pasillo—. Me gustaría hablar un momento con usted, Bradstreet.

—No faltaría más, señor Holmes. Pasen a mi despacho.

Era una habitación pequeña, con un gran libro sobre la mesa y un teléfono en la pared. El inspector se sentó ante su escritorio.

—¿Qué puedo hacer por usted, señor Holmes?

—Se trata de ese mendigo llamado Boone, al que se acusa

de estar implicado en la desaparición del señor Neville Saint Clair, de Lee.

—Sí. Está arrestado mientras se llevan a cabo las investigaciones.

—Eso me han dicho. ¿Lo tienen aquí?

—En las celdas.

—¿Está tranquilo?

—No ha causado problemas, pero es el tipo más guarro que he conocido.

—¿Guarro?

—Sí, lo máximo que hemos conseguido es que se lave las manos, y tiene la cara tan negra como un carbonero. En fin, cuando le hayan juzgado, tendrá que darse el baño reglamentario en la cárcel, y, si usted lo viera, estaría de acuerdo en que lo necesita de verdad.

—Me gustaría muchísimo verle.

—¿De veras? Nada más fácil. Vengan por aquí. Puede dejar el maletín.

—No, prefiero llevarlo conmigo.

—Como quiera. Síganme, por favor.

Nos guió a lo largo de un pasadizo, abrió una puerta cerrada con una barra, bajamos por una escalera de caracol y llegamos a un corredor encalado con una hilera de puertas a cada lado.

—La de Boone es la tercera a la derecha —dijo el inspector—. ¡Esta!

Abrió sin hacer ruido un ventanuco que había en la parte superior de la puerta y atisbó el interior.

—Está durmiendo —dijo—. Podrán observarlo con tranquilidad.

Holmes y yo aplicamos los ojos a la rejilla que cubría el ventanuco. El preso yacía con el rostro vuelto hacia nosotros, sumido en un sueño muy profundo, respirando lenta y ruidosamente. Era un hombre de estatura mediana, vestido astrosamente, como correspondía a su oficio, con una camisa de color indefinido que asomaba por los rotos de su andrajosa chaqueta. Tal como había dicho el inspector, estaba extremadamente sucio, pero la mugre que cubría su rostro no lograba ocultar su repulsiva fealdad. El ancho costurón de una vieja cicatriz le cruzaba el rostro desde un ojo hasta la barbilla, y al contraerse había tirado del labio superior dejando al descubierto, en una perpetua mueca, tres dientes. Una mata de cabello rojo le cubría parte de los ojos y la frente.

—Una belleza, ¿no les parece? —comentó el inspector.

—Desde luego necesita un lavado —manifestó Holmes—. Se me ocurrió que podría necesitarlo y me he tomado la libertad de traer los utensilios imprescindibles.

Mientras hablaba, abrió el maletín y, ante mi asombro, sacó una enorme esponja de baño.

—¡Ja! ¡Qué ocurrencias tiene usted, Holmes! —rió el inspector.

—Y ahora, si me hace el inmenso favor de abrir esta puerta con el mayor sigilo, no tardaremos en darle a este hombre un aspecto mucho más presentable.

—Claro, ¿por qué no? —dijo el inspector—. Tal como está es un descrédito para los calabozos de Bow Street, ¿no les parece?

«Sacó una enorme esponja de baño.»

Introdujo la llave en la cerradura y entramos cautelosamente en la celda. El hombre dormido se dio media vuelta y se sumió de nuevo en un profundo sopor. Holmes se inclinó hacia el jarro de agua, mojó su esponja y frotó con ella dos veces enérgicamente la cara del preso.

—Permitan que les presente al señor Neville Saint Clair, de Lee, condado de Kent —exclamó.

Jamás en mi vida he presenciado nada semejante. La piel del rostro de aquel hombre se desprendió bajo la esponja como la corteza de un árbol. ¡Desapareció su repugnante color pardusco! ¡Desapareció también la horrible cicatriz que lo cruzaba, y desapareció el labio retorcido que formaba la horrible mueca! Los desgreñados pelos rojos se desprendieron de un tirón, y apareció ante nosotros, sentado en el camastro, un hombre pálido, de expresión triste y aspecto refinado, pelo negro y piel suave, que se frotaba los ojos y miraba a su alrededor con somnoliento asombro. De pronto, al darse cuenta de que le habían descubierto, lanzó un grito y se desplomó en la cama, con el rostro hundido en la almohada.

—¡Cielo santo! —exclamó el inspector—. Pero ¡si es el desaparecido! ¡Le reconozco por las fotografías!

«Lanzó un grito.»

El preso se volvió hacia nosotros con el aire apagado de un hombre que se abandona a su destino.

—De acuerdo —dijo—. Y ahora díganme por favor de qué se me acusa.

—De la desaparición del señor Neville... ¡Vamos, no se le puede acusar de eso, a menos que se presente como un intento de suicidio! —dijo el inspector, con una sonrisa—. Llevo veintisiete años en el cuerpo y he visto muchas cosas extrañas, pero esta se lleva la palma.

—Si soy el señor Neville Saint Clair, es obvio que no se ha cometido ningún crimen, y, por lo tanto, mi detención es ilegal.

—No se ha cometido ningún crimen, pero sí un gran error —observó Holmes—. Hubiera obrado usted mucho mejor confiando en su esposa.

—No se trataba de mi esposa, era por los niños —gimió el preso—. ¡Por el amor de Dios, no quería que se avergonzaran de su padre! ¡Dios mío, qué vergüenza! ¿Qué voy a hacer?

Sherlock Holmes se sentó a su lado en la litera y le dio unas palmaditas en el hombro.

—Si deja usted que el caso llegue a los tribunales —dijo—, es obvio que no podrá evitar la publicidad, pero, en cambio, si convence a las autoridades policiales de que no hay motivo para proceder contra usted, no veo razón para que los detalles de lo ocurrido lleguen a los periódicos. Estoy seguro de que el inspector Bradstreet tomará nota de cuanto quiera usted declarar y lo someterá a las autoridades competentes. Y de ese modo el asunto no tiene por qué llegar a los tribunales.

—¡Que Dios le bendiga! —exclamó el preso con fervor—. Hubiera soportado la cárcel e incluso la ejecución, antes que permitir que mi miserable secreto cayera como un baldón sobre mis hijos.

»Son ustedes los primeros que oyen mi historia. Mi padre era maestro de escuela en Chesterfield, donde recibí una excelente educación. En mi juventud viajé por el mundo, trabajé en el teatro y finalmente me hice reportero de un periódico vespertino de Londres. Un día, el director quiso publicar una serie de artículos sobre la mendicidad ciudadana, y yo me ofrecí voluntariamente a hacerlos. A partir de ahí comenzaron mis aventuras. La única manera de obtener datos para mis artículos era actuar de mendigo. Cuando trabajé como actor había aprendido, claro está, todos los secretos del oficio, y tenía fama en los camerinos por mi habilidad en el maquillaje. Decidí sacar partido de mis conocimientos. Me pinté la cara; para ofrecer un aspecto lo más penoso posible tracé una buena cicatriz y me torcí un lado del labio con ayuda de un esparadrapo color carne. Después, con una peluca roja y ropa adecuada, ocupé mi puesto en la zona más concurrida de la City, fingiendo vender cerillas, pero en realidad pidiendo limosna. Desempeñé mi papel durante siete horas, y al regresar a casa por la noche descubrí, con asombro, que había reunido nada menos que veintiséis chelines y cuatro peniques.

»Escribí mis artículos y no volví a pensar en el asunto hasta que, tiempo después, avalé una letra de un amigo y me encontré con un mandato judicial para que pagara veinticinco libras. No sabía cómo demonios reunir el dinero, pero de repente se me ocurrió una idea. Solicité al acreedor una prórroga de quince días, pedí vacaciones a mis jefes, y me dediqué a pedir, disfrazado, limosna en la City. En diez días había reunido la suma requerida y pagado la deuda.

»Bien, ya pueden imaginar lo difícil que resultaba someterse de nuevo a un duro trabajo por dos libras a la semana sabiendo que podría ganar esa cantidad en un solo día pintándome la cara, dejando la gorra en el suelo y esperando sentado. Se libró una larga lucha entre el orgullo y el dinero, pero al final ganó el dinero. Abandoné el periodismo y acudí, un día tras otro, al mismo rincón, inspirando lástima con mi horrible rostro y llenándome los bolsillos de monedas. Solo había un hombre que supiera mi secreto. Era el encargado de un tugurio de Swandam Lane, donde yo había alquilado una habitación, de la que salía todas las mañanas como un mendigo mugriento y todas las tardes transformado en un elegante caballero. Este individuo, un antiguo marinero, recibía de mí una espléndida paga por una habitación, y yo sabía que mi secreto estaba a salvo en sus manos.

»Pronto constaté que estaba reuniendo sumas considerables de dinero. No pretendo decir que cualquier mendigo que deambule por las calles de Londres pueda ganar setecientas libras al año, que es menos que el promedio de lo que yo ganaba, pero yo contaba con excepcionales ventajas: mi habilidad para maquillarme y mi facilidad para dar réplicas ingeniosas a los comentarios de la gente, que mejoró con la práctica y me convirtió en una figura popular en la City. Todos los días caía sobre mí un torrente de peniques, con alguna moneda de plata intercalada, y malo era el día que no llegaba a las dos libras.

»A medida que me enriquecía, me fui volviendo más ambicioso. Compré una casa en el campo y me casé, sin que nadie llegara a sospechar mi verdadera ocupación. Mi querida esposa sabía que yo tenía negocios en la City, pero no imaginaba en qué consistían.

»El lunes pasado, había terminado mi jornada y me estaba vistiendo en mi habitación, sobre el fumadero de opio, cuando me asomé a la ventana y vi con gran sorpresa y consternación que mi esposa estaba en la calle con los ojos clavados en mí. Lancé un grito de asombro, levanté los brazos para ocultar la cara y corrí en busca de mi confidente, el encargado del local, para rogarle que no permitiera subir a nadie que quisiera verme. Oí la voz de mi mujer en la planta baja, pero sabía que no la dejarían subir. Me quité rápidamente la ropa, me puse la del mendigo, me apliqué el maquillaje y me cubrí con la peluca. Ni siquiera los ojos de una esposa podrían reconocerme tras un disfraz tan perfecto. Se me ocurrió, sin embargo, que tal vez registraran la habitación y que las ropas podían delatarme. Abrí la ventana, con tal violencia que se me abrió un cortecito que me había hecho aquella mañana en el cuarto de baño. Cogí la chaqueta, cuyos bolsillos había llenado con todas las monedas de la bolsa de cuero donde guardaba mis ganancias. La tiré por la ventana, y desapareció en las aguas del Támesis. Hubiera hecho lo mismo con las demás prendas, pero en aquel preciso instante oí las presurosas pisadas de la policía por la escalera, y a los pocos instantes descubrí, confieso que con gran alivio, que en lugar de identificarme como el señor Neville Saint Clair me arrestaban por su asesinato.

»Creo que no queda nada por decir. Estaba decidido a mantener mi disfraz todo el tiempo posible, y de ahí mi resistencia a lavarme la cara, pero, como sabía que mi esposa debía estar terriblemente preocupada, me quité el anillo y se lo di al encargado del tugurio, aprovechando el momento en que ningún policía me vigilaba, junto a una notita apresurada en la que le decía que no había nada que temer.

—La nota no le llegó hasta ayer —dijo Holmes.

—¡Dios mío! ¡Qué semana habrá pasado!

—La policía ha estado vigilando al encargado del tugurio —explicó el inspector Bradstreet—. No me extraña que le resultara difícil echar una carta al correo sin que le vieran. Probablemente se la pasó a otro marinero amigo suyo, que olvidó el encargo varios días.

—Eso debió de ocurrir, sin duda —asintió Holmes—. Pero a usted, Saint Clair, ¿no lo han detenido nunca por mendicidad?

—Muchas veces, pero ¿qué significaba una multa para mí?

—Sin embargo, esto tiene que terminar —le advirtió Bradstreet—. Si quiere que la policía eche tierra al asunto, Hugh Boone debe dejar de existir.

—Lo he jurado con el más solemne de los juramentos que puede hacer un hombre.

—En tal caso, creo probable que el asunto no siga adelante. Pero si volvemos a encontrarle mendigando, todo saldrá a la luz. Tengo conciencia, señor Holmes, de que estamos en deuda con usted por haber aclarado este caso. Me gustaría saber cómo lo ha conseguido.

—Lo conseguí —respondió mi amigo— sentándome sobre cinco almohadones y fumándome una onza de tabaco. Creo, Watson, que si un coche nos lleva a Baker Street, llegaremos justo a tiempo para el desayuno.

LA AVENTURA DEL CARBUNCLO AZUL

La segunda mañana después de Navidad, pasé a visitar a mi amigo Sherlock Holmes, con la intención de transmitirle, como es propio de estas fechas, mis felicitaciones. Lo encontré tumbado en el sofá, con un batín morado, un estante de pipas a su derecha y un montón de arrugados periódicos, evidentemente recién revisados, al alcance de la mano. Junto al sofá había una silla de madera, y del ángulo del respaldo colgaba un sombrero de fieltro ajado y mugriento, gastado por el uso y roto en varios puntos. Una lupa y unas pinzas depositadas en el asiento indicaban que el sombrero había sido colgado allí con el fin de examinarlo.

—Está usted ocupado —dije—. ¿Le interrumpo?

—En absoluto. Me encanta disponer de un amigo con quien comentar mis conclusiones. Se trata de un caso absolutamente trivial —me dijo, señalando con el pulgar el viejo sombrero—. Pero algunos puntos relacionados con él no carecen totalmente de interés e incluso son instructivos.

Me senté en su butaca y me calenté las manos ante el fuego de la chimenea, pues había caído una fuerte nevada y en las ventanas se acumulaba una buena capa de hielo.

—Supongo —observé— que, a pesar de su aspecto inofensivo, este objeto guarda relación con alguna historia macabra... O tal vez sea la clave que le guiará a la solución de un misterio y al castigo de un crimen.

«Un sombrero de fieltro ajado y mugriento.»

—No, no. Nada de crímenes —dijo Sherlock Holmes, echándose a reír—. Solo uno de estos caprichosos incidentes que suelen ocurrir cuando tenemos a cuatro millones de seres humanos apretujados en unas pocas millas cuadradas. Entre las acciones y reacciones de un enjambre humano tan denso, toda combinación de acontecimientos es posible, y pueden surgir múltiples problemillas extraños y sorprendentes, sin que tengan nada de delictivo. Hemos conocido otras experiencias de este tipo.

—Ya lo creo —asentí—. Hasta el punto de que, entre los seis últimos casos que he sumado a mis archivos, tres están completamente exentos de delito en el aspecto legal.

—Exacto. Usted se refiere a mi intento de recuperar la fotografía de Irene Adler, al insólito caso de la señorita Mary Sutherland y a la aventura del hombre del labio torcido. Pues bien, no me cabe duda de que este asuntillo pertenece a la misma categoría inocente. ¿Conoce usted a Peterson, el recadero?

—Sí.

—Este trofeo le pertenece.

—Es su sombrero.

—No, no. Lo encontró. Su propietario nos es desconocido. Le ruego no lo mire como un sombrero desastrado, sino como un problema intelectual. Veamos, primero, cómo llegó a nuestras manos. Fue la mañana de Navidad, en compañía de un ganso bien cebado que, no me cabe duda, se está dorando en estos momentos en el horno de los Peterson. He aquí los hechos. Hacia las cuatro de la madrugada del día de Navidad, Peterson, que como sabe es un tipo muy honrado, regresaba de una fiestecilla camino de su casa por Tottenham Court Road. A la luz de las farolas, vio a un hombre alto que caminaba ante él, con paso vacilante y con un ganso blanco al hombro. Al llegar a la esquina de Goodge Street, se produjo un altercado entre este desconocido y un grupito de alborotadores. Uno de estos le arrancó de un golpe el sombrero; él enarboló su bastón para defenderse y, al hacerlo girar sobre su cabeza, rompió el cristal del escaparate que tenía detrás. Peterson se acercaba corriendo para defender al desconocido contra sus agresores, pero el hombre, asustado por haber roto el escaparate, y al ver que una persona de uniforme y aspecto severo se precipitaba hacia él, echó a correr y se desvaneció en el laberinto de callejuelas que hay detrás de Tottenham Court Road. También los alborotadores huyeron al aparecer Peterson, de modo que este quedó dueño del campo de batalla,

«Los alborotadores huyeron al aparecer Peterson.»

y también del botín de guerra, consistente en este maltrecho sombrero y en un impecable ejemplar de ganso navideño.

—Que seguramente devolvió a su dueño.

—Amigo mío, ahí radica el problema. Cierto que una tarjetita atada a la pata izquierda del ave decía: «Para la señora de Henry Baker», y también es cierto que en el forro del sombrero figuran las iniciales «H. B.», pero en nuestra ciudad existen miles de Bakers y cientos de Henry Baker, y no resulta fácil devolverle a uno de ellos sus propiedades perdidas.

—¿Qué hizo, pues, Peterson?

—La misma mañana de Navidad me trajo el sombrero y el ganso, porque sabe que incluso los problemas insignificantes tienen interés para mí. Hemos guardado el ganso hasta esta mañana, cuando, a pesar de la helada, ha empezado a presentar síntomas de que sería mejor comérselo sin demora alguna. Así pues, el hombre que lo encontró se lo ha llevado para que cumpla el destino final de todo ganso, y yo sigo conservando el sombrero del caballero desconocido que se quedó sin cena de Nochebuena.

—¿Y este no ha puesto ningún anuncio?

—No.

—¿Qué pistas tiene usted para establecer su identidad?

—Solo lo que podamos deducir.

—¿A partir de su sombrero?

—Exactamente.

—Usted bromea. ¿Qué podrá deducir de un viejo fieltro maltrecho?

—Aquí tiene mi lupa. Ya conoce mis métodos. ¿Qué puede deducir usted respecto a la personalidad del hombre que llevaba esta prenda?

Tomé el pingajo en mis manos y le di con desgana un par de vueltas. Era un simple sombrero negro de copa redondeada, duro y muy gastado. El forro había sido de seda roja, pero había perdido casi por completo el color. No llevaba el nombre del fabricante, pero, como había dicho Holmes, se leía grabadas a un lado las iniciales «H. B.». En el ala había unas presillas para una goma que lo sujetara, pero esta faltaba. Por lo demás, estaba roto, polvoriento y cubierto de manchas, aunque parecía que habían intentado disimular algunas partes cubriéndolas de tinta.

—No veo nada —dije, mientras le devolvía el sombrero a mi amigo.

—Al contrario, Watson. Usted lo ve todo. Pero no es capaz de razonar a partir de lo que ve. Es demasiado tímido a la hora de sacar deducciones.

—Entonces dígame, por favor, qué deduce usted a partir de este sombrero.

Lo cogió de mis manos y lo examinó con aquel aire introspectivo tan característico en él.

—Quizá podría haber resultado más sugerente —dijo—, pero aun así hay algunas deducciones muy claras, y otras que presentan por lo menos un alto grado de probabilidad. Por supuesto, salta a la vista que el propietario es un hombre de buen nivel intelectual, y también que hasta hace menos de tres años gozaba de una posición acomodada, aunque en la actualidad atraviese malos momentos. Era un individuo previsor, pero ahora lo es menos, lo cual parece indicar una regresión moral que, unida a su declive económico, podría significar que sufre alguna influencia maligna, probablemente la bebida. Esto explicaría también el hecho evidente de que su esposa ha dejado de amarle.

—Pero ¡Holmes, por favor!

—Sin embargo, todavía conserva cierto grado de amor propio —continuó, sin hacer caso de mis protestas—. Es un hombre que lleva una vida sedentaria, sale poco de casa, se encuentra en mala forma física; un hombre de edad madura y con el pelo gris, que se ha cortado hace pocos días y en el que se aplica una loción de lima. Esos son los datos más evidentes que se deducen del sombrero. Además, dicho sea de paso, es sumamente improbable que disponga de gas en su casa.

—Desde luego, usted está bromeando, Holmes.

—En absoluto. ¿Es posible que ni siquiera ahora, cuando le acabo de dar los resultados, sea usted capaz de ver cómo los he obtenido?

—Sin duda soy un estúpido —dije—, pero me confieso

incapaz de seguir su razonamiento. Por ejemplo, ¿de dónde saca que es un hombre de buen nivel intelectual?

A modo de respuesta, Holmes se encasquetó el sombrero en la cabeza. Le cubría la frente y le quedaba apoyado en el puente de la nariz.

—Cuestión de capacidad cúbica —dijo—. Un hombre con un cerebro tan grande debe de tener algo dentro.

—¿Y su declive económico?

—Este sombrero tiene tres años. Fue entonces cuando se pusieron de moda estas alas planas y curvadas por el borde. Es un sombrero de la mejor calidad. Fíjese en el ribete de seda y en la excelente tela del forro. Si este hombre podía permitirse adquirir un sombrero tan caro hace tres años y desde entonces no ha tenido otro, es indudable que ha sufrido un revés de fortuna.

—Bueno, sí, claro. ¿Y lo de que era previsor, y lo de la regresión moral?

Sherlock Holmes se echó a reír.

—Aquí tiene la previsión —dijo, señalando con el dedo las presillas para la goma que debía sujetar el sombrero—. Ningún sombrero se vende con esto. Que nuestro hombre lo hiciera poner denota cierto nivel de previsión, pues se tomó la molestia de precaverse contra el viento. Pero, como vemos que desde entonces se ha perdido la goma y no la ha sustituido por otra, esto demuestra a las claras que su carácter se ha debilitado. Por otra parte, ha intentado disimular las manchas cubriéndolas de tinta, señal de que no ha perdido por completo el amor propio.

—Desde luego, es un razonamiento plausible.

—Los otros detalles, como la edad madura, el cabello gris, el reciente corte de pelo y la loción, se advierten examinando con cuidado la parte interior del forro. La lupa revela multitud de puntas de cabello, limpiamente cortadas por la tijera del peluquero. Están pegajosas y despiden un inconfundible olor a lima. Observe que el polvo no es el polvo gris y terroso de la calle, sino la pelusilla parda de las casas, lo cual demuestra que ha permanecido colgado entre cuatro paredes la mayor parte del tiempo, y las manchas del interior son una prueba palpable de que el propietario suda abundantemente, y, por lo tanto, no es probable que se encuentre en buena forma física.

—Dice usted que su esposa ha dejado de amarle...

—Este sombrero no se ha cepillado en semanas. Cuando le vea a usted, querido Watson, con polvo de una semana acumulado en el sombrero y su mujer le haya dejado salir en semejante estado, también sospecharé que ha tenido la desgracia de perder el cariño de su amante esposa.

—Pero podría tratarse de un hombre soltero.

—No, porque llevaba el ganso a casa como ofrenda de paz a su mujer. Recuerde la tarjeta atada a la pata.

—Tiene usted respuesta para todo. Pero ¿cómo demonios ha deducido que no hay instalación de gas en la casa?

—Una mancha de cera, o incluso dos, pueden ser fruto de la casualidad, pero cuando veo nada menos que cinco, creo que existen pocas dudas de que ese individuo está en frecuente contacto con cera ardiendo. Probablemente sube todas las noches la escalera con el sombrero en una mano y una vela goteante en la otra. Está claro que el gas no produce manchas de cera. ¿Satisfecho?

—Bueno, todo esto me parece muy ingenioso —dije, echándome a reír—. Pero, puesto que no se ha cometido ningún delito, como antes dijimos, y no se ha producido ningún daño, a excepción de la pérdida de un ganso, me parece un despilfarro de energías.

Sherlock Holmes había abierto la boca para responder, cuando la puerta se abrió de golpe y entró Peterson, el recadero, con las mejillas encendidas y una expresión de enorme asombro en el rostro.

—¡El ganso, señor Holmes! ¡El ganso, señor! —dijo jadeando.

«—¡Vea lo que ha encontrado mi mujer en el buche!»

—¡Vaya! ¿Qué pasa con el ganso? ¿Ha vuelto a la vida y ha salido volando por la ventana de la cocina? —preguntó Holmes, enderezándose en el sofá para ver mejor la cara excitada del hombre.

—¡Mire, señor! ¡Vea lo que ha encontrado mi mujer en el buche! —exclamó Peterson.

Extendió la mano y mostró en el centro de la palma una piedra azul de brillo deslumbrante, menor que una alubia, pero tan pura y radiante que centelleaba como un foco en la oscura cavidad de la mano. Sherlock Holmes lanzó un silbido.

—¡Por Júpiter, Peterson! —exclamó, mientras se sentaba en el sofá—. ¡A eso le llamo yo encontrar un tesoro! ¿Supongo que sabe lo que tiene en la mano?

—¡Un diamante, señor! ¡Una piedra preciosa! ¡Corta el cristal como si fuera mantequilla!

—Es algo más que una piedra preciosa. Es *la* piedra preciosa.

—¿No se referirá al carbunclo azul de la condesa de Morcar? —exclamé yo.

—Exactamente. No podría dejar de reconocer su tamaño y su forma después de haber leído el anuncio en el *Times* tantos días seguidos. Es una piedra absolutamente única, y sobre su valor solo cabe hacer conjeturas, aunque, desde luego, la recompensa que se ofrece por ella, mil libras esterlinas, no llega ni a la vigésima parte de su precio en el mercado.

—¡Mil libras! ¡Santo Dios misericordioso! —gritó el recadero, mientras se desplomaba en una silla y nos miraba alternativamente al uno y al otro.

—Esa es la recompensa, y tengo razones para creer que existe un trasfondo de consideraciones sentimentales que harían que la condesa se desprendiera de la mitad de su fortuna con tal de recuperar esta piedra.

—Si no recuerdo mal, desapareció en el hotel Cosmopolitan —comenté.

—Exactamente. El 22 de diciembre, hace cinco días. John Horner, fontanero, fue acusado de haberla sustraído del joyero de la dama. Las pruebas contra él eran tan abrumadoras que el caso ha pasado ya a los tribunales. Creo que por aquí tengo la noticia.

Rebuscó entre los periódicos, consultando las fechas, hasta que eligió uno, lo dobló y leyó el siguiente párrafo:

Robo de joyas en el hotel Cosmopolitan. John Horner, de ventiséis años, fontanero, ha sido detenido bajo la acusación de sustraer el 22 de los corrientes, del joyero de la condesa de Morcar, la valiosa gema conocida como el carbunclo azul. James Ryder, jefe de servicios del hotel, declaró que el día del robo había conducido a Horner al vestidor de la condesa de Morcar para que soldara el segundo barrote de la chimenea, que estaba suelto. Permaneció un rato junto a él, pero después tuvo que ausentarse. Al regresar, comprobó que Horner había desaparecido, que el escritorio había sido forzado y que el estuche de tafilete donde, según se supo luego, la condesa solía guardar la joya, yacía, vacío, sobre el tocador. Ryder dio la alarma al instante, y Hormer fue detenido aquella misma noche, pero no se pudo encontrar la piedra en su poder ni en su domicilio. Catherine Cusack, doncella de la condesa, declaró haber oído el grito de espanto que profirió Ryder al descubrir el robo, y haber corrido a la habitación, donde se encontró ante la situación descrita por el anterior testigo. El inspector Bradstreet, de la División B, confirmó la detención de Horner, que se había resistido violentamente y había declarado su inocencia en los términos más enérgicos. Al existir constancia de que el detenido había sufrido una condena anterior por robo, el juez se negó a tratar sumaria- mente el caso y lo remitió al tribunal del condado. Horner, que había dado muestras de intensa emoción durante las di- ligencias, se desmayó al oír la decisión del magistrado y tuvo que ser sacado de la sala.

—¡Hum! Hasta aquí ha llegado la policía —dijo Holmes, meditabundo—. Ahora nos incumbe a nosotros desentrañar la cadena de acontecimientos que va desde un joyero desvalijado, a un extremo, al buche de un ganso en Tottenham Court Road, al otro. Como ve, Watson, nuestras pequeñas deducciones han adquirido de pronto una dimensión mucho más importante y menos inocente. Aquí tenemos la piedra preciosa; la piedra procede del ganso, y el ganso procede del señor Henry Baker, el caballero del sombrero raído y el resto de características con las que le he estado aburriendo. Por consiguiente, tendremos que ponernos en serio a la tarea de localizar a este caballero y establecer qué papel ha desempeñado en este pequeño miste- rio. Empezaremos por el método más sencillo, que consiste, sin lugar a dudas, en poner un anuncio en todos los periódicos vespertinos. Si esto falla, recurriremos a otros medios.

—¿Qué dirá en el anuncio?

—Deme un lápiz y esta hoja de papel. Veamos: «Se ha en- contrado un ganso y un sombrero de fieltro negro en una esquina de Goodge Street. El señor Henry Baker puede recu- perarlos si acude esta tarde a las 6.30 al 221 B de Baker Street». Claro y conciso.

—Mucho, pero ¿verá él el anuncio?

—Seguro que hojea los periódicos porque, para un hombre pobre, se trata de una pérdida importante. Se asustó tanto al romper el escaparate y ver acercarse a Peterson que solo pensó en huir, pero más tarde debió arrepentirse del impulso que le hizo soltar el ave. Y al incluir su nombre nos aseguramos de que lo lea, porque alguien que le conozca se lo dirá. Aquí lo tiene, Peterson, vaya enseguida a la agencia y que lo inserten en los periódicos de la tarde.

—¿En cuáles, señor?

—Pues en el *Globe*, el *Star*, el *Pall Mall*, el *Saint James*, el *Evening News*, el *Standard*, el *Echo* y cualquier otro que se le ocurra.

—De acuerdo, señor. ¿Y la piedra?

—Ah, yo guardaré el carbunclo. Muchas gracias. Otra cosa, Peterson. En el camino de vuelta compre un ganso y déjelo aquí, pues tendremos que darle uno a ese caballero a cambio del que se está comiendo ahora su familia.

Cuando el recadero se hubo marchado, Holmes levantó el carbunclo azul y lo miró al trasluz.

—¡Es precioso! —dijo—. Vea cómo brilla y centellea. Por supuesto, es núcleo y foco de delitos, al igual que todas las piedras preciosas. Son el cebo favorito del diablo. En las gemas más grandes y antiguas cabe decir que cada faceta equivale a un crimen sangriento. Esta aún no tiene veinte años. La encontraron a orillas del río Amoy, en el sur de China, y presenta la particularidad de poseer todas las características del carbunclo, salvo que su tonalidad es azul en lugar de roja como la del rubí. A pesar de su juventud, cuenta ya con un siniestro historial. Ha dado lugar a dos asesinatos, un ataque con vitriolo, un suicidio y varios robos, todo por culpa de estos doce quilates de carbón cristalizado. ¿Quién imaginaría que un juguete tan bonito pueda ser un proveedor de clientes para el patíbulo y para la prisión? Voy a guardarlo en mi caja fuerte y a escribirle unas líneas a la condesa para comunicarle que lo tenemos en nuestro poder.

—¿Cree usted que el tal Horner es inocente?

—No me atrevería a asegurarlo.

—¿Cree, pues, que el otro, Henry Baker, tuvo algo que ver en el asunto?

—Me parece mucho más probable que Henry Baker sea un hombre completamente inocente, que no tuviera la menor idea de que el ganso que transportaba valía mucho más que si hubiera sido de oro macizo. Sin embargo, si recibimos respuesta a nuestro anuncio, lo comprobaremos mediante una prueba muy sencilla.

—¿Y hasta entonces no se puede hacer nada?

—Nada.

—En tal caso, yo continuaré mi ronda profesional. Pero volveré esta tarde a la hora indicada, porque me gustaría presenciar la solución de un asunto tan enmarañado.

—Estaré encantado de verle. Ceno a las siete y creo que hay becada. En vista de los recientes acontecimientos, quizá deba decirle a la señora Hudson que examine cuidadosamente el buche.

Me entretuve con un paciente, y eran más de las seis y media cuando me encontré de nuevo en Baker Street. Al acercarme a la casa de Holmes, vi a un hombre alto con boina escocesa y chaqueta abotonada hasta la barbilla que aguardaba en el brillante semicírculo de luz de la entrada. Justo cuando yo llegaba, se abrió la puerta y nos hicieron pasar juntos a las habitaciones de Holmes.

—El señor Henry Baker, supongo —dijo Holmes, levantándose de su butaca y saludando al visitante con la espontánea jovialidad que tan bien sabía asumir—. Por favor, siéntese aquí junto al fuego, señor Baker. La noche es fría, y observo que su circulación sanguínea se adapta mejor al verano que al invierno. Ah, Watson, llega usted en el momento oportuno. ¿Es suyo este sombrero, señor Baker?

—Sí, señor. Es, sin lugar a dudas, mi sombrero.

Era un hombre corpulento, de hombros cargados, cabeza

voluminosa y un rostro ancho e inteligente, rematado por una barbita puntiaguda de color castaño canoso. Un toque de color en la nariz y en las mejillas, junto a un ligero temblor en la mano que mantenía extendida, me recordaron la suposición de Holmes acerca de sus hábitos. Llevaba la levita, negra y raída, abotonada hasta arriba, con el cuello alzado, y las flacas muñecas surgían de unas mangas en las que no se advertían signos de puños o camisa. Hablaba en voz baja y entrecortada, eligiendo con esmero las palabras, y daba la impresión de ser un hombre culto e instruido, maltratado por la fortuna.

—Hemos guardado estas cosas varios días —dijo Holmes—, porque esperábamos ver en la prensa un anuncio suyo, comunicándonos su dirección. No entiendo por qué no lo ha puesto.

Nuestro visitante emitió una risita avergonzada.

—No ando tan sobrado de chelines como en otros tiempos —dijo—. Estaba convencido de que la pandilla de maleantes que me asaltó se había llevado mi sombrero y mi ganso. Y no estaba dispuesto a gastar más dinero en un vano intento de recuperarlos.

—Es muy natural. A propósito, en lo que se refiere al ganso, nos vimos obligados a comérnoslo.

—¡A comérselo!

Nuestro visitante estaba tan excitado que casi saltó de la silla.

—Sí. De no hacerlo, no habría sido de provecho para nadie. Pero supongo que este otro ganso que hay encima del aparador, que pesa más o menos lo mismo y está perfectamente fresco, servirá igualmente para sus propósitos.

—¡Oh, desde luego, desde luego! —respondió el señor Baker con un suspiro de alivio.

—Por supuesto, todavía conservamos las plumas, las patas, el buche y otros restos del ganso, de modo que si usted quiere...

El hombre se echó a reír de buena gana.

—Podrían servirme como recuerdo de la aventura —dijo—,

pero, aparte de esto, no veo qué utilidad tendrían para mí los *disjecta membra* de mi difunto amigo. No, señor, creo que, con su permiso, limitaré mis atenciones al precioso ganso que veo encima del aparador.

Sherlock Holmes me lanzó una mirada significativa y se encogió de hombros.

—Pues aquí tiene usted su sombrero y aquí está su ganso —dijo—. Por cierto, ¿le importaría decirme dónde compró el otro ejemplar? Soy bastante aficionado a las aves de corral y pocas veces he visto un ganso tan bien cebado.

—No faltaría más, señor —dijo Baker, que se había levantado y se había puesto bajo el brazo su recién adquirida propiedad—. Unos cuantos amigos frecuentamos al anochecer el Alpha Inn, próximo al Museo. El día, sabe, lo pasamos dentro del propio Museo. Este año, el patrón de la taberna, que se llama Windigate, fundó un club del ganso, mediante el cual, desembolsando unos pocos peniques cada semana, recibiríamos cada uno un ganso por Navidad. Pagué religiosamente mis peniques, y el resto ya lo conoce usted. Le quedo muy agradecido, señor, pues una boina escocesa no es lo más apropiado para mis años ni para mi seriedad.

Con cómica pomposidad, nos dedicó una solemne reverencia y se marchó por donde había venido.

—Hemos terminado con el señor Henry Baker —dijo Holmes, cuando la puerta se cerró tras él—. Es indudable que no sabe nada del caso. ¿Tiene usted hambre, Watson?

«Nos dedicó una solemne reverencia.»

—No mucha.

—En tal caso, le sugiero que convirtamos la cena en resopón y sigamos esta pista mientras todavía está fresca.

—Perfectamente de acuerdo.

Hacía una noche muy cruda, de modo que nos pusimos nuestros gabanes y nos envolvimos el cuello con bufandas. Fuera, las estrellas brillaban fríamente en un cielo sin nubes, y el aliento de los transeúntes brotaba como la humareda de un pistoletazo. Nuestras pisadas resonaban duras y secas mientras cruzábamos el barrio de los médicos, Wimpole Street, Harley Street y luego Wigmore Street, hasta desembocar en Oxford Street. Un cuarto de hora después nos encontrábamos en Bloomsbury, ante el Alpha, una pequeña taberna situada en la esquina de una de las calles que conducen a Holborn. Holmes empujó la puerta y pidió dos vasos de cerveza al dueño, un hombre de rostro rubicundo y delantal blanco.

—Su cerveza tiene que ser excelente si es tan buena como sus gansos —dijo Holmes.

—¿Mis gansos?

El hombre pareció sorprendido.

—Sí. Hace solo media hora he estado hablando con el señor Henry Baker, que es miembro de su club del ganso.

—¡Ah, sí, ya comprendo! Pero verá, señor, los gansos no son míos.

—¿No? ¿Pues de quién son?

—Le compré dos docenas a un tendero de Covent Garden.

—¿De veras? Conozco a varios de ellos. ¿Cuál fue?

—Se llama Breckinridge.

—Ah, no le conozco. Bien, a su salud, patrón, y por la prosperidad del negocio. Buenas noches.

Al salir al frío aire exterior, se abrochó el gabán y siguió diciendo:

—Y ahora a por el señor Breckinridge. Recuerde, Watson, que, aunque tengamos a un extremo de la cadena algo tan inocente como un ganso navideño, tenemos al otro extremo a un hombre que va a pasar siete años en prisión a menos que demostremos su inocencia. Es posible que nuestras pesquisas confirmen su culpabilidad, pero en cualquier caso poseemos una línea de investigación que ha pasado por alto a la policía y que una singular casualidad ha puesto en nuestras manos. Y vamos a seguirla hasta el final. ¡Rumbo al sur, pues, y a todo vapor!

Atravesamos Holborn, bajamos por Endell Street, zigzagueamos por una serie de callejuelas y llegamos al mercado de Covent Garden. Uno de los puestos más grandes ostentaba el nombre de Breckinridge, y el dueño, un individuo de aspecto turbio, cara astuta y patillas recortadas, estaba ayudando a un muchacho a echar el cierre.

—Buenas noches. ¡Qué frío hace! —dijo Holmes. El vendedor asintió y dirigió una mirada inquisitiva a mi compañero.

—Veo que ha vendido todos los gansos —continuó Holmes, señalando los estantes de mármol vacíos.

—Mañana puedo tenerle quinientos.

—Eso no me sirve.

—Bueno, quedan algunos en aquel puesto de la luz de gas.

—Pero me lo recomendaron a usted.

—¿Quién?

—El dueño del Alpha.

—Ah, sí. Le envié dos docenas.

—Y de excelente calidad. ¿De dónde los sacó usted?

Ante mi sorpresa, esta pregunta provocó un estallido de cólera en el vendedor.

—Oiga usted, señor —dijo con la cabeza erguida y los brazos en jarras—. ¿Adónde quiere llegar? Hable claro de una vez.

—He hablado muy claro. Me gustaría saber quién le vendió los gansos que usted suministró al Alpha.

—Pues yo no pienso decírselo. ¿Y qué pasa?

—Bien, el asunto carece de importancia. Pero no entiendo por qué se acalora usted así por una tontería.

—¡Me acaloro como me da la gana! También usted se acaloraría, vaya que sí, si le fastidiaran tanto como a mí. Cuando pago mi buen dinero por un buen producto, ahí termina la cosa, pero dale con: «¿Dónde están los gansos?» y «¿A quién ha vendido los gansos?» y «¿Cuánto quiere usted por los gansos?». ¡Como si no hubiera más gansos que estos en el mundo, para armar tanto jaleo!

—Yo no tengo relación con la otra gente que le ha estado preguntando —le tranquilizó Holmes en tono indiferente—. Si no nos lo quiere decir, la apuesta queda anulada. Porque me considero un experto en aves de corral y he apostado cinco libras a que el ganso que comí se había criado en el campo.

—Pues ha perdido sus cinco libras, porque se ha criado en la ciudad —le atajó el vendedor.

—De eso ni hablar.

—Yo le digo que sí.

—Yo no lo creo.

—¿Piensa que sabe más de aves que yo, que llevo entre ellas desde que era un mocoso? Le digo que todos los gansos que le vendí al Alpha eran de Londres.

—No logrará convencerme.

—¿Se apuesta algo?

—Es como robarle el dinero, porque me consta que tengo razón. Pero le apuesto un soberano, solo para que aprenda a no ser tan obstinado.

El vendedor rió para sus adentros y dijo:

—Trae acá los libros, Bill.

El muchacho trajo un volumen delgado y otro muy grande, ambos con tapas grasientas, y los colocó juntos bajo la luz de la lámpara.

—Y ahora, señor sabelotodo —dijo el vendedor—, yo creí que no me quedaban gansos, pero veo que aún queda alguien con ganas de hacer el ganso en mi tienda. ¿Ve usted este librito?

—¿Y?

«—Léamelo en voz alta.»

—Es la lista de mis proveedores. ¿Lo ve? Bueno, pues en esta página están los del campo, y detrás de cada nombre hay un número que indica la página de su cuenta en el libro grande. ¡Miremos! ¿Ve esta otra página en tinta roja? Pues es la lista de mis proveedores de Londres. Mire bien el tercer nombre y léamelo en voz alta.

—Señora Oakshott, 117, Brixton Road, y el número es 249 —leyó Holmes.

—Eso mismo. Ahora busque esta página en el libro grande.

Holmes buscó la página indicada.

—Aquí está: señora Oakshott, 117, Brixton Road, proveedores de huevos y pollería.

—Muy bien. Y ahora, ¿cuál es la última entrada?

—22 de diciembre, veinticuatro gansos a siete chelines y seis peniques.

—Eso es. Ahí lo tiene. ¿Y qué pone debajo?

—Vendidos al señor Windigate, del Alpha, a doce chelines.

—¿Qué me dice usted ahora?

Sherlock Holmes parecía profundamente contrariado. Sacó un soberano del bolsillo, lo arrojó sobre el mostrador y se alejó de allí con el aire de alguien cuyo fastidio es demasiado grande para expresarlo con palabras. A los pocos pasos, se detuvo bajo un farol y se echó a reír de aquel modo alegre y callado tan característico en él.

—Cuando vea usted a un hombre con patillas recortadas de ese modo y con el diario deportivo *Pink'un* asomándole en el bolsillo, siempre podrá sonsacarle recurriendo a una apuesta. Me atrevería a afirmar que, si le hubiera puesto delante cien libras, no me habría dado una información tan completa como la que he conseguido dejándole creer que me ganaba. Bien, Watson, me parece que nos acercamos al final de nuestra investigación. Lo único que queda por decidir es si debemos visitar a la tal señora Oakshott esta misma noche o si lo dejamos para mañana. Por lo que dijo ese tipo tan malcarado, es evidente que, aparte de nosotros, hay otras personas interesadas en el asunto, y opino que...

Sus comentarios se vieron interrumpidos de repente por un fuerte vocerío que procedía del puesto que acabábamos de abandonar. Al volvernos, vimos a un individuo canijo y con cara de rata, de pie en el centro del círculo de luz proyectado por la lámpara, mientras Breckinridge, el tendero, enmarcado en la puerta de su establecimiento, agitaba ferozmente los puños en dirección al amedrentado personaje.

—¡Estoy harto de vosotros y de esos malditos gansos! —gritaba—. ¡Idos todos al diablo! Si vuelves a fastidiarme con tus tonterías te soltaré el perro. Que venga la señora Oakshott en persona y le contestaré, pero ¿a ti qué te importa? ¿Acaso te compré a ti los gansos?

—No, pero uno de ellos era mío —gimoteó el hombrecillo.

—Pues ve a pedírselo a la señora Oakshott.

—Ella me ha dicho que se lo pidiera a usted.

—Pues por mí como si se lo quieres pedir al rey de Roma. Estoy hasta las narices de esta historia. ¡Largo de aquí!

Avanzó unos pasos con gesto amenazador y el otro individuo se esfumó entre las sombras.

—Ajá, esto puede ahorrarnos una visita a Brixton Road —susurró Holmes—. Venga conmigo y veremos qué podemos sacar de este tipo.

Avanzando a largas zancadas entre los reducidos grupos que todavía merodeaban entre los puestos iluminados, mi compañero no tardó en alcanzar al hombrecillo y le tocó con una mano el hombro. El individuo se volvió con brusquedad, y pude ver a la luz de gas que de su rostro había desaparecido todo rastro de color.

—¿Quién es usted? ¿Qué quiere? —preguntó con voz trémula.

—Perdone —dijo Holmes amablemente—, pero no he podido evitar oír lo que le preguntaba hace un momento al tendero. Creo que yo podría ayudarle.

—¿Usted? ¿Quién es usted? ¿Cómo puede saber nada de este asunto?

—Me llamo Sherlock Holmes y mi trabajo consiste en saber aquello que otros no saben.

—Usted no puede saber nada de esto.

—Perdone, pero lo sé todo. Está usted intentando dar con unos gansos que la señora Oakshott, de Brixton Road, vendió a un tendero llamado Breckinridge, y que este vendió a su vez al señor Windigate del Alpha, y este a su club, uno de cuyos miembros es el señor Henry Baker.

—¡Ah, es usted el hombre que yo necesitaba encontrar! —exclamó el hombrecillo con las manos extendidas y los dedos temblorosos—. Me sería difícil explicarle el interés que tengo en este asunto.

Sherlock Holmes paró un coche que pasaba por allí.

—En tal caso, será mejor hablar de ello en una cómoda habitación y no en este mercado azotado por el viento —dijo—. Pero,

«—¡Ah, es usted el hombre que
yo necesitaba encontrar!»

antes de seguir adelante, dígame por favor a quién tengo el placer de ayudar.

El hombre titubeó un instante.

—Me llano John Robinson —respondió, mirándonos de soslayo.

—No, no, el nombre verdadero —dijo Holmes en tono amable—. Resulta muy incómodo hablar de negocios con un alias.

Un súbito rubor cubrió las pálidas mejillas del desconocido.

—De acuerdo, mi verdadero nombre es James Ryder.

—Eso es. Jefe de servicios del hotel Cosmopolitan. Suba al coche, por favor, y pronto podré informarle de todo cuanto desea saber.

El hombrecillo se nos quedó mirando a uno y a otro, con ojos medio temerosos y medio esperanzados, como alguien que no tiene la certeza de si le aguarda un golpe de suerte o una catástrofe. Subió por fin al carruaje y media hora más tarde nos encontrábamos de nuevo en la sala de Baker Street. No se había pronunciado palabra durante todo el trayecto, pero la respiración agitada de nuestro acompañante y su nervioso abrir y cerrar de manos demostraban a las claras la tensión que le dominaba.

—Ya hemos llegado —dijo Holmes alegremente, al entrar en la habitación—. No hay nada mejor que un buen fuego para un tiempo como este. Me parece que tiene usted frío, señor Ryder. Siéntese, por favor, en el sillón de mimbre, y permita que yo me ponga las zapatillas antes de zanjar este problemilla que le preocupa. ¡Veamos! Así pues, usted quiere saber lo que fue de aquellos gansos.

—Sí, señor.

—O deberíamos decir, más bien, de aquel ganso, porque me parece que lo que le interesa es un ave concreta... blanca, con una raya negra en la cola.

Ryder se estremeció.

—¡Oh, señor! —exclamó—. ¿Puede decirme adónde fue a parar?

—Vino a parar aquí.

—¿Aquí?

—Sí, y resultó un ave de lo más notable. No me extraña que le interese tanto. Después de muerta puso un huevo, el huevecillo azul más pequeño, precioso y brillante que se haya visto jamás. Lo tengo aquí, en mi museo.

Nuestro visitante se puso en pie, tambaleándose, y se agarró con la mano derecha a la repisa de la chimenea. Holmes abrió la caja fuerte y mostró el carbunclo azul, que brillaba como una estrella e irradiaba un frío resplandor en todas direcciones. Ryder se lo quedó mirando con el semblante demudado, sin decidir si debía reclamarlo o asegurar que no sabía nada de él.

—El juego ha terminado, Ryder —dijo Holmes sin perder la calma—. ¡Cuidado, hombre, o se va a caer al fuego! Ayúdele a sentarse, Watson. Le falta sangre fría para robar impunemente. Dele un trago de brandy. Así está mejor. Ahora tiene un aspecto más aceptable. ¡Menudo mequetrefe!

Por un momento el hombre había estado a punto de desplomarse, pero el brandy devolvió un toque de color a sus mejillas, y permaneció allí sentado, mirando con ojos asustados a su acusador.

—Tengo en mis manos casi todos los eslabones y las pruebas necesarias, y es poco lo que puede usted añadir. Sin embargo, es preciso aclarar ese poco para que el caso quede completo. ¿Había oído usted hablar de esta piedra azul de la condesa de Morcar?

—Fue Catherine Cusack quien me habló de ella —dijo el hombre con voz quebrada.

—Entiendo. La doncella de la señora. Claro, la tentación de adquirir de golpe con facilidad una fortuna tan importante fue demasiado fuerte para usted, como lo ha sido antes para otros hombres mejores, pero no se ha mostrado muy escrupuloso en los medios empleados. Me parece, Ryder, que tiene usted madera de la peor especie de canalla. Sabía que ese fontanero, Horner, había estado implicado tiempo atrás en un asunto similar y que las sospechas recaerían inmediatamente sobre él. ¿Y qué hizo? Junto con su cómplice Cusack, ocasionó una pequeña avería en el cuarto de la señora y se las compuso para que enviaran a Horner a repararla. Y, cuando él se marchó, desvalijaron el joyero, dieron la alarma e hicieron arrestar a ese desdichado. A continuación...

De repente, Ryder se desplomó de rodillas sobre la alfombra y se abrazó a las piernas de mi compañero.

—¡Por el amor de Dios, apiádese de mí! —chilló—. ¡Piense en mi padre! ¡En mi madre! Una cosa así les rompería el corazón. Jamás había hecho nada malo y no lo volveré a hacer. ¡Lo juro! ¡Lo juro sobre la Biblia! ¡No me lleve a los tribunales! ¡Por favor, no lo haga!

—¡Vuelva a sentarse! —dijo Holmes con sequedad—. Es muy bonito llorar y arrastrarse ahora, pero poco pensó usted en el pobre Horner, encarcelado por un delito del que no sabía nada.

«—¡Apiádese de mí! —chilló—.»

—Huiré, señor Holmes. Saldré del país, señor. Así tendrán que retirar los cargos contra él.

—¡Hum! Ya hablaremos de esto. Y ahora oigamos la auténtica versión del siguiente acto. ¿Cómo llegó la gema al interior del ganso, y cómo llegó el ganso al mercado? Díganos la verdad, porque ahí reside su única esperanza de salvación.

Ryder se pasó la lengua por los labios resecos.

—Le contaré exactamente lo que sucedió, señor —dijo—. Cuando Horner fue arrestado, me pareció que lo mejor sería sacar de allí la piedra cuanto antes, porque en cualquier momento se le podía ocurrir a la policía registrarme a mí o registrar mi habitación. En el hotel no había ningún escondite seguro. Salí, pues, como si fuera a hacer un recado, y me encaminé a casa de mi hermana. Está casada con un tipo llamado Oakshott y vive en Brixton Road, donde se dedica a engordar gansos para el mercado. A lo largo de todo el camino, cada hombre que veía me parecía un policía o un detective y, aunque la noche era bastante fría, antes de llegar a mi destino el sudor me chorreaba por la cara. Mi hermana me preguntó qué me ocurría y cómo era que estaba tan pálido, pero le dije que el robo de joyas en el hotel me había trastornado. Después salí al patio trasero, me fumé una pipa y discurrí qué era lo más conveniente hacer.

»Tiempo atrás tuve un amigo llamado Maudsley, que fue por mal camino y ha acabado recientemente de cumplir condena en Pentonville. Un día nos encontramos y me habló de diversas clases de robo y de cómo se deshacen los ladrones de lo robado. Sabía que no me delataría, porque yo conocía un par de asuntillos sucios en los que había estado involucrado, y decidí ir a Kilburn, que es donde vive, y confiarle mi problema. Él me indicaría el modo de convertir la piedra en dinero. Pero ¿cómo llegar allí sin contratiempos? Pensé en la angustia que había pasado en el camino desde el hotel hasta la casa de mi hermana, temeroso de que en cualquier momento me pudieran detener y registrar, y encontraran la piedra en el bolsillo de mi chaleco. En aquellos momentos estaba apoyado en la pared, observando a los gansos que correteaban a mi alrededor, y de pronto se me ocurrió una idea que me permitiría burlar al mejor detective que haya existido jamás.

»Unas semanas antes, mi hermana me había dicho que podía elegir uno de sus gansos como regalo de Navidad, y yo sabía que siempre mantenía su palabra. Me llevaría ahora mismo el ganso y en su interior transportaría mi piedra preciosa hasta Kilburn. Había en el patio un pequeño cobertizo y conduje tras él a uno de los gansos, un ejemplar grande y hermoso, blanco y con una raya en la cola. Lo sujeté bien, le abrí el pico y le metí la piedra en el gaznate, tan abajo como pudo alcanzar mi dedo. El ave se la tragó y sentí que le pasaba por la garganta y llegaba al buche, pero el animal aleteaba y se debatía, y mi hermana salió a ver qué pasaba. Cuando me volví para hablar con ella, el pajarraco se me escapó y voló a reunirse con sus compañeros.

»—¿Qué le estás haciendo a este ganso, Jem? —preguntó mi hermana.

»—Bueno —respondí—. Dijiste que me darías uno por Navidad y miraba cuál está más gordo.

»—Oh, ya hemos separado uno para ti. Lo llamamos el ganso de Jem. Es aquel grande y blanco. En total hay veintiséis. Uno para ti, otro para nosotros y dos docenas para vender.

»—Gracias, Maggie —le dije—, pero, si no te importa, prefiero quedarme con el que he escogido.

»—El que te digo pesa por lo menos tres libras más —protestó mi hermana—, y lo hemos engordado especialmente para ti.

»—No importa. Prefiero el otro y me lo voy a llevar ahora mismo.

»—Bueno, como tú quieras —dijo ella, un poco enfadada—. ¿Cuál dices que quieres?

»—Aquel blanco con la raya en la cola, el que está ahora en medio de la bandada.

»—De acuerdo. Lo matas y te lo llevas.

»Así lo hice, señor Holmes, y me llevé el ganso a Kilburn. Le conté a mi amigo lo que había hecho, porque es ese tipo de persona al que se le puede contar una cosa así, y rió hasta que se le saltaron las lágrimas. Después cogimos un cuchillo y abrimos el ganso. Se me cayó el alma a los pies: allí no había ni rastro de la piedra y comprendí que había cometido una enorme equivocación. Dejé el ganso, volví corriendo a casa de mi hermana y me precipité al patio posterior. No había un solo ganso a la vista.

»—¿Dónde están, Maggie? —grité.

»—Los han llevado a la tienda.

»—¿A qué tienda?

»—La de Breckinridge, de Covent Garden.

»—¿Había otro ganso con una raya en la cola, igual al que yo escogí? —pregunté.

»—Sí, Jem. Había dos con una raya en la cola y yo nunca era capaz de distinguirlos uno de otro.

»Entonces, claro, lo entendí todo, y corrí a toda la velocidad que me permitían las piernas en busca del tal Breckinridge. Pero había vendido el lote entero y se negó a decirme a quién. Ya lo han oído ustedes esta noche. Pues todas las veces ha pasado lo mismo. Mi hermana cree que me estoy volviendo loco, y, a veces, yo también lo creo. Y ahora..., ahora soy un ladrón, estoy marcado, sin haber llegado a tocar siquiera el tesoro por el que perdí el buen nombre. ¡Que Dios se apiade de mí! ¡Que Dios se apiade de mí!

Ocultó el rostro entre las manos y prorrumpió en violentos sollozos.

Siguió un largo silencio, roto solo por su agitada respiración y por el acompasado tamborileo de los dedos de Sherlock Holmes en el borde de la mesa. Finalmente, mi amigo se levantó y abrió la puerta de par en par.

—¡Váyase! —dijo.

—¿Cómo, señor? ¡Oh, que Dios le bendiga!

«Prorrumpió en violentos sollozos.»

—Ni una palabra más. ¡Fuera de aquí!

No hicieron falta más palabras. Hubo una carrera precipitada, un ruido de pisadas en la escalera, el eco de un portazo y el seco repicar de unos pies que corrían por la calle.

—Al fin y al cabo, Watson —dijo Holmes, alargando la mano en busca de su pipa de arcilla—, la policía no me paga para que cubra sus deficiencias. Si Horner corriera peligro sería otro cantar, pero este tipo no comparecerá para declarar contra él y el proceso no seguirá adelante. Seguro que estoy indultando a un delincuente, pero es posible que esté salvando un alma. El tal Ryder no volverá a descarriarse. Tiene demasiado miedo. Envíelo a la cárcel y lo convertirá en carne de presidio para el resto de su vida. Además, la Navidad invita al perdón. La casualidad ha puesto en nuestro camino un problema sumamente singular, y el placer de resolverlo ha sido ya recompensa suficiente. Si tiene usted la amabilidad de tocar la campanilla, doctor, iniciaremos otra investigación cuyo elemento principal será también un ave.

LA AVENTURA DE LA BANDA DE LUNARES

Al repasar mis notas sobre los setenta y tantos casos en los que, durante los últimos ocho años, he estudiado los métodos de mi amigo Sherlock Holmes, he encontrado muchos trágicos, algunos cómicos, bastantes simplemente extraños, pero ninguno vulgar, porque, trabajando como él lo hacía, más por amor a su arte que por afán de enriquecerse, se negaba a intervenir en ninguna investigación que no tendiera a lo insólito e incluso a lo fantástico. Sin embargo, entre toda esta variedad de casos, no recuerdo ninguno que presentara características más extraordinarias que el relacionado con los Roylott de Stoke Moran, conocida familia de Surrey. Los hechos en cuestión tuvieron lugar en los primeros tiempos de la asociación con Holmes, cuando compartíamos unas habitaciones de solteros en Baker Street. Posiblemente lo hubiera dado a conocer antes, pero hubo en su momento una promesa de guardar silencio, de la que no me he visto libre hasta el mes pasado, al morir prematuramente la dama a quien se hizo la promesa. Tal vez convenga sacar ahora los acontecimientos a la luz, pues tengo razones para creer que circulan rumores acerca de la muerte del doctor Grimesby Roylott que tienden a hacer el asunto aún más terrible de lo que fue en realidad.

A principios de abril de 1883, desperté una mañana y me encontré a Sherlock Holmes, completamente vestido, de pie junto a mi cama. Suele levantarse tarde y, como el reloj de la repisa de la chimenea solo marcaba las siete y cuarto, le miré parpadeando con sorpresa, y tal vez con algo de enojo, porque soy persona muy regular en mis hábitos.

—Lamento despertarle, Watson —me dijo—, pero esta mañana nos ha tocado madrugar a todos. Han despertado a la señora Hudson, ella se ha desquitado conmigo, y yo me desquito con usted.

—¿Qué ocurre? ¿Hay un incendio?

—No, hay un cliente. Parece ser que ha llegado una señorita en estado de gran excitación y que insiste en verme. Está esperando en la sala. Ahora bien, cuando jóvenes damiselas recorren la urbe a estas horas de la mañana y arrancan de la cama a personas dormidas, presumo que tienen algo muy apremiante que comunicar. Si resulta ser un caso interesante, estoy seguro de que a usted le gustará seguirlo desde un buen comienzo. Me ha parecido que debía llamarle y ofrecerle esta oportunidad.

—No me lo perdería por nada del mundo.

No existía para mí mayor placer que seguir a Holmes en sus investigaciones profesionales y admirar las rápidas deducciones —tan veloces como si fueran intuiciones, pero siempre fundadas en una base lógica— con las que desentrañaba los problemas que se le planteaban. Me vestí a toda prisa, y a los pocos minutos estaba listo para acompañar a mi amigo a la sala. Una dama vestida de negro y con el rostro cubierto por un espeso velo estaba sentada junto a la ventana y se levantó al entrar nosotros.

—Buenos días, señora —dijo Holmes jovialmente—. Me llamo Sherlock Holmes. Este es mi íntimo amigo y colaborador, el doctor Watson, ante el cual puede hablar con tanta libertad como ante mí mismo. Ajá, me alegra comprobar que la señora Hudson ha tenido la feliz idea de encender la chimenea. Por favor, acérquese al fuego y haré que le traigan una taza de café bien caliente, porque veo que está usted temblando.

—No es el frío lo que me hace temblar —dijo la mujer en voz baja, mientras cambiaba de asiento como se le proponía.

—¿Qué es, pues?

—Es el miedo, señor Holmes. El terror.

Al hablar, había alzado su velo y pudimos ver que se encontraba efectivamente en un lamentable estado de agitación, con la cara gris y desencajada, y los ojos inquietos y asustados, como los de un animal acorralado. Sus facciones y su figura correspon-

«Había alzado su velo.»

dían a una mujer de treinta años, pero su cabello presentaba prematuras mechas grises, y su expresión denotaba fatiga y ansiedad.

Sherlock Holmes la recorrió de arriba abajo con una de esas rápidas miradas que parecían abarcarlo todo.

—No debe tener miedo —dijo en tono consolador, inclinándose hacia delante y dándole unas palmaditas en el brazo—. Pronto lo resolveremos todo. Veo que ha venido usted en tren esta mañana.

—¿Sabe, pues, quién soy?

—No, pero veo la mitad de un billete de vuelta en la apertura de su guante izquierdo. Ha salido usted muy temprano, y ha tenido que hacer un largo trayecto en una *dog-cart* por caminos accidentados, antes de llegar a la estación.

La dama sufrió un violento sobresalto y miró estupefacta a mi compañero.

—No hay ningún misterio en esto —le aseguró Holmes, sonriendo—. La manga izquierda de su chaqueta lleva manchas de lodo, y nada menos que en siete puntos. Las marcas están totalmente frescas. Únicamente un carruaje como el que digo lanza el lodo hacia atrás de esa manera, y únicamente si vas sentado a la izquierda del cochero.

—Sean cuales sean sus razonamientos, ha acertado usted de lleno —dijo ella—. He salido de casa antes de las seis, he llegado a Leatherhead a las seis y veinte y he cogido el primer tren a Waterloo. Señor, ya no puedo soportar más tiempo esta tensión. De seguir así, me volveré loca. Y no tengo a nadie a quien recurrir. Solo hay una persona que se preocupa por mí, y la pobre apenas puede ayudarme. He oído hablar de usted, señor Holmes; he oído hablar de usted a la señora Farintosh, a quien ayudó cuando se encontraba en un gran apuro. Señor, ¿no cree que podría ayudarme a mí también, o al menos arrojar una chispa de luz en las densas tinieblas que me envuelven? En estos momentos me resulta imposible retribuirle por sus servicios, pero me caso dentro de un mes o de seis semanas, podré disponer entonces de mi renta y usted comprobará que no soy desagradecida.

Holmes se dirigió a su escritorio, lo abrió, sacó un pequeño fichero y empezó a consultarlo.

—Farintosh —dijo—. Ah, sí, ya recuerdo el caso: giraba en torno a una tiara de ópalos. Creo que fue antes de conocernos, Watson. Solo puedo decirle, señora, que tendré sumo placer en dedicar a su caso la misma atención que dediqué al de su amiga. En cuanto a la retribución, mi trabajo lleva en sí su propia recompensa, pero la dejo en libertad de sufragar los gastos en que yo pueda incurrir cuando a usted mejor le convenga. Y ahora cuéntenos, por favor, cuanto pueda ayudar a que nos formemos una opinión del caso.

—Por desgracia —replicó nuestra visitante—, lo realmente terrible de mi situación radica en que mis temores son tan inconcretos, y mis sospechas se basan en detalles tan nimios y que a otra persona le parecerían triviales, que incluso el hombre a quien, entre todos los demás, tengo derecho a pedir ayuda y consejo, considera cuanto le cuento fantasías de una mujer desequilibrada. No lo confiesa, pero puedo leerlo en sus respuestas consoladoras y en el modo de esquivar mi mirada. Sin embargo, he oído, señor Holmes, que usted es capaz de penetrar en los más ocultos repliegues del corazón humano, y tal vez pueda indicarme cómo avanzar entre los peligros que me amenazan.

—La escucho atentamente.

—Me llamo Helen Stoner y vivo con mi padrastro, último descendiente de una de las familias sajonas más antiguas de Inglaterra, los Roylott de Stoke Moran, límite occidental de Surrey.

Holmes asintió.

—El nombre me resulta familiar —dijo.

—En otro tiempo, la familia era de las más ricas de Inglaterra, y sus propiedades se extendían más allá de los límites de Berkshire por el norte y de Hampshire por el oeste. Sin embargo, hubo en el siglo pasado cuatro herederos sucesivos de carácter disoluto y derrochador, y un ludópata completó, en tiempos de la Regencia, la ruina familiar. No se salvó nada, salvo unas pocas hectáreas de terreno y la casa, que tiene doscientos años y sobre la que pesa una fuerte hipoteca. Allí pasó su existencia el último señor, arrastrando la vida miserable de un mendigo aristócrata, pero su único hijo, mi padrastro, comprendiendo que debía adaptarse a la nueva situación, logró con el préstamo de un pariente estudiar medicina, y emigró a Calcuta, donde, gracias a su capacidad profesional y a la fuerza de su carácter, consiguió una nutrida clientela. No obstante, en un arrebato de furia incontrolable, provocado por una serie de robos que se habían producido en su casa, azotó hasta la muerte a un mayordomo indígena, y se libró por los pelos de la pena capital. Tuvo que cumplir una larga condena, al cabo de la cual regresó a Inglaterra convertido en un hombre huraño y sin ilusiones.

»Durante su estancia en la India, el doctor Roylott se había casado con mi madre, la señora Stoner, joven viuda del general

Stoner de la Artillería de Bengala. Mi hermana Julia y yo éramos gemelas y solo teníamos dos años cuando nuestra madre se volvió a casar. Ella disponía de un capital considerable, no menos de mil libras al año, y se lo cedió por entero al doctor Roylott mientras viviésemos con él, estipulando que cada una de nosotras recibiría cierta suma anual en caso de contraer matrimonio. Mi madre falleció poco después de nuestra llegada a Inglaterra, hace ahora ocho años, en un accidente ferroviario cerca de Crewe. A su muerte, el doctor Roylott abandonó la intención de establecerse como médico en Londres y nos llevó a vivir con él a la vieja mansión ancestral de Stoke Moran. El dinero que había dejado mi madre bastaba para cubrir todas nuestras necesidades, y no parecía existir obstáculo a nuestra felicidad.

»Pero, aproximadamente por aquella época, nuestro padrastro experimentó un cambio terrible. Lejos de trabar amistades e intercambiar visitas con nuestros vecinos, que al principio estaban encantados de tener a un Roylott de Stoke Moran instalado de nuevo en la vieja mansión familiar, se encerró dentro de la casa y no salía casi nunca, salvo para enzarzarse en furiosas disputas con el primero que se cruzaba en su camino. El temperamento violento, rayano en lo patológico, parece ser hereditario en los varones de la familia y, en el caso de mi padrastro, creo que se intensificó a consecuencia de su prolongada estancia en el trópico. Provocó varios incidentes bochornosos, dos de los cuales terminaron en la comisaría, y acabó por convertirse en el terror del pueblo, de quien todos huían al verlo acercarse, porque tiene una fuerza extraordinaria y pierde el control cuando se enfurece.

»La semana pasada arrojó al herrero del pueblo al río por encima de un parapeto, y únicamente a base de pagar todo el dinero que pude reunir logré evitar otro escándalo. No tiene un solo amigo, a excepción de los gitanos vagabundos, a quienes permite acampar en las pocas hectáreas cubiertas de zarzas que constituyen la finca familiar, aceptando a cambio la hospitalidad de sus tiendas y marchándose a veces con ellos durante semanas. También le apasionan los animales de la India, que le envía un representante de las colonias, y en la actualidad posee un guepardo y un babuino, que deambulan en libertad por sus tierras y que inspiran casi tanto temor a los aldeanos como su dueño.

»Por todo esto que le cuento, ya puede usted imaginar que mi pobre hermana Julia y yo no llevábamos una vida de-

«Arrojó al herrero del pueblo al río por encima de un parapeto.»

masiado agradable. Ningún criado quería servir en nuestra casa, y durante largo tiempo hicimos nosotras las tareas domésticas. Cuando ella murió, no había cumplido todavía treinta años, y, sin embargo, su cabello ya empezaba a encanecer igual que el mío.

—¿Su hermana ha muerto, pues?

—Murió hace dos años, y es de su muerte de lo que vengo a hablarle. Comprenderá que, llevando la vida que he descrito, pocas posibilidades teníamos de conocer a gente de nuestra edad y condición. Sin embargo, había una tía, la hermana soltera de mi madre, la señorita Honoria Westphail, que vive cerca de Harrow, a la que de vez en cuando se nos permitía hacer breves visitas. Julia fue a su casa por Navidad hace dos años y allí conoció a un comandante de Infantería de Marina retirado, con el que se prometió en matrimonio. Mi padrastro se enteró del compromiso cuando regresó mi hermana, y no puso la menor objeción. Pero dos semanas antes de la fecha fijada para la ceremonia, tuvo lugar el terrible suceso que me privó de la que había sido mi única compañera.

Sherlock Holmes había permanecido recostado en su butaca, con los ojos cerrados y la cabeza apoyada en el cojín, pero ahora entreabrió los párpados y miró de frente a nuestra visitante.

—Le agradeceré que sea precisa en los detalles —dijo.

—Me resultará muy fácil, porque todos los acontecimientos de aquel espantoso período han quedado grabados a fuego en mi memoria. Como ya he dicho, la mansión familiar es muy vieja, y actualmente solo un ala está habitada. Los dormitorios de esta ala se encuentran en la planta baja, y las salas en el bloque central del edificio. El primer dormitorio es el del doctor Roylott, el segundo es el de mi hermana y el tercero el mío. No están comunicados entre sí, pero dan al mismo pasillo. ¿Me sigue usted?

—Perfectamente.

—Las ventanas de las tres alcobas dan al jardín. La noche fatídica, el doctor Roylott se había retirado pronto, aunque sabíamos que no se había acostado, porque a mi hermana le molestó el fuerte olor de los cigarros indios que él tiene la costumbre de fumar. Por ese motivo, mi hermana dejó su habitación y vino a la mía, donde permaneció bastante rato, hablándome de su inminente boda. A las once se levantó para marcharse, pero, ya en la puerta, se detuvo y se volvió a mirarme.

»—Dime, Helen, ¿has oído silbar a alguien en plena noche? —me preguntó.

»—Nunca —le respondí.

»—¿No podrías ser tú, que silbas mientras duermes?

»—Claro que no. ¿Por qué?

»—Porque estas últimas noches he oído, hacia las tres de la madrugada, un silbido tenue pero claro. Tengo el sueño ligero y me despierta cada vez. No podría decir de dónde procede. Tal vez del aposento contiguo o tal vez del jardín. Se me ha ocurrido preguntarte si tú también lo has oído.

»—No, no lo he oído. Deben ser esos dichosos gitanos que acampan en la finca.

»—Probablemente. Sin embargo, si procede del jardín me extraña que tú no lo hayas oído también.

»—Tengo el sueño más pesado que tú.

»—Bueno, de todos modos carece de importancia.

»Me dirigió una sonrisa, cerró la puerta y unos segundos después oí girar la llave en su cerradura.

—Caramba —dijo Holmes—. ¿Tenían siempre la costumbre de cerrar su puerta con llave por las noches?

—Siempre.

—¿Y por qué?

—Creo haber mencionado que el doctor tenía en libertad un guepardo y un babuino. No nos sentíamos seguras si la puerta no estaba cerrada con llave.

—Comprendo. Por favor, prosiga su relato.

—Aquella noche no pude dormir. Tenía la vaga sensación de que nos amenazaba una desgracia. Como recordará, mi hermana y yo éramos gemelas, y ya sabe cuán sutiles son los lazos que vinculan a dos almas tan estrechamente unidas. Fue una noche de perros. El viento aullaba en el exterior, y la lluvia golpeaba con fuerza las ventanas. De pronto, entre el estruendo de la tormenta se oyó el grito desgarrador de una mujer aterrorizada. Reconocí la voz de mi hermana. Salté de la cama, me envolví en un chal y corrí al pasillo. Al abrir la puerta me pareció oír un silbido como el que había descrito ella, y pocos segundos después un sonido vibrante, como si hubiera caído un objeto de metal. Mientras yo corría por el pasillo, la puerta del cuarto de mi hermana, que ya no estaba cerrada con llave, giró lentamente sobre sus goznes, y la miré horrorizada sin saber qué iba a salir por ella. A la luz de la lámpara del pasillo, vi aparecer a mi hermana en el umbral, con la cara lívida de espanto y las manos extendidas en petición de ayuda, tam-

«Con la cara lívida de espanto.»

baleándose como si estuviera borracha. Corrí hacia ella y la rodeé con mis brazos, pero en aquel preciso instante parecieron ceder sus rodillas y cayó desplomada. Se retorcía en el suelo como presa de horribles dolores y agitaba convulsivamente las extremidades. Al principio, creí que no me había reconocido, pero, cuando me incliné sobre ella, gritó de pronto, con una voz que jamás olvidaré: «¡Dios mío, Helen! ¡Ha sido la banda! ¡La banda de lunares!». Intentó añadir algo más y extendió el dedo en dirección al dormitorio del doctor, pero fue víctima de una nueva convulsión que sofocó sus palabras. Yo eché a correr llamando a gritos a nuestro padrastro, y me tropecé con él, que salía apresuradamente de su alcoba, en bata. Cuando llegamos junto a mi hermana, ya estaba inconsciente, y aunque él le vertió brandy en la boca y mandó llamar al médico del pueblo, todos los esfuerzos fueron vanos, porque se fue apagando poco a poco y murió sin recuperar la conciencia. Este fue el espantoso final de mi querida hermana.

—Un momento —dijo Holmes—. ¿Está segura de lo del silbido y el ruido metálico? ¿Podría jurarlo?

—Lo mismo me preguntó el juez del condado durante la investigación. Estoy convencida de que sí los oí, pero, entre el fragor de la tormenta y los crujidos de una vieja mansión, cabe que me haya equivocado.

—¿Estaba vestida su hermana?

—No, iba en camisón. En la mano derecha se le encontró el extremo chamuscado de una cerilla y en la izquierda una caja de fósforos.

—Lo cual demuestra que encendió una cerilla y miró alrededor cuando se produjo la alarma. Eso es importante. ¿Y a qué conclusiones llegó el juez?

—Investigó el caso minuciosamente, porque la conducta del doctor Roylott daba mucho que hablar desde hacía tiempo en el condado, pero no descubrió la causa de la muerte. Mi testimonio indicaba que su puerta estaba cerrada por dentro, y las ventanas tenían postigos antiguos, con barras de hierro que se atrancaban cada noche. Se examinaron con cuidado las paredes y se comprobó que eran macizas, y lo mismo se hizo con el suelo con idéntico resultado. La chimenea es bastante amplia, pero queda bloqueada por cuatro gruesos barrotes. Así pues, no cabe duda de que mi hermana se encontraba sola cuando le llegó la muerte. Además, no presentaba señales de violencia.

—¿Y un veneno?

—Los médicos investigaron esta posibilidad, pero sin resultado.

—¿De qué cree usted, pues, que murió la desdichada joven?

—Estoy convencida de que murió pura y simplemente de miedo o de un choque nervioso, aunque no logro explicarme qué lo provocó.

—¿Había gitanos acampados en la finca en aquellos momentos?

—Sí, casi siempre los hay.

—Ya. ¿Y qué le sugirió a usted la alusión a una banda, a una banda de lunares?

—A veces he pensado que se trataba de un delirio carente de sentido; otras, que debía referirse a una banda de gente, tal vez a los gitanos. No sé si los pañuelos de lunares que suelen llevar en la cabeza le podrían haber inspirado tan extraña expresión.

Holmes meneó la cabeza como quien no se da por satisfecho.

—Nos movemos en aguas muy profundas —observó—. Por favor, prosiga su narración.

—Desde entonces han transcurrido dos años y, hasta muy recientemente, mi vida ha sido más solitaria que nunca. Pero hace un mes, un amigo muy querido, al que conozco desde siempre, me hizo el honor de pedir mi mano. Se llama Armitage, Percy Armitage, segundo hijo del señor Armitage, de Crane Water, cerca de Reading. Mi padrastro no ha puesto inconvenientes al matrimonio, y pensamos casarnos en primavera. Hace dos días se han iniciado unas reparaciones en el ala oeste del edificio y ha habido que perforar la pared de mi cuarto, por lo cual me he tenido que trasladar a la habitación donde murió mi hermana y dormir en la misma cama donde ella dormía. Imagine mi espanto cuando la pasada noche, mientras yacía despierta pensando en su horrible final, oí de pronto en medio del silencio aquel tenue silbido que había anunciado su muerte. Salté de la cama y encendí la lámpara, pero no vi nada anormal en la alcoba. Estaba demasiado nerviosa para volver a acostarme. Me vestí y, en cuanto amaneció, me lancé a la calle, alquilé un coche en la posada Crown, que está enfrente de casa, y me dirigí a Leatherhead, desde donde he llegado aquí esta mañana con el único objetivo de verle y pedirle consejo.

—Ha hecho usted muy bien —dijo mi amigo—. Pero ¿me lo ha contado todo?

—Sí, todo.

—No, señorita Stoner, no lo ha hecho. Está encubriendo a su padrastro.

—¿Cómo? ¿A qué se refiere?

Por toda respuesta, Holmes apartó el puño de encaje negro que rodeaba la mano que nuestra visitante apoyaba en la rodilla. Cinco pequeños moratones, las marcas de cuatro dedos más el pulgar, habían quedado impresas en la blanca muñeca.

—Ha sido usted objeto de malos tratos —dijo Holmes.

La dama se sonrojó intensamente y se cubrió la lastimada muñeca.

—Es un hombre duro —dijo—, y seguramente no es capaz de medir su fuerza.

Siguió un largo silencio, durante el cual Holmes apoyó el mentón en las manos y permaneció con la mirada fija en el fuego que chisporroteaba en la chimenea.

—Se trata de un asunto complicado —dijo por fin—. Hay mil detalles que me gustaría conocer antes de decidir nuestro plan de acción. Pero no tenemos momento que perder. Si fuésemos hoy mismo a Stoke Moran, ¿sería posible ver estas habitaciones sin que se enterase su padrastro?

—Precisamente dijo que tenía que venir hoy a Londres para un asunto importante. Es probable que esté ausente todo el día y que nadie les moleste. Tenemos una sirvienta, pero es vieja y tonta, y me será fácil deshacerme de ella.

—Perfecto. ¿Tiene algún inconveniente en hacer este viaje, Watson?

—En absoluto.

—En tal caso, iremos los dos. Y usted, señorita, ¿qué piensa hacer?

—Ya que estoy en Londres, hay un par de cosillas que me gustaría hacer. Pero regresaré en el tren de las doce, para estar allí cuando ustedes lleguen.

—Puede esperarnos a primera hora de la tarde. Yo también tengo un par de asuntillos que atender. ¿No quiere quedarse a desayunar?

—No, tengo que irme. Me siento más aliviada desde que le he confiado a usted mi problema. Espero que volvamos a vernos esta tarde.

Dejó caer el tupido velo negro sobre su rostro y se deslizó fuera de la sala.

—¿Qué opina usted de todo esto, Watson? —me preguntó Holmes arrellanándose en su butaca.

—Me parece un asunto de lo más turbio y siniestro.

—Muy turbio y muy siniestro.

—Sin embargo, si la muchacha está en lo cierto al afirmar que las paredes y el suelo son sólidos, y que la puerta, la ventana y la chimenea son infranqueables, no cabe duda de que su hermana tenía que estar sola cuando encontró la muerte de modo tan misterioso.

—¿Y qué me dice, pues, de los silbidos nocturnos, y de las extrañas palabras que profirió la moribunda?

—No sé qué pensar.

—Si combinamos los silbidos en mitad de la noche, la presencia de una tribu de gitanos que cuentan con la amistad de ese viejo doctor, el hecho de que tenemos sobradas razones para creer que el doctor está muy interesado en impedir el matrimonio de su hijastra, la alusión a una banda por parte de la moribunda, y el golpe metálico que oyó la señorita Helen Stoner, que pudo ser producido por una de las barras de metal que cierran los postigos al ocupar de nuevo su sitio, me parece que disponemos de una buena base para poder aclarar el misterio siguiendo esas directrices.

—Pero ¿qué pintan en la historia los gitanos?

—No tengo la menor idea.

—Encuentro muchas objeciones a esta teoría.

—Yo también. Precisamente por esta razón iremos hoy a Stoke Moran. Quiero comprobar si las objeciones son concluyentes o si se les puede encontrar una explicación. Pero ¿qué demonios significa esto?

Esta exclamación de mi compañero obedecía al hecho de que nuestra puerta se había abierto de golpe y había aparecido en el umbral un hombre gigantesco. Sus ropas eran una curiosa combinación de indumentaria profesional y campesina:

llevaba una chistera negra, una levita con faldones y unas polainas altas, y hacía oscilar en la mano una fusta. Era tan alto que su sombrero rozaba el montante de la puerta, y tan ancho que la llenaba de lado a lado. Su rostro amplio, surcado por mil arrugas, quemado por el sol hasta adquirir un matiz amarillento, y marcado por todo tipo de pasiones malignas, se volvía de uno a otro de nosotros, mientras sus ojos hundidos y vidriosos, y su nariz larga y descarnada, le daban cierto singular parecido con una vieja y feroz ave de presa.

«—¿Cuál de ustedes dos es Holmes?»

—¿Cuál de ustedes dos es Holmes? —preguntó la aparición.

—Así me llamo, caballero. Pero ahora me lleva usted ventaja —respondió mi compañero sin perder la calma.

—Soy el doctor Grimesby Roylott, de Stoke Moran.

—Ah, ya —dijo Holmes amablemente—. Por favor, tome asiento, doctor.

—No tengo intención de hacerlo. Mi hijastra ha estado aquí. La he seguido. ¿Qué le ha contado?

—Hace un poco de frío para esta época del año —dijo Holmes.

—¿Qué le ha contado? —gritó el viejo, enfurecido.

—Sin embargo, he oído que la cosecha de azafrán se presenta bien —prosiguió mi amigo, imperturbable.

—¡Ja! Conque no quiere hacerme caso, ¿eh? —dijo nuestro nuevo visitante, avanzando un paso y esgrimiendo el látigo—. Le conozco, granuja. He oído hablar de usted. Es Holmes, el entrometido.

Mi amigo sonrió.

—¡Holmes, el metomentodo!

La sonrisa se ensanchó.

—¡Holmes, el correveidile de Scotland Yard!

Holmes se echó a reír.

—Su conversación es muy amena —dijo—. Cuando se vaya, cierre bien la puerta, porque hay cierta corriente de aire.

—Me iré cuando haya dicho lo que tengo que decir. No se atreva a meter la nariz en mis asuntos. Me consta que la señorita Stoner ha estado aquí. ¡La he seguido! ¡Soy un hombre peligroso para quienes se interponen en mi camino! ¡Mire!

Dio un rápido paso hacia delante, cogió el atizador de la chimenea y lo dobló en dos con sus enormes manazas morenas.

—¡Procure mantenerse fuera de mi camino! —rugió.

Y, arrojando el hierro doblado a la chimenea, salió de la habitación a grandes zancadas.

—Parece un personaje muy agradable —dijo Holmes, echándose a reír—. Yo no tengo su corpulencia pero, si se hubiera quedado un poco más, habría tenido ocasión de demostrarle que mis manos no son mucho más débiles que las suyas.

Mientras hablaba, recogió el atizador y, con un súbito esfuerzo, volvió a enderezarlo.

—¡Pensar que ha tenido la insolencia de tomarme por un detective de la policía! —siguió diciendo—. No obstante, este incidente añade cierto sabor a la investigación, y lo único que me preocupa es que nuestra amiguita sufra las consecuencias de dejar imprudentemente que este bruto la siguiera. Y ahora, Watson, pediremos el desayuno, y después daré un paseo hasta el archivo de Doctors' Commons, donde espero conseguir algunos datos que nos ayuden en nuestra tarea.

Era casi la una cuando Sherlock Holmes regresó de su expedición. Traía en la mano una hoja de papel azul, llena de notas y de cifras.

—He examinado el testamento de la difunta esposa —dijo—. Para determinar el valor exacto, me he visto obligado a averiguar el valor actual de las inversiones que allí figuran. La renta total, que al morir ella casi alcanzaba las mil cien libras, en la actualidad, debido al descenso de los valores agrícolas, no pasa de las setecientas cincuenta. Cada hija puede reclamar, en caso de contraer matrimonio, unos ingresos de doscientas cincuenta. Es evidente, por lo tanto, que, si las dos se hubieran casado, a este fantoche le hubiera quedado una miseria; y solo que se casara una supondría ya una merma importante. El trabajo de esta mañana no ha sido inútil, pues queda demostrado que el tipo tiene motivos poderosos para tratar de impedir que tal cosa ocurra. Y ahora, Watson, teniendo en cuenta que el viejo ya sabe que nos interesamos por sus asuntos, la cuestión es demasiado grave para permitirse demoras. De modo que, si está usted dispuesto, vamos a llamar un coche para que nos lleve a Waterloo. Le agradecería mucho que se metiera el revólver en el bolsillo. Un Eley Dos es un argumento excelente para tratar con caballeros capaces de hacer nudos con un atizador de hierro. Esto y un cepillo de dientes es cuanto necesitamos.

En Waterloo tuvimos la suerte de pillar enseguida un tren a Leatherhead; allí alquilamos un coche en la fonda de la estación y recorrimos cuatro o cinco millas por los encantadores caminos de Surrey. Era un día espléndido, con un sol radiante y unas pocas nubes algodonosas en el cielo. Los árboles y los setos echaban los primeros brotes y el aire olía agradablemente a tierra mojada. Existía, al menos para mí, un extraño contraste entre la dulce promesa de la primavera y la siniestra investigación en la que nos habíamos implicado. Mi compañero, sentado en la parte delantera del carruaje, con los brazos cruzados, el sombrero calado hasta las cejas y la barbilla hundida en el pecho, se había sumido en profundas meditaciones. Pero de pronto se enderezó, me dio un golpe en el hombro y señaló hacia los prados.

—¡Mire! —exclamó.

«Bajamos del coche, pagamos el viaje.»

Un parque con muchos árboles se desplegaba suavemente por una colina y en el punto más alto se convertía en una densa arboleda. Entre las ramas asomaban los gabletes grises y el alto tejado de una mansión muy antigua.

—¿Stoke Moran? —preguntó Holmes al cochero.

—Sí, señor. Es la casa del doctor Grimesby Roylott.

—Veo que están haciendo obras —dijo Holmes—. Nosotros vamos allí.

—El pueblo está en aquella dirección —explicó el cochero, señalando un grupo de tejados que se veía a la izquierda, a cierta distancia—, pero, si quieren ir ustedes a la casa del doctor, les resultará más corto saltar esta cerca y seguir a pie el sendero entre los campos.

—Y la señora, imagino, es la señorita Stoner —comentó Holmes, haciendo visera con la mano—. Sí, será mejor que hagamos lo que usted dice.

Bajamos del coche, pagamos el viaje y el vehículo regresó traqueteando a Leatherhead.

—He creído conveniente —dijo Holmes, mientras trasponíamos la cerca— que el cochero creyera que veníamos aquí como arquitectos o para un encargo concreto. Tal vez esto evite chismorreos. Buenas tardes, señorita Stoner —siguió diciendo, al ver que nuestra cliente salía a nuestro encuentro con la alegría reflejada en el rostro—. Ya ve que hemos cumplido la palabra dada.

—Les esperaba con ansiedad —exclamó la muchacha, estrechándonos calurosamente las manos—. Todo ha salido perfecto. El doctor Roylott se ha ido a Londres y no es probable que regrese antes del anochecer.

—Hemos tenido el placer de conocer al doctor —dijo Holmes, y le resumió en pocas palabras lo ocurrido.

La señorita Stoner palideció intensamente.

—¡Cielo santo! —gritó—. ¡Me ha seguido!

—Eso parece.

—Es tan astuto que nunca sé cuándo estoy a salvo de él. ¿Qué dirá al regresar?

—Más le valdrá andarse con cuidado, porque puede encontrarse con que alguien más astuto que él le está siguiendo la pista. En cuanto a usted, tendrá que encerrarse con llave esta noche. Si se pone violento, la llevaremos a casa de su tía de Harrow. Y ahora tenemos que aprovechar todo lo posible el tiempo, y le ruego que, por favor, nos lleve cuanto antes a las habitaciones que debemos examinar.

El edificio era de piedra gris manchada de liquen, con un bloque central más alto y dos alas que se curvaban, como las pinzas de un cangrejo, a ambos lados. En una de las alas, las ventanas estaban rotas y tapiadas con tablones de madera, y parte del tejado se había hundido, lo cual le daba un aspecto ruinoso. El bloque central estaba algo mejor conservado. El ala derecha era relativamente moderna, y las cortinas de las ventanas, junto a las volutas de humo azulado que brotaban de las chimeneas, indicaban a las claras que era allí donde residía la familia. A un extremo habían levantado andamios y abierto boquetes en el muro, pero en aquel momento no se veía ni rastro de operarios. Holmes anduvo lentamente de un lado a otro del césped mal cortado y examinó con atención la parte exterior de las ventanas.

—Supongo que esta corresponde a la habitación donde usted dormía, la del centro a la de su difunta hermana, y la que linda con el bloque principal a la del doctor Roylott.

—Exactamente. Pero ahora yo duermo en la del centro.

—Mientras duren las reformas, según tengo entendido. Por cierto, no parece que hubiera una necesidad urgente de reparar esta parte del muro.

—Ninguna. Creo que fue una excusa para sacarme de mi habitación.

—¡Ah, esto sugiere muchas cosas! Veamos. Por la parte de atrás queda el pasillo al que dan las tres habitaciones. Supongo que también tendrá ventanas.

—Sí, pero muy pequeñas. Demasiado para que pueda pasar nadie por ellas.

—Puesto que ustedes dos cerraban sus puertas con llave por la noche, el acceso a sus habitaciones por este lado era imposible. Ahora, ¿tendrá usted la bondad de ir a su habitación y cerrar bien los postigos de la ventana?

La señorita Stoner hizo lo que se le pedía, y Holmes, tras examinar atentamente la ventana abierta, intentó por todos los medios, pero sin éxito, abrir los postigos. No había rendija alguna por donde introducir un cuchillo y levantar la barra de hierro. A continuación examinó con la lupa las bisagras, pero eran de hierro macizo y estaban sólidamente empotradas en la recia pared de albañilería.

—¡Hum! —dijo, rascándose la barbilla con cierta expresión de perplejidad—. Desde luego, mi teoría presenta algunas dificultades. Nadie podría franquear estos postigos cerrados. Veamos si el interior proyecta alguna luz sobre el misterio.

Entramos, por una puertecita lateral, en el pasillo encalado al que se abrían los tres dormitorios. Holmes se negó a examinar la tercera habitación, y pasamos directamente a la segunda, donde ahora dormía la señorita Stoner y donde su hermana había encontrado la muerte. Era un cuartito íntimo y acogedor, de techo bajo y con una amplia chimenea de estilo rural. En un extremo había una cómoda de color castaño, en otro una cama estrecha con colcha blanca, y a la izquierda de la ventana, una mesa tocador. Esto, más dos sillitas de mimbre, constituía todo el mobiliario, aparte de una alfombra cuadrada de Wilton que cubría el centro. El suelo y las paredes eran de madera de roble, oscura y carcomida, tan vieja y desgastada que debía de remontarse a la construcción original del edificio. Holmes arrimó una de las sillas al rincón y se sentó en silencio, mientras sus ojos se desplazaban de un lado a otro, y de arriba abajo, captando todos los detalles.

—¿Con dónde comunica esta campanilla? —preguntó finalmente, indicando un grueso cordón que colgaba junto a la cama y cuya borla llegaba hasta la almohada.

—Con la habitación de la sirvienta.

—Parece más nueva que el resto.

—Sí, la instalaron hace solo dos años.

—Supongo que a petición de su hermana.

—No. Que yo sepa nunca la utilizó. Si necesitábamos algo, íbamos a buscarlo nosotras mismas.

—Parece, pues, innecesario colocar aquí un cordón tan bonito. Ahora tendrán que disculparme unos minutos mientras examino el suelo como es debido.

Se tumbó boca abajo, lupa en mano, y se desplazó veloz de un lado a otro, examinando atentamente las rendijas del entarimado. Después hizo lo mismo con las tablas de madera que cubrían las paredes de la habitación. Por último se acercó a la cama y permaneció un rato contemplándola fijamente y recorriendo la pared con la mirada. Para terminar, cogió el cordón de la campanilla y le dio un fuerte tirón.

—¡Pero si es simulado! —exclamó.

—¿No suena?

—No, ni siquiera va unido a un alambre. Eso es muy interesante. Observen que está sujeto a un gancho, justo encima del orificio de ventilación.

—¡Qué absurdo! ¡Nunca me había dado cuenta!

—Sí, es muy extraño —murmuró Holmes, tirando de nuevo del cordón—. Hay en esta habitación uno o dos detalles muy curiosos. Por ejemplo: el constructor tenía que ser muy estúpido para abrir un orificio de ventilación que da a otro cuarto, cuando hubiera podido, con el mismo trabajo, abrirlo al exterior.

—Esta obra también es bastante moderna —dijo la muchacha.

—¿Más o menos de la misma época que la falsa campanilla? —aventuró Holmes.

—Sí, por aquel entonces se hicieron varias pequeñas reformas.

—Y parecen sumamente interesantes: cordones de campanilla sin campanilla y orificios de ventilación que no ventilan nada. Con su permiso, señorita Stoner, proseguiremos nuestras investigaciones en la siguiente habitación.

El dormitorio del doctor Grimesby Roylott era mayor que el de su hijastra, pero el mobiliario era igualmente escueto. Una cama turca, una pequeña estantería de madera llena de libros, en su mayoría de carácter técnico, una butaca junto a la cama, una sencilla silla de madera arrimada a la pared, una mesa redonda y una gran caja fuerte de hierro eran los objetos principales. Holmes recorrió despacio la habitación y lo examinó todo con el más vivo interés.

—¿Qué hay aquí? —preguntó, golpeando con los nudillos la caja fuerte.

—Papeles de negocios de mi padrastro.

—¿O sea que usted ha visto el interior de la caja?

—Solo una vez, hace años. Recuerdo que estaba llena de papeles.

—¿Y no habría, por ejemplo, un gato?

—No. ¡Vaya ocurrencia!

—Pues fíjese en esto.

Holmes señaló un platito de leche que había encima de la caja.

—No, no tenemos gato. Pero sí hay un guepardo y un babuino.

—¡Ah, sí, claro! Bueno, un guepardo no es, a fin de cuentas, otra cosa que un gato grande, pero me atrevería a decir que un platito de leche no bastaría ni de lejos para satisfacer sus necesidades. Hay algo que quiero comprobar.

Se agachó ante la silla de madera y examinó con la mayor atención su asiento.

—Gracias. Eso queda aclarado —dijo, mientras se levantaba y se metía la lupa en el bolsillo—. ¡Vaya! ¡Aquí veo algo interesante!

El objeto que había llamado la atención de Holmes era un pequeño látigo que colgaba a un extremo de la cabecera de la cama. Había sido atado formando un lazo corredizo.

—¿Qué le sugiere esto, Watson?

«—¡Vaya! ¡Aquí veo algo interesante!»

—Es un látigo común y corriente. Aunque no sé por qué lo han atado de ese modo.

—Eso no es tan corriente, ¿verdad? ¡Válgame Dios! Vivimos en un mundo malvado, y que un hombre inteligente dedique su talento al crimen lo hace aún peor. Creo que ya he visto lo suficiente, señorita Stoner, y con su permiso saldremos a dar una vuelta por el jardín.

Jamás había visto a mi amigo con el rostro tan sombrío y el ceño tan fruncido como cuando abandonamos el escenario de la investigación. Habíamos recorrido ya varias veces el jardín de arriba abajo, sin que ni la señorita Stoner ni yo nos atreviéramos a interrumpir el curso de sus pensamientos, cuando Holmes salió por fin de su ensimismamiento.

—Es absolutamente esencial, señorita Stoner —dijo—, que siga usted mis instrucciones al pie de la letra, y punto a punto.

—Le aseguro que así lo haré.

—La situación es demasiado grave para permitirse vacilaciones. Su vida depende de que haga cuanto yo le diga.

—Repito que me pongo en sus manos.

—Para empezar, mi amigo y yo tendremos que pasar la noche en su habitación.

Ambos le miramos estupefactos.

—Sí, es imprescindible. Dejen que les explique. Aquello que veo allí es la posada del pueblo, ¿no?

—Sí, el Crown.

—Muy bien. ¿Se ven desde el Crown las ventanas de su dormitorio?

—Desde luego.

—Debe retirarse usted a su habitación, pretextando un dolor de cabeza, en cuanto regrese su padrastro. Y, cuando oiga que él también se mete en la suya, tiene que abrir la ventana, colocar allí la lámpara que nos sirva a nosotros de señal y trasladarse a continuación, con todo lo que pueda necesitar, a la habitación que ocupaba antes. Estoy seguro de que, pese a las obras, podrá arreglárselas para pasar allí la noche.

—Oh, sí, sin el menor problema.

—Deje el resto en nuestras manos.

—Pero ¿qué van a hacer ustedes?

—Pasaremos la noche en su habitación e investigaremos la causa de ese sonido que la ha estado importunando.

—Me parece, señor Holmes, que ya ha llegado usted a una conclusión —dijo la señorita Stoner, apoyando una mano en el brazo de mi compañero.

—Tal vez sí.

—Entonces, dígame, por el amor de Dios, cuál fue la causa de la muerte de mi hermana.

—Antes de hablar, prefiero disponer de pruebas más concluyentes.

—Podrá decirme al menos si mi opinión es acertada y si murió a causa de un susto repentino.

—No, yo no lo creo así. Pienso que existió una causa más tangible. Y ahora, señorita Stoner, tenemos que dejarla, porque, si regresara el doctor Roylott y nos viera, nuestro viaje habría sido en balde. Adiós, y tenga valor. Haga lo que le he dicho y puede estar segura de que no tardaremos en ahuyentar los peligros que la amenazan.

Sherlock Holmes y yo no tuvimos dificultad en alquilar un dormitorio con sala de estar en el Crown. Las habitaciones

«—Adiós, y tenga valor.»

quedaban en la planta superior y desde nuestra ventana teníamos una espléndida visión del camino de entrada y del ala deshabitada de la mansión de Stoke Moran. Al atardecer, vimos pasar en coche al doctor Grimesby Roylott, su gigantesca figura destacando junto al menudo muchacho que conducía el vehículo. Este muchacho tuvo cierta dificultad para abrir la pesada puerta de hierro, y oímos el áspero rugido del doctor y vimos la furia con que agitaba los puños cerrados en gesto amenazador. El coche siguió adelante y, poco después, vimos brillar de pronto una luz entre los árboles, lo cual indicaba que habían encendido la lámpara en uno de los salones.

—Debo confesarle, Watson —dijo Holmes, mientras permanecíamos sentados en la oscuridad—, que siento ciertos escrúpulos al llevarle conmigo esta noche. Existe un peligro evidente.

—¿Puedo serle de ayuda?

—Su presencia puede ser decisiva.

—En tal caso, le acompañaré sin duda alguna.

—Es muy amable por su parte.

—Habla usted de peligro. Es obvio que ha visto en estas habitaciones algo que yo no he sido capaz de ver.

—No es eso, pero supongo que habré deducido algunas cosas que usted no ha sido capaz de deducir. Porque, en cuanto a ver, habrá visto lo mismo que yo.

—No he visto nada especial, salvo el cordón de la campanilla, y confieso que su finalidad se me escapa por completo.

—¿Vio también el orificio de ventilación?

—Sí, pero no me parece tan insólito que exista una pequeña apertura entre dos habitaciones. Era tan pequeño que ni siquiera una rata podría pasar por él.

—Yo sabía que encontraríamos un orificio así antes incluso de venir a Stoke Moran.

—¡Pero, Holmes, por favor!

—Oh, sí, sí lo sabía. Recuerde que la muchacha nos contó que su hermana pudo oler el cigarro del doctor Roylott. Eso significaba, sin lugar a dudas, que debía existir una comunicación entre ambas habitaciones. Y tenía que ser muy pequeña, pues de lo contrario habrían reparado en ella durante la investigación judicial. Deduje, pues, que se trataba de un orificio de ventilación.

—Pero ¿qué tiene eso de malo?

—Existe, por lo menos, una curiosa coincidencia de fechas. Se abre un orificio, se cuelga un cordón y fallece una muchacha que dormía en la cama. ¿No le parece chocante?

—Aún no veo ninguna relación.

—¿No observó un detalle muy curioso en aquella cama?

—No.

—Estaba clavada al suelo. ¿Había visto alguna vez una cama sujeta de este modo?

—Debo confesar que no.

—La señorita Stoner no podía mover su cama. De este modo, tenía que mantener siempre la misma posición respecto al orificio de ventilación y al cordón, y podemos darle ya este nombre, puesto que nunca se pretendió, evidentemente, dotarlo de una campanilla.

—¡Holmes! —grité—. Me parece que empiezo a vislumbrar lo que usted me insinúa. ¡Tenemos el tiempo justo para impedir un crimen tan ingenioso como horrible!

—Muy ingenioso y muy horrible. Cuando un médico se descarría, es el peor de los asesinos. Cuenta con la sangre fría y con los conocimientos. Palmer y Pritchard figuraban en la cumbre de su profesión. Este hombre va todavía más lejos, pero creo, Watson, que nosotros podemos ir más lejos que él. Sin embargo, ya asistiremos a suficientes horrores antes de que termine la noche. Ahora, por amor de Dios, fumemos una pipa en paz y dediquemos durante una hora el cerebro a ocupaciones más agradables.

A eso de las nueve, se apagó la luz que brillaba entre los árboles y todo quedó a oscuras en la mansión de Stoke Moran. Transcurrieron lentamente dos horas y de pronto, al dar las once, se encendió, justamente delante de nosotros, una luz aislada y brillante.

—Es nuestra señal —dijo Holmes, levantándose de un salto—. Procede de la ventana central.

Al salir, intercambió unas frases con el mesonero para explicarle que íbamos a visitar a un conocido y que, dado lo avanzado de la hora, era posible que pasáramos la noche en su casa. Un momento después avanzábamos por el oscuro camino, con el viento helado golpeándonos el rostro y una lucecita amarilla parpadeando ante nosotros en las tinieblas para guiarnos en nuestra tétrica incursión.

No tuvimos dificultad para entrar en la finca, porque la vieja tapia del parque estaba derruida en varios puntos. Nos abrimos paso entre los árboles, llegamos al jardín, lo cruzamos y nos disponíamos a entrar por la ventana, cuando salió disparado desde un macizo de laureles algo parecido a un niño deforme y feísimo, que saltó sobre la hierba con sus extremidades retorcidas y corrió veloz por el jardín hasta perderse en las sombras.

—¡Dios mío! —susurré—. ¿Ha visto esto?

Por un momento, Holmes pareció tan sorprendido como yo. Presa de excitación, oprimió con su mano mi muñeca. Después lanzó una risita queda y aproximó los labios a mi oído.

—Resulta una familia encantadora —murmuró—. Esto era el babuino.

Yo había olvidado los extravagantes animales de compañía que poseía el doctor. Había también un guepardo, que podía saltarnos a la garganta en cualquier momento. Confieso que me sentí más tranquilo cuando, tras seguir el ejemplo de Holmes y quitarme los zapatos, me encontré en el interior de la alcoba. Mi compañero cerró sigilosamente los postigos, colocó la lámpara encima de la mesa y recorrió con la mirada la habitación. Todo seguía como lo habíamos visto de día. Se aproximó en silencio hacia mí y, haciendo trompetilla con una mano, volvió a susurrarme al oído, en voz tan baja que a duras penas conseguí entender las palabras:

—El más leve ruido sería fatal para nuestros planes.

Asentí con la cabeza para indicar que le había oído.

—Tenemos que apagar la luz. La vería a través del orificio de ventilación.

Asentí de nuevo.

—No se duerma. Su vida puede depender de ello. Tenga la pistola a punto por si la necesitamos. Yo me sentaré al borde de la cama y usted en aquella silla.

Saqué mi revólver y lo deposité en una esquina de la mesa.

Holmes había traído un bastón largo y delgado, que colocó en la cama a su lado. Puso también allí la caja de fósforos y un cabo de vela. Después apagó la lámpara y quedamos sumidos en la oscuridad.

¿Cómo olvidar jamás aquella angustiosa vigilia? No se oía ruido alguno, ni siquiera el rumor de una respiración, pero yo sabía que a pocos pasos de mí se encontraba mi compañero, sentado con los ojos bien abiertos y tan excitado como yo. Los postigos no dejaban pasar ni un rayo de luz, y esperábamos en la oscuridad más absoluta. De vez en cuando llegaba del exterior el grito de un ave nocturna, y en cierta ocasión oímos, justo al lado de nuestra ventana, un prolongado gemido gatuno, indicador de que, efectivamente, el guepardo rondaba en libertad. Cada cuarto de hora oíamos a lo lejos las solemnes campanadas del reloj de la iglesia. ¡Cuán largos parecían aquellos cuartos de hora! Dieron las doce, la una, las dos, las tres, y nosotros seguíamos sentados allí en silencio, a la espera de lo que pudiera suceder.

De pronto se produjo un momentáneo resplandor en dirección al orificio de ventilación, que se apagó de inmediato. Siguió un fuerte olor a aceite quemado y a metal caliente. Alguien había encendido una linterna sorda en la habitación contigua. Oí el suave rumor de un movimiento y luego todo quedó de nuevo en silencio, aunque el olor se hizo más penetrante. Permanecimos otra media hora con los oídos aguzados. De repente sonó otro sonido..., un sonido muy suave y acariciante, como el de un chorrito de vapor al escapar de la tetera. En el preciso instante que lo oímos, Holmes saltó de la cama, encendió una cerilla y golpeó enérgicamente con su bastón el cordón de la campanilla.

—¿La ve, Watson? —gritó—. ¿La ve?

Pero yo no veía nada. En el momento en que Holmes encendió la luz, oí un silbido suave y claro, pero el repentino resplandor hizo que a mis ojos deslumbrados les resultara imposible distinguir qué era lo que mi amigo golpeaba con tanta saña. Pude percibir, no obstante, que su rostro, pálido como el de un muerto, mostraba una expresión de horror y repugnancia.

Había dejado de dar golpes y levantaba la mirada hacia el

«Holmes golpeó enérgicamente con su bastón el cordón de la campanilla.»

edificio de ventilación, cuando de pronto quebró el silencio de la noche el alarido más espantoso que he oído jamás, que fue adquiriendo más y más fuerza. Era un ronco aullido aterrador, donde se aunaban dolor, miedo y furia. Dijeron luego que en el pueblo, e incluso en la lejana rectoría, arrancó a los durmientes de sus camas. A nosotros nos heló la sangre en las venas. Yo me quedé mirando a Holmes, y él a mí, hasta que los últimos ecos se extinguieron en el silencio del que habían surgido.

—¿Qué puede significar esto? —balbuceé.

—Significa que todo ha concluido —respondió Holmes—. Y tal vez, a fin de cuentas, sea lo mejor que podía ocurrir. Coja su pistola y entremos en la habitación del doctor Roylott.

Con rostro grave, encendió la lámpara y salió al pasillo. Llamó dos veces a la puerta de la alcoba contigua sin recibir respuesta del interior. Entonces hizo girar el picaporte y entramos los dos, yo pegado a sus talones y con la pistola amartillada en la mano.

Una escena extraordinaria se ofreció a nuestros ojos. Una linterna sorda que había encima de la mesa con la pantalla a medio abrir arrojaba un brillante rayo de luz sobre la caja fuerte, cuya puerta estaba entreabierta. Junto a esta mesa, en la silla de madera, estaba sentado el doctor Grimesby Roylott, vestido con una larga bata gris, bajo la cual asomaban los tobillos desnudos y los pies enfundados en unas babuchas rojas. Tenía en el regazo el corto látigo que habíamos visto el día anterior, aquel curioso látigo con un lazo en el extremo. El doctor tenía la barbilla apuntando hacia arriba y los ojos fijos, con una mirada terriblemente rígida, en el techo. Llevaba alrededor de la frente una curiosa banda amarilla con lunares pardos, que parecía atada fuertemente a la cabeza. Al entrar nosotros, no hizo ningún movimiento ni emitió sonido alguno.

—¡La banda! ¡La banda de lunares! —musitó Holmes.

Dio un paso hacia delante. Al instante, el extraño tocado empezó a moverse, se desenroscó, y se alzó entre los cabellos

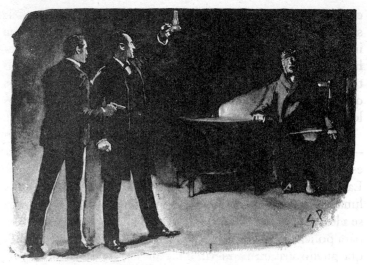

«No hizo ningún movimiento ni emitió sonido alguno.»

la cabeza achatada y romboidal y el abultado cuello de una horrible serpiente.

—¡Es la víbora de los pantanos! —exclamó Holmes. La serpiente más mortífera de la India. Este hombre ha muerto a los diez segundos de recibir su mordedura. ¡Cuán cierto es que la violencia se abate sobre los violentos y que el intrigante acaba por caer en la trampa que ha dispuesto para otros! Devolvamos este bicho a su madriguera, y después podremos llevar a la señorita Stoner a un lugar más seguro e informar a la policía del condado de lo sucedido.

Mientras decía estas palabras, cogió con rapidez el látigo del regazo del hombre muerto, deslizó el lazo por el cuello del reptil, lo arrancó de su macabra percha y, con el brazo bien extendido, lo arrojó a la caja fuerte, que cerró a continuación.

Tales son los hechos verídicos que concurrieron en la muerte del doctor Grimesby Roylott de Stoke Moran. No es preciso que alargue un relato, ya de por sí muy extenso, explicando cómo comunicamos la triste noticia a la asustada joven, cómo la remitimos en el tren de la mañana a los cuidados de su bondadosa tía de Harrow o cómo el lento proceso de la investigación judicial llegó a la conclusión de que el doctor había encontrado la muerte mientras jugaba imprudentemente con uno de sus peligrosos animales de compañía. Lo poco que todavía me quedaba por saber del caso me lo refirió Sherlock Holmes al día siguiente, durante nuestro viaje de regreso.

—Yo había llegado a una conclusión totalmente errónea —me dijo—. Lo cual demuestra, querido Watson, que siempre es peligroso extraer deducciones a partir de datos insuficientes. La presencia de los gitanos y el empleo de la palabra «banda de lunares», que la infeliz muchacha utilizó sin duda para referirse a lo que había visto fugazmente a la luz de la cerilla, bastaron para ponerme en una pista enteramente falsa. El único mérito que puedo atribuirme es haber reconsiderado de inmediato mi postura cuando se hizo evidente que, pese a todo, el peligro que amenazaba al ocupante de la habitación, fuera el que fuera, no podía introducirse por la ventana ni por la puerta. Como ya le he comentado, me llamaron enseguida la atención el orificio de ventilación y el cordón que colgaba encima de la cama. Al descubrir que este último carecía de campanilla, y que la cama estaba clavada al suelo, empecé a sospechar que el cordón podía servir de puente para algo que entrara por el orificio y llegara hasta la cama. Pensé al instante en una serpiente y, como sabíamos que el doctor disponía de algunos animales procedentes de la India, presentí que me encontraba en la buena pista. La idea de emplear un veneno que los análisis químicos no pudieran detectar parecía propia de un hombre inteligente y despiadado, experto en cuestiones orientales. Muy sagaz tendría que ser el juez de instrucción para descubrir los dos pinchacitos que indicaban el lugar donde habían penetrado los colmillos venenosos. A continuación pensé en el silbido. Por supuesto, el asesino tenía que hacer regresar a la serpiente antes de que la víctima pudiera verla a la luz del día. Probablemente la tenía adiestrada, con ayuda del platito de leche que vimos, para que el bicho acudiera al recibir su llamada. La pasaba por el orificio cuando le parecía conveniente, en la seguridad de que bajaría por la cuerda y alcanzaría el lecho. Podía morder a la durmiente o no morderla, y es posible que la muchacha se librase durante todas las noches de una semana, pero antes o después recibiría la mordedura fatal.

»Había llegado ya a estas conclusiones antes incluso de entrar en la habitación del doctor. Al examinar su silla, comprobé que este tenía la costumbre de ponerse de pie sobre ella: evidentemente tenía que hacerlo para alcanzar el orificio. La caja fuerte, el plato de leche y el látigo con el lazo a un extremo bastaron para disipar las pocas dudas que podían quedarme. El golpe metálico que oyó la señorita Stoner lo produjo el padrastro al cerrar apresuradamente la caja fuerte, tras introducir en su interior al terrible inquilino. Una vez formada mi opinión, ya conoce usted las medidas que adopté para ponerla a prueba. Oí el silbido del animal, como sin duda lo oyó usted también, y al momento encendí la luz y la emprendí a golpes con él.

—Con el resultado de que volvió a meterse en el orificio de ventilación.

—Y con el resultado también de que, ya al otro lado, se revolvió contra su amo. Algunos golpes de mi bastón habían dado en el blanco, y la serpiente debía estar de tan mal humor que atacó a la primera persona que se le puso por delante. No cabe duda de que soy indirectamente responsable de la muerte del doctor Grimesby Roylott, pero confieso que es poco probable que mi conciencia se sienta abrumada por ello.

LA AVENTURA DEL PULGAR DEL INGENIERO

Entre todos los problemas que sometieron a mi amigo Sherlock Holmes en los años que duró nuestra relación, solo dos llegaron a su conocimiento a través de mí: el del pulgar del señor Hatherley y el de la locura del coronel Warburton. Es posible que el segundo ofreciera más posibilidades a un observador agudo y original como Holmes, pero el otro tuvo un inicio tan extraño y unos detalles tan dramáticos que quizá tenga mejores merecimientos para ser publicado, a pesar de brindar a mi amigo menos oportunidades de aplicar los métodos de razonamiento deductivo mediante los cuales obtenía tan espectaculares resultados. La historia, según creo, ha aparecido más de una vez en los periódicos, pero, como sucede siempre con estas narraciones, el efecto es mucho menor cuando los hechos se exponen resumidos en media columna de letra impresa, que cuando se desenvuelven poco a poco ante nuestros propios ojos y el misterio se va aclarando gradualmente a medida que cada nuevo descubrimiento permite avanzar un paso hacia la verdad completa. En su momento, las circunstancias del caso me impresionaron profundamente, y el paso de los dos años transcurridos apenas ha debilitado este sentimiento.

Los acontecimientos que me dispongo a exponer tuvieron lugar en el verano de 1889, poco después de mi matrimonio. Yo había vuelto a ejercer la medicina y había abandonado finalmente a Holmes en sus habitaciones de Baker Street, aunque le visitaba muy a menudo y en ocasiones lograba incluso convencerle de que renunciase a su misantropía y fuese él a visitarnos. Mi clientela aumentaba con regularidad y, dado que no vivía lejos de la estación de Paddington, tenía algunos pacientes entre sus empleados. Uno de ellos, al que había curado de una larga y penosa enfermedad, no se cansaba de alabar mi talento, y tenía como norma enviarme a todo ser sufriente sobre el que tuviera alguna influencia.

Una mañana me despertó la sirvienta poco antes de la siete, al llamar a mi puerta para anunciarme que habían llegado de Paddington dos hombres y que me aguardaban en la consulta. Me vestí a toda prisa, pues sabía por experiencia que los casos relacionados con el ferrocarril no eran casi nunca leves, y bajé corriendo la escalera. Al llegar abajo, mi viejo aliado, el guarda de la estación, salió de la consulta y cerró con sigilo la puerta tras él.

—Lo tengo ahí. Está bien —susurró, señalando con el pulgar por encima del hombro.

—¿De qué se trata? —pregunté, pues su actitud parecía indicar que había encerrado a una extraña criatura dentro de mi consulta.

—Es un nuevo paciente —siguió susurrando—. Me ha parecido conveniente traerlo yo mismo. Así no se escaparía . Y ahí lo tiene, sano y salvo. Yo me voy, doctor. Tengo mis obligaciones, lo mismo que las tiene usted.

Y el individuo se largó sin darme siquiera tiempo para agradecerle su colaboración.

Entré en mi consulta y encontré a un caballero sentado junto a la mesa. Vestía discretamente, con un traje de tweed y una gorra de paño que había dejado encima de mis libros. Llevaba una mano envuelta en un pañuelo, todo él manchado de sangre. Era joven, no creo que pasara de los veinticinco, y su rostro era enérgico y varonil, pero estaba pálido como un muerto y me dio la impresión de que sufría una agitación terrible, que solo lograba controlar echando mano de toda su fuerza de voluntad.

—Lamento molestarle tan temprano, doctor —dijo—, pero he sufrido un grave accidente durante la noche. He llegado en tren esta mañana y, al preguntar en Paddington dónde podría encontrar un médico, este señor tan amable me ha acompañado hasta aquí. Le he dado una tarjeta a la sirvienta, pero veo que la ha olvidado en esta mesita.

Cogí la tarjeta y leí: «Victor Hatherley, ingeniero hidráulico, 16 A, Victoria Street (3.er piso)». Tales eran el nombre, la profesión y el domicilio de mi visitante matutino.

—Siento haberle hecho esperar —dije, mientras me sentaba en el sillón de mi despacho—. Supongo que acaba de hacer un viaje nocturno, que es de por sí muy monótono.

—Oh, esta noche no puede calificarse en absoluto de monótona —dijo, rompiendo a reír.

Reía con toda el alma, en tono estridente, echándose hacia atrás y golpeándose los costados. Todo mi instinto médico reaccionó alarmado ante aquella risa.

—¡Basta! —grité—. ¡Contrólese, por favor!

Le escancié un poco de agua de una garrafa. No sirvió de nada. Era víctima de uno de esos ataques histéricos que sufren las personas de carácter fuerte tras una grave crisis. Por fin consiguió serenarse, pero quedó exhausto.

—Estoy haciendo el ridículo —jadeó.

—En absoluto. Beba esto.

Añadí al agua un chorrito de brandy, y el color empezó a regresar a las mejillas de mi paciente.

—¡Ya me siento mejor! —dijo—. Y ahora, doctor, quizá pueda echar usted una ojeada a mi dedo pulgar, o, mejor dicho, al lugar que antes ocupaba mi dedo pulgar.

Desenrolló el pañuelo y extendió la mano. Incluso mis nervios endurecidos se estremecieron al mirarla. Tenía cuatro dedos extendidos y una horrible superficie roja y esponjosa allí donde debería haber estado el pulgar. Se lo habían cercenado o arrancado de cuajo.

«Desenrolló el pañuelo y extendió la mano.»

—¡Santo cielo! —exclamé—. Es una herida espantosa. Tiene que haber sangrado mucho.

—Ya lo creo. En el primer momento me desmayé, y me parece que permanecí mucho tiempo sin sentido. Cuando recuperé el conocimiento todavía sangraba. Me até fuertemente un pañuelo a la muñeca y lo sujeté por medio de un palo.

—Excelente. Usted debería haber sido médico.

—Verá, en el fondo es una cuestión de hidráulica y entraba por tanto en mi especialidad.

—Esto se ha hecho con un instrumento muy pesado y cortante —dije, al examinar la herida.

—Una especie de cuchillo de carnicero —dijo él.

—Supongo que fue un accidente.

—De eso nada.

—¿Cómo? ¿Fue una agresión criminal?

—De lo más criminal.

—Me horroriza usted.

Pasé una esponja por la herida, la limpié, la curé y, por último, la envolví en algodón y vendajes carbolizados. Él me dejó hacer sin pestañear, aunque se mordía el labio.

—¿Qué tal? —le pregunté cuando terminé.

—¡Magnífico! Entre el brandy y el vendaje soy un hombre nuevo. Me sentía muy débil, pero es que esta noche me han ocurrido multitud de cosas.

—Tal vez sea mejor que no hable del asunto. Es evidente que le altera los nervios.

—¡Oh, no, ahora ya no! Tendré que contárselo todo a la policía. Pero, entre nosotros, le diré que, a no ser por la convincente evidencia de mi herida, me sorprendería que dieran crédito a mi declaración, pues se trata de una historia extraordinaria y no tengo demasiadas pruebas para respaldarla. Y, aunque me creyeran, las pistas que puedo darles son tan imprecisas que difícilmente podría hacerse justicia.

—¡Vaya! —exclamé—. Si se trata de un problema que usted desea ver resuelto, le recomiendo encarecidamente que vea a mi amigo, el señor Sherlock Holmes, antes de acudir a la policía.

—Ya he oído hablar de este individuo —respondió mi paciente—, y me gustaría mucho que se ocupase del caso, aunque desde luego también tendré que ir a la policía. ¿Podría suministrarme usted una nota de presentación?

—Haré algo mejor. Le acompañaré yo mismo a verle.

—Le quedaré inmensamente agradecido.

—Voy a llamar un coche e iremos juntos. Llegaremos a tiempo para tomar un pequeño desayuno con él. ¿Se siente usted con ánimos?

—Sí. No estaré tranquilo hasta haber contado mi historia.

—Entonces mi sirvienta pedirá el coche y yo estaré con usted en unos momentos.

Corrí escalera arriba, le expliqué en pocas palabras el asunto a mi esposa, y antes de cinco minutos estaba metido en un carruaje con mi nuevo amigo, rumbo a Baker Street.

Tal como me había figurado, Sherlock Holmes estaba haraganeando en su sala, cubierto con un batín, leyendo la columna de sucesos del *Times,* y fumando su pipa de antes del desayuno, compuesta por los residuos que habían quedado de las pipas del día anterior, cuidadosamente secados y amontonados en una esquina de la repisa de la chimenea. Nos recibió con su discreta amabilidad habitual, pidió más beicon y más huevos, y compartimos un sustancioso desayuno. Al terminar, instaló al nuevo cliente en el sofá, le colocó un cojín debajo de la cabeza y le puso una copa de brandy con agua al alcance de la mano.

—Es fácil ver que ha pasado usted por una experiencia poco corriente, señor Hatherley —le dijo—. Por favor, póngase cómodo y considérese como en su propia casa. Cuéntenos lo que pueda, pero deténgase cuando se sienta fatigado y recupere fuerzas con un trago.

—Gracias —dijo mi paciente—. Me siento otro hombre desde que el doctor me vendó y creo que su desayuno ha completado la cura. Intentaré abusar lo mínimo de su valioso

«Instaló al nuevo cliente en el sofá.»

tiempo y empezaré a narrar de inmediato mi extraordinaria experiencia.

Holmes se arrellanó en su butaca, con esa expresión fatigada y soñolienta que enmascara su temperamento sagaz y despierto, mientras yo me sentaba delante de él, y ambos escuchamos en silencio el singular relato de nuestro visitante.

—Deben saber ustedes —dijo— que soy huérfano y estoy soltero, y vivo solo en un apartamento de Londres. Tengo la profesión de ingeniero hidráulico y adquirí una experiencia considerable durante los siete años de aprendizaje que pasé en Venner and Matheson, la conocida empresa de Greenwich. Hace dos años, cumplido ya mi periodo de prácticas, y disponiendo además de una buena suma de dinero que heredé a la muerte de mi pobre padre, decidí establecerme por mi cuenta y alquilé un despacho en Victoria Street.

»Supongo que, al principio, emprender un negocio independiente es una experiencia dura para todo el mundo. Para mí lo ha sido de modo excepcional. Durante dos años no he tenido más que tres consultas y un trabajo de poca monta, y eso es absolutamente todo lo que mi profesión me ha proporcionado. Mis ingresos brutos ascienden a veintisiete libras y tres chelines. Todos los días, de nueve de la mañana a cuatro de la tarde, aguardaba en mi pequeño cubil, hasta que por fin empecé a desanimarme y llegué a creer que nunca conseguiría clientes.

»Sin embargo, ayer, justo cuando pensaba dejar la oficina, entró mi secretario a decirme que un caballero quería verme para tratar de negocios. Me entregó además una tarjeta con el nombre «Coronel Lysander Stark» grabado en ella. Pisándole los talones, entró el propio coronel en persona. Un hombre de estatura muy superior a la media, pero extraordinariamente delgado. No creo haber visto nunca un hombre tan flaco. Su cara se afilaba hasta llegar a la nariz y la barbilla, y la piel de sus mejillas se tensaba sobre los prominentes huesos. No obstante, tal delgadez parecía natural en él y no debida a ninguna

«Coronel Lysander Stark»

enfermedad, porque su mirada era brillante, su paso vivo y su porte firme. Vestía con sencillez pero con pulcritud, y su edad me pareció más próxima a los cuarenta que a los treinta.

»—¿El señor Hatherley? —preguntó con un ligero acento alemán—. Usted me ha sido recomendado, señor Hatherley, como persona, no solo eficiente en su profesión, sino discreta y capaz de guardar un secreto.

»Hice una inclinación, y me sentí tan halagado como cualquier otro joven ante semejante preámbulo.

»—¿Puedo preguntarle quién le ha dado una imagen tan favorable de mí? —pregunté.

»—Tal vez sea mejor que de momento no se lo diga. He sabido a través de la misma fuente que es usted huérfano y soltero y que vive solo en Londres.

»—Completamente cierto —respondí—, pero perdone que le pregunte qué relación puede guardar esto con mi competencia profesional. He entendido que quería usted verme para una cuestión de trabajo.

»—En efecto. Pero ya verá usted que todo cuanto digo guarda relación con el asunto. Tengo un encargo profesional para usted, pero el secreto absoluto es completamente esencial. Secreto absoluto, ¿me entiende? Y, por supuesto, es más fácil esperarlo de un hombre que vive solo que de otro que vive en el seno de una familia.

»—Si yo prometo guardar un secreto —dije—, puede estar absolutamente seguro de que así lo haré.

»Me miró muy fijamente mientras yo hablaba, y a mí me pareció no haber visto jamás una mirada tan inquisitiva y suspicaz.

»—¿Lo promete, pues?

»—Sí, lo prometo.

»—¿Silencio completo y absoluto, antes, durante y después? ¿Ninguna referencia al asunto, ni de palabra ni por escrito?

»—Ya le he dado mi palabra.

»—Muy bien.

»De pronto se levantó, atravesó la habitación como un rayo y abrió la puerta de par en par. El pasillo estaba vacío.

»—Todo en orden —dijo, mientras volvía a sentarse—. Sé que los empleados sienten a veces curiosidad por los asuntos de sus jefes. Ahora podemos hablar tranquilos.

»Aproximó su silla a la mía y empezó a escudriñarme con la misma mirada inquisitiva y recelosa.

»Yo empezaba a experimentar cierta repulsión, junto con algo parecido al miedo, ante la extraña actitud de aquel hombre esquelético. Ni siquiera el temor a perder un cliente me impidió dar muestras de impaciencia.

»—Le ruego que me exponga lo que sea, señor —le dije—. Mi tiempo es valioso.

»¡Que Dios me perdone esta última frase, porque las palabras salieron solas de mis labios!

»—¿Qué le parecerían cincuenta guineas por una noche de trabajo? —me preguntó.

»—Me parecería fantástico.

»—He dicho una noche de trabajo, pero hablar de una hora sería más exacto. Quiero simplemente su opinión sobre una prensa hidráulica que se ha estropeado. Si nos dice en qué consiste la avería, nosotros mismos nos ocuparemos de repararla. ¿Qué le parece el trabajo?

»—El trabajo parece fácil y la paga generosa.

»—Exacto. Nos gustaría que fuera allí esta misma noche, en el último tren.

»—¿Adónde?

»—A Eyford, en Berkshire. Es un pueblecito cercano a los límites de Oxfordshire y a menos de siete millas de Reading. Hay un tren desde Paddington que le dejará allí hacia las once y cuarto.

»—Muy bien.

»—Iré a esperarle en un coche.

»—¿Hay que hacer un trayecto en coche después?

»—Sí, nuestra localidad se adentra en la campiña. Está a unas siete millas de la estación de Eyford.

»—En tal caso, no creo que podamos llegar antes de medianoche. Supongo que no habrá posibilidad de regresar en tren y que tendré que pernoctar allí.

»—Sí, pero no habrá dificultad en proporcionarle una litera.

»—Resultará bastante incómodo. ¿No podría acudir a otra hora más conveniente?

»—Nos ha parecido mejor que vaya usted de noche. Para compensarle por la incomodidad le pagamos a usted, un joven desconocido, unos honorarios con los que podríamos obtener el dictamen de las figuras más prestigiosas de la profesión. No obstante, si usted prefiere abandonar el asunto, no necesito decirle que aún está a tiempo de hacerlo.

»Pensé en las cincuenta guineas y en lo bien que me vendrían.

»—Nada de eso —dije—. Tendré mucho gusto en acomodarme a sus deseos. Sin embargo, me gustaría tener una idea más clara de lo que quieren que haga.

»—Desde luego. Es muy natural que la promesa de secreto que le hemos exigido despierte su curiosidad. No tengo intención de comprometerle en nada sin habérselo explicado antes. Supongo que estamos totalmente a salvo de oídos indiscretos.

»—Totalmente.

»—En tal caso, el asunto es el siguiente. Probablemente esté usted enterado de que la tierra de batán es un producto valioso, que en Inglaterra solo se encuentra en uno o dos lugares.

»—Eso he oído.

»—Hace algún tiempo adquirí una pequeña propiedad, muy pequeña, a diez millas de Reading. Tuve la suerte de descubrir que en uno de mis campos había un yacimiento de tierra de batán. Al examinarlo, comprobé que se trataba de un filón relativamente escaso, pero que formaba un puente entre otros dos, mucho mayores, situados a derecha y a izquierda, ambos, no obstante, en tierra de mis vecinos. Aquella buena gente ignoraba por completo que su propiedad contuviera algo prácticamente tan valioso como una mina de oro. A mí, claro, me interesaba comprar sus tierras antes de que descubrieran su auténtico valor, pero, por desgracia, carecía del capital para hacerlo. Confié el secreto a unos pocos amigos, y ellos me propusieron explotar, sin que nadie se enterara, nuestro pequeño yacimiento, y reunir así el dinero que nos permitiría adquirir los campos vecinos. Lo venimos haciendo desde hace un tiempo, y, para ayudarnos en nuestro trabajo, hemos instalado una prensa hidráulica. Esta prensa, como ya le he explicado, se ha estropeado, y queremos que usted nos aconseje al respecto. Pero guardamos nuestro secreto celosamente, y, si se llegara a saber que acuden a nuestra casa ingenieros hidráulicos, alguien podía sentir curiosidad, y, si salieran a relucir los hechos, adiós posibilidad de hacernos con los campos y llevar a cabo nuestros planes. Por eso le he hecho prometer que no dirá a nadie que esta noche irá a Eyford. Espero haberme explicado con claridad.

»—Lo he comprendido perfectamente —dije—. Lo único que no acabo de entender es para qué les sirve una prensa hidráulica en la extracción de la tierra, que, según tengo entendido, se extrae como la grava de un pozo.

»—¡Ah! —dijo, sin darle importancia—. Tenemos nuestros propios procedimientos. Comprimimos la tierra en ladrillos, para poder transportarlos sin que se sepa qué son. Pero se trata de meros detalles. Ahora ya se lo he revelado todo, señor Hatherley, y le he demostrado que confío en usted —prosiguió, mientras se levantaba—. Le espero en Eyford a las once y cuarto.

«—Y ni una palabra a nadie.»

»—No faltaré.

»—Y ni una palabra a nadie.

»Me dirigió una última mirada, inquisitiva y prolongada, y después, tras estrecharme la mano en un apretón frío y húmedo, salió presuroso de mi despacho.

»Pues bien, cuando pensé en ello con calma, me sorprendió mucho, como pueden imaginar, aquel repentino trabajo que se me había encomendado. Por una parte estaba, como es natural, contento, pues los honorarios eran como mínimo diez veces superiores a lo que yo habría pedido de haber fijado precio, y era además posible que a raíz de este encargo surgieran otros. Pero, por otra parte, el aspecto y los modales de mi cliente me habían causado una pésima impresión, y no acababa de convencerme de que su explicación sobre la tierra de batán bastara para justificar hacerme ir a medianoche, ni su machacona insistencia en que no hablara a nadie del trabajo. Sin embargo, acabé por disipar todos mis temores, tomé una buena cena, cogí un coche hasta Paddington y emprendí el viaje. Había obedecido al pie de la letra la orden de guardar silencio.

»En Reading tuve que cambiar no solo de tren sino también de estación, pero tuve tiempo de alcanzar el último tren a Eyford, a cuya pequeña estación mal iluminada llegué pasadas las once. Fui el único pasajero que se apeó allí, y en el andén no había nadie, salvo un soñoliento mozo de equipajes con una linterna. No obstante, al salir vi al individuo que había conocido por la mañana, que me esperaba entre las sombras al otro lado de la calle. Sin mediar palabra, me cogió del brazo y me introdujo a toda prisa en un carruaje, que mantenía la puerta abierta. Subió las ventanillas de ambos lados, dio unos golpecitos en la madera y salimos a toda la velocidad de que era capaz el caballo.

—¿Un caballo? —le interrumpió Holmes.

—Sí, solo uno.

—¿Se fijó usted en el color?

—Lo vi a la luz de los faroles, mientras subía al coche. Era castaño.

—¿Parecía cansado o estaba fresco?

—Oh, estaba fresco y reluciente.

—Gracias. Lamento haberle interrumpido. Continúe, por favor, su interesantísima exposición.

—Como le decía, salimos aprisa y viajamos durante al menos una hora. El coronel Lysander Stark había dicho que estaba solo a siete millas, pero, a juzgar por la velocidad que llevábamos y por lo que duró el trayecto, yo diría que más bien eran doce. El permaneció todo el trayecto a mi lado en silencio; y advertí, más de una vez, al mirarle, que mantenía la vista fija en mí. En aquella parte del mundo, las carreteras rurales no parecían encontrarse en muy buen estado, pues dábamos terribles tumbos y bandazos. Intenté mirar por las ventanillas para ver por dónde íbamos, pero eran de cristal esmerilado y no dejaban ver nada, excepto una luz borrosa y fugaz de vez en cuando. En un par de ocasiones, aventuré un comentario para romper la monotonía del viaje, pero el coronel solo me respondió con monosílabos, y la conversación decayó de inmediato. Finalmente, el traqueteo del camino fue sustituido por la lisa uniformidad de un sendero de grava, y el carruaje se detuvo. El coronel Lysander Stark se apeó de un salto, y, cuando yo bajé tras él, me empujó rápidamente hacia un porche que se abría ante nosotros. Podría decirse que pasamos directamente del coche al vestíbulo, de modo que no pude echar siquiera un vistazo a la fachada de la casa. En cuanto crucé el umbral, la puerta se cerró de golpe a nuestras espaldas y oí el traqueteo de las ruedas del coche al alejarse.

»En el interior de la casa reinaba una oscuridad absoluta, y el coronel buscó a tientas una cerilla, mientras rezongaba en voz baja. De pronto se abrió una puerta al otro extremo del pasillo y un largo rayo de luz dorada se proyectó hacia nosotros. Se fue ensanchando, y apareció una mujer con un farol en la mano. Lo levantaba por encima de su cabeza y adelantaba el rostro para mirarnos. Pude observar que era muy bonita, y, por el brillo que provocaba la luz en su vestido negro, comprendí que la tela era de calidad. Dijo unas palabras en un idioma extranjero y en tono interrogativo y, cuando mi acompañante correspondió con un ronco monosílabo, experimentó tal sobresalto que casi se le cayó el farol. El coronel Stark corrió hacia ella, le susurró algo al oído y luego, tras empujarla dentro de la habitación de donde había salido, regresó a mi lado sosteniendo el farol en la mano.

»—¿Tendría usted la amabilidad de aguardar aquí unos minutos? —dijo mientras me abría otra puerta.

»Era una habitación pequeña y recogida, amueblada con sencillez, con una mesa redonda en el centro, sobre la cual había varios libros en alemán. El coronel Stark colocó el farol encima de un armario situado junto a la puerta.

»—No le haré esperar mucho —dijo, y desapareció en la oscuridad.

»Eché una ojeada a los libros que había encima de la mesa y, pese a mi desconocimiento del alemán, pude advertir que dos de ellos eran tratados científicos, y los demás, volúmenes de poesía. Me acerqué a la ventana, con la esperanza de otear el campo, pero estaba cerrada con postigos de roble y barras de hierro. Reinaba en la casa una quietud mortal. En algún lugar del pasillo se oía el sonoro tic-tac de un viejo reloj, pero por lo demás el silencio era absoluto. Empezó a adueñarse de mí una rara inquietud. ¿Quiénes eran aquellos alemanes y qué hacían en aquel lugar extraño y apartado? ¿Y dónde estábamos? A unas millas de Eyford, eso era todo lo que yo sabía, pero ignoraba si al norte, al sur, al este o al oeste. Por otra parte, Reading y posiblemente otras poblaciones de cierto relieve se encontraban dentro de aquel radio, por lo que cabía la posibilidad de que la casa no estuviese a fin de cuentas tan aislada. El absoluto silencio no dejaba, sin embargo, lugar a dudas de que nos encontrábamos en pleno campo. Para elevarme el ánimo, caminé de un extremo al otro de la habitación, tarareando entre dientes una cancioncilla, y diciéndome que me estaba ganando a conciencia mis honorarios de cincuenta guineas.

»De pronto, sin que ningún sonido preliminar lo advirtiera, se abrió despacio la puerta de mi habitación. La mujer apareció en el hueco de la puerta, con la oscuridad del vestíbulo a sus espaldas y la luz amarilla de mi farol inundando su rostro hermoso y angustiado. Bastaba una ojeada para advertir que estaba enferma de miedo, y advertirlo me produjo escalofríos. Ella levantó un dedo tembloroso, para indicarme que guardara silencio, y me susurró unas entrecortadas palabras en defectuoso inglés, mientras sus ojos miraban como los de un caballo asustado hacia la oscuridad que tenía a sus espaldas.

»—Yo me iría —dijo, haciendo un gran esfuerzo por guardar la calma—. Yo de usted me iría. No se quede aquí. No es bueno para usted quedarse aquí.

»—Pero, señora —dije—, todavía no he hecho lo que he venido a hacer. No puedo marcharme sin haber visto la máquina.

»—No vale la pena que espere —siguió diciendo la mujer—. Puede salir por la puerta y nadie se lo impedirá.

»Al ver que yo sonreía y denegaba con la cabeza, abando-

«—¡Salga de aquí antes de que sea demasiado tarde!»

nó de repente toda compostura y dio un paso hacia mí con las manos entrelazadas.

»—¡Por amor de Dios! —exclamó—. ¡Salga de aquí antes de que sea demasiado tarde!

»Pero yo soy testarudo por naturaleza, y basta que en un asunto surja algún obstáculo para que sienta más ganas de meterme en él. Pensé en mis cincuenta guineas, en el fatigoso viaje y en la desagradable noche que me aguardaba. ¿Y todo habría sido en balde? ¿Por qué había de escapar sin haber realizado mi trabajo y sin haber recibido la paga que me correspondía? Aquella mujer bien podía ser una maníaca. Así pues, volví a negar enérgicamente con la cabeza, aunque su comportamiento me había afectado más de lo que estaba dispuesto a admitir, e iba a repetirle mi intención de quedarme allí, y ella estaba a punto de insistir en sus súplicas, cuando sonó un portazo en el piso de arriba y se oyó el rumor de varios pasos en la escalera. La mujer escuchó un instante, levantó las manos en un gesto de desesperación y se esfumó tan súbita y silenciosamente como había venido.

»Los que llegaban eran el coronel Lysander Stark y un hombre bajo y rechoncho, con una barba hirsuta como chinchilla creciéndole entre los pliegues de su doble papada, y que me fue presentado como el doctor Ferguson.

»—Es mi secretario y administrador —dijo el coronel—.

Por cierto, tenía la impresión de haber dejado esta puerta cerrada. Le habrá entrado a usted frío.

»—Al contrario —repliqué—. La he abierto yo, porque la habitación me parecía un poco claustrofóbica.

»Me dirigió una de sus miradas recelosas.

»—Quizá sea mejor ponerse manos a la obra. El señor Ferguson y yo le acompañaremos a ver la máquina.

»—Tendré que ponerme el sombrero, supongo.

»—Oh, no hace falta. Está dentro de la casa.

»—¿Cómo? ¿Extraen tierra de batán dentro de la casa?

»—No, no. Aquí solo la comprimimos. Pero no se preocupe. Lo único que queremos de usted es que examine la máquina y nos diga qué le pasa.

»Subirnos juntos al piso de arriba. Delante el coronel con la lámpara, detrás el obeso administrador, y yo cerrando la marcha. La casa era un verdadero laberinto, con pasillos, corredores, estrechas escaleras de caracol y puertecillas bajas de umbrales desgastados por las generaciones que habían cruzado por ellos. Por encima de la planta baja no había alfombras ni rastro de muebles, el revoco se desprendía de las paredes y se veían manchones verdes y malsanos de humedad. Me esforcé en adoptar un aire lo más despreocupado posible, pero no había olvidado las advertencias de la mujer, aunque no hubiera hecho caso de ellas, y no les quitaba ojo de encima a mis acompañantes. Ferguson parecía un tipo malhumorado y silencioso pero, por lo poco que dijo, supe que era por lo menos compatriota mío.

»El coronel Lysander Stark se detuvo por fin ante una puerta baja y abrió la cerradura. Daba a un cuartito cuadrado, donde apenas había sitio para los tres.

»Ferguson se quedó fuera y el coronel me hizo pasar.

»—Ahora —dijo— nos encontramos dentro de la prensa hidráulica, y sería bastante desagradable para nosotros que alguien la pusiera en marcha. El techo de este cuartito es en realidad el extremo del émbolo que desciende con la fuerza de muchas toneladas sobre ese suelo metálico. Fuera hay unos pequeños cilindros laterales de agua, que reciben la fuerza y que la transmiten y multiplican del modo que le es familiar. La máquina se pone en marcha, pero con cierta rigidez, y ha perdido potencia. ¿Tendrá usted la amabilidad de echarle un vistazo y explicarnos cómo podemos repararla?

»Le cogí la lámpara e inspeccioné a conciencia la máquina. Era, desde luego, gigantesca y capaz de ejercer una presión enorme. Sin embargo, cuando pasé al exterior y accioné las palancas del control, supe al instante, por el siseo que se produjo, que había una pequeña fuga de agua en uno de los cilindros laterales. Un nuevo examen reveló que una de las bandas de caucho que rodeaban el cabezal de un eje impulsor se había encogido y no llenaba por entero el cilindro por el que se deslizaba. Aquella era evidentemente la causa de la pérdida de potencia, y así se lo hice saber a mis acompañantes, que escucharon con gran atención mis palabras e hicieron varias preguntas de tipo práctico sobre el modo de corregir la avería. Tras explicárselo con toda claridad, volví a entrar en la cámara y le eché un buen vistazo para satisfacer mi propia curiosidad. Bastaba una sola mirada para advertir que la historia de la tierra de batán era pura invención, porque carecería de sentido utilizar una máquina tan potente para unos fines tan inadecuados. Las paredes eran de madera, pero el suelo consistía en una gran plancha de hierro y, cuando me agaché a examinarla, pude advertir una capa de sedimento metálico en toda su superficie. Estaba en cuclillas, rascándolo para descubrir qué era exactamente aquello, cuando oí mascullar una sorda exclamación en alemán y vi el rostro cadavérico del coronel que me miraba desde arriba.

»—¿Qué está usted haciendo? —preguntó.

»Yo estaba furioso al ver que me habían engañado con una historia tan descabellada como aquella que me habían contado.

»—Estaba admirando su tierra de batán. Creo que sería capaz de aconsejarle mejor acerca de su máquina si conociera el propósito exacto para el que la utiliza.

»En el mismo instante de pronunciar estas palabras lamenté mi atrevimiento. La expresión del coronel se endureció y se encendió en sus ojos una luz siniestra.

»—De acuerdo —dijo—. Va a saberlo usted todo acerca de la máquina.

»Dio un paso atrás, cerró de golpe la puertecilla e hizo girar la llave en la cerradura. Yo me precipité contra la puerta y tiré del picaporte, pero estaba bien sujeto, y la puerta resistió todas mis patadas y empujones.

«Me precipité contra la puerta.»

»—¡Oiga! —grité—. ¡Oiga usted! ¡Sáqueme de aquí!

»Y entonces, en el silencio de la noche, oí de pronto un sonido que me heló la sangre en las venas. Era el chasquido metálico de las palancas y el silbido del escape del cilindro. Habían puesto la máquina en funcionamiento. La lámpara seguía en el suelo donde yo la había dejado al examinarlo. A su luz pude advertir que el negro techo descendía sobre mí, despacio y a sacudidas, pero, como yo sabía mejor que nadie, con una fuerza que en menos de un minuto me reduciría a una pulpa informe. Me arrojé contra la puerta gritando y forcejeé en la cerradura con las uñas. Imploré al coronel que me dejara salir, pero el implacable chasquido de las palancas sofocó mis gritos. El techo estaba ya solo a dos o tres pies de mi cabeza y levantando la mano pude palpar su dura y rugosa superficie. Entonces se me ocurrió que mi muerte iba a ser más o menos dolorosa según la posición en que yo me encontrara. Si me tumbaba boca abajo, el peso caería sobre mi columna vertebral y me estremecí al imaginar el terrible chasquido. Tal vez fuera mejor al revés, pero ¿tendría suficiente sangre fría para quedar quieto y tumbado, viendo descender oscilante sobre mí aquella mortífera sombra negra? Ya me resultaba imposible permanecer de pie, cuando mis ojos vislumbraron algo que inyectó en mi corazón un soplo de esperanza.

»He dicho que, si bien el techo y el suelo eran de hierro, las paredes eran de madera. Al echar una última apresurada mirada a mi alrededor, descubrí una fina hendidura de luz amarillenta entre dos de las tablas, que se ensanchaba más y más al empujar hacia atrás un pequeño panel. Durante unos instantes casi no me atreví a creer que allí se abría una puerta por la que escapar a la muerte. Un momento después, me lancé a través de ella y caí, medio desvanecido, al otro lado. El panel se había vuelto a cerrar a mis espaldas, pero el crujido de la lámpara al romperse y, poco después, el choque de las dos planchas de metal me indicaron que había escapado por los pelos.

»Un frenético tirón de la muñeca me hizo volver en mí, y me encontré en el suelo de piedra de un estrecho pasillo. Había una mujer inclinada sobre mí, y tiraba de mi brazo con la mano izquierda mientras sostenía una vela en la derecha. Era la misma buena amiga cuyas advertencias había rechazado yo tan imprudentemente.

»—¡Vamos! ¡Vamos! —gritaba sin aliento—. ¡Los tendremos aquí dentro de un momento! ¡Verán que usted no está allí! ¡No pierda un tiempo precioso! ¡Vamos!

»Esta vez no desoí su consejo. Me levanté tambaleante, corrí con ella por el pasillo, bajamos una escalerilla de caracol. Esta conducía a otro corredor más amplio y, justo cuando llegábamos a él, oímos ruido de pies que corrían y gritos de dos voces, una respondiendo a la otra, en el piso donde estábamos y en el de abajo. Mi guía se detuvo y miró a su alrededor, como si hubiera agotado sus recursos. Después abrió una puerta que daba a un dormitorio, a través de cuya ventana brillaba la luna.

»—¡Es su única oportunidad! —me dijo—. Está a bastante altura, pero quizá consiga usted saltar.

»Mientras decía estas palabras, surgió una luz en el extremo opuesto del corredor, y vi la flaca figura del coronel Lysander Stark que corría hacia nosotros con una linterna en una mano y un arma parecida a un cuchillo de carnicero en la otra. Atravesé a toda prisa la habitación, abrí la ventana y me asomé al exterior. ¡Qué tranquilo, acogedor y agradable parecía el jardín a la luz de la luna! La ventana no podía estar a más de treinta pies de altura. Me encaramé al antepecho, pero decidí no saltar hasta haber oído lo que sucedía entre mi salvadora y el rufián que me perseguía. Si él la maltrataba, yo estaba decidido a acudir en su ayuda pasara lo que pasara. Apenas había tenido tiempo de pensar en ello, cuando él llegó a la puerta y apartó a la mujer de un empujón, pero ella le echó los brazos al cuello e intentó detenerlo.

»—¡Fritz! ¡Fritz! ¡Recuerda lo que me prometiste la última vez! —gritaba en inglés—. Dijiste que no volvería a ocurrir nunca. ¡Él no hablará! ¡Te aseguro que él no hablará!

»—¡Estás loca, Elisa! —gritó él, forcejeando para desprenderse de sus

«Me atacó con su arma.»

265

brazos—. ¡Serás nuestra ruina! Este hombre ha visto demasiado. ¡Te digo que me dejes pasar!

»La arrojó a un lado, corrió a la ventana y me atacó con su arma. Yo me había descolgado al otro lado y me sujetaba con las manos al alféizar cuando descargó el golpe. Sentí un dolor sordo, mi mano se desprendió y caí al jardín.

»La caída fue violenta, pero no sufrí daño alguno. Me incorporé, pues, y eché a correr con todas mis fuerzas entre los arbustos, porque comprendí que no estaba fuera de peligro. Y de pronto, mientras corría, se apoderó de mí un terrible mareo y estuve a punto de desmayarme. Me miré la mano, que palpitaba dolorosamente, y entonces vi por vez primera que me habían seccionado el pulgar y que la sangre salía a borbotones por la herida. Intenté vendármela con un pañuelo, pero me aturdió un repentino zumbido en los oídos y un instante más tarde yacía desvanecido entre los rosales.

»No podría decir cuánto tiempo permanecí inconsciente. Tuvo que ser bastante prolongado, porque cuando recuperé el sentido se había ocultado la luna y despuntaba un radiante amanecer. Tenía las ropas empapadas de rocío y la manga de la chaqueta manchada de sangre de la herida. El dolor me trajo a la memoria en un instante todos los detalles de mi aventura nocturna, y me levanté de un salto, con la sensación de que todavía no me encontraba a salvo de mis perseguidores. Pero me llevé una gran sorpresa al mirar a mi alrededor y descubrir que no había rastro de la casa ni del jardín. Había estado tumbado junto a un seto al borde de la carretera. Un poco más abajo se veía un edificio largo, que al acercarme resultó ser la misma estación a la que había llegado la noche anterior. A no ser por la fea herida de mi mano, hubiera podido tomar todo lo ocurrido durante aquellas horas terribles por una pesadilla.

»Medio aturdido, llegué a la estación y pregunté por el tren de la mañana. Salía uno para Reading antes de una hora. Estaba de servicio el mismo mozo que había visto a mi llegada. Le pregunté si había oído hablar del coronel Lysander Stark. El nombre le era desconocido. ¿Se había fijado, la noche anterior, en el carruaje que me esperaba? No, no se había fijado. ¿Había una comisaría de policía cerca de allí? Sí, había una a unas tres millas.

»Era demasiado lejos para mí, débil y maltrecho como estaba. Decidí esperar hasta llegar a Londres para contarle mi historia a la policía. Eran poco más de las seis cuando llegué. Fui en primer lugar a que me curaran la herida, y después el doctor ha tenido la amabilidad de traerme aquí. Pongo el caso en sus manos y haré exactamente lo que usted me aconseje.

Ambos guardamos silencio unos minutos, tras escuchar un relato tan extraordinario. Finalmente Sherlock Holmes cogió de un estante uno de los voluminosos libros donde guardaba sus recortes.

—Aquí hay un anuncio que puede interesarle —dijo—. Apareció en todos los periódicos hace aproximadamente un año. Escuche esto: «Desaparecido el nueve del corriente el señor Jeremiah Hayling, veintiséis años, ingeniero hidráulico. Salió de su domicilio a las diez de la noche y no se le ha vuelto a ver. Vestía...». Ajá. Imagino que fue la última vez que el coronel necesitó arreglar su máquina.

—¡Cielo santo! —exclamó mi paciente—. Esto explica lo que dijo la mujer.

—Sin duda alguna. Es evidente que el coronel es un hombre frío y temerario, absolutamente decidido a que nada se interponga en su camino, como aquellos piratas desalmados que no dejaban supervivientes en los buques que capturaban. Bien, no hay tiempo que perder, así que, si se siente usted con fuerzas para ello, haremos ahora mismo una visita a Scotland Yard como paso previo a nuestro viaje a Eyford.

Unas tres horas más tarde, nos encontrábamos todos en el tren que salía de Reading con destino al pueblecito de Berkshire. Éramos Sherlock Holmes, el ingeniero hidráulico, el inspector Bradstreet de Scotland Yard, un agente de paisano y yo. Bradstreet había desplegado sobre el asiento un mapa militar de la región y estaba muy ocupado trazando con sus compases un círculo que tenía Eyford como centro.

—Aquí está —dijo—. Este círculo tiene un radio de diez millas a partir del pueblo. El sitio que buscamos debe estar en algún punto cercano a esta línea. Habla usted de diez millas, ¿no es cierto, señor?

—Una hora de trayecto, a buena velocidad.

—¿Y cree que lo trajeron de regreso cuando estaba usted inconsciente?

—Tuvo que ser forzosamente así. Conservo un vago recuerdo de haber sido levantado y transportado a alguna parte.

—Lo que no acabo de entender —intervine yo— es por qué no lo mataron cuando lo encontraron desmayado en el jardín. Puede que el asesino se ablandara ante las súplicas de la mujer.

—No lo creo probable. No he visto en toda mi vida un rostro tan implacable.

—Bien, pronto aclararemos esto —dijo Bradstreet—. Y ahora, una vez trazado el círculo, solo me gustaría saber en qué punto del mismo podemos encontrar a la gente que buscamos.

—Creo que podría señalarlo con el dedo —dijo Holmes, tranquilamente.

—¡Válgame Dios! —exclamó el inspector—. ¡Ya se ha formado una opinión! Veamos qué opinan los demás. Yo digo que está al sur, porque es la zona menos poblada de la región.

—Y yo me inclino por el este —dijo mi paciente.

—Pues yo por el oeste —apuntó el agente de paisano—. Por esa parte hay varios pueblecitos muy tranquilos.

—Y yo voto por el norte —afirmé—. Por allí no hay colinas, y nuestro amigo asegura que no observó que el coche subiera ninguna cuesta.

—¡Vaya! —dijo el inspector echándose a reír—. No puede haber mayor diversidad de opiniones. Hemos recorrido toda la brújula. ¿A quién apoya usted con el voto decisivo, señor Holmes?

—Todos se equivocan.

—Pero no nos podemos equivocar todos.

—Oh, sí pueden hacerlo. Yo voto por este punto —dijo, mientras apoyaba un dedo en el centro del círculo—. Es aquí donde los encontraremos.

—Pero ¿y el recorrido de doce millas? —protestó Hatherley.

—Seis millas de ida y seis millas de vuelta. No puede ser más sencillo. Usted mismo dijo que el caballo estaba fresco y reluciente cuando subió al coche. ¿Cómo podía ser así, si había recorrido doce millas por caminos accidentados?

—Bueno, es un truco bastante verosímil —reconoció Bradstreet pensativo—. Y, por supuesto, no hay dudas sobre a qué se dedica esa banda.

—Ninguna duda en absoluto —corroboró Holmes—. Son falsificadores de moneda a gran escala, y utilizan la máquina para la aleación que sustituye a la plata.

—Hace bastante tiempo que conocemos la existencia de una banda muy hábil —dijo el inspector—. Han puesto en circulación millares de monedas de media corona. Les seguimos la pista hasta Reading, pero no pudimos continuar, porque han borrado sus huellas con una pericia que delata a verdaderos expertos. Sin embargo ahora, gracias a este golpe de suerte, creo que les echaremos el guante.

Pero el inspector se equivocaba, pues aquellos criminales no estaban destinados a caer en manos de la justicia. Cuando entrábamos en la estación de Eyford, vimos ascender una gigantesca columna de humo tras una pequeña arboleda cercana. Se cernía sobre el paisaje como una inmensa pluma de avestruz.

—¿Una casa incendiada? —preguntó Bradstreet, mientras el tren arrancaba de nuevo y proseguía su camino.

—Sí, señor —respondió el jefe de estación.

—¿A qué hora se inició el fuego?

—He oído que durante la noche, señor, pero ha ido en aumento y ahora está todo en llamas.

—¿De quién es la casa?

—Del doctor Becher.

—Dígame —interrumpió el ingeniero—, ¿el doctor Becher es un alemán muy flaco con la nariz larga y afilada?

El jefe de estación se echó a reír con ganas.

—Nada de eso. El doctor Becher es inglés, y no hay en toda la parroquia un individuo que rellene mejor el chaleco. Pero en su casa vive un caballero, creo que un paciente, que sí es extranjero y al que, a juzgar por su aspecto, no le caería mal un buen filete.

«—¿Una casa incendiada?»

El jefe de estación no había terminado todavía de hablar y ya corríamos todos en dirección al incendio. La carretera remontaba una pequeña colina, y desde su cima pudimos ver ante nosotros un gran edificio encalado que vomitaba llamas por todas sus ventanas y aberturas, mientras en el jardín tres bombas de incendios trataban en vano de sofocar el fuego.

—¡Es aquí! —gritó muy excitado Hatherley—. ¡Este es el sendero de grava, y estos son los rosales donde caí! Aquella segunda ventana es la que utilicé para saltar.

—Al menos ha conseguido usted vengarse de ellos —le dijo Holmes—. No cabe duda de que fue su lámpara de aceite, al ser aplastada por la prensa, lo que prendió fuego a las paredes de madera. Pero esa gente estaba tan ocupada persiguiéndole que no se dio cuenta a tiempo. Ahora abra bien los ojos, por si puede reconocer entre este gentío a sus amigos de anoche, aunque mucho me temo que a estas horas se encuentren por lo menos a cien millas de aquí.

Los temores de Holmes se vieron confirmados, porque hasta la fecha no se ha vuelto a tener noticia de la hermosa mujer, el siniestro alemán y el sombrío inglés. A primera hora de aquella mañana, un campesino se había cruzado con un carruaje que rodaba veloz en dirección a Reading, cargado con varias personas y algunas cajas voluminosas, pero en este punto desaparecía la pista de los fugitivos, y ni siquiera el ingenio de Holmes fue capaz de descubrir el menor indicio de su paradero.

Los bomberos se sorprendieron mucho ante los extraños instrumentos que encontraron en la casa, y todavía más al descubrir un pulgar humano recién amputado en el alféizar de una ventana del primer piso. Hacia el atardecer sus esfuerzos dieron por fin resultado y lograron controlar el fuego, pero no sin que antes se desplomara el techo y en la casa, absolutamente reducida a escombros, no quedara ni rastro de la maquinaria que tan cara había costado a nuestro desdichado ingeniero. En un cobertizo adyacente se encontró grandes cantidades de níquel y de estaño, pero ni una sola moneda, lo cual podría explicar las voluminosas cajas que hemos mencionado.

El modo en que nuestro ingeniero hidráulico fue trasladado desde el jardín hasta el punto donde recuperó el conocimiento habría permanecido en el misterio, a no ser por el mantillo del jardín, que nos reveló una sencilla historia. Era evidente que lo habían transportado dos personas, una de ellas de pies muy pequeños y la otra con unos pies extraordinariamente grandes.

En resumen, parecía bastante probable que el taciturno inglés, menos audaz o menos sanguinario que su compañero, hubiera ayudado a la mujer a transportar al hombre inconsciente a un lugar donde estuviera a salvo.

—¡Bonito negocio he hecho! —dijo nuestro ingeniero en tono quejoso, mientras ocupábamos nuestros asientos para regresar a Londres—. He perdido un dedo, he perdido unos honorarios de cincuenta guineas, y ¿qué es lo que he ganado?

—Experiencia —dijo Holmes, echándose a reír—. En cierto aspecto, puede resultarle valiosa. Le basta ponerla en palabras, para ganarse reputación de ameno conversador durante el resto de su vida.

LA AVENTURA DEL ARISTÓCRATA SOLTERÓN

Hace ya mucho tiempo que el matrimonio de lord Saint Simon y su curioso desenlace han dejado de ser tema de interés en los selectos círculos donde se mueve el infortunado novio. Nuevos escándalos lo han eclipsado, y los detalles picantes de estos últimos han acaparado las habladurías y las han desviado de un drama que cuenta ya cuatro años de antigüedad. Sin embargo, como tengo razones para creer que la totalidad de los hechos no se ha revelado nunca al gran público, y dado que mi amigo Sherlock Holmes desempeñó un papel importante en el esclarecimiento del caso, considero que sus memorias no estarían completas si no incluyeran un breve esbozo de tan notable episodio.

Pocas semanas antes de mi propia boda, cuando aún compartía con Holmes las habitaciones de Baker Street, mi amigo encontró, al regresar de un paseo, una carta aguardándole encima de la mesa. Yo me había quedado en casa todo el día, porque el tiempo se había puesto repentinamente lluvioso, con fuertes vientos otoñales, y la bala que me había traído alojada en el cuerpo como recuerdo de mi campaña en Afganistán palpitaba con molesta persistencia. Con el tronco apoltronado en un asiento y las piernas reposando en otro, me había rodeado de una nube de periódicos, hasta que, saturado de noticias, los hice a un lado y quedé postrado e inerte, contemplado el escudo y las iniciales del sobre que había encima de la mesa, y preguntándome perezosamente quién sería el aristocrático corresponsal de mi amigo.

—Tiene usted una carta de lo más elegante —le comenté en cuanto entró—. Si no recuerdo mal, las de esta mañana procedían de un pescadero y de un empleado de aduanas.

—Sí, mi correspondencia tiene el encanto de la variedad —respondió Holmes con una sonrisa—. Y, por lo general, las cartas más humildes son las más interesantes. Esta parece una de esas odiosas invitaciones sociales que le obligan a uno a aburrirse como una ostra o a disculparse mintiendo como un bellaco.

Rompió el lacre y echó un vistazo al contenido del sobre.

—¡Vaya! ¡Puede que, a fin de cuentas, esto resulte interesante!

—¿Ningún acto social, pues?

—No, algo estrictamente profesional.

—¿De un cliente noble?

—De los más nobles de Inglaterra.

—Amigo mío, le felicito.

—Le aseguro, Watson, sin la menor afectación, que la categoría de un cliente me importa mucho menos que el interés

«Rompió el lacre y echó un vistazo al contenido del sobre.»

que ofrece su caso. Pero es posible que esta nueva investigación no carezca de él. Ha leído usted con atención los últimos periódicos, ¿no es cierto?

—Eso parece —dije melancólicamente, señalando la enorme cantidad de ellos que se amontonaban en un rincón—. No tenía otra cosa mejor que hacer.

—Es una suerte, porque quizá pueda ponerme a mí al corriente. Yo solo leo los sucesos y los anuncios de personas desaparecidas. Estos últimos son siempre instructivos. Pero, si usted ha seguido de cerca los recientes acontecimientos, habrá leído algo acerca de lord Saint Simon y su boda.

—Oh, sí, con el mayor interés.

—Estupendo. La carta que tengo entre las manos es de él. Se la voy a leer, y usted a cambio revisará esos periódicos y me enseñará lo que guarda relación con el asunto. He aquí lo que dice la carta:

> Estimado señor Sherlock Holmes:
> Lord Backwater me ha asegurado que puedo confiar plenamente en su juicio y en su discreción. Por lo tanto, he decidido visitarle y recabar su opinión respecto al penosísimo suceso acaecido en mi boda. El señor Lestrade, de Scotland Yard, se encuentra ya trabajando en el caso, pero me asegura que no hay inconveniente ninguno en que usted colabore, e incluso cree que dicha colaboración puede resultar de alguna ayuda. Pasaré por su casa a las cuatro de la tarde, y le agradecería que aplazase cualquier otro compromiso que pudiera tener a esta misma hora, ya que el asunto es de trascendental importancia.
> Su afectísimo,
>
> SAINT SIMON

—Fue escrita en Grosvenor Mansions, con pluma de ave, y el noble señor ha tenido la desgracia de mancharse de tinta la parte exterior del meñique derecho —comentó Holmes, volviendo a doblar la carta.

274

—Dice a las cuatro y ahora son las tres. Le tendremos aquí dentro de una hora.

—En tal caso dispongo del tiempo justo, contando con su ayuda, para ponerme al corriente de la situación. Revise esos periódicos y ordene los artículos por fechas, mientras yo averiguo quién es nuestro cliente.

Extrajo un volumen de tapas rojas de una hilera de libros de referencia que había junto a la repisa de la chimenea.

—Aquí está —dijo, sentándose y abriéndolo sobre sus rodillas—. «Lord Robert Walsingham de Vere Saint Simon, segundo hijo del duque de Balmoral»... ¡Hum! Escudo: campo de azur con tres abrojos en jefe sobre sable en banda. Nacido en 1846. Tiene, pues, cuarenta y un años, edad bastante madura para casarse. Fue subsecretario de Colonias en una administración anterior. El duque, su padre, ocupó durante un tiempo el ministerio de Asuntos Exteriores. Tiene sangre de los Plantagenet por vía directa y de los Tudor por vía materna. ¡Ajá! Bien, no veo nada aquí que resulte interesante. Creo que dependo de usted, Watson, para obtener algo más sustancioso.

—Me resultará muy fácil encontrar lo que busco —dije—, porque los hechos son recientes y el caso me llamó bastante la atención. Sin embargo, no me atreví a hablarle del tema, porque sabía que tenía una investigación entre manos y no le gusta que se entremezclen otras cuestiones.

—Ah, se refiere usted al insignificante problemilla del furgón de mudanzas de Grosvenor Square. Eso ya está aclarado de sobra, aunque de hecho era evidente desde un principio. Por favor, deme los resultados de su selección de prensa.

—Aquí está la primera noticia que he podido encontrar. Aparece en la columna de notas de sociedad del *Morning Post* y, como ve, lleva fecha de hace unas semanas. «Se ha concertado un matrimonio», dice, «que si los rumores son ciertos, tendrá lugar en breve, entre lord Robert Saint Simon, segundo hijo del duque de Balmoral, y la señorita Hatty Doran, hija única de Aloysius Doran, de San Francisco, California, Estados Unidos». Esto es todo.

—Escueto y conciso —comentó Holmes, extendiendo hacia el fuego sus largas y delgadas piernas.

—En las notas de sociedad de la misma semana aparece un párrafo que amplía lo anterior. ¡Ah, aquí lo tengo!

> Pronto será imprescindible establecer medidas proteccionistas en el mercado matrimonial, en vista de que el principio de libre comercio parece perjudicar decididamente nuestro producto nacional.
>
> Una tras otra, las grandes casas nobiliarias de Gran Bretaña van cayendo en manos de nuestras bellas primas de allende el Atlántico. Durante la última semana se ha sumando otro importante galardón a la lista de premios obtenidos por tan encantadoras invasoras. Lord Saint Simon, que durante más de veinte años se había mostrado inmune a las flechas del travieso diosecillo, ha anunciado oficialmente su próximo enlace con la señorita Hatty Doran, fascinante hija de un millonario californiano. La señorita Doran, cuya grácil figura y hermoso rostro llamaron poderosamente la atención en las fiestas de Westbury House, es hija única y se rumorea que su dote supera en mucho las seis cifras, con expectativas para el futuro. Si tenemos en cuenta que es un secreto a voces que el duque de Balmoral se ha visto forzado a vender su colección de pintura en los últimos años, y que lord Saint Simon carece de propiedades, exceptuando la pequeña finca de Birchmoor, parece evidente que la heredera californiana no es la única que sale beneficiada de una alianza que le permite realizar la sencilla y habitual transición de dama republicana a aristócrata británica.

—¿Algo más? —preguntó Holmes con un bostezo.

—Oh, sí, mucho más. Hay otra nota en el *Morning Post*, donde dice que la boda será un acto absolutamente privado, que se celebrará en Saint George, en Hanover Square, que solo se invitará a media docena de amigos íntimos y que luego todos se trasladarán a la casa adquirida en Lancaster Gate por el señor Aloysius Doran. Dos días más tarde... es decir, el miércoles pasado, aparece la breve noticia de que la boda ha tenido lugar y de que los novios están pasando la luna de miel en casa de los Backwater, cerca de Petersfield. Estas son todas las noticias que se publicaron antes de la desaparición de la novia.

—¿Antes de qué? —preguntó Holmes con un sobresalto.

—De la desaparición de la dama.

—¿Y cuándo desapareció?

—Durante el banquete de boda.

—¡Vaya! Esto se está poniendo más interesante de lo que prometía, y, de hecho, bastante teatral.

—Sí, me pareció que se salía de lo corriente.

—Muchas novias desaparecen antes de la ceremonia, y una que otra durante la luna de miel, pero no recuerdo que ninguna lo hiciera de modo tan precipitado. Por favor, deme detalles.

—Le advierto que son muy incompletos.

—Quizá podamos lograr que lo sean menos.

—Lo poco que se sabe figura en un único artículo publicado ayer por la mañana. Voy a leérselo. Se titula: «Extraño incidente en una boda de alto copete».

La familia de lord Robert Saint Simon ha quedado sumida en la mayor consternación ante los extraños y penosos sucesos relacionados con su boda. La ceremonia, tal como comunicaba brevemente la prensa de ayer, se había celebrado el día anterior, pero hasta hoy no ha sido posible confirmar los extraños rumores que circulaban de forma insistente. Pese a los esfuerzos de los amigos por silenciar el suceso, este ha atraído hasta tal punto la atención del público, que no serviría de nada fingir desconocer un tema que está en boca de todos.

La ceremonia, que tuvo lugar en la iglesia de Saint George, de Hanover Square, se celebró en privado, y asistieron solo el padre de la novia, Aloysius Doran, la duquesa de Balmoral, lord Backwater, lord Eustace y lady Clara Saint Simon —hermano y hermana menores del novio—, y lady Alice Whittington. A continuación, el cortejo se trasladó a la casa del señor Aloysius Doran, en Lancaster Gate, donde se había dispuesto el banquete. Al parecer se produjo allí un pequeño incidente provocado por una mujer, cuyo nombre no se ha podido confirmar, que intentó introducirse por la fuerza en la casa tras el cortejo nupcial, alegando que tenía que presentar cierta reclamación a lord Saint Simon. Tras una bochornosa y prolongada escena, el mayordomo y un criado lograron echarla de allí. La novia, que afortunadamente había entrado en la casa antes de tan desagradable interrupción, se había sentado a almorzar con los demás, pero se quejó de una repentina indisposición y se retiró a su alcoba. Dado que lo prolongado de su ausencia comenzaba a provocar comentarios, su padre fue a buscarla. La doncella le dijo que su hija había entrado solo un momento en la habitación para coger un abrigo y un sombrero y que después había desaparecido corriendo por el pasillo. Uno de los criados declaró haber visto salir de la casa a una señora cuya vestimenta respondía a esta descripción, pero que no había creído que pudiera ser la novia, convencido como estaba de que esta se encontraba con los invitados. Al comprobar que su hija había desaparecido, el señor Aloysius Doran, acompañando por el novio, se puso inmediatamente en contacto con la policía, y en la actualidad se están llevando a cabo intensas investigaciones, que no tardarán probablemente en esclarecer tan misteriosa cuestión. No

«El mayordomo y un criado lograron echarla de allí.»

obstante, a últimas horas de la pasada noche todavía no se sabía nada acerca del paradero de la dama desaparecida. Se han desatado mil rumores, y se dice que la policía ha arrestado a la mujer que provocó aquel incidente, y que, por celos o por algún otro motivo, puede estar implicada en la misteriosa desaparición de la novia.

—¿Eso es todo?

—Hay solo una nota breve en otro periódico de la mañana, pero tiene su interés.

—¿Qué dice?

—Dice que la señorita Flora Millar, la dama que provocó el incidente, ha sido, en efecto, detenida. Parece que fue hace tiempo *danseuse* del Allegro y que conocía al novio desde hace muchos años. No hay más detalles, y en este punto llega el caso a sus manos... Al menos, según lo que ha expuesto la prensa.

—Y parece tratarse de un caso extremadamente interesante. No me lo perdería por nada del mundo. Pero llaman a la puerta, Watson, y, dado que el reloj marca pocos minutos después de las cuatro, no me cabe duda de que aquí llega nuestro aristocrático cliente. No se le ocurra marcharse, Watson, porque prefiero disponer de un testigo, para reafirmar mi propia memoria.

—Lord Robert Saint

«Lord Robert Saint Simon.»

Simon —anunció nuestro botones, abriendo la puerta de par en par.

Entró un caballero de aspecto agradable, expresión altiva y rostro pálido, tal vez con cierta petulancia en el rictus de la boca, y con la mirada directa y segura de quien ha tenido la fortuna de nacer para mandar y ser obedecido. Aunque sus movimientos eran vivos, parecía mayor de la edad que tenía, porque iba ligeramente encorvado y doblaba un poco las rodillas al andar. Además, cuando se quitó el sombrero de ala curvada, vimos que su cabello era gris a los lados y empezaba a clarear en la coronilla. En cuanto a su indumentaria, era exquisita hasta rayar en la afectación: cuello alto, levita negra, chaleco blanco, guantes amarillos, polainas de color claro y zapatos de charol. Avanzó despacio por la habitación, volviendo la cabeza a uno y otro lado, y balanceando en la mano derecha un cordón del que colgaban sus gafas de montura de oro.

—Buenas tardes, lord Saint Simon —dijo Holmes, levantándose y haciendo una inclinación—. Por favor, siéntese en la butaca de mimbre. Le presento a mi amigo y colaborador, el doctor Watson. Acérquese un poco al fuego y discutiremos su problema.

—Un problema extremadamente doloroso para mí, como puede usted imaginar, señor Holmes. Me ha herido en lo más vivo. Tengo entendido, señor, que usted ha intervenido en otros casos delicados, similares a este, aunque presumo que no afectarían a personas de la misma clase social.

—No. De hecho sigo una línea descendente.

—¿Cómo?

—Mi último cliente de esta índole fue un rey.

—¿De veras? No lo sabía. ¿Y qué rey era?

—El rey de Escandinavia.

—¿También había desaparecido su esposa?

—Como usted comprenderá —dijo Holmes suavemente—, aplico a los asuntos de mis otros clientes la misma reserva que le prometo aplicar a los suyos.

—¡Naturalmente! ¡Tiene usted razón! Le pido mil perdones. En cuanto a mi caso, vengo dispuesto a proporcionar toda la información que pueda ayudarle a formarse una opinión.

—Gracias. Estoy informado de lo que ha publicado la prensa, pero no sé nada más. Supongo que puedo considerarlo veraz. Vea, por ejemplo, este artículo sobre la desaparición de la novia.

Lord Saint Simon le echó un vistazo.

—Sí, lo que dice se ajusta bastante a la verdad.

—Sin embargo, es preciso disponer de mucha información complementaria para poder adelantar una opinión. Creo que el modo más fácil de conocer los hechos sería plantearle unas preguntas.

—Adelante.

—¿Cuándo conoció usted a la señortita Hatty Doran?

—Hace un año, en San Francisco.

—¿Estaba usted de viaje por Estados Unidos?

—Sí.

—¿Fue entonces cuando se prometieron?

—No.

—Pero ¿su relación era amistosa?

—Me divertía su compañía, y ella se daba cuenta de que me divertía.

—¿Su padre es muy rico?

—Dicen que el hombre más rico de la Costa Oeste.

—¿Y cómo adquirió su fortuna?

—En las minas. Hace unos años no tenía nada. Entonces encontró oro, invirtió bien el dinero y ascendió como un cohete.

—Y, ¿qué opina usted sobre el carácter de la joven dama, es decir de su esposa?

El noble aceleró el balanceo de sus gafas y quedó con la mirada fija en el fuego de la chimenea.

—Verá usted, señor Holmes —dijo—. Mi esposa tenía ya veinte años cuando su padre se enriqueció. Se había pasado la vida correteando por el campamento minero y vagando por bosques y montañas, y debía más su educación a la naturaleza que a los maestros de escuela. Es lo que en Inglaterra llamaríamos un carácter fuerte, independiente y libre, no sujeto a ningún tipo de tradición. Es impetuosa... casi diría que volcánica. Toma sus propias decisiones y no vacila en llevarlas a la práctica. Por otra parte, yo no le habría dado el apellido que tengo el honor de llevar —al decir estas palabras soltó una tosecilla solemne—, si no creyera que tiene un fondo de nobleza. Pienso que es capaz de sacrificios heroicos y que le repugna cualquier acto deshonroso.

—¿Tiene su fotografía?

—He traído esto.

Abrió un medallón y nos mostró el rostro de una mujer muy hermosa. No se trataba de una fotografía, sino de una miniatura en marfil, y el artista había plasmado hábilmente el lustroso cabello negro, los ojos grandes y oscuros y la boca exquisita. Holmes la contempló largo rato con atención. Después cerró el medallón y se lo devolvió a lord Saint Simon.

—O sea que la joven vino a Londres y los dos volvieron a verse.

—Sí, su padre la trajo con motivo de la última temporada londinense. Nos vimos varias veces, nos prometimos y ahora me he casado con ella.

—Tengo entendido que la novia ha aportado una dote considerable.

—Una buena dote. Pero no mayor de lo habitual en mi familia.

—Por supuesto ahora la dote le pertenece a usted, puesto que el matrimonio es un *fait accompli*.

—La verdad es que no he hecho averiguaciones al respecto.

—Es muy natural. ¿Vio usted a la señorita Doran el día antes de la boda?

—Sí.

—¿Estaba de buen humor?

—Mejor que nunca. No paraba de hablar de la vida que llevaríamos nosotros dos en el futuro.

—¡Vaya, qué interesante! ¿Y la mañana de la boda?

—Estaba radiante... Al menos hasta después de la ceremonia.

—¿Y después observó algún cambio?

—Pues, a decir verdad, fue entonces cuando advertí los primeros síntomas de que su carácter era un poquito fuerte. Pero el incidente es demasiado trivial para mencionarlo y no puede tener ninguna relación con el caso.

—A pesar de todo, me gustaría que nos lo contara.

—Oh, es una chiquillada. Cuando íbamos hacia la sacristía, y pasábamos junto al primer banco de la iglesia, se le cayó el ramo. Hubo un instante de vacilación, pero el caballero que ocupaba el extremo del citado banco se lo devolvió, y no parecía que las flores hubieran sufrido el menor daño. Aun así, cuando comenté lo sucedido, ella me contestó con brusquedad, y más tarde, en el carruaje, camino de casa, parecía absurdamente agitada a causa de aquella insignificancia.

—Vaya. Dice usted que había un caballero en el primer banco. Asistía, pues, algo de público a la boda, ¿no?

—Oh, sí. Es imposible evitarlo cuando la iglesia está abierta.

—El caballero en cuestión, ¿no era un amigo de su esposa?

—No, no. Le he lla-

«El caballero que ocupaba el extremo del citado banco se lo devolvió.»

mado caballero por cortesía, pero era un tipo de lo más vulgar. Apenas me fijé en él. Pero creo que nos estamos desviando del tema.

—Así pues, lady Saint Simon regresó de la boda en un estado de ánimo menos alegre que el que había mostrado a la ida. ¿Qué hizo al volver a casa de su padre?

—La vi conversar con su doncella.

—¿Y quién es esta doncella?

—Se llama Alice. Es americana y vino de California con ella.

—¿Una doncella de confianza?

—Quizá en exceso. A mí me parece que su señora le permite demasiadas libertades. Claro que en Estados Unidos ven esas cosas de modo diferente.

—¿Cuánto tiempo estuvo hablando con la tal Alice?

—Oh, unos minutos. Yo tenía otras cosas en que pensar.

—¿Y no oyó lo que decían?

—Lady Saint Simon dijo algo acerca de «pisarle a otro la concesión». A veces utilizaba esta jerga de los mineros. No sé a qué podía referirse.

—Las jergas son a veces muy expresivas. Y, ¿qué hizo su esposa cuando terminó de hablar con la doncella?

—Se dirigió al comedor.

—¿Cogida de su brazo?

—No, sola. En pequeños detalles como este era muy independiente. Después, cuando llevábamos unos diez minutos sentados a la mesa, se levantó con premura, murmuró unas palabras de disculpa y abandonó la habitación. Ya no regresó.

—Pero, según tengo entendido, esta doncella llamada Alice ha declarado que su esposa entró en su alcoba, se cubrió el vestido de novia con un largo abrigo, se puso un sombrero y salió del edificio.

—Exactamente. Y más tarde la vieron caminar por Hyde Park en compañía de Flora Millar, una mujer que ahora está detenida y que había provocado un incidente en casa del señor Doran aquella misma mañana.

—Ah, sí. Me gustaría conocer algunos detalles acerca de esta señorita y de la relación que ha mantenido con usted.

Lord Saint Simon se encogió de hombros y enarcó las cejas.

—Hemos mantenido durante algunos años relaciones amistosas, podría decirse incluso que muy amistosas. Ella trabajaba en el Allegro. He sido muy generoso y no tiene ningún motivo razonable de queja, pero ya sabe usted, señor Holmes, cómo son las mujeres. Flora es una chica encantadora, pero un poco atolondrada, y siente auténtica devoción por mí. Cuando se enteró de que iba a casarme, me escribió unas cartas terribles, y, a decir verdad, la razón de que la boda se celebrara en la intimidad fue que yo temía que montara un escándalo en la iglesia. Se presentó ante la puerta del señor Doran cuando nosotros acabábamos de llegar, intentó abrirse paso por la fuerza, profirió palabras muy injuriosas contra mi esposa, e incluso amenazas, pero yo había previsto la posibilidad de que ocurriera algo parecido y tenía allí a dos agentes de paisano, que no tardaron en deshacerse de ella. Flora se tranquilizó al ver que no sacaría nada con montar un alboroto.

—¿Su esposa oyó todo esto?

—No, gracias a Dios no oyó nada.

—¿Y más tarde la vieron pasear con esa misma mujer?

—Sí. Y al señor Lestrade, de Scotland Yard, le parece muy grave. Está convencido de que Flora atrajo con engaños a mi esposa hacia una terrible trampa.

—Bien, es una suposición que cabe dentro de lo posible.

—¿También usted lo cree?

—No dije que fuera probable. Pero ¿se lo parece a usted?

—Yo no creo que Flora sea capaz de hacerle daño a una mosca.

—Sin embargo, los celos pueden provocar extraños cambios de carácter. ¿Podría decirme cuál es su propia teoría acerca de lo ocurrido?

—Bueno, en realidad he venido aquí para que me den una

teoría y no para exponer la mía. Le he suministrado todos los datos. Pero, ya que me lo pregunta, puedo decirle que me ha pasado por la cabeza que la excitación de la boda y la conciencia de haber dado un salto social tan inmenso hayan provocado en mi esposa un pequeño trastorno nervioso.

—En otras palabras, que sufrió un ataque de locura.

—Bueno, la verdad, si consideramos que ha vuelto la espalda, no digo a mí, sino a multitud de cosas a las que tantas otras mujeres han aspirado en vano..., me resulta difícil hallar otra explicación.

—Desde luego, también es una hipótesis concebible —dijo Holmes con una sonrisa—. Y ahora, lord Saint Simon, creo que sí dispongo de casi todos los datos. ¿Puedo saber si en la mesa estaban ustedes sentados de tal modo que pudieran ver a través de la ventana?

—Podíamos ver el otro lado de la calle, y el parque.

—Perfecto. En tal caso, creo que no necesito hacerle perder más tiempo. Ya me pondré en contacto con usted.

—Suponiendo que tenga la buena fortuna de resolver el enigma —dijo nuestro visitante, mientras se levantaba de su asiento.

—Ya lo he resuelto.

—¿Qué? ¿Cómo dice?

—Digo que ya lo he resuelto.

—Entonces, ¿dónde está mi esposa?

—Es un detalle que no tardaré en facilitarle.

Lord Saint Simon meneó la cabeza.

—Mucho me temo que para esto se necesitan cabezas más preclaras que la suya o la mía —observó.

Y, tras una pomposa y anticuada inclinación, salió del aposento.

—Ha sido muy amable por parte de lord Saint Simon hacerme el honor de colocar mi cabeza al mismo nivel que la suya —dijo Sherlock Holmes echándose a reír—. Después de tan largo interrogatorio, no me vendrá mal un whisky con soda. De hecho, ya había sacado mis conclusiones sobre el caso antes de que nuestro cliente llegara aquí.

—Pero ¡Holmes!

—Tengo en el archivo varios casos similares, aunque, como le dije antes, ninguno tan precipitado. Todo el interrogatorio ha servido únicamente para convertir mis conjeturas en certezas. A veces la evidencia circunstancial resulta muy convincente, como cuando uno se encuentra una trucha en la leche, por citar el ejemplo de Thoreau.

—Pero yo he oído lo mismo que ha oído usted.

—Sin disponer del conocimiento de otros casos anteriores, que a mí tan útil me ha sido. Hace años se dio uno muy semejante en Aberdeen, y otro de rasgos muy similares en Munich el año después de la guerra franco-prusiana. En uno de aquellos casos... Pero, ¡caramba!, aquí tenemos a Lestrade. ¡Buenas tardes, Lestrade! Encontrará usted otro vaso encima del aparador, y aquí tiene la caja de cigarros.

El inspector vestía una chaqueta y una corbata de marinero, que le daban un aspecto decididamente náutico, y llevaba en la mano una bolsa de lona negra. Tras un breve saludo, se sentó y encendió el cigarro que se le ofrecía.

—¿Qué le trae por aquí? —preguntó Holmes con un brillo malicioso en los ojos—. No parece demasiado satisfecho.

—Y no lo estoy. Ese maldito caso del matrimonio de Saint Simon me trae de cabeza. No le encuentro sentido.

—¿De veras? Me sorprende.

—¿Cuándo se ha visto un asunto más enrevesado? Todas las pistas, que me han tenido ocupado el día entero, se me escapan entre los dedos.

—Y parece que esa ocupación le ha dejado empapado —comentó Holmes, tocándole la manga de la chaqueta.

—Sí, he estado dragando el Serpentine.

—¿Y para qué, santo cielo?

—En busca del cuerpo de lady Saint Simon. —Sherlock Holmes se echó hacia atrás en su asiento y estalló en carcajadas.

—¿Y no se le ha ocurrido dragar la fuente de Trafalgar Square?

—¿Por qué? ¿Qué quiere decir con eso?

—Pues que tantas posibilidades tiene usted de encontrar a la dama en un sitio como en otro.

Lestrade dirigió a mi compañero una mirada furibunda.

—Supongo que usted lo sabe todo —replicó con desdén.

—Acabo de recibir la información acerca de lo ocurrido, pero ya he llegado a una conclusión.

—¡Ah, claro! Y no cree usted que el Serpentine desempeñe ningún papel en el asunto.

—Lo considero altamente improbable.

—Entonces, tal vez tenga usted la bondad de explicarme cómo he encontrado todo esto allí.

Mientras hablaba, Lestrade abrió la bolsa y volcó en el suelo su contenido: un vestido de novia de seda, unos zapatos de raso blanco, una diadema y un velo de novia, todo ello deslucido y empapado. Encima colocó un anillo de boda reluciente.

—Aquí tiene, maestro Holmes —dijo—. A ver cómo roe usted este hueso.

—Vaya, vaya —dijo mi amigo, lanzando al aire anillos de humo azul—. ¿Ha encontrado todo esto dragando el Serpentine?

«—Aquí tiene, maestro Holmes.»

—No. Lo encontró un guarda del parque flotando cerca de la orilla. Las prendas han sido identificadas como las que vestía la novia, y me pareció que, si la ropa estaba allí, el cuerpo no podía andar muy lejos.

—Según este brillante razonamiento, todos los cadáveres deberían de encontrarse cerca de su ropero. Y dígame, por favor, ¿qué esperaba conseguir con todo esto?

—Una prueba que implicara a Flora Millar en la desaparición.

—Me temo que le va a resultar difícil.

—¿De veras? —exclamó Lestrade, algo picado—. Pues yo me temo, Holmes, que sus razonamientos y sus deducciones no le sirven para mucho. Ha metido dos veces la pata en otros tantos minutos. Este vestido sí acusa a la señorita Flora Millar.

—¿Y de qué modo?

—En el vestido hay un bolsillo. En el bolsillo hay un tarjetero. En el tarjetero hay una nota. Y he aquí la nota. —La depositó de un manotazo sobre la mesa, delante de él—. Escuche esto: «Nos veremos cuando todo esté arreglado. Ven enseguida. F. H. M.». Pues bien, desde un buen principio he tenido la teoría de que lady Saint Simon fue atraída con engaños por Flora Millar y de que esta, sin duda con la ayuda de cómplices, es responsable de su desaparición. Aquí, firmada con sus iniciales, está la nota que le pasó disimuladamente ante la puerta, y que sirvió como cebo para hacerla caer en la trampa.

—¡Muy bien, Lestrade! —dijo Holmes riendo—. Es usted fantástico.

Cogió el papel con indiferencia, pero algo llamó al instante su atención y lanzó un grito de entusiasmo.

—¡Esto sí que es importante! —aseguró.

—¡Vaya! ¿Se lo parece?

—Ya lo creo. Y le felicito calurosamente. Lestrade se levantó con aire triunfal e inclinó la cabeza para mirar la nota.

—¡Pero...! —exclamó atónito—. ¡La está usted mirando por el otro lado!

—Al contrario, la miro por el lado debido.

—¿El lado debido? ¡Usted está loco! ¡La nota a lápiz está por aquí!

—Pero por aquí hay algo que parece el pedazo de una factura de hotel, que es lo que a mí me interesa, y mucho.

—Eso no significa nada. Ya me había fijado —dijo Lestrade—. «4 de octubre, habitación ocho chelines, desayuno dos chelines y seis peniques, cóctel un chelín, almuerzo dos chelines y seis peniques, copa de jerez ocho peniques.» No veo nada de particular.

—Es probable. Pero, aunque usted no lo vea, es importante. También la nota es importante, o al menos lo son las iniciales. Le felicito, pues, de nuevo.

—Ya he perdido bastante tiempo —dijo Lestrade poniéndose en pie—. Yo creo en realizar un trabajo duro, en la calle, y no en sentarse junto al fuego y urdir bellas teorías. Buenos días, señor Holmes, y ya veremos quién llega antes al fondo de la cuestión. Recogió las prendas de ropa, las volvió a meter en la bolsa y se encaminó hacia la puerta.

—Le voy a dar una pequeña pista, Lestrade —dijo Holmes lentamente—. Voy a darle la verdadera solución del enigma. Lady Saint Simon es una entelequia. No existe ahora ni ha existido nunca tal persona.

Lestrade miró con tristeza a mi compañero. Después se volvió hacia mí, se dio con un dedo tres golpecitos en la frente, meneó solemnemente la cabeza y salió apresuradamente de la habitación.

Apenas se había cerrado la puerta tras él, cuando Sherlock Holmes se levantó y se puso el abrigo.

—Algo de razón tiene el buen Lestrade en lo que dice sobre el trabajo en la calle —comentó—. Así pues, Watson, creo que voy a dejarle un rato solo con sus periódicos.

Eran más de las cinco cuando Sherlock Holmes se marchó, pero no tuve tiempo para sentirme solo, porque antes de que transcurriera una hora llegó un recadero con una gran caja plana. La abrió, ayudado por un muchacho que le acompañaba, y, con gran asombro por mi parte, se desplegaba al poco rato sobre nuestra modesta mesa de caoba una cena fría pero epicúrea. Había un par de becadas, un faisán, un paté de foie gras y varias botellas añejas cubiertas de telarañas. Tras disponer aquellas exquisiteces, los dos visitantes se esfumaron cual genios de *Las mil y una noches*, dando como única explicación que todo estaba pagado y que les habían encargado llevarlo a nuestra dirección. Poco antes de las nueve, Sherlock Holmes irrumpió en la estancia. Su expresión era grave, pero había un resplandor en sus ojos que me hizo pensar que no habían fallado sus suposiciones.

—Veo que han traído la cena —observó frotándose las manos.

—Parece que espera usted invitados. Han traído comida suficiente para cinco personas.

—Sí, creo muy posible que algún invitado se deje caer por aquí. Me sorprende que lord Saint Simon no haya llegado todavía. ¡Ah, creo que oigo sus pasos en la escalera!

Era, en efecto, nuestro visitante de la tarde, que entró apresuradamente, balanceando sus gafas más vigorosamente que nunca y con una expresión de profundo desconcierto en sus aristocráticas facciones.

—Veo que mi mensajero ha dado con usted —dijo Holmes.

—Sí, y debo confesar que el contenido del mensaje me ha dejado perplejo. ¿Tiene usted fundamentos que apoyen lo que dice?

—El mejor posible.

Lord Saint Simon se desplomó en un sillón y se pasó una mano por la frente.

—¿Qué dirá el duque —murmuró— cuando sepa que un miembro de su familia se ha visto sometido a semejante humillación?

—Se trata de un puro accidente —observó Holmes—. Yo no veo humillación por ninguna parte.

—Usted mira las cosas desde otro punto de vista.

—Yo no creo que se pueda culpar a nadie. A mi entender, la dama no podía actuar de otro modo, aunque la brusquedad de su proceder resulte sin duda lamentable. Al no tener madre, carecía de alguien que la pudiera aconsejar en estas situaciones.

—Ha sido un desaire, señor Holmes, un desaire público —dijo lord Saint Simon, tamborileando con los dedos sobre la mesa.

—Debe ser usted indulgente con esa pobre muchacha, colocada en una situación tan insólita.

—No pienso ser indulgente. Estoy realmente indignado, y me considero víctima de un abuso vergonzoso.

—Creo que han llamado —dijo Holmes—. Sí, se oyen pasos en el vestíbulo. Dado que yo no puedo convencerle de que considere el asunto con benevolencia, lord Saint Simon, he traído un abogado que tal vez tenga más éxito.

Abrió la puerta e hizo pasar a una dama y a un caballero.

—Lord Saint Simon —siguió diciendo—, permita que le presente al señor Francis Hay Moulton y a su señora. A ella creo que usted ya la conoce.

Al ver a los recién llegados, nuestro cliente se había puesto en pie de un salto. Muy erguido, con la mirada baja y una

«Era la viva imagen de la dignidad ofendida.»

mano metida en la pechera de su levita, era la viva imagen de la dignidad ofendida. La dama se había adelantado rápidamente y le había tendido la mano, pero él se obstinó en no levantar la vista. Posiblemente esto le ayudó a mantener su firme resolución, pues era difícil resistirse a la mirada suplicante de la mujer.

—Estás enfadado, Robert —dijo ella—. Bueno, supongo que te sobran motivos.

—Por favor, no te molestes en ofrecerme tus disculpas —dijo lord Saint Simon con acritud.

—Sí, ya sé que te he tratado muy mal y que debía haber hablado contigo antes de marcharme, pero estaba trastornada y, desde que vi aquí a Frank, no supe lo que hacía ni lo que decía. Me pregunto cómo no caí desmayada delante mismo del altar.

—¿Desea usted, señora Moulton, que mi amigo y yo abandonemos la habitación mientras usted explica lo ocurrido?

—Si se me permite dar mi opinión —intervino el caballero desconocido—, en este asunto ya ha habido demasiados secretos. Por mi parte, me gustaría que toda Europa y toda América oyeran la verdad.

Era un hombre bajo, robusto, tostado por el sol, de expresión vivaz y movimientos ágiles.

—En tal caso, contaré nuestra historia —dijo ella—. Frank y yo nos conocimos el año 84, en el campamento minero McQuire, cerca de las Rocosas, donde papá tenía la concesión de un terreno. Nos hicimos novios. Pero un día papá dio con una buena veta y se forró, mientras la concesión del pobre Frank resultó no valer nada. Cuando más rico se hacía papá, más pobre se hacía Frank, y llegó un momento en que papá se negó a que nuestro compromiso siguiera adelante y me llevó a San Francisco con él, pero Frank no se dio por vencido y me siguió hasta allí. Nos vimos en secreto. Si mi padre se hubiera enterado, se habría puesto furioso, así que lo mantuvimos entre los dos. Frank dijo que también él se haría rico y que no volvería a buscarme hasta que tuviera tanto dinero como papá. Yo prometí esperarle hasta el fin de los tiempos, y juré que mientras él viviera no me casaría con otro hombre. Entonces me dijo: «¿Por qué no nos casamos ahora mismo y así estaré seguro de ti? No rebelaré que soy tu marido hasta que vuelva». Bueno, discutimos el asunto, y él lo tenía todo resuelto, incluso con un cura esperando. Nos casamos, pues, allí mismo, y después Frank se fue a hacer fortuna y yo me fui con papá.

»Lo siguiente que supe de Frank fue que estaba en Montana, después oí que andaba buscando oro en Arizona, y más tarde me llegaron noticias de Nuevo México. Y un día salió en los periódicos un largo reportaje sobre un campamento minero atacado por apaches, y allí estaba el nombre de mi Frank entre las víctimas. Caí desmayada y estuve muy enferma durante meses. Papá creyó que estaba tuberculosa y me llevó a la mitad de los médicos de San Francisco. Durante un año o más no hubo noticias, y no dudé de que Frank estaba muerto. Entonces apareció en San Francisco lord Saint Simon, nosotros vinimos a Londres, se acordó el matrimonio, y papá estaba muy contento, pero yo seguía convencida de que ningún hombre podría ocupar el lugar de mi Frank.

»Aun así, si me hubiera casado con lord Saint Simon, hubiera cumplido con mis deberes. No tenemos poder sobre nuestro amor, pero sí sobre nuestras acciones. Fui con él al altar con la intención de ser tan buena esposa como me fuera posible. Pero ya pueden imaginarse lo que sentí cuando, al acercarme al altar, dirigí la vista atrás y vi a Frank, que me observaba desde el primer banco de la iglesia. Al principio lo tomé por un fantasma, pero miré de nuevo y él seguía allí, como preguntándome con la mirada si yo me alegraba de verlo o lo lamentaba. No sé cómo no caí redonda al suelo. Todo daba vueltas a mi alrededor y las palabras del sacerdote me sonaban en los oídos como el zumbido de una abeja. No sabía qué hacer. ¿Debía interrumpir la ceremonia y montar un escándalo en la iglesia? Me volví a mirarlo, y me pareció que él sabía lo que yo estaba pensando, porque se llevó un dedo a los labios para indicarme que no dijera nada. Después le vi garabatear en un papel y supe que me estaba escribiendo una nota. Al pasar junto a su banco, camino de la salida, dejé caer mi ramo a su lado y él deslizó la nota en mi mano al devolverme las flores. Eran solo unas palabras, donde decía que me reuniera con él cuando me hiciera una seña. Por supuesto, no dudé ni un segundo que mi primera obligación era para con él, y estaba dispuesta a hacer cualquier cosa que me pidiese.

»Al llegar a casa se lo conté todo a mi doncella, que lo había conocido en California y siempre lo había apreciado mucho. Le mandé que no dijera nada, pero que tuviera a punto mi abrigo y algunas cosas. Sé que debería habérselo dicho a lord Saint Simon, pero resultaba muy difícil hacerlo delante de su madre y de todos aquellos personajes tan importantes. Decidí escaparme primero y dar las explicaciones después. No llevaba ni diez minutos sentada a la mesa, cuando vi a Frank por la ventana, al otro lado de la calle. Me hizo una seña y echó a andar hacia el parque. Yo dejé enseguida el comedor, me puse el abrigo y salí tras él. En la calle se me acercó una mujer que me dijo algo acerca de lord Saint Simon... Por lo poco que entendí, me pareció que él tenía también su pequeño secreto anterior a

«Se me acercó una mujer que me dijo algo acerca de lord Saint Simon...»

la boda... Pero enseguida conseguí deshacerme de ella y reunirme con Frank. Cogimos un coche, fuimos a unas habitaciones que había alquilado en Gordon Square y esta fue mi verdadera boda después de tantos años de espera. Frank había caído en poder de los apaches, se había fugado, había vuelto a San Francisco y había averiguado que yo le había dado por muerto y estaba en Inglaterra. Entonces me siguió hasta aquí y me encontró la mañana misma de mi segunda boda.

—Lo leí en un periódico —explicó el americano—. Venía el nombre y la iglesia, pero no la dirección de la novia.

—Entonces —prosiguió ella— discutimos lo que debíamos hacer, y Frank era partidario de rebelarlo todo, pero a mí me daba tanta vergüenza que me hubiera gustado desaparecer y no volverlos a ver a ninguno de ellos. Escribirle como mucho unas líneas a papá para hacerle saber que seguía viva. Para mí era horroroso pensar en todos aquellos lords y aquellas ladies sentados en torno a la mesa esperando mi regreso. Así pues, Frank hizo un fardo con mi vestido de novia y mis otras cosas y las tiró en un sitio donde nadie pudiera encontrarlas y seguir mi pista. Lo más seguro es que nos hubiéramos marchado a París mañana, pero este amable caballero, el señor Holmes, ha venido a vernos esta tarde y nos ha hecho ver con toda claridad que yo estaba equivocada y que Frank tenía razón, y que tanto secreto solo servía para empeorar las cosas. Después nos ha ofrecido la oportunidad de hablar a solas con lord Saint Simon y por eso hemos venido sin pérdida de tiempo a su casa. Ahora, Robert, ya sabes todo lo sucedido. Lamento mucho haberte hecho daño y espero que no te formes muy mala opinión de mí.

Lord Saint Simon no había suavizado lo más mínimo su rígida actitud, y había escuchado el largo relato con el ceño fruncido y los labios apretados.

—Perdonen —dijo—, pero no tengo por costumbre discutir mis asuntos personales más íntimos en público.

—Entonces, ¿no me perdonas? ¿No estrecharás mi mano antes de que me vaya?

—Oh, desde luego, si esto ha de hacerte feliz... Lord Saint Simon extendió la mano y estrechó fríamente la que ella le tendía.

—Tenía la esperanza —sugirió Holmes— de que usted se uniera a nosotros en una cena de amigos.

—Creo que eso es pedir demasiado —respondió su señoría—. Tal vez no me quede otro remedio que aceptar el curso de los acontecimientos, pero no espere que vaya a celebrarlo. Con su permiso, les deseo muy buenas noches.

Hizo una amplia reverencia que nos abarcó a todos y abandonó a grandes zancadas la habitación.

—En tal caso, espero que al menos ustedes me honren con su compañía —dijo Sherlock Holmes—. Siempre es un placer conocer a un norteamericano, señor Moulton, pues soy de aquellos que opinan que la tontería de un monarca y la torpeza de un ministro de tiempos remotos no impedirán que nuestros hijos sean algún día ciudadanos de una única nación, bajo una bandera que aunará la Union Jack con las Barras y Estrellas.

Cuando los invitados se hubieron marchado, Holmes comentó:

«—Con su permiso, les deseo muy buenas noches.»

—Ha sido un caso de lo más interesante, porque demuestra con toda claridad lo sencilla que es la explicación de un asunto que a primera vista parece casi inexplicable. Nada más natural que la serie de acontecimientos tal como los ha narrado esta señora, aunque los resultados no puedan ser más extraños si los contempla, por ejemplo, el señor Lestrade de Scotland Yard.

—Así pues, usted no se ha equivocado en ningún momento.

—Desde un principio, dos hechos me resultaron evidentes. Primero, que la novia había acudido bien dispuesta a la boda; segundo, que estaba arrepentida de ella a los pocos minutos de regresar a casa. Era obvio que había ocurrido algo durante la mañana que la hizo cambiar de opinión. ¿Qué podía ser? No pudo haber hablado con nadie, porque estuvo todo el tiempo en compañía del novio. ¿Habría visto a alguien? En tal caso, tenía que tratarse de alguien procedente de Estados Unidos, pues llevaba demasiado poco tiempo en nuestro país para que alguien hubiera adquirido tanta influencia sobre ella como para que su mera visión la indujera a modificar radicalmente sus planes. Como ve, ya hemos llegado, por un proceso de exclusión, a la idea de que la novia había visto a un americano. ¿Quién podía ser, y por qué ejercía tanta influencia sobre ella? Podía tratarse de un amante o podía tratarse de un amigo. Sabíamos que había pasado su juventud en ambientes rudos y en condiciones poco habituales. Hasta este punto había llegado yo en mis conclusiones antes de escuchar el relato de lord Saint Simon. Cuando este nos habló de un hombre sentado en un banco de la iglesia, del cambio de humor de la novia, del truco tan transparente de recoger una nota dejando caer un ramo de flores, de la conversación con la doncella y confidente, y de la significativa alusión a «pisarle una concesión a otro», que en el argot de los mineros significa apoderarse de lo que otro ha solicitado antes, la situación quedó clara por entero Ella había huido con otro hombre, y este otro hombre debía ser un amante o un marido anterior, probablemente un marido.

—¿Y cómo demonios consiguió usted localizarlos?

—Pudo haber resultado difícil, pero nuestro amigo Lestrade tenía en sus manos una información cuyo valor desconocía. Las iniciales eran, desde luego, muy importantes, pero era todavía más importante saber que menos de una semana antes nuestro hombre había pagado su cuenta en uno de los hoteles más selectos de Londres.

—¿Cómo dedujo lo de selecto?

—Por lo selecto de los precios. Ocho chelines por una cama y ocho peniques por una copa de jerez indican que se trataba de uno de los hoteles más caros de Londres. No existen muchos que cobren esos precios. En el segundo que visité, en Northumberland Avenue, vi en el libro de registros que el señor Francis H. Moulton, estadounidense, se había marchado el día anterior y, al revisar su cuenta, me encontré los mismos cargos que había visto en la copia. Tenían orden de remitir su correspondencia al 226 de Gordon Square. Allí me encaminé, tuve la suerte de encontrar en casa a la pareja de tortolitos y me arriesgué a ofrecerles mis paternales consejos, indicándoles que sería mucho mejor, en todos los aspectos, que aclarasen un poco su situación, tanto al público en general como a lord Saint Simon en particular. Los invité a que se encontraran aquí con él, y, como ha visto, conseguí que también nuestro aristocrático cliente acudiera a la cita.

—Pero no con muy buenos resultados —comenté—. Porque la conducta del caballero no ha sido precisamente elegante.

—¡Ah, Watson! —dijo Holmes con una sonrisa—. Puede que tampoco usted se comportara con excesiva elegancia si, tras todo el trajín que supone un noviazgo y una boda, se encontrara privado en un instante de esposa y de fortuna. Creo que debemos mostrarnos indulgentes al juzgar a lord Saint Simon, y agradecer a nuestra buena estrella lo improbable de que lleguemos a vernos en su misma situación. Aproxime un poco su silla y páseme el violín, pues el único problema que nos queda todavía por resolver es cómo superar estas aburridas veladas otoñales.

LA AVENTURA DE LA DIADEMA DE BERILOS

—Holmes —dije una mañana, mientras contemplaba la calle desde nuestra ventana—, por ahí viene un loco. Es lamentable que su familia le deje salir solo de casa.

Mi amigo se levantó perezosamente de su sillón y, con las manos en los bolsillos del batín, atisbó por encima de mi hombro. Era una mañana fresca y luminosa de febrero, y la nieve del día anterior seguía todavía acumulada en el suelo, en una espesa capa que resplandecía bajo el sol invernal. En el centro de la calzada de Baker Street, el tráfico la había reducido a una franja terrosa y parda, pero a ambos lados de la calzada y en los bordes de las aceras seguía tan blanca como cuando cayó. Habían limpiado y barrido el pavimento, pero aún resultaba peligrosamente resbaladizo, por lo que se veían menos peatones que de costumbre. De hecho, desde la estación de metro no venía nadie, excepto el solitario caballero cuya excéntrica conducta me había llamado la atención.

Se trataba de un hombre de unos cincuenta años, alto, corpulento, de aspecto imponente y con un rostro de rasgos muy marcados. El atuendo era serio pero lujoso: levita negra, sombrero reluciente, impolutas polainas de color pardo y pantalones gris perla de muy buen corte. Sin embargo, su forma de comportarse ofrecía un absurdo contraste con la dignidad de su atuendo y de su aspecto, porque avanzaba a todo correr, dando de vez en cuando un saltito, como lo hace un hombre fatigado y que está poco habituado a exigir a sus piernas ningún esfuerzo. Y mientras corría alzaba y bajaba las manos, movía de un lado a otro la cabeza y deformaba su rostro con muecas extravagantes.

—¿Qué demonios le puede pasar? —pregunté—. Está mirando los números de las casas.

—Me parece que viene aquí —dijo Holmes, frotándose las manos.

—¿Aquí?

—Sí, y yo diría que viene a hacer una consulta profesional. Creo reconocer los síntomas. ¡Ajá! ¿No se lo he dicho?

Mientras Holmes hablaba, el hombre había llegado, jadeando y resoplando, a nuestra puerta. Dio tal tirón a la campanilla que la llamada retumbó en toda la casa.

Un instante después estaba en nuestra habitación, todavía resoplando y gesticulando, pero con una expresión tan intensa de desesperación y sufrimiento en los ojos que nuestras sonrisas se trocaron al instante en espanto y compasión. Durante un rato fue incapaz de articular palabra. Siguió balanceando su cuerpo de un lado a otro y tirándose de los cabellos como una persona arrastrada más allá de los límites de la razón. De pronto se puso en pie de un salto y empezó a golpearse la cabeza contra la pared, con tal fuerza que Holmes y yo nos precipitamos sobre él y lo devolvimos al centro de la habitación. Holmes lo hizo sentar en la butaca y, acomodándose a su lado, le dio unas palmaditas en la mano e intentó tranquilizarlo con el tono de voz suave y acariciador que tan bien sabía utilizar.

—Ha venido usted a

«Con una expresión tan intensa de desesperación y sufrimiento.»

contarme su historia, ¿verdad? —le dijo—. Está fatigado a causa de la carrera que se ha dado. Aguarde, por favor, hasta que se haya recuperado, y entonces tendré mucho gusto en examinar cualquier problemilla que tenga a bien plantearme.

El hombre permaneció más de un minuto jadeando y esforzándose en controlar sus emociones. Por fin se pasó un pañuelo por la frente, apretó los labios y volvió el rostro hacia nosotros.

—Me han tomado por un loco, ¿verdad? —dijo.

—Veo que está usted en un grave apuro —respondió Holmes.

—¡No lo sabe usted bien! ¡Un apuro tan inesperado y tan terrible que me ha trastornado! Podría haber soportado la deshonra pública, aunque mi reputación ha sido siempre intachable. Y una desgracia privada puede ocurrirle a cualquiera. Pero las dos cosas juntas, y de una manera tan espantosa, me han destrozado el alma. Y además no se trata solo de mí. Esto afectará a los más encumbrados personajes de nuestro país, a menos que encontremos una salida.

—Tranquilícese, por favor —dijo Holmes—, y expóngame con claridad quién es usted y qué le ha ocurrido.

—Es posible que mi nombre les resulte familiar —respondió nuestro visitante—. Soy Alexander Holder, de la firma bancaria Holder and Stevenson, de Threadneedle Street.

En efecto, conocíamos bien aquel nombre, pues pertenecía al socio más antiguo del segundo banco privado de la City de Londres. ¿Qué podía haber ocurrido para que uno de los ciudadanos más destacados de la ciudad se viera reducido a una condición tan lastimosa? Aguardamos, llenos de curiosidad, hasta que, con un nuevo esfuerzo, reunió energías suficientes para contar su historia.

—Estoy convencido de que el tiempo tiene un gran valor —dijo—, y por eso me he apresurado a venir en cuanto el inspector me ha sugerido que intentara conseguir su cooperación. He venido en metro hasta Baker Street, y luego corriendo a pie, porque con esta nevada los coches van muy despacio.

Por esa razón he llegado sin aliento, ya que no estoy acostumbrado a hacer ejercicio. Ahora me siento mejor y les expondré lo ocurrido del modo más conciso y al mismo tiempo más claro que me sea posible.

»Naturalmente, ustedes ya saben que, para la buena marcha de una empresa bancaria, tan importante es saber encontrar inversiones rentables para nuestros fondos como ampliar nuestra clientela y el número de depositarios. Uno de los sistemas más lucrativos de invertir dinero son los préstamos, siempre que la garantía no ofrezca lugar a dudas. Los últimos años hemos realizado muchas operaciones de este tipo, y son muchas las familias de la aristocracia a las que hemos adelantado grandes sumas con la garantía de sus cuadros, bibliotecas u objetos de plata.

»Ayer por la mañana, estaba yo en mi despacho del banco, cuando uno de los empleados me trajo una tarjeta. Di un respingo al leer el nombre. Era nada menos que... Bueno, quizá sea mejor que, incluso a ustedes, les diga solo que se trata de un nombre conocido en todo el mundo, uno de los más importantes, más nobles, más ilustres de Inglaterra. Me sentí abrumado por el honor e intenté decírselo cuando entró, pero él fue directamente al grano, con el aire de alguien que quiere despachar cuanto antes una tarea desagradable.

»—Señor Holder —dijo—, me han informado de que usted suele prestar dinero.

»—La firma lo hace, cuando las garantías son buenas —respondí.

»—Me es absolutamente imprescindible —dijo él— disponer en el acto de cincuenta mil libras. Por supuesto, podría conseguir una suma diez veces mayor a esa insignificancia de cualquiera de mis amigos, pero prefiero que sea una operación comercial y llevarla personalmente. Ya comprenderá que en mi posición es poco conveniente contraer ciertas obligaciones.

»—¿Puedo preguntar durante cuánto tiempo necesitará usted esta suma? —pregunté.

»—El próximo lunes cobraré una cantidad importante, y podré, con toda seguridad, devolverle lo que usted me adelante, más los intereses que estime oportunos. Pero es imprescindible que disponga del dinero ahora mismo.

»—Tendría mucho gusto en prestárselo sin más trámites de mi propio bolsillo, pero la cantidad excede bastante mis posibilidades. Por otra parte, si lo hago en nombre de la firma, tendré que insistir, por consideración a mi socio, en que, incluso tratándose de usted, se exijan todas las garantías pertinentes.

»—Lo prefiero así mil veces —dijo él, mientras cogía un estuche de tafilete negro que había dejado a su lado—. Supongo que habrá oído hablar de la diadema de berilos.

»—Una de las posesiones públicas más valiosas del Imperio —respondí yo.

»—En efecto.

»Abrió el estuche, y allí, enmarcada en suave terciopelo color carne, apareció la magnífica joya que acababa de nombrar.

»—Son treinta y nueve berilos enormes —dijo él—, y el valor de la montura de oro es incalculable. La tasación más baja fijaría el precio de la diadema en más del doble de la suma que le pido. Estoy dispuesto a dejársela como garantía.

»Cogí en mis manos el precioso estuche y miré con cierta perplejidad a mi ilustre visitante.

»—¿Duda usted de su valor? —preguntó.

»—En absoluto. Solo dudo...

»—... que yo obre correctamente al dejarla aquí. Puede usted estar

«Cogí en mis manos el precioso estuche.»

tranquilo. Ni en sueños se me ocurriría hacer algo así si no estuviese absolutamente seguro de poder recuperar la diadema dentro de cuatro días. Se trata de una mera formalidad. ¿Es garantía suficiente?

»—Más que suficiente.

»—Comprenderá, señor Holder, que con esto le doy una enorme prueba de la confianza que tengo en usted, basada en las referencias que me han dado. Confío en que no solo será discreto y se abstendrá de todo comentario sobre el asunto, sino que además, y por encima de todo, guardará la diadema con toda clase de precauciones, pues no hace falta decir que se organizaría un escándalo tremendo si sufriera el menor daño. Cualquier desperfecto podría ser tan grave como perderla por completo, ya que no existen en el mundo berilos como estos, y sería imposible sustituirlos por otros. No obstante, se la dejo con absoluta confianza y vendré a buscarla personalmente el lunes por la mañana.

»Viendo que mi cliente estaba ansioso por marcharse, no dije nada más. Llamé al cajero y le di orden de que le pagara cincuenta mil libras en billetes. Sin embargo, cuando me quedé solo con el precioso estuche encima de la mesa, delante de mí, no pude evitar pensar con cierta inquietud en la enorme responsabilidad que había contraído. No cabía duda de que, al tratarse de una propiedad de la nación, el escándalo iba a ser terrible si le ocurría el menor percance. Empecé a lamentar haber aceptado quedarme con ella. Pero, dado que era demasiado tarde para cambiar las cosas, la guardé en mi caja fuerte privada y regresé a mi trabajo.

»Al terminar la jornada, me pareció imprudente dejar un objeto tan valioso en la oficina. No sería la primera vez que se forzara la caja de un banquero. ¿Por qué no habría de pasarle a la mía? Decidí, por tanto, que durante los días siguientes llevaría siempre la diadema conmigo, para que nunca estuviera fuera de mi control. Con esta intención, llamé un coche y me hice llevar a mi casa de Streatham, portando conmigo la joya. Y no respiré tranquilo hasta haberla subido al piso de arriba y haberla encerrado en el escritorio de mi gabinete.

»Y ahora unas palabras acerca de la gente que vive en mi casa, señor Holmes, porque quiero que comprenda perfectamente cuál es la situación. Mi mayordomo y mi lacayo duermen fuera, y se les puede descartar por completo. Tengo tres criadas que llevan años conmigo y cuya honradez está fuera de toda sospecha. La cuarta, Lucy Parr, segunda doncella, lleva solo unos meses a mi servicio. Sin embargo, trajo excelentes referencias y ha cumplido siempre a la perfección. Es una muchacha muy bonita, y de vez en cuando merodean admiradores alrededor de la casa. Es el único inconveniente que le hemos encontrado, pero, por lo demás, la consideramos una chica excelente en todos los sentidos.

»Esto en cuanto al servicio. Mi familia es tan reducida que no me llevará mucho tiempo describirla. Soy viudo y tengo un solo hijo, Arthur, que ha constituido una decepción para mí, señor Holmes, una decepción terrible. Seguramente la culpa es mía. Todos dicen que le he mimado demasiado. Probablemente sea así. Cuando falleció mi querida esposa, sentí que Arthur era el único objeto de mi amor. No podía soportar que la sonrisa desapareciera de su rostro un solo instante. Nunca le negué un capricho. Tal vez hubiera sido mejor para los dos que yo me mostrara más severo, pero actué con la mejor intención del mundo.

»Naturalmente yo hubiera deseado que me sucediera en el negocio, pero él no tenía la menor inclinación por las finanzas. Era atolondrado, díscolo y, para ser sinceros, no se le podían confiar sumas importantes de dinero. De joven, se hizo miembro de un club aristocrático, y allí, gracias a su simpatía, no tardó en trabar amistad con gente de bolsa bien provista y de costumbres caras. Se aficionó a jugar fuerte a las cartas y a apostar en las carreras, y acudía a mí constantemente para suplicarme que le diese un adelanto sobre su asignación para poder saldar las deudas de honor. En más de una ocasión intentó romper con aquellas peligrosas compañías, pero la influencia de su amigo, sir George Burnwell, le hizo volver siempre a las andadas.

»A decir verdad, a mí no me extrañaba que un hombre como sir George Burnwell tuviera tamaña influencia sobre mi hijo, porque lo trajo con frecuencia a casa e incluso a mí me resultaba difícil resistirme a la seducción de su trato. Es mayor que Arthur, un hombre de mundo de la cabeza a los pies, que ha estado en todas partes y lo ha visto todo, conversador brillante y dotado de gran atractivo personal. Sin embargo, cuando pienso en él con frialdad, libre del hechizo de su presencia, me convenzo, por su manera cínica de expresarse y por la mirada que he descubierto en sus ojos, de que es una persona de la que se debe desconfiar profundamente. Eso pienso yo y eso piensa también mi pequeña Mary, que posee una gran intuición femenina en cuestiones de carácter.

»Y ya solo queda ella por describir. Mary es mi sobrina, pero, cuando falleció mi hermano hace cinco años y la dejó sola en el mundo, yo la adopté y la he considerado desde entonces como mi propia hija. Es la alegría de la casa: dulce, cariñosa, guapa, excelente administradora y ama de hogar, y, al mismo tiempo, todo lo tierna, discreta y gentil que puede ser una mujer. Es mi mano derecha. No sé qué haría sin ella. Solo en un punto se ha opuesto a mis deseos. Mi hijo le ha pedido dos veces que se case con él, porque la ama apasionadamente, pero ella le ha rechazado ambas. Creo que si alguien podía devolverlo al buen camino era ella, y tal vez este matrimonio hubiera cambiado por entero la vida de mi hijo. Pero ahora ya es demasiado tarde. ¡Demasiado tarde sin remedio!

»Ahora que ya conoce usted a la gente que vive bajo mi techo, señor Holmes, proseguiré mi doloroso relato.

»Ayer noche, mientras tomábamos café en la sala después de la cena, les conté a Arthur y a Mary lo sucedido y les hablé del precioso tesoro que teníamos en casa, callando únicamente el nombre del cliente. Estoy seguro de que Lucy Parr, que nos había servido el café, había salido ya de la estancia, pero no puedo jurar que la puerta estuviera cerrada. Mary y Arthur se mostraron muy interesados y quisieron ver la famosa diadema, pero a mí me pareció mejor no tocarla.

»—¿Dónde la ha guardado? —preguntó Arthur.

»—En mi propio escritorio.

»—Dios quiera que no entren ladrones en la casa esta noche —me dijo.

»—Está cerrado con llave —repliqué.

»—Bah, cualquier llave vieja sirve para abrir ese escritorio. Cuando yo era pequeño lo abría con la del armario del trastero.

»Utilizaba con frecuencia ese modo insolente de hablar y no presté mucha atención a lo que decía. Pero ayer noche me siguió a mi habitación con una expresión muy seria.

»—Escuche, papá —dijo, sin levantar la mirada—, ¿puede prestarme doscientas libras?

»—¡No, no puedo! —respondí con enfado—. ¡He sido demasiado generoso contigo en cuestión de dinero!

»—Ha sido muy amable —me dijo—, pero ahora necesito este dinero o no podré volver a pisar jamás el club.

«—Bah, cualquier llave vieja sirve para abrir ese escritorio.»

»—¡Pues me parecerá estupendo! —exclamé yo.

»—De acuerdo, papá, pero no querrá que salga de allí deshonrado —dijo—. No podría soportar la vergüenza. Tengo que reunir como sea ese dinero, y, si usted no me lo da, me veré forzado a recurrir a otros medios.

»Yo estaba muy enojado, porque era la tercera vez que me pedía dinero en un mes.

»—¡No sacarás de mí ni un centavo! —le dije.

»Y él me miró, me hizo una reverencia y salió de la habitación sin añadir palabra.

»Cuando se hubo ido, abrí mi escritorio, comprobé que la joya seguía a salvo y la volví a encerrar bajo llave. Después hice una ronda por la casa para verificar que todo estaba en orden, tarea que suelo delegar en Mary, pero que anoche me pareció mejor realizar por mí mismo. Al bajar la escalera encontré a Mary junto a la ventana del vestíbulo, que cerró y aseguró mientras yo me acercaba.

»—Dígame, papá —dijo algo preocupada, o eso me pareció a mí—, ¿le ha dado permiso a Lucy, la doncella, para que saliera esta noche?

»—Desde luego que no.

»—Pues acaba de entrar por la puerta de atrás. Estoy segura de que solo ha ido a verse con alguien, pero no me parece ni pizca prudente y habría que prohibírselo.

»—Tendrás que hablar con ella por la mañana. O, si lo prefieres, le hablaré yo. ¿Estás segura de que todo está cerrado?

»—Segurísima, papá.

»—Entonces, buenas noches.

»Le di un beso y volví a mi habitación, donde no tardé en dormirme.

»Señor Holmes, estoy esforzándome por contarle cuanto pueda guardar alguna relación con el caso, pero le ruego que no vacile en preguntar si hay algún detalle que no queda claro.

—Al contrario, su exposición está siendo sorprendentemente lúcida.

—Llego ahora a una parte de mi historia que quiero que lo sea de modo especial. No tengo el sueño muy profundo y, sin duda, la ansiedad que sentía hizo que anoche fuera aún más ligero que de costumbre. A eso de las dos de la madrugada me despertó un ruido que sonaba dentro de la casa. Cuando estuve completamente despierto ya no se oía nada, pero había tenido la impresión de que una ventana se cerraba con sigilo. Escuché con toda el alma. De pronto, para mi inmenso espanto, oí el sonido inconfundible de unos pasos sigilosos en la habitación contigua. Me deslicé fuera de la cama, temblando de espanto, y miré por la rendija de la puerta de mi gabinete.

»—¡Arthur! —grité—. ¡Miserable! ¡Ladrón! ¿Cómo te atreves a tocar la diadema?

»La lámpara de gas ardía a medio volumen, tal como yo la había dejado, y mi desdichado hijo, vestido solo con camisa y pantalones, estaba de pie junto a ella, sosteniendo la diadema entre las manos. Parecía estar torciéndola o aplastándola con todas sus fuerzas. Al oír mi grito la dejó caer y se puso pálido como un muerto. Yo la recogí y la examiné. Faltaba uno de los

«Al oír mi grito la dejó caer.»

extremos de oro, con tres de los berilos.

»—¡Canalla! —grité, enloquecido de furia—. ¡La has roto! ¡Me has deshonrado para siempre! ¿Dónde están las gemas que has robado?

»—¿Robado? —exclamó.

»—¡Sí, ladrón! —rugí yo sacudiéndolo por los hombros.

»—No falta ninguna. No puede faltar ninguna.

»—¡Faltan tres! Y tú

sabes dónde están. ¿Tendré que llamarte embustero además de ladrón? ¿Acaso no acabo de verte intentando arrancar otro pedazo?

»—Ya he recibido suficientes insultos. No pienso seguir soportándolo. Puesto que usted prefiere insultarme, yo no diré una palabra más. Abandonaré esta casa por la mañana y me abriré camino por mis propios medios.

»—¡Abandonarás la casa en manos de la policía! —grité yo, medio loco de dolor y de ira—. ¡Haré que el asunto se investigue hasta el final!

»—Pues por mi parte no averiguará nada —dijo él, con un apasionamiento del que no le había creído capaz—. Si decide recurrir a la policía, que averigüen ellos lo que puedan.

»Para aquel entonces toda la casa estaba ya revuelta, porque yo, llevado por la cólera, había alzado mucho la voz. Mary fue la primera en acudir corriendo a la habitación y, al ver la diadema y la cara de Arthur, comprendió lo que había sucedido. Dio un grito y cayó desmayada al suelo. Hice que la doncella avisara a la policía y puse inmediatamente la investigación en sus manos. Cuando el inspector y un agente de uniforme entraron en la casa, Arthur, que había permanecido todo el tiempo taciturno y con los brazos cruzados, me preguntó si albergaba la intención de acusarle de robo. Le respondí que no se trataba ya de un asunto privado sino público, puesto que la corona destrozada era propiedad de la nación. Yo estaba decidido a que la ley se cumpliera hasta sus últimas consecuencias.

»—Al menos —dijo—, no me haga detener ahora mismo. Le conviene tanto como a mí dejarme salir de casa cinco minutos.

»—Sí, para que puedas escapar, o tal vez esconder lo que has robado —repliqué.

»Y entonces, al darme cuenta de la terrible situación en que me encontraba, le supliqué que recordara que no estaba únicamente en juego mi honor sino también el de alguien mucho más importante, y que su conducta podía provocar un escándalo que conmocionara a la nación entera. Podía evitarlo con solo decirme qué había hecho con las tres piedras que faltaban.

»—Será mejor que afrontes la situación —le dije—. Has sido cogido con las manos en la masa, y confesar no agravará tu culpa. Si procuras repararla hasta donde te sea posible, diciendo dónde están los berilos, todo quedará perdonado y olvidado.

»—Guarde su perdón para quien se lo pida —respondió apartándose de mí.

»Comprendí que estaba demasiado maleado para que mis palabras tuvieran influencia sobre él. Solo restaba hacer una cosa. Llamé al inspector y se lo entregué. Llevaron a cabo un registro inmediato, no solo de su persona, sino también de su habitación y de todo rincón de la casa donde hubiera podido esconder las piedras preciosas. Pero no se encontró ni rastro de ellas. Y el miserable de mi hijo, pese a todas nuestras súplicas y amenazas, se negó a abrir la boca. Esta mañana lo han encerrado en una celda, y yo, tras cumplir todas las formalidades de la policía, he corrido a verle a usted para rogarle que aplique todo su talento a resolver el problema. La policía ha confesado sin reparos que por ahora no puede hacer nada. Incurra usted en cuantos gastos le parezcan necesarios. Ya he ofrecido una recompensa de mil libras. Dios mío, ¿qué voy a hacer? He perdido mi honor, mis piedras preciosas y a mi hijo en una sola noche. ¡Oh, qué puedo hacer!

Se llevó las manos a la cabeza y empezó a balancearse hacia delante y hacia atrás, murmurando para sí, como un niño que no encuentra palabras para expresar su dolor.

Sherlock Holmes permaneció callado unos minutos, con el ceño fruncido y los ojos clavados en el fuego de la chimenea.

—¿Recibe usted muchas visitas? —preguntó por fin.

—Ninguna, salvo mi socio con su familia y, de vez en cuando, algún amigo de Arthur. Sir George Burnwell ha estado varias veces en casa últimamente. Y me parece que nadie más.

—¿Lleva usted una vida social ajetreada?

—Arthur sí. Mary y yo nos quedamos en casa. A ninguno de los dos nos gustan las reuniones sociales.

—Eso es poco frecuente en una muchacha joven.

—Mary es muy tranquila. Además, ya no es tan joven. Tiene veinticuatro años.

—Por lo que usted ha dicho, ese suceso la ha afectado mucho.

—¡La ha afectado de un modo terrible! ¡Incluso más que a mí!

—¿Ninguno de los dos ha dudado de la culpabilidad de su hijo?

—¿Cómo podríamos dudar, si le he visto con mis propios ojos con la diadema en las manos?

—Esto dista mucho de ser una prueba concluyente. ¿Estaba estropeado también el resto de la diadema?

—Sí, toda ella estaba retorcida.

—¿Y no cree posible que su hijo estuviera intentando enderezarla?

—¡Dios le bendiga! ¡Está haciendo usted todo lo posible por él y por mí! Pero es una tarea que rebasa sus fuerzas. ¿Qué hacía él allí? Y, si sus intenciones eran inocentes, ¿por qué no lo dijo?

—Precisamente. Y, si era culpable, ¿por qué no inventó una mentira? Su silencio puede tener dos significados distintos. El caso presenta varios puntos muy extraños. ¿Qué opinó la policía del ruido que le despertó a usted?

—Opinan que pudo haberlo provocado Arthur al cerrar la puerta de su dormitorio.

—¡Bonita explicación! ¡Como si un hombre que se propone cometer un robo fuera dando portazos para despertar a toda la casa! ¿Y qué han dicho de la desaparición de las piedras preciosas?

—Todavía siguen agujereando el entarimado y escudriñando los muebles con la esperanza de encontrarlas.

—¿No se les ha ocurrido buscar fuera de la casa?

—Oh, sí, se han mostrado extraordinariamente activos. Han registrado el jardín palmo a palmo.

—Dígame, querido señor —preguntó Holmes—, ¿no le parece ahora evidente que este asunto es mucho más complejo de lo que usted o la policía se inclinaron a creer en un principio? A usted le pareció un caso muy sencillo, y a mí me parece extremadamente complejo. Considere lo que implica su teoría. Implica que su hijo se levantó de la cama, se arriesgó a ir a su gabinete, forzó el escritorio, sacó la diadema, rompió un pedazo de la misma, fue a algún otro lugar, escondió tres de las treinta y nueve gemas tan hábilmente que nadie ha sido capaz de encontrarlas, y luego regresó con las treinta y seis restantes al gabinete, donde se exponía con total certeza a ser descubierto. Yo le pregunto: ¿se sostiene en pie esa teoría?

—Pero ¿qué otra puede haber? —exclamó el banquero con un gesto desesperanzado—. Si sus motivos eran honrados, ¿por qué no los expone?

—Esto es lo que nos corresponde a nosotros averiguar —replicó Holmes—. Así pues, señor Holder, si le parece bien, iremos juntos a Streatham y dedicaremos una hora a examinar más de cerca los detalles.

Mi amigo insistió en que yo los acompañara en la expedición, a lo cual accedí de buena gana, porque la historia que acababa de escuchar había despertado mi curiosidad y mi simpatía. Confieso que la culpabilidad del hijo del banquero era para mí tan evidente como lo era para su infeliz padre, pero, aun así, mi fe en el buen criterio de Holmes era tan grande que me parecía que, mientras él no se mostrara satisfecho con la explicación comúnmente aceptada, existía aún base para concebir esperanzas. Durante todo el trayecto hasta el suburbio del sur, Holmes apenas pronunció palabra; permaneció con la barbilla sobre el pecho y el sombrero calado hasta las cejas, sumido en profundas reflexiones. Nuestro cliente parecía haber cobrado nuevos ánimos con el leve destello de esperanza que se le había ofrecido, y se enfrascó incluso en una voluble charla conmigo acerca de sus negocios. Un breve trayecto en ferrocarril y un todavía más breve paseo nos llevaron a Fairbank, la modesta residencia del gran financiero.

Fairbank era una mansión cuadrada de buenas dimensiones, construida en piedra blanca y un poco alejada de la carretera. Un camino para carruajes atravesaba un césped cubierto de nieve y conducía a dos grandes puertas de hierro que cerraban la entrada. A mano derecha, había un bosquecillo del que partía un estrecho sendero que llevaba, flanqueado por dos setos bien cuidados, desde la carretera hasta la puerta de la cocina, y que venía a ser la entrada de servicio que utilizaban los proveedores. A mano izquierda, otro sendero conducía a los establos; no formaba parte de la finca, sino que se trataba de una vía pública, aunque poco transitada. Holmes nos abandonó ante la puerta y caminó muy despacio alrededor de la casa, a lo largo de la fachada, del sendero que utilizaban los proveedores y, rebasando el jardín trasero, del que conducía a los establos. Le llevó tanto tiempo que el señor Holder y yo entramos en el comedor y aguardamos junto a la chimenea su regreso. Nos encontrábamos allí, sentados en silencio, cuando se abrió la puerta y entró una joven. Era de estatura superior a la media, esbelta, de cabello y ojos oscuros, que lo parecían aún más por el contraste con la absoluta palidez de su cutis. No creo haber visto nunca una palidez tan mortal en el rostro de una mujer. También sus labios parecían desprovistos de sangre, y tenía los ojos enrojecidos de tanto llorar. Al avanzar en silencio por la habitación, transmitía una sensación de sufrimiento que me impresionó mucho más que la del banquero por la mañana, y que resultaba especialmente sorprendente en ella, pues se veía a las claras que era una mujer de carácter firme y con gran capacidad para dominarse. Ignorando mi presencia, se dirigió directamente a su tío y le pasó la mano por la cabeza en una dulce caricia femenina

—Habrá dado usted orden de que liberen a Arthur, ¿verdad, papá? —preguntó.

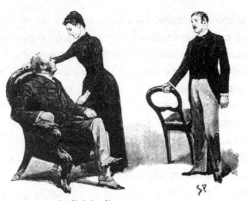

«Se dirigió directamente a su tío.»

—No, hija mía, no. Este asunto tiene que investigarse a fondo.

—Pero yo estoy segura de que es inocente. Ya sabe lo que es la intuición femenina. Y yo tengo la certeza de que él no ha hecho nada malo y de que usted se arrepentirá de haber actuado con tanta precipitación.

—¿Y por qué calla si es inocente?

—¿Quién sabe? Tal vez porque le ofendió que usted sospechara de él.

—¿Cómo no iba a sospechar, si vi con mis propios ojos que tenía la diadema entre las manos?

—¡Pero solo la había cogido para mirarla! ¡Oh, papá, crea, por favor, en mi palabra de que es inocente! Dé por terminado este asunto y que no se hable más de él. ¡Es terrible pensar que nuestro querido Arthur está en la cárcel!

—No daré por terminado el asunto hasta que aparezcan los berilos. ¡No lo haré, Mary! Tu cariño por Arthur te ciega y no te deja ver las terribles consecuencias que esto tendrá para mí. Lejos de abandonar el asunto, he traído de Londres a un caballero para que lo investigue más a fondo.

—¿Este caballero? —preguntó ella volviéndose hacia mí.

—No, su amigo. Ha querido que le dejáramos solo. En este momento recorre el sendero del establo.

—¿El sendero del establo? —dijo la muchacha enarcando las cejas—. ¿Qué espera encontrar allí? ¡Ah, supongo que es este señor! Confío, caballero, en que logre usted demostrar lo que yo tengo por cierto: que mi primo Arthur es inocente de este robo.

—Comparto plenamente su opinión, y, lo mismo que usted, también confío en que logremos demostrarlo —respondió Holmes, mientras retrocedía hasta el felpudo para quitarse la nieve de los zapatos—. Creo tener el honor de dirigirme a la señorita Mary Holder. ¿Puedo hacerle un par de preguntas?

—Hágalas, por favor, si pueden ayudar a aclarar este horrible asunto.

—¿No oyó usted nada anoche?

—Nada, hasta que mi tío comenzó a hablar a gritos. Al oírlo acudí a toda prisa.

—Usted se había encargado de cerrar las puertas y las ventanas. ¿Aseguró todas las ventanas?

—Sí.

—¿Seguían todas bien cerradas esta mañana?

—Sí.

—Una de sus doncellas tiene novio, ¿verdad? Creo que usted le comentó anoche a su tío que había salido para verse con él.

—Sí, y es la misma chica que nos sirvió en la sala y que pudo oír los comentarios de mi tío acerca de la diadema.

—Ya veo. Usted sugiere que esa muchacha pudo salir para contárselo a su novio y que pudieron planear entre los dos el robo.

—Pero ¿de qué sirven todas estas vagas teorías? —les interrumpió impaciente el banquero—. ¿No le he dicho que vi a Arthur con la diadema en las manos?

—Espere un poco, señor Holder. Ya volveremos sobre este punto. En cuanto a esta muchacha, señorita Holder, imagino que usted la vio regresar por la puerta de la cocina.

—Sí. Cuando fui a comprobar si estaba cerrada, me tropecé con ella que entraba. También vi al hombre, en la oscuridad.

—¿Le conoce usted?

—¡Oh, sí! Es el tendero que nos trae las verduras. Se llama Francis Prosper.

—¿Estaba a la izquierda de la puerta..., es decir, en un punto del sendero algo alejado de la puerta?

—En efecto.

—¿Y tiene ese hombre una pata de palo? Algo muy parecido al miedo apareció en los negros y expresivos ojos de la muchacha.

—¡Ni que fuera usted mago! —dijo—. ¿Cómo sabe eso?

La joven sonreía, pero en el rostro enjuto y preocupado de Holmes no asomó ninguna sonrisa.

—Ahora me gustaría subir al piso de arriba —dijo—. Probablemente después tendré que volver a examinar la casa desde fuera. Pero quizá sea mejor que, antes de subir, eche un vistazo a las ventanas de la planta baja.

Caminó rápidamente de una ventana a otra, deteniéndose solo ante la de mayor tamaño, la del vestíbulo, que daba al sendero de los establos. La abrió, y examinó atentamente el alféizar con su potente lupa.

—Ahora vayamos arriba —dijo por fin.

El gabinete del banquero era un cuartito amueblado con sencillez, con una alfombra gris, un gran escritorio y un espejo alargado. Holmes se dirigió en primer lugar al escritorio y observó la cerradura.

—¿Qué llave se utilizó para abrirlo? —preguntó.

«Algo muy parecido al miedo apareció en los negros y expresivos ojos de la muchacha.»

—La misma que indicó mi hijo, la del armario del trastero.

—¿La tiene usted aquí?

—Es la que está encima de la mesita.

Sherlock Holmes cogió la llave y abrió el escritorio.

—Es una cerradura silenciosa —dijo—. No me extraña que usted no se despertara. Supongo que este estuche contiene la diadema. Tendremos que echarle un vistazo.

Abrió el estuche, sacó la diadema y la depositó sobre la mesa. Era un magnífico ejemplar del arte de la joyería, y sus treinta y seis piedras eran las más hermosas que yo había visto nunca. Uno de los extremos de la diadema estaba torcido y roto, y le habían arrancado un pedazo con tres berilos.

—Ahora, señor Holder —dijo Holmes—, aquí tiene el extremo de la diadema opuesto al que tan lamentablemente ha desaparecido Haga el favor de arrancarlo.

El banquero retrocedió horrorizado.

—Ni en sueños me atrevería a intentarlo —dijo.

—Entonces lo haré yo.

Con un gesto repentino, Holmes tiró del extremo de la joya con todas sus fuerzas, pero sin éxito.

—Creo que ha cedido un poquito —dijo—, pero, aunque poseo una fuerza extraordinaria en los dedos, tardaría muchísimo tiempo en romperla. ¿Y qué cree usted que sucedería si la rompiera, señor Holder? Haría un ruido tan fuerte como un pistoletazo. ¿Quiere hacerme creer que todo esto sucedió a pocos metros de su cama y que usted no oyó nada?

—No sé qué pensar. Estoy absolutamente a oscuras.

—Tal vez lo vea usted más claro a medida que avancemos. ¿Qué opina usted, señorita Holder?

—Confieso que comparto la perplejidad de mi tío.

—Cuando vio usted a su hijo, señor Holder, ¿llevaba él zapatos o zapatillas?

—Solo llevaba los pantalones y la camisa.

—Gracias. No cabe duda de que hemos tenido una suerte extraordinaria en esta investigación, y, si no logramos esclarecer la incógnita, será exclusivamente por nuestra culpa. Con su permiso, señor Holder, ahora proseguiré mis investigaciones en el exterior.

Insistió en salir solo, explicando que toda huella innecesaria haría más difícil su trabajo. Estuvo ocupado durante más de una hora, y, cuando por fin regresó, tenía los pies cubiertos de nieve y la expresión tan inescrutable como siempre.

—Creo que ya he visto cuanto había que ver, señor Holder —dijo—. Le resultaré más útil si regreso a mi casa.

—Pero ¿dónde están las piedras, señor Holmes?

—No puedo decirlo.

El banquero se retorció las manos.

—¡No las volveré a ver! —gimió—. ¿Y mi hijo? ¿Me da usted esperanzas?.

—Mi opinión no se ha modificado en lo más mínimo.

—Entonces, por el amor de Dios, ¿qué siniestro asunto tuvo lugar en mi casa la noche pasada?

—Si pasa usted por mi apartamento de Baker Street mañana por la mañana entre las nueve y las diez, tendré sumo gusto en hacer lo posible por aclararlo. Doy por sentado que me concede usted carta blanca para actuar en su nombre, con tal de que recupere las piedras, y que no pone límites a los gastos que esto pueda acarrear.

—Daría toda mi fortuna por recuperarlas.

—Bien. Seguiré estudiando la cuestión. Adiós. Es posible que tenga que regresar aquí antes del anochecer.

Para mí era evidente que Holmes se había formado ya una opinión sobre el caso, aunque ni remotamente conseguía imaginar a qué conclusiones había llegado. Durante nuestro viaje de regreso, intenté varias veces sondearle al respecto, pero él desvió siempre la conversación hacia otros temas, hasta que finalmente me di por vencido. Todavía no eran las tres cuando estábamos de nuevo en nuestras habitaciones. Holmes se metió apresuradamente en la suya y salió a los pocos minutos, vestido de vagabundo. Con el cuello levantado, la chaqueta astrosa y llena de brillos, una corbata roja y unas botas muy gastadas, era el ejemplar perfecto de ese tipo de individuos.

—Creo que funcionará —dijo, mirándose en el espejo que había sobre la chimenea—. Me gustaría que viniera usted conmigo, Watson, pero me temo que no es posible. Tal vez esté en la buena pista o tal vez persiga un espejismo. Pronto saldremos de dudas. Espero volver dentro de pocas horas.

Cortó una loncha del pedazo de carne asada que había sobre el aparador, la insertó entre dos rebanadas de pan y, guardándose el improvisado almuerzo en el bolsillo, emprendió su expedición.

Acababa yo de tomar el té, cuando él regresó. Venía de excelente humor y balanceaba en la mano una vieja bota de elástico.

«Vestido de vagabundo.»

La tiró a un rincón y se sirvió una taza de té.

—Solo estoy de paso —dijo—. Tengo que marcharme enseguida.

—¿Adónde?

—Al otro lado del West End. Tal vez tarde algo en regresar. En tal caso, no me espere.

—¿Qué tal van las cosas?

—Vaya, no puedo quejarme. He vuelto a estar en Streatham, aunque no dentro de la casa. Es un problemilla precioso, Watson, y no me lo habría perdido por nada del mundo. Pero no puedo quedarme aquí charlando; tengo que quitarme estos andrajos y recuperar mi muy respetable personalidad.

Por su modo de comportarse, advertí que tenía más motivos de satisfacción de lo que daban a entender sus palabras. Le brillaban los ojos e incluso había un toque de color en sus pálidas mejillas. Subió corriendo al piso de arriba, y pocos minutos después oí un portazo en el vestíbulo, que me indicó que había reanudado su apasionada cacería.

Esperé hasta medianoche, pero, como no había dado señales de vida, me retiré a mi habitación. No era raro que, cuando andaba tras una pista, se ausentara días enteros, y su tardanza no me extrañó. No sé a qué hora regresó, pero, cuando bajé por la mañana a desayunar, allí estaba Holmes, con una taza de café en una mano y el periódico en la otra, todo lo flamante y acicalado posible.

—Perdone que haya empezado sin usted, Watson, pero recordará que tenemos a primera hora de esta mañana una cita con nuestro cliente.

—Pues ya son más de las nueve —respondí—. No me extrañaría que el que llega fuera él. Acabo de oír la campanilla.

Era, en efecto, nuestro amigo el financiero. Me impresionó el cambio que había experimentado, porque su rostro, habitualmente ancho y macizo, estaba ahora mustio y fláccido, y su cabello me pareció un poco más blanco. Entró con un aire fatigado y lánguido, que resultaba aún más penoso que la violenta irrupción del día anterior, y se dejó caer pesadamente en la butaca que acerqué para él.

—No sé qué habré hecho yo para merecer este castigo —dijo—. Hace solo dos días era un hombre próspero y feliz, sin ninguna preocupación en el mundo. Ahora me aguarda una vejez solitaria y deshonrosa. Las desgracias nunca vienen solas. Mi sobrina Mary me ha abandonado.

—¿Le ha abandonado?

—Sí. Esta noche no había dormido en su cama, la habitación estaba vacía y en la mesita del vestíbulo había una carta para mí. Anoche, movido por la tristeza y no por el enfado, le dije que, de haberse casado ella con mi hijo, las cosas habrían

322

ido mejor para él. Posiblemente fue una insensatez por mi parte. A esta observación mía se refiere en su carta —dijo, y leyó en voz alta—: «Queridísimo tío: Tengo conciencia de que he sido la causa de que sufra este disgusto y de que, si yo hubiera obrado de manera diferente, podría no haber ocurrido una desgracia tan terrible. Con esta idea en la cabeza, ya no podré ser nunca feliz bajo su techo, y estoy convencida de que debo dejarle para siempre. No se preocupe por mi futuro, porque ya está resuelto, y, sobre todo, no trate de dar conmigo, pues sería un esfuerzo inútil y me prestaría un flaco servicio. En la vida o en la muerte, le quiere siempre, su Mary». ¿Qué querrá decir con esa nota, señor Holmes? ¿Cree que se propone suicidarse?

—No, no, nada de eso. Quizá sea esta la mejor solución posible. Me parece, señor Holder, que sus dificultades tocan a su fin.

—¿Qué me dice, señor Holmes? ¡Usted ha averiguado algo! ¡Usted sabe algo! ¿Dónde están las gemas?

—¿Le parecería excesivo pagar mil libras por cada una?

—Pagaría diez mil.

—No será necesario. Bastará con tres mil. Y supongo que habrá que añadir una pequeña recompensa. ¿Lleva usted su talonario? Aquí tiene una pluma. Lo mejor será que extienda un cheque por cuatro mil libras.

Con expresión atónita, el banquero extendió el cheque requerido. Holmes se acercó a su escritorio, sacó un pedazo triangular de oro con tres piedras engarzadas y lo arrojó sobre la mesa.

Nuestro cliente se abalanzó sobre él con un alarido de júbilo.

—¡Lo tiene! —jadeó—. ¡Estoy salvado! ¡Estoy salvado!

La reacción de alegría era tan apasionada como lo había sido su desconsuelo anterior, y oprimía contra el pecho las piedras recuperadas.

—Todavía tiene usted otra deuda pendiente, señor Holder —dijo Sherlock Holmes con cierta severidad.

—¿Otra deuda? —cogió la pluma—. Diga la cantidad y la pagaré

—No, la deuda no es conmigo. Le debe usted humildes disculpas a ese noble muchacho, su hijo, que se ha comportado en este asunto de un modo que a mí me enorgullecería en mi propio hijo, caso de que alguna vez llegue a tenerlo.

—Entonces, ¿no fue Arthur quien los robó?

—Le dije ayer, y le repito hoy, que no fue él.

—¡Con qué seguridad lo dice! En tal caso, correré ahora mismo a decirle que se ha descubierto la verdad.

—Él ya lo sabe. Después de aclararlo todo, celebramos una entrevista y, al comprobar que no iba a explicarme lo sucedido, se lo expliqué yo a él, y no tuvo otro remedio que reconocer que yo estaba en lo cierto y añadir los poquísimos detalles que aún no estaban muy claros para mí. Al verle a usted esta mañana, quizá rompa definitivamente su silencio.

—¡Por el amor de Dios, explíqueme este extraordinario misterio!

—Voy a hacerlo, y le mostraré los pasos por los que he llegado a la solución. Y permítame empezar por aquello que a mí me es más duro decirle y será para usted más duro escuchar: sir George Burnwell y su sobrina Mary se entendían. Han huido juntos.

—¿Mi Mary? ¡Imposible!

—Por desgracia es más que posible; es cierto. Ni usted ni su hijo conocían la verdadera personalidad de este hombre cuando lo admitieron en su círculo familiar. Es uno de los individuos más peligrosos de Inglaterra... un jugador arruinado, un canalla sin escrúpulos, un hombre que no tiene corazón ni conciencia. Su sobrina no conocía ese tipo de hombre. Cuando él le susurró al oído sus promesas de amor, como había hecho antes con otras mil, se sintió halagada al pensar que había sido la única en llegar a su corazón. El diablo sabe qué le diría, pero acabó convirtiéndola en su instrumento, y se veían casi todas las noches.

—¡No puedo, y no quiero, creerlo! —gritó el banquero con rostro ceniciento.

—Le explicaré, pues, lo que sucedió en su casa aquella noche. Cuando pensó que usted se había retirado a su dormitorio, su sobrina bajó a hurtadillas y habló con su amante a través de la ventana que da al sendero de los establos. Él estuvo tanto tiempo allí que sus huellas atraviesan toda la capa de nieve. Mary le habló de la diadema. El maligno afán de oro del canalla se encendió al oír la noticia y logró que la muchacha se sometiera a su voluntad. Estoy seguro de que ella le quería a usted, pero en algunas mujeres el amor por un amante apaga todos los amores restantes, y me parece que su sobrina pertenece a esta clase. Apenas acababa de oír las instrucciones de sir George, cuando vio que usted bajaba la escalera y cerró apresuradamente la ventana. A continuación, le habló de la escapada de una de las doncellas con el novio de la pata de palo, que era absolutamente cierta.

»Su hijo, Arthur, se acostó después de hablar con usted, pero no pudo dormirse a causa de la inquietud que le ocasionaban sus deudas en el club. En mitad de la noche, oyó unos pasos furtivos junto a su puerta. Se levantó y, al asomarse, quedó sorprendido al ver a su prima avanzar con gran sigilo por el pasillo y deslizarse en el gabinete. Petrificado de asombro, el muchacho se puso algo de ropa y la acechó en la oscuridad, para ver en qué paraba aquel extraño asunto. Al poco rato, Mary salió de la habitación y, a la luz de la lámpara del pasillo, su hijo vio que llevaba en las manos la preciosa diadema. La muchacha bajó a la planta baja, y su hijo, estremecido de horror, corrió a esconderse tras la cortina que hay junto al dormitorio de usted, desde donde podía atisbar lo que ocurría en el vestíbulo. Así vio cómo ella abría sigilosamente la ventana, le entregaba la diadema a alguien que aguardaba en la oscuridad y, tras volver a cerrar la ventana, regresaba a toda prisa a su habitación, pasando muy cerca de donde él estaba escondido.

»Mientras ella estuvo a la vista, su hijo no se atrevió a hacer nada, para no comprometer de un modo terrible a la mujer que amaba. Pero, en el preciso instante en que ella desapareció, comprendió la tremenda desgracia que aquello representaba para usted y la importancia de remediarlo a toda costa. Descalzo como iba, corrió escalera abajo, abrió la ventana, saltó a la nieve y corrió por el sendero, donde pudo distinguir una figura oscura a luz de la luna. Sir George Burnwell pretendió escapar, pero Arthur le dio alcance, y se entabló un forcejeo entre ellos, su hijo tirando de un extremo de la diadema y su oponente del otro. En el curso de la escaramuza, su hijo golpeó a sir George y le hizo una herida encima del ojo. De repente se oyó un fuerte chasquido, y su hijo, viendo que tenía la diadema entre las manos, volvió corriendo a la casa, cerró la ventana, subió al gabinete, advirtió allí que la corona se había torcido durante la pelea, y estaba intentando enderezarla cuando usted apareció en escena.

—¿Es posible? —dijo el banquero sin aliento.

—Entonces usted le ofendió con sus insultos, precisamente

«Arthur le dio alcance.»

en el momento en que él creía merecer su más encendida gratitud. No podía explicar la verdad de lo ocurrido sin delatar a una persona, que, desde luego, no merecía tanta consideración por su parte. A pesar de todo, adoptó la postura más caballerosa y guardó el secreto.

—¡Y por eso ella dio un grito y se desmayó al ver la diadema! —exclamó el señor Holder—. ¡Oh, Dios mío! ¡Qué ciego y estúpido he sido! ¡Y él pidiéndome que le dejara salir cinco minutos! El pobre muchacho quería ver si el pedazo que faltaba había quedado en el lugar de la pelea. ¡De qué modo tan cruel y equivocado le juzgué!

—Cuando yo llegué a la casa —prosiguió Holmes—, lo primero que hice fue examinar atentamente los alrededores, por si había huellas en la nieve que pudieran ayudarme. Sabía que no había nevado desde la noche anterior y que la fuerte helada habría preservado las huellas. Recorrí el sendero de servicio, pero lo encontré pisoteado e inservible para mí. Sin embargo, un poco más allá, al otro lado de la puerta de la cocina, una mujer había estado hablando con un hombre, y las redondas huellas que había a uno de los lados indicaban que él tenía una pata de palo. Se notaba incluso que los habían interrumpido, pues la mujer había vuelto corriendo a la puerta, como demostraban las pisadas con la punta del pie muy marcada y el talón muy poco, mientras Patapalo había esperado un poco antes de marcharse. Pensé que podía tratarse de la doncella de la que usted me había hablado y de su novio, y un par de preguntas me lo confirmaron. Recorrí el jardín sin encontrar más que huellas dispersas, que debían ser de la policía, pero, cuando llegué al sendero de los establos, me encontré escrita en la nieve una larga y compleja historia.

»Había una doble línea de huellas de un hombre con botas, y una segunda doble línea, comprobé con satisfacción, de huellas que correspondían a un hombre con los pies descalzos. Por lo que usted me había contado, quedé convencido de que estas últimas eran de su hijo. El primer hombre había recorrido el camino en ambas direcciones, y el segundo lo había hecho a toda prisa, y sus huellas, superpuestas a las de las botas, demostraban que iba detrás del otro. Las seguí en una dirección y comprobé que llegaban hasta la ventana del vestíbulo, donde el de las botas había permanecido tanto tiempo que había dejado la nieve completamente pisoteada. Después las seguí en la otra dirección, a lo largo de unas cien yardas.

Allí el de las botas había dado media vuelta, y las huellas que había en la nieve parecían indicar que se había producido una pelea. Habían caído incluso unas gotas de sangre, que confirmaban mi teoría. Después el de las botas había seguido corriendo por el sendero, y otra pequeña mancha de sangre indicaba que era él quien había resultado herido. Su pista se perdía al llegar a la carretera, porque allí habían limpiado la nieve del pavimento.

»Sin embargo, recordará que al entrar en la casa examiné con lupa el alféizar y el marco de la ventana del vestíbulo, y pude advertir al instante que alguien había pasado por ella. Se distinguía la huella, dirigida hacia el interior, que el pie mojado había dejado al entrar. Ya podía empezar a formarme una idea de lo ocurrido. Un hombre había esperado fuera de la casa, junto a la ventana; alguien le había entregado la joya; su hijo había sido testigo del delito, había salido en persecución del ladrón y había luchado con él; ambos habían tirado de la diadema y la suma de sus esfuerzos había provocado unos daños que ninguno habría podido causar por sí solo. Su hijo había regresado con la joya, pero dejando un pedazo en manos de su adversario. Hasta aquí todo estaba claro. Ahora la cuestión era: ¿quién era el hombre y quién le había entregado la diadema?

»Tengo desde hace tiempo como máxima que, una vez has eliminado lo imposible, aquello que queda, por improbable que sea, tiene que ser la verdad. Ahora bien, yo sabía que no había sido usted quien entregó la diadema. Solo quedaban su sobrina y las sirvientas. Pero, de haber sido una de las sirvientas, ¿por qué iba a permitir su hijo que le acusaran a él en su lugar? No existía razón alguna. Sin embargo, sabíamos que amaba a su prima, y ahí teníamos una excelente explicación de por qué guardaba silencio, sobre todo si tenemos en cuenta que se trataba de un secreto deshonroso. Cuando recordé que usted la había visto junto a aquella ventana, y que ella se había desmayado al ver la diadema, mis conjeturas se convirtieron en certezas.

»¿Y quién podía ser su cómplice? Evidentemente, un amante, pues ¿quién sino un amante podría hacerle traicionar el amor y gratitud que sentía por usted? Yo estaba enterado de que ustedes salían poco y de que su círculo de amistades era reducido, pero entre estas amistades figuraba sir George Burnwell. Ya había oído hablar de él, como hombre de mala reputación con las mujeres. Tenía que haber sido él quien calzaba aquellas botas y quien se había quedado con las piedras preciosas. Aun sabiendo que Arthur le había descubierto, se consideraba a salvo, ya que el muchacho no podía decir una sola palabra sin comprometer a su propia familia.

»Ya imaginará usted las medidas que adopté a continuación. Me encaminé, disfrazado de vagabundo, a casa de sir George, me las arreglé para establecer conversación con su lacayo, me enteré de que su señor se había hecho una herida en la cabeza la noche anterior y, finalmente, mediante el pago de seis chelines, conseguí la prueba definitiva comprándole una par de zapatos viejos de su amo. Me fui con ellos a Streatham y comprobé que coincidían exactamente con las huellas.

—Ayer tarde vi a un vagabundo harapiento por el sendero —dijo el señor Holder.

—Exactamente. Ese era yo. Ya tenía a mi hombre, de modo que vine a casa y cambié de ropa. Tenía que actuar con mucha delicadeza, porque estaba claro que, para evitar el escándalo, había que prescindir de denuncias, y sabía que un canalla tan astuto como aquel se daría cuenta de que teníamos las manos atadas. Fui a verle. Al principio, tal como era de esperar, lo negó todo. Luego, cuando le di todos los detalles de lo ocurrido, se puso fanfarrón y cogió una cachiporra de la pared. Pero yo conocía a mi hombre y le apliqué una pistola a la sien antes de que pudiera golpearme. Entonces se puso un poco más razonable. Le dije que le pagaríamos mil libras por cada uno de los berilos que tenía en su poder. Aquello provocó en él las primeras señales de pesar. «¡Maldita sea!», exclamó. «¡Yo los he vendido los tres por seiscientas!» No tardé en arrancarle la di-

«Le apliqué una pistola a la sien.»

rección del comprador, tras prometerle que no presentaríamos ninguna denuncia. Fui en su busca, hubo un largo regateo, y le saqué las piedras a mil libras cada una. Después visité a su hijo y le expliqué que todo había quedado aclarado. Y me acosté por fin hacia las dos de la madrugada, concluyendo lo que bien puedo calificar de dura jornada.

—Jornada que ha salvado a Inglaterra de un gran escándalo público —dijo el banquero, mientras se ponía en pie—. Caballero, no encuentro palabras para darle las gracias, pero ya comprobará usted que no soy desagradecido. Su habilidad ha superado con creces cuanto me habían contado. Y ahora debo correr al lado de mi querido hijo, para pedirle perdón por lo mal que le he tratado. En cuanto a mi pobre Mary, se me hace muy duro de soportar. Ni siquiera usted, con todo su talento, puede informarme de dónde se encuentra ahora.

—Creo que podemos afirmar sin temor a equivocarnos —replicó Holmes— que está allí donde se encuentre sir George Burnwell. Y es igualmente seguro que, por graves que sean sus pecados, pronto recibirán un castigo más que suficiente.

LA AVENTURA DE COPPER BEECHES

—Es frecuente que el hombre que ama el arte por sí mismo —comentó Sherlock Holmes, dejando a un lado la página de anuncios del *Daily Telegraph*— encuentre los placeres más intensos en sus manifestaciones más humildes y menos importantes. Me complace advertir, Watson, que hasta el momento ha captado usted esa verdad y que en las pequeñas crónicas de nuestros casos que ha tenido la gentileza de redactar, debo decir que embelleciéndolos a veces, no ha dado preferencia a las numerosas *causes célèbres* y procesos sensacionalistas en los que he intervenido, sino a incidentes que pueden haber sido triviales, pero que daban ocasión al empleo de las facultades de deducción y síntesis que he convertido en mi especialidad.

—Y, sin embargo —dije yo, sonriendo—, no me considero definitivamente absuelto de la acusación de sensacionalismo que se ha lanzado contra mis relatos.

—Tal vez haya cometido usted un error —apuntó él, cogiendo una brasa con las tenazas y encendiendo con ella la larga pipa de cerezo que sustituía a la de arcilla cuando se sentía más inclinado a la polémica que a la reflexión—. Tal vez se haya equivocado al añadir color y vida a esos rígidos razonamientos de causa a efecto, que son en realidad lo único digno de mención.

—Me parece que en este punto le he hecho a usted justicia —comenté algo fríamente, porque me desagradaba el egotis-

«Cogiendo una brasa con las tenazas.»

mo que, según había observado más de una vez, constituía un importante factor en el singular carácter de mi amigo.

—No, no es cuestión de vanidad o egoísmo —dijo él, respondiendo como era habitual más a mis pensamientos que a mis palabras—. Pido plena justicia para mi arte, porque se trata de algo impersonal..., algo que está más allá de mí mismo. El delito es cosa corriente. La lógica es una rareza. Por tanto, hay que poner el acento en la lógica y no en el delito. Usted ha reducido lo que debía ser un curso académico a una serie de cuentos.

Era una fría mañana de principios de primavera y, después del desayuno, nos habíamos sentado a ambos lados de un chispeante fuego en el viejo apartamento de Baker Street. Una densa bruma se extendía entre las hileras de casas pardas, y las ventanas de la acera de enfrente parecían borrones oscuros vistos a través de espesas volutas amarillas. Teníamos encendida la luz de gas, que caía sobre el mantel y arrancaba reflejos a la porcelana y al metal, pues aún no habían recogido la mesa. Sherlock Holmes había permanecido callado toda la mañana, zambulléndose una y otra vez en las columnas de anuncios de una serie de periódicos, hasta que por fin, renunciando aparentemente a su búsqueda, había emergido, no de muy buen humor, para impartirme una lección magistral sobre mis deficiencias literarias.

—Por otra parte —comentó tras una pausa, durante la cual estuvo dándole chupadas a su larga pipa y contemplando el fuego—, difícilmente se le puede acusar a usted de sensacionalismo, cuando entre los casos por los que ha tenido la bondad de interesarse hay una elevada proporción que no trata de ningún delito en el sentido legal del término. El asuntillo en el cual intenté ayudar al rey de Bohemia, la extraordinaria experiencia de la señorita Mary Sutherland, el problema del hombre del labio torcido y el incidente del solterón aristócrata, fueron todos ellos casos que escapaban al alcance de la ley. Pero usted, al evitar lo sensacional, temo que esté bordeando lo trivial.

—Tal vez el resultado lo fuera —respondí—, pero sostengo que los métodos fueron originales e interesantes.

—Querido amigo, ¿qué le importan al público, al gran público distraído, incapaz de distinguir a un tejedor por sus dientes o a un cajista de imprenta por su pulgar izquierdo, los delicados matices del análisis y la deducción?

»Aunque, a decir verdad, si es usted trivial no es culpa suya, porque el tiempo de los grandes casos ha pasado a la historia. El hombre, o por lo menos el criminal, ha perdido toda iniciativa y originalidad. Y mi humilde consultorio parece estar degenerando en una agencia para recuperar lápices perdidos y para ofrecer consejo a señoritas de internado. Creo que por fin hemos tocado fondo. Esta nota que he recibido esta mañana marca, a mi entender, mi punto cero. ¡Léala!

Y me lanzó desde su sillón una carta arrugada. Estaba fechada en Montague Place la tarde anterior, y decía:

> Querido señor Holmes:
> Tengo mucho interés en consultarle acerca de si debo aceptar o no un empleo de institutriz que me han ofrecido. Si no tiene inconveniente, pasaré a visitarle mañana a las diez y media.
> Suya afectísima,
> VIOLET HUNTER

—¿Conoce usted a esta joven? —pregunté.
—No.

—Ahora son las diez y media.

—Sí, y estoy seguro de que es ella la que acaba de tocar el timbre.

—Tal vez el asunto resulte más interesante de lo que usted cree. Recuerde el caso del carbunclo azul, que al principio parecía una tontería y acabó convirtiéndose en una investigación muy seria. Puede ocurrir lo mismo.

—Ojalá sea así. Pero pronto saldremos de dudas, porque, o mucho me equivoco, o aquí tenemos a la persona en cuestión.

Mientras él hablaba, se había abierto la puerta y había entrado una joven en la habitación. Iba vestida de modo sencillo, pero con buen gusto; tenía un rostro expresivo e inteligente, pecoso como un huevo de chorlito, y actuaba con el aplomo de la mujer que ha tenido que abrirse camino en la vida.

—Usted perdonará que le moleste —dijo, mientras mi compañero se levantaba para saludarla—, pero me ha ocurrido una cosa muy extraña y, como no tengo padres ni familiares a los que recurrir en busca de consejo, he pensado que tal vez usted tuviera la amabilidad de indicarme qué debo hacer.

—Siéntese, por favor, señorita Hunter. Tendré sumo gusto en hacer lo que pueda para servirla.

Advertí que a Holmes le habían impresionado favorablemente los modales y las palabras de su nueva clienta. La contempló del modo inquisitivo que era habitual en él, y después se sentó a escuchar el caso con los párpados caídos y las yemas de los dedos juntas.

—He trabajado cinco años como institutriz —dijo ella—, en la familia del coronel Spence Munro, pero hace dos meses el coronel fue destinado a Halifax, Nueva Escocia, y se llevó sus hijos a Estados Unidos, de modo que yo me encontré sin empleo. Puse anuncios y respondí a muchas ofertas, pero no tuve éxito. Por fin empezó a acabárseme el escaso dinero que tenía ahorrado y me devanaba los sesos sin saber qué hacer.

»Hay en el West End una agencia de institutrices muy conocida llamada Westaway, por la que solía pasar una vez a la semana para ver si había surgido algo que pudiera convenirme. Westaway era el apellido del fundador de la empresa, pero quien lo dirige actualmente es la señorita Stoper. Se sienta en su despachito, y las mujeres que buscan empleo esperan en una antesala y van pasando una a una. Ella consulta sus ficheros y mira si tiene algo que les pueda interesar.

»Pues bien, cuando pasé por allí la semana pasada, me hicieron entrar en el despachito como de costumbre, pero vi que la señorita Stoper no estaba sola. Junto a ella se sentaba un hombre increíblemente gordo, con rostro muy sonriente y con una enorme papada que le caía en pliegues sobre el cuello. Llevaba anteojos y miraba con gran interés a las mujeres que iban entrando. Al hacerlo yo, dio un salto en su silla y se volvió rápidamente hacia la señorita Stoper.

»—¡Esta servirá! —dijo—. No podía imaginar nada mejor. ¡Estupendo! ¡Estupendo!

»Parecía muy contento y se frotaba las manos con entusiasmo. Era un hombre de aspecto tan satisfecho que daba gusto mirarlo.

«—¡Estupendo!»

»—¿Busca usted empleo, señorita?

»—Sí, señor.

»—¿Como institutriz?

»—Sí, señor.

»—¿Y qué salario pide?

»—En mi último empleo, en casa del coronel Spence Munro, cobraba cuatro libras al mes.

»—¡Denigrante! ¡Sencillamente denigrante! —exclamó, agitando en el aire sus manos regordetas, presa de la indignación—. ¿Cómo se puede ofrecer una suma tan lamentable a una dama de semejantes prendas y cualificación?

»—Es posible, señor, que mi cualificación sea menor de lo que imagina. Un poquito de francés, un poquito de alemán, música y dibujo...

»—¡Bah! ¡Bah! —exclamó—. Eso está fuera de toda duda. Lo importante es saber si usted posee o no el porte y la distinción de una dama. En eso radica todo. Si no los posee, no está capacitada para educar a un niño que algún día puede representar un importante papel en la historia de la nación. Pero si los posee, ¿cómo podría un caballero pedirle que condescendiera a aceptar algo que no alcanzara las tres cifras? El sueldo que yo le pagaría sería inicialmente de cien libras al año.

»Como podrá imaginar, señor Holmes, sin recursos como yo estaba, aquella oferta me pareció casi demasiado buena para ser cierta. No obstante, el caballero, advirtiendo tal vez mi expresión de incredulidad, abrió su cartera y sacó un billete.

»—También tengo la costumbre —dijo, sonriendo con extrema amabilidad, hasta que sus ojos quedaron reducidos a dos rendijas entre los blancos pliegues de la cara— de pagar medio salario por adelantado a mis jóvenes empleadas, para que puedan hacer frente a los pequeños gastos del viaje y del vestuario.

»Me pareció que nunca había conocido a un hombre tan fascinante y considerado. Como yo tenía algunas deudas con los proveedores, el adelanto me venía muy bien. Sin embargo, aquella negociación tenía algo poco natural, que me llevó a querer saber más antes de comprometerme.

»—¿Puedo preguntarle dónde vive, señor? —dije.

»—En Hampshire. Un rincón rural encantador, llamado Copper Beeches, a cinco millas de Winchester. Es una región preciosa, querida señorita, y la vieja casa de campo es sencillamente una maravilla.

»—¿Y mis obligaciones, señor? Me gustaría saber en qué van a consistir.

»—Un niño, un pillastre delicioso, de solo seis años. ¡Oh, tendría que verlo matar cucarachas con una zapatilla! ¡Plaf! ¡Plaf! ¡Plaf! Tres muertas en un abrir y cerrar de ojos.

»Se reclinó en el asiento y volvió a reír hasta que los ojos se le hundieron de nuevo en el rostro. Yo quedé un poco desconcertada ante el tipo de diversiones del niño, pero la risa del padre me hizo pensar que tal vez estuviera bromeando.

»—Entonces, ¿mi única tarea —dije— sería ocuparme de un niño?

»No, no la única, querida señorita —me respondió—. Su tarea consistiría, como sin duda le habrá sugerido su buen sentido, en obedecer las pequeñas órdenes que mi esposa le pueda dar, siempre que puedan cumplirse con decoro. No verá usted un inconveniente en ello, ¿verdad?

»—Estaré encantada de ser útil.

»—Perfecto. Tenemos, por ejemplo, la cuestión del vestuario. Somos algo maniáticos, ¿sabe? Buenas personas, pero maniáticos. Por ejemplo, si le pidiéramos que se pusiese un vestido que nosotros le proporcionáramos, no se opondría usted a este capricho, ¿verdad?

»—No —dije yo, bastante sorprendida por sus palabras.

»—O que se sentara en un sitio o en otro, eso no es ofensivo, ¿verdad?

»—Oh, no.

»—¿O que se cortara el cabello muy corto antes de venir a nuestra casa?

»Yo no daba crédito a mis oídos. Como puede usted observar, señor Holmes, mi cabellera es exuberante y de un castaño bastante peculiar. Han llegado a describirla como artística. Ni en sueños pensaría en sacrificarla.

»—Me temo que esto va a ser totalmente imposible —dije.

»Él me estaba observando atentamente con sus ojillos y advertí que al oír estas palabras una sombra cubría su rostro.

»—Pues yo me temo que es totalmente imprescindible —dijo—. Se trata de un pequeño capricho de mi mujer, y los caprichos de las damas, señorita, los caprichos de las damas son sagrados y hay que satisfacerlos. ¿No estaría dispuesta a cortarse el pelo?

»—No, señor, la verdad es que no.

»—Ah, muy bien. Entonces no hay más que hablar. Es una pena, porque en todos los otros aspectos nos hubiera venido muy bien. Dadas las circunstancias, señorita Stoper, tendré que examinar a otras señoritas más.

»La directora de la agencia había permanecido durante toda la entrevista ocupada con sus papeles, sin dirigirnos la palabra a ninguno de los dos, pero en aquel preciso instante me miró con tal expresión de disgusto que no pude evitar abrigar sospechas de que mi negativa le había hecho perder una comisión importante.

»—¿Quiere usted que sigamos manteniendo su nombre en nuestras listas? —me preguntó.

»—Si usted no tiene inconveniente, señorita Stoper.

»—Pues, la verdad, me parece bastante inútil viendo el modo en que rechaza las ofertas más ventajosas —dijo con acritud—. No esperará usted que nos esforcemos en encontrarle otra oportunidad como esta. Buenos días, señorita Hunter.

»Hizo sonar un gong que había encima de la mesa, y el botones me acompañó hasta la salida.

»Ahora bien, cuando regresé a mi alojamiento y encontré la despensa medio vacía, y dos o tres facturas sobre la mesa, empecé a preguntarme si no habría cometido una estupidez.

Al fin y al cabo, aquella gente tenía manías extrañas y esperaba que se obedecieran sus caprichos más extravagantes, pero al menos estaban dispuestos a pagar por sus excentricidades. Hay muy pocas institutrices en Inglaterra que ganen cien libras al año. Además, ¿de qué me servía mi cabello? A muchas mujeres les favorece llevarlo corto y yo podía ser una de ellas. Al día siguiente tenía ya la impresión de haber cometido un error, y al otro estaba plenamente convencida. Pensaba en tragarme mi orgullo hasta el punto de regresar a la agencia y preguntar si la plaza estaba aún disponible, cuando recibí esta carta del caballero en cuestión. Aquí la tengo y se la voy a mostrar.

La carta decía:

The Copper Beeches, cerca de Winchester

Querida señorita Hunter:

La señorita Stoper ha tenido la amabilidad de proporcionarme su dirección, y le escribo desde aquí para preguntarle si ha reconsiderado su decisión. Mi esposa tiene sumo interés en que usted venga, pues le agradó mucho la descripción que yo le hice. Estamos dispuestos a pagarle treinta libras al trimestre, o ciento veinte al año, para compensar las pequeñas molestias que puedan ocasionarle nuestros caprichos. Al fin y al cabo, no es exigir demasiado. A mi esposa le encanta cierta tonalidad azul eléctrico y le gustaría que usted llevara dentro de la casa un vestido así por las mañanas. Sin embargo, no tiene que incurrir en el gasto, pues disponemos de uno que perteneció a mi querida hija Alice, actualmente en Filadelfia, y creo que le quedará muy bien. En cuanto a lo de sentarse aquí o allí, o divertirse del modo que se le indique, no creo que pueda ocasionarle molestias. Y, respecto al cabello, no cabe duda de que es una lástima, especialmente si se tiene en cuenta que durante nuestra breve entrevista no pude evitar fijarme en su belleza, pero me temo que debo mantenerme firme en este punto y confío en que el aumento del sueldo pueda compensarla de la pérdida. Sus obligaciones en lo referente al niño son muy

llevaderas. Le ruego que haga lo posible por venir; yo la espe-
raría en una calesa en Winchester. Hágame saber en qué tren
llega.

Suyo afectísimo,

JEPHRO RUCASTLE

—Esta es la carta que acabo de recibir, señor Holmes —siguió diciendo la joven—, y ya he tomado la decisión de aceptar, pero me ha parecido que antes de dar el paso definitivo
debía someter el asunto a su consideración.

—Bien, señorita Hunter, si su decisión está tomada, el
asunto queda zanjado —dijo Holmes con una sonrisa.

—¿No me aconsejaría usted rechazar el empleo?

—Confieso que no me gustaría que una hermana mía lo
aceptara.

—¿Qué significa todo esto, señor Holmes?

—¡Ah, carezco de datos! No puedo decirle nada. ¿Tal vez
usted sí se ha formado ya una opinión?

—A mi parecer solo existe una explicación. El señor Rucastle parecía un hombre muy amable y bondadoso. ¿No sería
posible que su esposa estuviese loca, que él desease mantenerlo
en secreto por miedo a que la internasen en un asilo, y que le
siga la corriente en todos sus caprichos para evitar una crisis?

—Es una posible explicación. De hecho, tal como están las
cosas, tal vez sea la más probable, pero, en cualquier caso, no
parece un lugar muy adecuado para una joven.

—Pero ¿y el dinero, señor Holmes, y el dinero?

—Sí, desde luego, el sueldo es bueno..., demasiado bueno.
Es eso lo que me inquieta. ¿Por qué iban a darle ciento veinte
libras al año cuando dispondrían de institutrices a elegir por
cuarenta? Debe existir una razón muy poderosa.

—Pensé que, si le explicaba las circunstancias, sería más
fácil para usted entenderme, caso que más adelante necesitase
su ayuda. Y yo me sentiría mucho más segura al saber que una
persona como usted me cubría las espaldas.

—Oh, puede irse con esta seguridad. Su problemilla promete ser el más interesante que se me ha presentado en meses. Algunos aspectos resultan verdaderamente originales. Si albergara usted dudas o se viera en peligro...

—¿Peligro? ¿En qué peligro está pensando?

Holmes movió la cabeza con gravedad.

—Si pudiéramos definirlo, dejaría de ser un peligro —dijo—. Pero en cualquier momento, sea de día o de noche, un telegrama suyo me hará acudir en su ayuda.

—Con esto me basta —dijo la joven, poniéndose en pie, sin rastro ya de ansiedad en el rostro—. Ahora iré a Hampshire mucho más tranquila. Escribiré inmediatamente al señor Rucastle, sacrificaré mi pobre cabellera esta noche y partiré hacia Winchester mañana.

Con una frase de agradecimiento para Holmes, nos deseó buenas noches y se marchó presurosa.

«Holmes movió la cabeza con gravedad.»

341

—Por lo menos —dije, mientras oíamos sus pasos rápidos y firmes escalera abajo—, parece una jovencita perfectamente capaz de cuidar de sí misma.

—Y le va a hacer falta —dijo Holmes muy serio—. O ando muy equivocado, o recibiremos noticias suyas antes de que pasen muchos días.

La predicción de mi amigo no tardó en cumplirse. Transcurrieron dos semanas, durante las cuales pensé más de una vez en la muchacha y me pregunté en qué raro vericueto de la experiencia humana se habría introducido aquella mujer solitaria. El insólito salario, las curiosas condiciones, lo leve del trabajo, todo apuntaba hacia algo anormal, aunque quedaba fuera de mi alcance determinar si se trataba de una manía inofensiva o de una conspiración, si el hombre era un filántropo o un criminal. En cuanto a Holmes, observé que a menudo se quedaba sentado durante media hora o más, con el ceño fruncido y aire abstraído, pero, cada vez que yo mencionaba el caso, él lo descartaba con un gesto de la mano. «¡Datos, datos, datos!», exclamaba con impaciencia. «¡No puedo hacer ladrillos sin arcilla!» Y, sin embargo, siempre acababa por murmurar que no le gustaría que una hermana suya hubiera aceptado aquel empleo.

El telegrama que al fin recibimos llegó una noche a hora avanzada, justo cuando yo me disponía a acostarme y Holmes se preparaba para uno de aquellos experimentos químicos que le ocupaban la noche entera; en estas ocasiones, yo le dejaba inclinado sobre una retorta o un tubo de ensayo por la noche, y lo encontraba en la misma posición cuando bajaba a desayunar por la mañana.

Abrió el sobre amarillo y, tras echar un vistazo al mensaje, me lo pasó.

—Consulte el horario de trenes en la guía —dijo, volviendo a sus experimentos químicos.

La nota, breve y apremiante, decía: «Por favor, esté en el hotel Black Swan de Winchester mañana al mediodía. ¡No deje de venir! No sé qué hacer. Hunter».

—¿Vendrá usted conmigo? —me preguntó Holmes, levantando los ojos.

—Me gustaría.

—Pues mire el horario.

—Hay un tren a las nueve y media —dije, tras consultar mi guía—. Llega a Winchester a las once y media.

—Ese servirá. Quizá sea preferible que aplace mi análisis de las acetonas, porque mañana es posible que necesitemos estar en plena forma.

A las once de la mañana del día siguiente estábamos cerca ya de la antigua capital inglesa. Holmes había permanecido todo el viaje sepultado en los periódicos de la mañana, pero, en cuanto rebasamos los límites de Hampshire, los dejó a un lado y se puso a admirar el paisaje. Era un delicioso día de primavera, con un cielo azul claro, salpicado de nubecillas algodonosas que se desplazaban de este a oeste. El sol brillaba esplendoroso, pero el aire tenía un frescor estimulante que intensificaba la energía. Por toda la campiña, hasta las ondulantes colinas que rodean Aldershot, los tejadillos rojos y grises de las granjas asomaban entre el verde pálido del follaje primaveral.

—¡Qué hermoso y lozano está todo! —exclamé con el entusiasmo de quien acaba de escapar de las nieblas de Baker Street.

Pero Holmes movió la cabeza con gravedad.

—Ya sabe usted, Watson —dijo—, que una de las maldiciones de una mente como la mía consiste en tener que mirarlo todo desde el punto de vista de mi especialidad. Usted mira estas casas dispersas y le impresiona su belleza. Yo las miro y el único pensamiento que me viene a la cabeza es lo aisladas que están y la impunidad con que puede cometerse un crimen en ellas.

—¡Cielo santo! ¿Quién puede asociar la idea de un crimen con estas encantadoras casitas antiguas?

—Siempre me han producido cierto horror. Abrigo la convicción, Watson, fundada en mi experiencia, de que las callejuelas más sórdidas y miserables de Londres no cuentan con un historial más terrible de crímenes que la sonriente y hermosa campiña.

—¡Es terrible lo que usted dice!

—Pero la razón es obvia. En la ciudad, la presión de la opinión pública logra lo que la ley es incapaz de conseguir. No hay callejuela tan miserable como para que los gritos de un niño maltratado o los golpes de un marido borracho no despierten la simpatía y la indignación de los vecinos, y además la maquinaria de la justicia está siempre tan cerca que basta una queja para que se ponga en marcha, y no media más que un paso entre el delito y el banquillo. Observe, en cambio, esas casas solitarias, cada una en sus propias tierras, y ocupadas en su mayor parte por gente pobre e ignorante que poco sabe de la ley. Piense en los actos de infernal crueldad, de maldad oculta, que pueden tener lugar en semejantes lugares, año tras año, sin que nadie se entere. Si la dama que ha solicitado nuestra ayuda se hubiera ido a vivir a Winchester, no me preocuparía por ella. Son las cinco millas de campo las que generan el peligro. Aun así, es evidente que la amenaza no va personalmente contra ella.

—No. Si puede venir a Winchester a encontrarse con nosotros, también podría escapar.

—Exacto. Dispone de libertad de movimientos.

—En tal caso, ¿qué es lo que sucede? ¿No se le ocurre ninguna explicación?

—Se me han ocurrido siete explicaciones distintas, cada una de las cuales da cuenta de los pocos datos de que disponemos. Pero cuál de ellas es la acertada solo podrá determinarse mediante la nueva información que sin duda nos aguarda. Bien, ahí asoma la torre de la catedral, y pronto nos enteraremos de lo que la señorita Hunter tiene que contarnos.

El Black Swan era una posada de cierto renombre situada en High Street, a corta distancia de la estación, y allí estaba la joven aguardándonos. Había reservado una salita y nuestro almuerzo nos esperaba en la mesa.

—¡Cuánto me alegra que hayan venido! —dijo con fervor—. Los dos han sido muy amables. Les digo de verdad que no sé qué hacer. Sus consejos tienen un valor inmenso para mí.

—Por favor, explíquenos qué le ha ocurrido.

—Lo haré, y más vale que me apresure porque he prometido al señor Rucastle estar de vuelta antes de las tres.

«—¡Cuánto me alegra que hayan venido!»

Me ha dado permiso para venir a la ciudad esta mañana, aunque poco se imagina a qué he venido.

—Oigámoslo todo en el debido orden —dijo Holmes, estirando hacia el fuego sus largas y delgadas piernas y disponiéndose a escuchar.

—En primer lugar, puedo decir que, en conjunto, el señor y la señora Rucastle no me tratan mal. Justo es decirlo. Pero no los entiendo y no me siento tranquila con ellos.

—¿Qué es lo que no entiende?

—Los motivos de su conducta. Pero se lo voy a contar todo tal como ha ido ocurriendo. Cuando llegué aquí, el señor Rucastle me esperaba y me llevó en su calesa a Copper Beeches. Tal como él había dicho, es un lugar precioso, pero la casa en sí no es bonita. Es un bloque cuadrado y grande, encalado y manchado todo él por la humedad y la intemperie. Por tres de sus lados la rodea el bosque, y en el cuarto hay un campo en pendiente que baja hasta la carretera de Southampton, la cual hace una curva a unas cien yardas de la puerta principal. Ese terreno, situado delante de la casa, le pertenece, pero los bosques de alrededor forman parte de las propiedades de lord Southerton. Un conjunto de hayas cobrizas plantadas frente a la puerta delantera da nombre a la finca.

»El propio señor Rucastle, tan amable como de costumbre, conducía el carruaje, y me presentó aquella misma tarde a su mujer y al niño. La conjetura, que en su casa de Baker Street nos pareció tan probable, ha resultado ser falsa, señor Holmes. La señora Rucastle no está loca. Es una mujer callada y pálida, mucho más joven que su marido; no rebasará los treinta años, cuando él no puede tener menos de cuarenta y cinco. He deducido de sus conversaciones que llevan casados unos siete años, que él era viudo y que la única descendencia de su primera esposa fue la hija que ahora está en Filadelfia. El señor Rucastle me dijo confidencialmente que se había marchado porque sentía una aversión irracional hacia su madrastra. Dado que la hija tendría por lo menos veinte años, entiendo perfectamente que la incomodara la presencia de la joven esposa de su padre.

»La señora Rucastle me pareció tan insignificante de mente como de cara. No me cayó ni bien ni mal. Carece de personalidad. Salta a la vista que siente adoración por su marido y por su hijito. Sus ojos grises pasan continuamente del uno al otro; está pendiente de sus menores deseos y se anticipa a ellos. Él, a su manera estentórea y bulliciosa, la trata con cariño, y en conjunto parecen una pareja feliz. Y, no obstante, esta mujer tiene una pena secreta. Se queda a menudo profundamente ensimismada, con una expresión tristísima en el rostro. En más de una ocasión la he sorprendido llorando. A veces he pensado que es el carácter de su hijo lo que la preocupa, porque jamás en mi vida he conocido a una criatura más malcriada y con peores instintos. Es bajo para su edad, con una cabeza desproporcionadamente grande. Toda su vida parece discurrir en una alternancia de salvajes rabietas y negra melancolía. Su única idea de la diversión consiste en hacer sufrir a cualquier criatura más débil que él, y despliega un considerable talento en el acecho y captura de ratones, pajarillos e insectos. Pero prefiero no hablar del pequeño, señor Holmes, que en realidad tiene muy poco que ver con mi relato.

—Me gusta oír todos los detalles —observó mi amigo—, tanto si a usted le parecen relevantes como si no.

—Procuraré no omitir nada importante. Lo único desagradable de la casa, que me llamó de inmediato la atención, es el aspecto y la conducta de los criados. Hay solo dos, marido y mujer. Toller, que así se llama, es un hombre tosco y grosero, con pelo y patillas grises y un permanente olor a alcohol. Desde que estoy en la casa lo he visto ya dos veces completamente borracho, pero el señor Rucastle parece no parar mientes en ello. La esposa es muy alta y fuerte, con cara avinagrada, tan callada como la señora Rucastle, aunque mucho menos tratable. Son una pareja muy antipática, pero yo afortunadamente paso la mayor parte del tiempo en el cuarto del niño y en el mío, que están uno junto a otro en un extremo del edificio.

»Los dos primeros días de mi llegada a Copper Beeches fueron muy tranquilos. Al tercero, la señora Rucastle bajó inmediatamente después del desayuno y le susurró algo al oído a su marido.

»—Oh, sí —dijo él, volviéndose hacia mí—. Le estamos muy agradecidos, señorita Hunter, por acceder a nuestros caprichos hasta el punto de cortarse el cabello. Le aseguro que hacerlo no ha perjudicado en nada su aspecto. Veamos ahora cómo le sienta el vestido azul eléctrico. Lo encontrará encima de la cama de su habitación, y, si tiene la bondad de ponérselo, se lo agradeceremos muchísimo

»El vestido que encontré esperándome tenía una tonalidad azul bastante peculiar. Era de una tela excelente, una lana suave, pero presentaba señales inequívocas de haber sido usado. No me habría sentado mejor ni hecho a medida. Tanto el señor como la señora Rucastle se mostraron tan encantados al verme con él que me pareció que había en su entusiasmo cierta exageración. Me esperaban en la sala, una habitación muy espaciosa que abarca toda la fachada de la casa, con tres grandes ventana-

347

les que llegan hasta el suelo. Cerca del ventanal del centro habían dispuesto una silla, con el respaldo hacia el exterior. Me pidieron que me sentara allí y, a continuación, el señor Rucastle empezó a pasear arriba y abajo por el otro lado de la habitación, contándome algunos de los chistes más graciosos que he oído en mi vida. No pueden imaginar lo divertido que estuvo; reí hasta perder el aliento. No obstante, la señora Rucastle, que evidentemente no tiene el menor sentido del humor, no llegó ni siquiera a sonreír. Permaneció sentada con las manos en el regazo, y con una expresión de tristeza y gravedad en el rostro. Al cabo de aproximadamente una hora, el señor Rucastle comentó de repente que había que iniciar las tareas del día, que debía cambiarme de ropa y acudir al cuarto del pequeño Edward.

»Dos días después tuvo lugar la misma representación, en circunstancias exactamente iguales. De nuevo me cambié de vestido, de nuevo me senté junto a la ventana y de nuevo volví a morirme de risa con los chistes de mi jefe, de los que parece

poseer un repertorio inmenso y que cuenta con gracia inimitable. Acto seguido me entregó una novela de tapas amarillas y, tras correr un poco mi silla a un lado para que mi sombra no cayera sobre las páginas, me pidió que le leyera en voz alta. Leí durante unos diez minutos, empezando a mitad de un capítulo, y de pronto, interrumpiéndome a media frase, me ordenó que lo dejara y me cambiara de vestido.

«Leí durante unos diez minutos.»

»Ya puede usted imaginar, señor Holmes, la curiosidad que yo sentí acerca del significado de estas extrañas representaciones. Advertí que ponían siempre sumo cuidado en que yo me sentara de espaldas a la ventana, y empecé a consumirme de ganas de ver lo que ocurría a mis espaldas. Al principio me pareció imposible, pero pronto se me ocurrió un medio. Se me había roto el espejito de bolsillo y eso me dio la idea de esconder un pedacito en el pañuelo. La vez siguiente, me llevé, en medio de una carcajada, el pañuelito a los ojos y, dándome un poco de maña, conseguí ver lo que había detrás de mí. Confieso que me llevé una desilusión. No había nada. Al menos, esta fue mi primera impresión. Sin embargo, al mirar por segunda vez, advertí que había un hombre parado en la carretera de Southampton. Era un hombrecito barbudo y vestido de gris, que parecía mirar hacia mí. La carretera es una vía importante y siempre suele haber gente transitando por ella, pero aquel hombre estaba apoyado en la verja que rodea nuestro terreno y miraba con sumo interés. Bajé el pañuelo y encontré los ojos de la señora Rucastle fijos en mí, con una mirada inquisitiva. No hizo alusión a ello, pero estoy convencida de que había adivinado que yo escondía un espejo en el pañuelo y había visto lo que tenía a mis espaldas. Se levantó al instante.

»—Jephro —dijo—, hay en la carretera un tipo impertinente que mira a la señorita Hunter.

»—¿No será un amigo suyo, señorita Hunter? —me preguntó él.

»—No, no conozco a nadie aquí.

»—¡Válgame Dios, qué insolencia! Tenga la bondad de dar media vuelta y hacerle un gesto para que se vaya.

»—¿No sería mejor que no me diera por enterada?

»—No, no. Le tendríamos rondando por aquí a todas horas. Haga el favor de darse la vuelta e indicarle que se marche.

»Hice lo que me pedían y al instante la señora Rucastle cerró la cortina. Eso sucedió hace una semana, y desde entonces no me he vuelto a sentar junto a la ventana, ni me he vuelto a poner el vestido azul, ni he vuelto a ver al hombre de la carretera.

—Prosiga, por favor —dijo Holmes—. Su narración promete ser muy interesante.

—Me temo que le va a parecer bastante inconexa, y tal vez exista poca relación entre los diversos incidentes que menciono. El primer día que pasé en Copper Beeches, el señor Rucastle me llevó a un pequeño cobertizo, contiguo a la puerta de la cocina. Al acercarnos, oí ruido de cadenas y el sonido de un animal grande al moverse en el interior del cobertizo.

»—Mire por aquí —dijo el señor Rucastle, indicándome una rendija que se abría entre los tablones—. ¿No es una preciosidad?

»Miré por la rendija y distinguí dos ojos brillantes y una figura confusa agazapada en la oscuridad.

»—No se asuste —dijo mi jefe, echándose a reír ante mi sobresalto—. Se trata únicamente de Carlo, mi mastín. He dicho mío, pero en realidad el único que puede controlarlo es el viejo Toller, mi criado. Le damos de comer una vez al día, y no mucho, de modo que siempre esté agresivo como una avispa. Toller lo deja suelto por las noches, y que Dios se apiade del intruso a quien le clave los colmillos. Por lo que más quiera, no asome de noche por ningún motivo un pie fuera de la casa, pues se jugaría usted la vida.

»No se trataba de una advertencia injustificada. Dos noches después se me ocurrió asomarme a la ventana de mi dormitorio a eso de las dos de la madrugada. Era una hermosa noche de luna, y el césped que hay delante de la casa estaba plateado y casi tan iluminado como de día. Me encontraba yo absorta en la apacible belleza de la escena, cuando percibí que algo se movía entre las sombras de las hayas cobrizas. Por fin salió a la luz de la luna y vi que se trataba de un perro gigantesco, grande como un ternero, de piel leonada, carrillos colgantes, hocico negro y grandes huesos salientes. Atravesó despacio el césped y desapareció entre las sombras del otro lado. Aquel terrible y silencioso centinela me provocó un escalofrío que dudo pudiera ocasionarme el peor ladrón.

»Y ahora voy a contarle una experiencia muy extraña. Como ya sabe, me corté el pelo en Londres, y lo había guardado, enroscado, en el fondo de mi baúl. Una noche, después de acostar al niño, empecé a inspeccionar para distraerme los muebles de mi habitación y a ordenar mis cosas. Había una vieja cómoda, con los dos cajones superiores abiertos y vacíos, y el de abajo cerrado con llave. Yo había llenado con mi ropa interior los dos primeros cajones, me quedaba mucha por guardar, y me fastidió no poder utilizar el tercer cajón. Pensé que tal vez estuviera cerrado por descuido. Así pues, saqué mi juego de llaves e intenté abrirlo. La primera llave encajó a la perfección y el cajón se abrió. Dentro solo había una cosa, pero estoy segura de que jamás averiguarían cuál. Era mi mata de pelo.

»La cogí y la examiné. Tenía la misma tonalidad de color y la misma textura al tacto, pero comprendí que aquello era imposible. ¿Cómo podía estar mi cabello guardado en aquel cajón? Abrí con manos temblorosas el baúl, saqué su contenido y extraje del fondo mi propia cabellera. Las coloqué la una junto a la otra, y le aseguro que eran idénticas. ¿No es extraordinario? Quedé desconcertada y me sentí incapaz de entender el significado de todo aquello. Volví a meter la misteriosa mata de pelo en el cajón y no les dije nada a los Rucasde, pues comprendí que quizá había obrado mal al abrir un cajón que ellos habían dejado cerrado con llave.

«La cogí y la examiné.»

»Como habrá podido advertir, señor Holmes, soy observadora por naturaleza, y muy pronto me había trazado en la cabeza un plano bastante exacto de toda la casa. Había, sin embargo, un ala que parecía completamente deshabitada. Ante las habitaciones de los Toller se abría una puerta que conducía a aquel sector, pero estaba invariablemente cerrada con llave. Sin embargo, un día, al subir la escalera, me encontré con el señor Rucastle, que salía de allí con las llaves en la mano y con una expresión en el rostro que lo convertía en una persona totalmente diferente al hombre jovial al que yo estaba habituada. Tenía las mejillas enrojecidas, la frente fruncida y las venas de las sienes hinchadas de furia. Cerró la puerta, y pasó a toda prisa junto a mí sin mirarme ni dirigirme la palabra.

»Aquello despertó mi curiosidad y, cuando salí a dar un paseo con el niño, me acerqué a un lugar desde donde podía ver las ventanas de aquel sector de la casa. Había cuatro en hilera, tres de ellas cubiertas simplemente de suciedad y la cuarta con los postigos cerrados. Allí no vivía evidentemente nadie. Mientras paseaba de un lado para otro, dirigiendo de vez en cuando una mirada a las ventanas, vino hacia mí el señor Rucasde, tan alegre y tan jovial como de costumbre.

»—¡Ah! —dijo—. No me considere un maleducado por haber pasado antes junto a usted sin saludarla, querida señorita. Estaba preocupado por asuntos de negocios.

»—Le aseguro que no me ha ofendido —repliqué—. Por cierto, parece que tiene usted ahí una serie completa de habitaciones vacías, y una de ellas con los postigos cerrados.

»—Cuento entre mis hobbies favoritos la fotografía, y allí he instalado mi cuarto oscuro. ¡Vaya, vaya! ¡Qué jovencita tan observadora nos ha caído en suerte! ¿Quién lo iba a imaginar? ¿Quién lo iba a imaginar?

»Hablaba en tono de broma, pero su ojos no bromeaban al mirarme. Leí en ellos sospechas y contrariedad, pero de bromas nada.

»Bueno, señor Holmes, desde el momento en que comprendí que había en aquellas habitaciones algo que yo no debía saber, ardí en deseos de entrar en ellas. No se trataba de simple curiosidad, aunque curiosidad no me falta. Era más bien una especie de sensación de deber..., la sensación de que se derivaría de mi entrada allí algún tipo de bien. Hablan de la intuición femenina, y posiblemente era la intuición femenina la que me inspiraba aquella sensación. En cualquier caso, esta era real, y yo acechaba la menor oportunidad de trasponer la puerta prohibida.

»La oportunidad no llegó hasta ayer. Puedo decirle que, además del señor Rucastle, tanto Toller como su mujer tienen algo que hacer en estas habitaciones deshabitadas, y en cierta ocasión vi a Toller entrar por la puerta con una gran bolsa de lona negra. Últimamente, Toller ha bebido mucho; ayer por la tarde estaba borracho perdido y, cuando subí la escalera, la llave estaba puesta en la cerradura. Sin duda, él la había olvidado allí. El señor y la señora Rucastle se encontraban en la planta baja, y el niño estaba con ellos; se me presentaba, pues, una oportunidad magnífica. Hice girar con cuidado la llave, abrí la puerta y me deslicé por ella.

»Ante mí se extendía un breve pasillo, sin empapelado y sin alfombra, que doblaba en ángulo recto al otro extremo. A la vuelta de este recodo había tres puertas. La primera y la tercera estaban abiertas, y ambas daban a sendas habitaciones vacías, polvorientas e inhóspitas, una con dos ventanas y la otra solo con una, tan cubiertas de suciedad que la luz del atardecer apenas lograba abrirse paso a través de ellas. La puerta del centro estaba cerrada, y atrancada por el exterior con uno de los barrotes de una cama de hierro, sujeto a un extremo mediante un candado a una argolla de la pared, y atado al otro extremo con una cuerda. La llave no estaba allí. Indudablemente, aquella puerta atrancada correspondía a la ventana cerrada que yo había visto desde el exterior. Y, sin embargo, por el resplandor que se filtraba por debajo se advertía que la habitación no estaba a oscuras. Tenía que haber una claraboya que dejara entrar la luz por arriba. Mientras yo seguía en el pasillo, mirando aquella puerta siniestra y preguntándome qué secreto ocultaba, oí de pronto ruido de pasos dentro de la habitación y vi una sombra que cruzaba de un lado a otro ante la pequeña rendija de luz que brillaba bajo la puerta. Al ver aquello, me invadió un terror loco e irracional, señor Holmes. Mis nervios, que ya estaban muy tensos, me fallaron de repente, di media vuelta y eché a correr. Corrí como si detrás de mí una mano espantosa tratara de agarrarme por la falda. Recorrí el pasillo como una exhalación, crucé la puerta y fui a parar directamente a los brazos del señor Rucastle, que esperaba fuera.

»—¡Vaya! —me dijo sonriendo—. ¡Conque era usted! Lo imaginé al ver la puerta abierta.

»—¡Estoy tan asustada! —gemí.

»—¡Querida señorita! ¡Querida señorita! —me dijo, con una dulzura y una amabilidad que no pueden ustedes imaginar—.

«—¡Estoy tan asustada!»

¿Qué es lo que la ha asustado, querida señorita?

»Pero su voz era demasiado dulzona. Se estaba excediendo, y al instante me puse en guardia contra él.

»—Cometí la estupidez de entrar en el ala vacía —respondí—. Pero parece todo tan solitario y tan siniestro, con esa luz mortecina, que me asusté y volví a salir corriendo. ¡Reina allí un silencio terrible!

»—¿Solo ha sido eso? —me preguntó, clavando en mí una mirada inquisitiva.

»—Pues ¿por qué otra razón cree usted que pude asustar-me? —pregunté a mi vez.

»—¿Por qué razón cree usted que yo cierro esta puerta?

»—Le aseguro que no tengo ni idea.

»—Pues para que no entren aquellos que nada tienen que hacer ahí dentro. ¿Me entiende? —dijo, sin perder su sonrisa amistosa.

»—Le aseguro que de haberlo sabido...

»—Pues ahora ya lo sabe. Y si vuelve a pisar este umbral —prosiguió, mientras su sonrisa se endurecía hasta convertir-se en una mueca furiosa y me miraba con rostro diabólico—... la echaré al mastín.

»Yo estaba tan aterrorizada que ni sé lo que hice. Supongo que pasé corriendo delante de él y me metí en mi habitación. Lo siguiente que recuerdo es que estaba tumbada en mi cama y temblando de pies a cabeza. Entonces me acordé de usted, señor Holmes. No podía seguir viviendo allí más tiempo sin que alguien me aconsejara. Me asustaba la casa, el hombre, la mujer, los criados, incluso el niño. Todos me parecían horri-bles. Si lograba que usted viniese aquí, la situación se arregla-ría. Podía haber huido de la casa, claro, pero mi curiosidad era casi tan fuerte como mis miedos. No tardé en tomar una de-cisión. Le enviaría a usted un telegrama. Me puse el sombrero y la capa, fui a la oficina de telégrafos, que dista aproximada-mente media milla de la casa, y después regresé sintiéndome ya mucho mejor. Al acercarme a la puerta, me asaltó el horri-ble temor de que el perro pudiera estar suelto, pero recordé que Toller se había emborrachado aquel día hasta perder el sentido, y sabía que era la única persona de la casa que tenía cierto poder sobre aquella criatura salvaje y podía atreverse a dejarla suelta. Entré sana y salva, y pasé despierta media noche por la alegría de pensar que volvería a verle. No tuve ningún problema en conseguir permiso para venir esta mañana a Win-chester, pero debo estar de regreso antes de las tres, porque el señor y la señora Rucastle tienen que hacer una visita y estarán ausentes toda la tarde, de modo que tengo que cuidar al niño. Ahora ya le he contado todas mis aventuras, y me encantaría que me dijera qué significa todo esto y, sobre todo, qué debo hacer.

Holmes y yo habíamos escuchado fascinados aquel extraordinario relato. Ahora mi amigo se levantó y empezó a pasear por la habitación, con las manos en los bolsillos y una expresión de profunda seriedad en el rostro.

—¿Sigue Toller todavía borracho? —preguntó.

—Sí. Esta mañana he oído que su mujer le decía a la señora Rucastle que no sabía qué hacer con él.

—Eso está bien. ¿Y los Rucastle salen esta noche?

—Sí.

—¿Hay en la casa un sótano con una buena cerradura?

—Sí, la bodega.

—Señorita Hunter, me parece que usted ha actuado hasta ahora como una muchacha muy valiente y sensata. ¿Se cree capaz de llevar a cabo otro empeño? No se lo pediría si no la considerara una mujer excepcional.

—Lo intentaré. ¿De qué se trata?

—Mi amigo y yo estaremos en Copper Beeches a eso de las siete de la tarde. A esta hora, los Rucastle se habrán marchado, y esperemos que Toller siga fuera de combate. Solo la señora Toller podría dar la alarma. Si usted pudiera enviarla a la bodega con cualquier pretexto y luego encerrarla dentro con llave, nos facilitaría inmensamente la tarea.

—Lo haré.

—¡Estupendo! En tal caso, consideremos el asunto a fondo. Desde luego, solo existe una explicación lógica. A usted la han llevado allí para suplantar a alguien, y la persona real está prisionera en aquella habitación. Esto es obvio. En cuanto a la identidad de la prisionera, no me cabe duda de que se trata de la hija, la señorita Alice Rucastle, si no recuerdo mal, que dijeron se había marchado a Estados Unidos. Es evidente que la eligieron a usted porque se parece a ella en estatura, figura y color del cabello. A ella se lo habían cortado, posiblemente a causa de una enfermedad, y, como es natural, había que sacrificar también el suyo. Por un curioso azar, usted encontró el cabello de Alice. El hombre de la carretera era, sin duda, un amigo de ella, tal vez su novio, y, al verla a usted, tan parecida y llevando uno de sus vestidos, quedó convencido, primero por su risa y después por el gesto que hizo para ahuyentarlo, de que la señorita Rucastle era por entero feliz y ya no deseaba sus atenciones. Al perro lo sueltan por las noches para impedir que él intente comunicarse con ella. Todo esto está bastante claro. El punto más grave del caso es el carácter del niño.

—¿Qué demonios tiene que ver el carácter del niño? —exclamé.

—Querido Watson, usted, como médico, saca constantemente deducciones sobre las tendencias de los niños a través del estudio de los padres. ¿No ve que el procedimiento inverso es igualmente válido? Con frecuencia he conseguido los primeros indicios acerca del carácter de los padres estudiando a sus hijos. La índole de este niño es de una crueldad anormal, gratuita, puro amor a la crueldad, y tanto si lo ha heredado de su sonriente padre, que es lo que sospecho, como si lo ha heredado de su madre, no presagia nada bueno para la pobre muchacha que tienen en su poder.

—Estoy convencida que está usted en lo cierto, señor Holmes —exclamó nuestra clienta—. Me han venido a la cabeza mil detalles que me convencen de que ha dado en el clavo. ¡Oh, no perdamos un instante y corramos en auxilio de esa pobre muchacha!

—Debemos actuar con circunspección, porque nos enfrentamos a un hombre muy astuto. No podemos hacer nada hasta las siete. A esa hora nos reuniremos con usted, y no tardaremos mucho en resolver el misterio.

Cumplimos nuestra palabra, pues llegamos a Copper Beeches a las siete en punto, tras dejar nuestro coche en una taberna del camino. El grupo de hayas, cuyas oscuras hojas bri- llaban como metal bruñido a luz del sol poniente, habría bas- tado para identificar la casa, aunque la señorita Hunter no nos hubiera estado aguardando sonriente en el umbral.

—¿Lo ha conseguido? —preguntó Holmes.

Se oyeron unos fuertes golpes en algún lugar de los sótanos.

—Es la señora Toller desde la bodega —dijo la mucha- cha—. Su marido sigue roncando en el suelo de la cocina. Aquí tiene las llaves, un duplicado de las del señor Rucastle.

—¡Lo ha hecho usted realmente bien! —exclamó Holmes con entusiasmo—. Ahora indíquenos el camino y pronto ve- remos el final de este siniestro asunto.

Subimos la escalera, abrimos la puerta, recorrimos un pa- sillo y nos encontramos ante la barricada que la señorita Hun- ter nos había descrito. Holmes cortó la cuerda y retiró el ba- rrote transversal. Después probó varias llaves en la cerradura, pero sin éxito. No llegaba ningún ruido desde el interior, y la expresión de Holmes se ensombreció ante aquel silencio.

—Espero que no hayamos llegado demasiado tarde —dijo—. Creo, señorita Hunter, que será mejor que entremos sin usted. Ahora, Watson, arrime el hombro y veremos si podemos abrir- nos camino.

Era una puerta vieja y gastada que cedió a nuestro primer embate. Nos precipitamos ambos en la habitación. Estaba va- cía. No había más muebles que un camastro, una mesita y un cesto de ropa interior. La claraboya del techo estaba abierta, y la prisionera había desaparecido.

—Aquí ha tenido lugar una infamia —dijo Holmes—. Nuestro precioso amigo adivinó las intenciones de la señorita Hunter y se ha llevado a su víctima.

—Pero ¿cómo?

—Por la claraboya. Y ahora veremos el modo. —Se izó hasta el tejado y prosiguió—: ¡Ah, sí! Aquí veo el extremo de una escalera de mano apoyado en el alero. Así es como lo ha hecho.

—Pero esto es imposible —dijo la señorita Hunter—. La escalera no estaba aquí cuando se marcharon los Rucastle.

—Él regresó y se llevó a la chica. Insisto en que es un tipo astuto y peligroso. No me sorprendería que esos pasos que se oyen en la escalera fueran suyos. Creo, Watson, que haría bien en tener preparada la pistola.

Apenas había acabado de pronunciar estas palabras cuando apareció un hombre en la puerta de la habitación, un hombre muy gordo y corpulento con un grueso bastón en la mano Al verle, la señorita Hunter lanzó un grito y se agazapó contra la pared, pero Sherlock Holmes dio un salto hacia delante y se enfrentó a él.

—¿Dónde está su hija, canalla? —dijo.

El hombre gordo miró a su alrededor y después hacia la claraboya abierta.

—Soy yo el que tendría que preguntároslo a vosotros —chilló—. ¡Ladrones! ¡Espías y ladrones! ¡Pero os he pillado! ¡Os tengo en mi poder! ¡Voy a ajustaros las cuentas!

«—¿Dónde está su hija, canalla?»

Dio media vuelta y corrió escalera abajo tan deprisa como pudo.

—¡Ha ido en busca del perro! —gritó la señorita Hunter.

—Tengo mi revólver —dije yo.

—Será mejor cerrar la puerta principal —exclamó Holmes.

Los tres bajamos apresuradamente la escalera. Apenas habíamos llegado al vestíbulo, cuando oímos los ladridos de un perro y a continuación un grito de agonía, junto con un gruñido terrible que causaba espanto. Un hombre de edad avanzada, con el rostro colorado y las piernas temblorosas, asomó tambaleándose por una puerta lateral.

—¡Dios mío! ¡Dios mío! —gritó—. Alguien ha soltado al perro. No le hemos dado de comer en dos días. ¡Aprisa, aprisa, o será demasiado tarde!

Holmes y yo nos abalanzamos al exterior y doblamos la esquina de la casa, con Toller pisándonos los talones. Allí estaba la enorme fiera hambrienta, y tenía el negro hocico hincado en la garganta de Rucastle, que se retorcía en el suelo dando alaridos. Corrí hacia el animal, le volé los sesos, y se desplomó con los blancos y afilados dientes todavía clavados en los grasientos pliegues de la papada del hombre. Con mu-

«Corrí hacia el animal, le volé los sesos.»

cho esfuerzo logramos separarlos, llevamos a Rucastle, vivo pero horriblemente herido, al interior de la casa y lo tendimos en el sofá de la sala. Tras enviar a Toller, ya sobrio, a informar a su esposa de lo sucedido, hice lo posible por aliviarle el dolor. Estábamos todos reunidos en torno al herido, cuando se abrió la puerta y una mujer alta y demacrada entró en la habitación.

—¡Señora Toller! —exclamó la señorita Hunter.

—Sí, señorita. El señor Rucastle me soltó cuando volvió, antes de subir donde estaban ustedes. ¡Ah, señorita, vaya una pena que no me hablara de sus planes, porque yo le hubiera dicho que se molestaban para nada!

—¡Vaya! —dijo Holmes, mirándola fijamente—. Es obvio que la señora Toller sabe más de este asunto que ninguno de nosotros.

—Sí, señor, así es, y estoy dispuesta a contar todo lo que sé.

—En tal caso, siéntese, por favor, y oigámoslo, porque hay algunos puntos en los que debo confesar que aún estoy a oscuras.

—Pues enseguida se lo pongo todo más clarito —dijo ella—. Y ya lo habría hecho si hubiera podido salir de la bodega. Si todo esto va a parar a manos de la policía y de los jueces, que se acuerden ustedes que fui yo sola que les ayudó y que también fui amiga de la señorita Alice.

»Nunca fue nada feliz en esta casa, la pobre señorita Alice, después que su padre se casó otra vez. Se la despreciaba y no la tenían en cuenta para nada. Pero cuando las cosas se le pusieron verdaderamente feas fue después de que conoció al señor Fowler en casa de unos amigos. Por lo que he podido saber, la señorita Alice tiene como ciertos derechos en el testamento, pero, como es tan calladita y tiene tanta paciencia, nunca dijo ni mu de nada, y lo dejaba todo en manos del señor Rucastle. Él sabía que con ella, si estaba sola, no iba a tener problema, pero después salió la posibilidad de que viniera un marido a reclamar aquello a lo que ella tenía derecho por ley, y el padre pensó que había llegado el momento de acabar con aquella historia. Intentó que su hija firmara un papel y le diera permiso para usar su dinero, tanto si ella se casaba como si no. Pero Alice se negó, él siguió persiguiéndola, hasta que la pobre chica se puso enferma de fiebre cerebral y pasó seis semanas entre si se moría o no. Por fin se curó, pero era una sombra de la de antes y con su precioso cabello cortado. Pero aquello no cambió para nada a su joven enamorado, que le siguió siendo todo lo fiel que puede serlo un hombre.

—Ah —dijo Holmes—, creo que lo que ha tenido usted la amabilidad de contarnos esclarece bastante el asunto, y que puedo deducir con facilidad el resto. Supongo que entonces el señor Rucastle recurrió al encarcelamiento.

—Sí, señor.

—Y se trajo a la señorita Hunter de Londres para librarse de la desagradable insistencia del señor Fowler.

—Así es, señor.

—Pero el señor Fowler era un tipo perseverante, como debe serlo un buen hombre de mar, puso sitio a la casa y hablando con usted, consiguió, mediante ciertos argumentos, monetarios o de cualquier otro tipo, convencerla de que los intereses de él coincidían con los de usted.

—El señor Fowler es un caballero muy amable y muy generoso —dijo la señora Toller sin inmutarse.

—Y de ese modo se las ingenió para que a su marido no le faltara la bebida y para que hubiera una escalera a punto en el momento en que los señores se ausentaran.

—Ha pasado justo como usted dice.

—Desde luego, debemos presentarle nuestras disculpas, señora Toller —dijo Holmes—. Ha aclarado por completo todo aquello que nos tenía desconcertados. Bien, aquí llegan el médico y la señora Rucastle. Creo, Watson, que lo mejor será regresar con la señorita Hunter a Winchester, pues me parece que nuestro *locus standi*, nuestro derecho legal a estar aquí, es más que discutible.

Y así quedó resuelto el misterio de la siniestra casa de las hayas cobrizas. El señor Rucastle sobrevivió, pero quedó muy maltrecho, y solo se mantuvo vivo gracias a los cuidados de su abnegada esposa. Siguen con sus antiguos criados, que probablemente saben tantas cosas de la vida anterior de Rucastle que a este se le hace difícil despedirlos. El señor Fowler y la señorita Rucastle se casaron en Southampton con una licencia especial al día siguiente de su fuga, y en la actualidad él ocupa un cargo oficial en la isla Mauricio. Mi amigo Holmes, con gran desencanto por mi parte, no volvió a mostrar ningún interés por la señorita Violet Hunter en cuanto la joven dejó de ser el punto central de uno de sus problemas. La señorita Hunter dirige actualmente una escuela privada en Walsall, y tengo entendido que ha obtenido un éxito considerable.